극작가 이강백의 삶과 작품

이야기가 사람을 만들고
사람이 이야기를 만든다

대담집

극작가 이강백의 삶과 작품

이야기가 사람을 만들고
사람이 이야기를 만든다

이강백 · 이상란 대담
박상준 채록 정리

평민사

* 이 책은 2017년부터 2020년까지 대한민국교육부와 한국연구재단의 지원을 받아 수행된 연구결과이다. (NRF2017S1A5A2A01027296)

머리말

전혀 예상 못한 대담, 특별한 세계를 오롯이
들여다 볼 수 있는 행운

2016년 6월 어느 날, 극작가 이강백 선생님이 나에게 대담집을 내자고 제안하셨다. 전화로 나를 만나고 싶다고 하셔서 나간 자리에서 하신 말씀이다. 선생님과 개인적으로 친분이 있었던 것은 아니지만, 연구자로서 이강백 작품과 가까이 있었고, 마침 5월에 〈심청〉 공연을 학생들과 단체관람 하고 수업에서 다루고 난 후의 여운이 채 가시기 전이어서 선생님에 대한 특별한 친근감이 있었다. 하지만 대담집은 생각해보지 못한 뜻밖의 제안이었다.

스물네 살 젊은 나이에 데뷔하여 일흔 살 노년기를 맞이한 극작가와 함께 할 기나긴 대화… 선생님 말씀과 표정에서 나는 그동안의 치열했던 극작과 삶에 대한 이야기를 풀어 놓을 마음이 충만함을 느낄 수 있었다. 그리고 연구자인 나에게 한 작가의 삶과 작품 세계를 오롯이 들여다 볼 수 있는 행운이 다가왔음을 직감했다. 나는 선생님의 제안을 선뜻 받아들였다.

하지만 대담집을 어떻게 만들어야 하는가, 그 방법과 형태에 관한 구체적인 계획을 선생님은 갖고 있지 않았다. 백지 상태에서 구체적인 계획을 세우고 진행하는 것은 내 몫이었다. 나는 우선 준비

할 마음으로 『이강백 희곡전집』 1권에서 8권까지 정독했다. 이 전집에는 1971년 첫 작품 〈다섯〉에서 2014년 〈날아다니는 돌〉 등, 44년간 공연했던 모두 43편의 작품이 수록되어 있다. 나는 꼼꼼히 작품 하나하나를 정독하면서, 이 작품에 대한 기존 연구도 검토했다. 그 결과 대담집은 이강백 선생님이 극작을 통해 삶을 실현해 낸 역동적 과정에 중점을 둬야겠다고 생각했다. 오랜 기간 심화 인터뷰를 진행하려면 채록하고 정리해 줄 유능한 조력자가 필요한데, 다행히도 대학원 박사과정 제자 박상준 군이 그 어려운 일을 맡아 주었다. 대담집 출간에 재정 지원도 필요하지만 그것은 나중에 찾기로 하고 우리는 과감하게 먼저 대담을 시작했다.

2017년 3월 28일, 본격적인 대담이 시작되었다. 매번 이강백 선생님이 직접 차를 운전하여 서강대학교의 내 연구실에 오셔서 한 번에 서너 시간의 대담이 이루어졌다. 내가 말문을 열면, 선생님의 이야기는 마치 거대한 호수에 가득찬 물이 폭포처럼 쏟아지는 것 같았다. 내 역할은 대화자로서 그 물이 자연스럽게 흐르는 방향을 정하고, 범람하거나 역류하지 않도록 주의하는 일이었다. 이렇게 시작한 대담이 『이강백 희곡전집』 1권에서 8권까지 연대기 순으로 진행되면서, 그때 쓴 작품과 삶과 시대 상황을 거쳐 나갔다. 그리고 2018년 7월 10일, 마지막 열한 번째 대담을 했다. 그 사이에 내가 연구년이어서 독일에 체류한 8개월 휴지기간이 있었다. 하지만 오히려 그 휴지기간이 대담에는 새로운 활력의 계기가 되었다.

열한 번의 대담이 진행되는 동안, '이야기'는 이강백 선생님의 삶을 관통하고 있는 중심임을 시간이 흐를수록 깊이 실감하게 되었다. 이강백 선생님은 첫 번째 대담에서 "이야기가 나를 만들었다"고 했다. 그 다음 두 번째부터 열한 번째 대담까지 다룬 작품들은 극작가 이강백 선생님이 만든 이야기들이다. 그러니까 대담 전체를 한 마디로 축약하면, '이야기가 사람을 만들고 사람이 이야기를 만든다'가 되는데, 바로 그것이 대담집의 이름이기도 하다.

그람시는 "개인은 역사의 진테제(Synthesis)"라고 언급한다. 한 개인을 심층적으로 천착하면 그 안에 이미 역사가 담겨 있다는 말이다. 이는 이강백과의 대담집을 내는 이유이기도 하다. 평생 극작을 통해 치열하게 삶을 실현해온 이강백의 개인적 삶을 깊이 들여다보면 그의 삶과 작품의 역동적 상호관계를 알 수 있을 뿐 아니라, 그가 살아낸 한국의 역사와 그 안의 한국연극의 한 궤적이 드러날 것이다. 이강백은 한편으로는 사회적 문제에 예민하게 열려 있으며 다른 한편으로는 미약한 존재인 "하나의 개인이 어떻게 우주를 품을 만큼 존엄한 존재"일 수 있을까 하는 물음을 전 작품을 통해 제기하고 있기 때문에 더욱 그러하다. 이 대담집은 우선 극작가 이강백 선생님을 알고 있는 분들에게 흥미로울 것이다. 하지만 이강백 선생님에 대해 전혀 모르는 분들도 이 대담집을 읽으면 극작가로서 자기실현을 이루어간 이강백이라는 한 사람과 특별한 만남을 할 수 있으리라 기대한다. 그리고 나는 이 대담집이 연극과 극작을 전공하는 학생들은 물론 한국 극문학 연구자에게도 도움이 되기를 바란다.

대담자의 열정만으로 시작한 작업이 차질 없이 진행되고, 이렇게 한 권의 대담집으로 나온 것은, 정말 고맙게도 대담 도중에 받은 서강대학교와 한국연구재단의 재정 지원이 있었기에 가능했다. 그리고 박상준 군의 정성을 다한 채록과 정리가 없었다면 가능하지 않았을 것이다. 마지막 교정 작업을 치밀하게 보완한 김우진 군의 수고도 있었다. 평민사 이정옥 사장님은 대담집의 출판을 흔쾌히 맡았다. 모두에게 고마운 마음을 전한다.

2021년 1월
이상란

대담 모습. 서강대학교 정하상관 이상란 교수 연구실

박상준, 이상란, 이강백

/차/례/

첫 번째 대담

프롤로그

출생
성장과정
습작시기

첫 번째 대담

이상란 : 오늘 극작가 이강백 선생님과 첫 번째 대담을 시작합니다. 일시는 2017년 3월 28일 오후 3시, 장소는 서강대학교 정하상관에 있는 제 연구실입니다. 채록은 대학원생 박상준 군이 맡았어요. 1971년부터 2014년까지, 햇수로는 44년간, 8권의 전집으로 펴낸 선생님의 희곡들과 삶을 대담에서 다룰 예정입니다. 오늘은 전체 대담의 프롤로그로서 선생님의 출생과 성장과정 그리고 습작시기까지 말씀을 들어보려고 해요. 그 말씀을 듣기 전에, 선생님은 현재의 삶을 어떤 단계라고 생각하시는지, 또 지금까지의 삶이 전반적으로 어떠했다고 느끼시는지, 그것부터 알고 싶군요. '참 좋았더라' 이렇게 말씀하실 것 같긴 한데… (웃음) 그리고 평생 동안 희곡을 쓴다는 게 선생님께 무슨 의미였는지 이 질문들을 먼저

드립니다.

　　이강백 : 지금 질문들 중에서 '현재의 삶이 어떤 단계라고 생각하는지'에 대한 답변은 '전환점에 있다'입니다. 직선으로 앞을 향해서 달려간다고 할까, 미래를 향했던 시각이 어떤 시기에 이르면 앞을 보는 게 아니라 뒤도 돌아보게 됩니다. 저는 올해 일흔 살입니다. 앞으로 얼마나 더 오래 살려고 이제야 전환점이냐, 참 욕심 사납구나, 하실 수 있겠는데, 사실은 이미 오래 전에 미래보다 과거를 돌아보게 됐습니다. 어떤 사람은 그것이 약간 더 빨리 올 수도 있겠고, 어떤 사람의 경우는 거의 임종할 때 뒤돌아보겠지요. 그렇게 전환점에 선 사람들은 자신의 인생 전체를 바라보게 됩니다. 즉 출생이라는 시작과 죽음이라는 끝, 그 사이의 삶을 동시에 보는 것이지요. 출생과 삶과 죽음, 그것은 각각 독립된 것이 아니어서 서로 긴밀하게 영향을 주고받습니다. 그래서 시작이 중간 또는 끝의 영향에 의해서 달라집니다. 물론 중간도 그렇고 끝도 그렇지요. 아무 의미 없는 것 같은 출생이 삶에 의해서 굉장한 의미로 재해석되는 경우도 있고, 다 똑같을 것 같은 죽음이 삶에 의해서 특별하게 재평가 되는 사례도 없지 않습니다. 저는 극작가로서 평생 동안 희곡을 썼습니다. 저의 착각인지는 모르겠습니다만, 전환점에서 보면, 이야기로 시작해서 이야기로 끝나는, 그러니까 이야기가 이야기꾼을 만들고 이야기꾼이 이야기를 만든, 뫼비우스 띠 같은 반복 구조의 모양새가 보입니다.

　　제가 서울예술대학 극작과 교수를 정년퇴임 했을 때, 극작과 재학생들과 졸업생들이 대학로에 있는 소극장을 빌려서 깜짝 퇴임식을 해 줬습니다. 그러니까 저한테는 저녁식사나 함께 하자고 해서 나갔었는데 차에 태워 극장으로 데려가더군요. 제가 수업 중에

했던 말들을 뽑아서 팸플릿도 만들고, 제 희곡을 간추려 낭독 공연도 했습니다. 그런데 그 팸플릿에 이런 말이 있어요. "태초에 이야기가 있었다. 이야기가 세상을 만들었고, 사람을 만들었다." 이것은 극작과 신입생들과 수업을 처음 시작할 때 제가 했던 말입니다. "이야기가 세상을 만들고 사람을 만든다. 이야기가 세상을 만들지 못하고 사람을 만들지 못하면 이야기는 없어진다. 지진이 일어날 때 뱀과 쥐가 먼저 자취를 감춘다. 종말이 될 때도 그렇다. 이야기가 먼저 자취를 감출 것이다. 그러므로 이야기가 없거든, 종말의 징후임을 알아라. 곧 세상도 없어지고, 사람도 없어진다." 평생 희곡을 쓴다는 것은 무슨 의미인지에 대한 답변을 하기 위해 말이 길어진 셈인데요, 이야기를 통해서 태어난 한 인간, 이야기에 의해서 목숨을 유지할 수 있었던 한 남자, 평생 이야기꾼이 되고 싶어 했고, 그 이야기꾼에 어느 정도는 충실했다라고 만족하면서 죽는 자, 그러니까 그게 바로 저입니다.

이상란 : 네, 그렇군요. 각 사람마다 전환점이 있다는 말씀도 흥미롭고, 이야기꾼으로 태어나 평생 이야기꾼으로 살고 싶어 하신 것도 공감이 갑니다. 이젠 선생님의 구체적인 출생과 성장과정을 말씀해 주세요.

이강백 : 저는 1947년 12월 1일 전라북도 전주시 풍남동 45번지에서 태어났습니다. 부모님이 4남 3녀의 자식을 두셨는데, 제 위로는 형님 두 분과 누님 한 분, 아래로는 여동생 둘과 막내 남동생입니다. 제가 태어난 3년 후 1950년 한국전쟁이 발생하였습니다. 굉장히 어려운 시기였지요. 마침 어머님이 제 여동생을 해산하는 날, 북한군이 전주에 들어왔어요. 우리 가족은 저 멀리 지리산이

안전할 것 같아서 그곳으로 피난을 떠났습니다. 그런데 아기를 해산하느라 벌어졌던 골반 뼈가 아직 붙지 않은 상태여서 어머니는 매우 느릿느릿 걸으셨지요. 그래서 오히려 북한군이 빠르게 우리 가족을 앞질러 갔습니다. (웃음) 그때 집에서 기르던 셰퍼드를 데리고 갔는데, 며칠 굶주리자 민가의 닭을 물어서 논두렁으로 달아났어요. 아버지가 쫓아가서 셰퍼드를 붙잡아 입에 물린 닭을 빼내 주인에게 되돌려 주며 죄송하다고 사과하던 모습이 제 기억에 남아 있어요. 아버지는 커다란 트렁크를 짊어지고 그 위에 저를 앉혀서 가셨는데, 숲속 좁은 길을 지날 때는 나뭇가지들이 자꾸만 제 머리를 때려서 아팠습니다. 그렇게 우리 가족은 지리산 밑자락인 임실군 옥석리 산골로 가서 지냈지요. 북한군이 물러나자 전주에 돌아와서 보니까 저희 집은 멀쩡했습니다. 하지만 큰 건물과 시설들은 유엔군 비행기 폭격을 받아 부서졌어요. 수돗물을 공급하는 정수장 시설도 폭격 당해 수돗물이 안 나왔고요. 북한군은 황급히 퇴각하면서 군인 가족, 경찰 가족, 공무원 가족 등, 소위 우익 인사들을 살해했는데, 깊은 우물 여러 곳에 시신을 던져 넣었습니다. 오염된 우물의 물은 지하 수맥을 통해 흘러가 다른 우물들의 물도 오염시킵니다. 그러니까 수돗물이 나오지 않고, 우물들은 오염된 상태여서, 위생적으로 안전하게 마실 물이 없는 것입니다.

이상란 : 전쟁이 일어나면, 총과 대포에 의해 죽는 군인보다 질병으로 죽는 민간인 희생자가 몇 배나 더 많다고 해요.

이강백 : 네, 그렇습니다. 비위생적 환경 때문에 온갖 질병이 발생, 빠르게 전염됩니다. 처음엔 제가 걸린 병이 소아마비인 줄 몰랐지요. 그런데 제 또래 많은 아이들이 똑같은 병을 앓았습니다. 소

아마비는 고열이 극심한 병이어서 사망률도 높지만 후유증이 평생 남는 병입니다. 제가 앓아 누워있는 방, 천정 도배지는 사방 연속 무늬였어요. 네모꼴 격자 형태였는데, 빨강, 파랑, 노랑 등 여러 가지 색깔의 꽃무늬가 각 격자 안에 들어 있었습니다. 제 몸에서 열이 펄펄 끓는 듯 높아지면, 천정 도배지가 변화를 일으킵니다. 사방 연속 격자 꽃무늬마다 들어있던 색깔들이 빠져 나와서, 빨강 덩어리, 파랑 덩어리, 노랑 덩어리로 뭉쳐져요. 그렇게 색깔들이 한 덩어리씩 뭉쳐지는 것을 보면, 저는 고통 속에서도 꼭 붙잡고 있던 정신을 놓을 때가 된 것을 압니다. 그럼 실신한 저는 병원에 업혀가거나 의사가 왕진 오고, 몇 시간 혹은 며칠 후에 정신을 차립니다. 그런 일이 자주 반복되었어요. 어렸을 때 자주 죽음을 경험한 것이지요. 그래서 아등바등 꼭 붙잡은 정신을 놓아버리고 편안해지는 것, 죽는 것이 두렵지 않다고 생각했습니다.

이상란 : 그때를 잊지 않고 기억 하시는군요!

이강백 : 네. 저는 뚜렷하게 기억합니다. 놓치지 않으려고 했던 것을 놓는 순간의 편안함을요. 그런 기억 때문에 열 살이든, 스무 살이든, 서른 살이든, 마흔 살이든, 삶이 저를 힘들게 할 때면, 더 이상 붙잡지 않고 놓아서, 편안해지고 싶은 유혹이 컸습니다. 하지만 삶의 위기 때, 편안해지고 싶은 유혹에서 저를 구해낸 것은 이야기입니다.

이상란 : 어떤 이야기인가요?

이강백 : 제가 처음 들은 이야기는 어머니의 전생 이야기입

니다. 어머니는 제가 소아마비에 걸리자 모성(母性)에 엄청난 타격을 받으셨다고 할까, 깊은 죄의식을 느끼셨습니다. 아무리 전쟁 중이지만 잘 걷던 아들이 몹쓸 병에 걸려서, 그 후유증으로 불구가 된 것은, 어머니가 아들을 보살피지 않았기 때문이라고 여기셨지요. 그래서인지 어머니는 어린 시절 걷지 못하는 저에게 이런 이야기를 몇 번이나 하셨습니다. "이건 네 탓도 아니고 내 탓도 아니다. 이미 네가 태어나기 전에, 내가 전생록(前生錄) 점쟁이에게 점을 치러 갔는데, '앞으로 당신은 아들 넷을 낳고 딸 셋을 낳을 것이다. 전생에서 금비녀 네 개를 받고, 복숭아 세 개를 받았다. 금비녀는 아들이고, 복숭아는 딸이다. 그것을 받아 걸어오다가 금비녀 하나를 땅에 떨어뜨려 주웠더니 끝이 휘었다. 그래서 당신이 낳을 아들 넷 중에 하나가 다리를 잘 못 쓰게 될 것이다.' 난 자식을 낳을 때마다 다리부터 자세히 살펴봤다. 너도 태어날 땐 다리가 멀쩡했는데… 이렇게 된 건 이미 전생에서 정해진 일이다." 어머니의 전생 이야기는 길어요. 복숭아 솜털이 살갗에 닿아 간지러워서 그중 한 개를 소나무 등걸에 대고 긁었는데, 그래서 딸 하나가 몸이 약하다는 것도 있습니다. 자식들에 관한 것만이 아닙니다. 지아비가 될 남자와 함께 가마를 타고 이생으로 내려오는데 길가의 구경꾼들이 가마 안을 자꾸만 기웃거리더랍니다. 그런데 함께 탄 지아비가 좀 못생겨서 잘 보이지 않게 팔 뒤꿈치로 툭툭 쳐 가마 깊숙이 밀어 넣었다고 합니다. 그래서 이생에서는 남편을 집 안에 편히 모셔 두고 바깥일을 모두 해야 할 운명이라는군요. 어머니의 전생 이야기를 다 들으려면 30분 이상 걸려요. 장편 서사극이라고 할까요, 내용도 매우 흥미롭습니다. 저도 28살 때, 어머니에게 전생록을 말해줬던 그 점쟁이를 찾아간 적이 있는데요, 저의 전생록 이야기는 나중에 할 기회가 있거든 하겠습니다.

이상란 : 선생님의 전생록은 어떤 이야기인지 꼭 듣고 싶어요. 제가 알기로는 이강백 선생님은 기독교 신자입니다. 강원용(姜元龍) 목사님이 원장이신 크리스천 아카데미에서 오랫동안 근무하셨고… 그런데 전생록 말씀을 하시니 뭔가 의아하게 느껴져요.

이강백 : 어머니가 기독교 신자여서, 모태 신앙이라고 할까요, 저는 유아 세례를 받은 기독교인입니다. (웃음) 기독교인이 전생록 이야기를 하니까 샤머니즘을 믿는 것 같은 의구심이 들지요? 사람은 태어난 곳의 영향을 크게 받습니다. 제가 태어난 전주는 옛날에 지주들이 모여서 만든 곳이지요. 그러니까 자기들이 직접 농사는 짓지 않고 마름이나 소작농에게, 김제 평야라든지 만경 평야 등 드넓은 토지의 경작을 맡겼습니다. 그리고 풍년이든 흉년이든 상관없이 정해진 소작료를 꼬박꼬박 받았지요. 참 가혹한 방식의 소작료입니다. 어쨌든 전주는 노동의 무거운 굴레를 벗어난 사람들이 모여 살았어요. 그러니까 마치 고대 그리스의 아테네와 흡사합니다. 아테네 시민들은 노예들이 농사도 짓고 노동을 한 덕분에, 먹고 사는 절박함에서 놓여나 여유 있는 시간을 가지게 되었습니다. 그래서 철학, 수학, 예술 같은 형이상학적인 것들을 탐구하게 되고, 문명의 꽃을 활짝 피웠습니다. 전주는 많은 사람들이 시조라든가 창, 그림과 서예를 즐긴 예향입니다. 그런 곳에서는 샤머니즘도 고급화돼요. 일시적인 단순한 궁금증보다 인생 전체를 폭 넓게 알고 싶은 사람들의 요구에 맞게 고급화되는 것입니다. 전주의 전생록 점쟁이는 상징적 메타포와 서사를 능숙하게 구사합니다. 하지만 지금은 모든 것이 변했어요. 고즈넉했던 옛 전주가 아닙니다. 전통적인 한옥들을 보존한 거리가 있지만 관광객들이 몰려다니고, 경제 발전을 위해 조성한 대규모 공업단지에는 전국 각지의 많은

사람들이 뒤섞여 일합니다. 이제 전주는 번잡한 현대적 도시입니다. 그래서 유감스럽게도 고급한 샤머니즘은 사라진 것 같습니다. 어머니가 생존해 계실 때, 혹은 제가 청년이던 때만 해도, 전주에는 전생록 점쟁이가 있었어요. 자신의 전생록을 듣고 나면, 전생과 이생과 내생의 광대무변한 시공간을 접하면서, 뭔가 답답하게 막혔던 것이 툭툭 터집니다.

이상란 : 샤머니즘을 비판할 때 숙명론을 지적하죠. 모든 건 이미 정해져 있으므로 노력해도 소용없다, 그래서 인간을 수동적으로 체념하게 만든다는 것이죠. 이런 지적을 어떻게 생각하세요?

이강백 : 물론 틀린 지적이 아닙니다. 사람이란 굳은 의지와 부단한 노력에 의해 운명을 바꿀 수 있습니다. 하지만 숙명, 피할 수 없는 운명이 주는 긍정적 측면도 분명히 있어요. 이것은 내 운명이다 받아들일 때, 오히려 막중한 책임을 느낍니다. 저는 고급한 샤머니즘과 저급한 샤머니즘이 있다고 생각합니다. 고급한 샤머니즘은 '너는 너의 운명을 거부하지 말고 받아들여라'입니다. 그러나 저급한 샤머니즘은 '너는 네 운명이 싫거든 굿이나 부적으로 바꿔라' 하지요. 이렇듯 쉽게 운명을 바꿀 수 있다면 누가 자기 운명에 책임을 질까요?

이상란 : 선생님은 운명에 대한 책임을 강조하시는군요.

이강백 : 저는 기독교인입니다만, 제 개인적인 이유 때문에, 기독교의 핵심인 부활을 바라지 않습니다. 제가 죽은 다음 부활한 몸이 지금처럼 지팡이를 짚어야 한다면, 영원히 불편할 것 같거든

요. (웃음) 그렇다고 날렵하게 뛰어다니는 몸으로 부활한다면, 저는
그런 몸이 낯설어 저 자신이 아니라고 여길 것입니다. 그런 점에서
저는 불교의 소멸을 더 좋아합니다. 물론 개인적 취향에 따라 종교
의 본질이 달라질 수는 없겠지요. 이왕 말을 꺼낸 김에 어린 시절
의 경험을 말씀드립니다. 어머니는 저의 다리를 고쳐 달라고 하나
님께 기도를 많이 하셨습니다. 어느 해인가 교회에서 1주일간 밤
낮으로 계속되는 대규모 부흥회가 있었어요. 하루도 빠짐없이 앉
은뱅이가 일어서고, 벙어리도 말을 하는 기적이 일어났습니다. 부
흥회의 마지막 날, 어머니 품에 안겨 잠들어 있던 제 얼굴로 후두
둑 후두둑 빗물이 떨어졌어요. 잠 깨어 바라보니 교회 창밖으로 새
벽하늘에서 별들이 찬란하게 빛나고 있었고, 제 얼굴에 떨어지는
건 빗물이 아니라 기도하는 어머니의 눈물이었습니다. 저는 제 자
신의 불편한 다리에 대해서 하나님을 원망한 적은 단 한 번도 없어
요. 그러나 어린 시절의 미성숙한 감정 탓인지, 저의 어머니를 울린
그것만은 지금도 하나님을 용서 못하고 있습니다.

이상란 : 전생록 다음으로 선생님께 영향을 준 이야기들은 어
떤 것이 있는지요?

이강백 : 저는 초등학교 1학년 말, 여덟 살까지 업혀 다녔습
니다. 그러다가 차츰차츰 일어나 부자연스럽지만 스스로 걸었어
요. 참 다행하게도 저희 집 근처에 헌책방이 있었습니다. 더욱 다행
인 건 헌책방 주인이 저에게 너그러웠다는 것입니다. 마치 전용 도
서관처럼 드나들면서, 저는 그 헌책방의 책들을 무료로 빌려와 읽
었습니다. 주로 이야기책들이었어요. 그렇게 다독한 것이어서 〈켄
터베리 이야기〉인지, 〈데카메론〉인지, 아니면 다른 책인지, 이젠 책

이름은 분간 못하지만, 그때 읽은 이야기 하나는 뚜렷하게 기억합니다. 길지 않은 그 이야기를 좀 더 간단하게 줄이면 이렇습니다.

한 떠돌이 음유시인이 아름다운 공주를 사랑했어요. 그는 공주의 아름다움을 찬미하는 시를 지어서 전국을 다니며 노래 불렀습니다. 그 노래 때문에 아름다운 공주를 모르는 사람이 없었지요. 공주에게 청혼자가 너무 많아서 국왕은 결투로써 정하기로 했습니다. 결투 형식은 말을 타고 서로 마주 보며 달려와 기다란 창으로 가슴을 찌르는 것이었는데, 치명적인 부상을 당해 죽는 경우가 많았어요. 이렇게 싸워 이긴 자끼리 또 싸워 마지막 남은 승자가 공주와 결혼하게 됩니다.

결투가 시작되는 날, 전국에서 용맹한 기사들이 다 모였습니다. 떠돌이 음유시인도 왔는데, 그는 가난해서 탈 말이 없고, 갑옷도 창도 없었어요. 결투의 참가자들이 모두 그를 비웃었습니다. 그러나 음유시인의 노래를 듣고 감동했던 한 기사가 그를 존중하여 말과 갑옷과 창을 사서 주었어요. 결투자는 상대를 지명할 권리가 있는데, 기사는 음유시인을 지명했습니다. 그 둘은 적수가 아니었어요. 기사는 죽음을 각오하고 달려드는 음유시인의 어깨를 가볍게 쳐서 땅에 떨어뜨렸습니다. 음유시인을 죽이지 않으려는 기사의 배려입니다. 패배한 음유시인은 아름다운 공주를 찬미하는 노래에 사랑의 슬픔을 담아 불렀습니다. 세월이 흘러 아름다운 공주도 죽고, 용맹한 기사들도 죽고, 떠돌이 음유시인도 죽었지만, 음유시인이 불렀던 그 노래는 지금도 남아서 많은 사람들이 부르고 있습니다.

이 이야기를 읽기 전엔 저는 제가 누구인지 몰랐어요. 그런데 이 이야기를 읽은 다음엔 제 모습이 선명하게 보였습니다. 저는 왕도 아니고 공주도 아닙니다. 용맹한 기사도 아니지요. 저는 음유시인입니다. 저는 아름다운 공주를 사랑하지만 공주하고 결혼은 할 수 없어요. 왜냐하면, 결혼하려면 결투에서 이겨야 돼요. 그러나 저는 다리 때문에 이기지 못합니다. 그런데도 결투를 포기한 건 아닙니다. 많은 기사들이 저를 비웃습니다. 전혀 무장하지도 않은 자를 비웃으면서 창으로 심장을 찌르는 기사는 매우 비열한 인간입니다. 인간의 존엄성이란 무엇일까요? 진정한 기사는 시인을 알아봅니다. 그 시인이 자기가 사랑하는 사람을 똑같이 사랑하기 때문에 똑같은 인격체로 존중합니다. 음유시인은 결투에서 졌지만, 패배의 고통과 함께 자신의 존엄함을 느꼈어요. 그래서 공주의 아름다움을 더욱 절실히 노래합니다. 이렇게 저는 음유시인과 저를 동일시하게 됐습니다. 그러니까 이야기가 '나'라는 존재를 알게 해준 것, '나'는 어떻게 살아야 하고, '나'의 역할은 무엇인지, 제 인생을 알려 준 것입니다. 만약 아직도 자기가 누구인지, 역할과 목표는 무엇인지 알 수 없거든 이야기책들을 읽으시기 바랍니다. 반드시 그중 한 이야기에서 자신의 모습을 거울에 비춘 듯이 분명하게 보실 수 있습니다.

이상란 : 그렇게 시인이 되고 싶었다면, 직접 시를 쓰기도 하셨는지요?

이강백 : 네. 제가 처음 시를 쓴 건 초등학교 5학년, 열두 살 때입니다. 헌책방에서 〈세계명작시선〉인가, 그런 굉장한 제목의 시집을 발견했습니다. 그런데 번역이 잘못된 것인지, 아니면 사랑을 주제로 모은 탓인지, 시들이 비슷비슷했어요. '계절의 여왕 오월이여, 황홀하게 아름답구나!' '아, 큐피트가 쏜 화살이 내 가슴에 박혔도다!' 등등⋯ 그래서 저는 시란 그렇게 써야 하는 줄 알았지요. 전주에는 신석정 시인이 계셨습니다. 전주 시민들이 존경하는 분이

고, 특히 문학 지망생들의 우상이었지요. 신석정 시인은 전주고등학교의 국어 선생님이기도 하셨는데, 마침 제 둘째 형님의 담임 선생님이셨어요. 제가 하루도 빠짐없이 시를 쓰자 기특하게 여긴 둘째 형님은 그 시를 학교로 가져가 신석정 선생님께 보여드리곤 했습니다. 지금 생각하면 너무 부끄러워요. 나이 어린 것이 '내 사랑이여, 어쩌고저쩌고…' 했으니까요. 그러다가 어느 날 마당에 피어 있는 철쭉꽃을 보고 쓴 시를 갖다 드렸더니, 잘 썼다는 칭찬을 하셨다고 둘째 형님이 저에게 전해 줬습니다. 저는 얼마나 기뻤는지, 시인이 다 된 것 같았어요. 제가 시 쓰는 것을 미심쩍어 했던 맏형님도 적극 도왔습니다. 맏형님은 어디서 어떻게 구했는지, 일제 강점기 때 발간한 〈정지용 시집〉을 저에게 줬어요. 정지용 시인이라든가 백석(白石) 시인은 월북 문인으로, 제 어린 시절에는 월북한 분들의 작품은 출판 금지 상태였습니다.

이상란 : 신석정 시인의 칭찬이 큐피트 화살처럼 선생님 가슴에 박혔군요!

이강백 : 네. 한번 박히면 평생 뺄 수가 없는 화살입니다.

이상란 : 신석정 시인을 직접 만나셨어요?

이강백 : 초등학교 시절엔 둘째 형님을 통해서 시만 보여 드렸습니다. 그러다가 열여덟 살인가 열아홉 살에, 직접 만나 뵙게 됐습니다. 그때는 제가 전주를 떠나 서울에서 살고, 신석정 선생님도 전주고등학교가 아닌 김제고등학교로 전근해 계셨는데, 꼭 뵙고 싶어 무작정 김제로 찾아 갔습니다. 선생님은 시 보내주던 저를 기

억하셨어요. "요즘 시를 잘 쓰지 못 합니다. 잘 쓰려면 어떻게 해야 할까요?" 제가 찾아온 이유를 말씀 드렸더니, 선생님은 이렇게 일러 주셨습니다. "시는 주전자 같다. 주전자에 물을 채워야 물이 나오듯이, 주전자를 채우지 않으면 시가 나오지 않는다." 아직 어려운 말은 이해 못할 것이라고 여겨 하신 말씀인지, 너무 쉽고 간단했어요. 뭔가 심오한 말씀을 기대했던 저는 주전자를 듣고 실망했습니다. 하지만 주전자를 채워야 한다는 것이 얼마나 어렵고 어려운지… 모든 것이 그렇지요. 가득 채우면 많이 나오고, 조금 채우면 조금 나오지만, 채우지 않았는데 나오는 건 이 세상에 없습니다.

이상란 : 현자는 심오한 것을 쉽게 말씀하시죠.

이강백 : 네. (웃음) 반대로 바보는 쉬운 것을 어렵게 말합니다.

이상란 : 선생님이 전주를 떠난 때는 언제였어요?

이강백 : 제가 초등학교를 졸업한 해, 1960년 여름입니다. 가족 모두 서울로 이사했어요.

이상란 : 1960년이면 4.19혁명이 일어난 해군요.

이강백 : 네. 부정선거를 규탄하는 시위가 대대적으로 벌어지고 있다는 건 어린아이들도 알았습니다. 그러다가 4월 26일입니다. 이승만 대통령이 물러난다는 라디오 육성 방송을 했습니다. 그 방송이 끝나자마자 전주 시민들이 시내로 몰려나왔어요. 그날 저는 알퐁스 도데의 단편 소설 같은 광경을 봤습니다. 중학생, 고등학

생, 대학생, 청년들이 어깨동무하고 '독재 정권 물러나라!' 외치면서 행진하는 광경이었는데, 이미 이승만 대통령은 하야한 뒤여서, 뭔가 절박함은 없고 축제 같은 흥겨운 분위기였어요. 알퐁소 도데의 소설에는, 보불(프러시아, 프랑스)전쟁이 일어나자 프랑스의 한 작은 도시에서 생긴 사건이 쓰여 있습니다. 조국을 위해 싸우기를 결의한 젊은이들이 매일 밤 흥겹게 출정식을 합니다. 그렇게 축제 같은 출정식만 계속하다가 전쟁이 끝났지요.

이상란 : 전주에는 이승만 대통령 하야 전엔 학생들의 데모가 없었어요?

이강백 : 글쎄요… 제 기억엔 없군요. 있다고 해도 마산이나 서울처럼 무장 경찰이 유혈 진압할 정도는 아닐 것입니다.

이상란 : 온 가족이 전주를 떠나 서울로 이사하신 계기랄까, 무슨 이유가 있었나요?

이강백 : 여러 가지 이유가 있겠지만, 근본 원인은 아버지 때문입니다.

이상란 : 아버지… 때문이라뇨?

이강백 : 저희 아버지는 좋게 말하면 풍류를 즐기는 한량, 나쁘게 말하면 세상 물정을 전혀 모르는 무능력한 가장이셨어요. 저희 가족 생계는 어머니가 맡으셨는데, 전주 남문시장에서 제법 큰 포목점을 하셨습니다. 아버지 주변에는 허풍쟁이 친구들이 많았지

요. 그들은 아버지에게 사내대장부가 어찌 여자 손에 생계를 맡기느냐, 큰돈을 벌어 가장 노릇을 해야 한다고 부추겼어요. 아버지는 그 말에 자주 넘어갔습니다. 예를 들자면 이런 것입니다. '전라도 지역은 가뭄이 들어 고구마가 흉년이지만, 경상도는 고구마가 풍년이다. 경상도에 가서 고구마를 기차로, 기차 화물칸에 가득 싣고 전주에 오면, 세 배 이상 큰돈을 번다.' 그래서 아버지는 집도 잡히고 어머니의 포목점에 있는 돈을 몽땅 털어서 경상도로 고구마를 사러 가셨습니다. 고구마가 밀폐된 공간 속에 있으면 썩는다는 것은 모르셨어요. 그 시절엔 대구역을 떠난 기차가 바로 전주역까지 한달음에 오는 게 아닙니다. 경부선 대전역에 갔다가 고구마 화물칸을 분리해 놓으면, 호남선 기차가 그걸 연결해서 이리역으로 옮겨 놓고, 또 다른 기차가 이리역에서 전라선으로 바꿔 전주역으로 옮기는… 그게 몇 주가 걸립니다. 고구마는 전주역에 들어오지도 못하게 되었어요. 화물칸 안에서 폭삭 썩어버린 고구마는 지독한 악취를 풍겨서, 전주역 안으로 들어오지 못하고, 역 밖 멀리 떨어진 곳에 세웠습니다. 그리고 썩은 고구마를 치우는데 든 돈이 고구마를 산 값보다 더 들었지요!

이상란 : 고구마가 다 썩다니! (웃음) 지금 들으니까 우습지만, 그때는 청천벽력 같은 놀랄 일이었겠어요!

이강백 : 네. 그런 일이 벌어지면 저희 집 가세가 급격히 기울었습니다.

이상란 : 우리 부모님 세대는 험난한 세월의 소용돌이를 지나왔어요. 아버지보다는 어머니의 어깨가 무거웠죠. 그래서 어머니들

이 '내 얘기를 책으로 쓰면 몇 권이 된다'고 하시잖아요.(웃음)

이강백 : 고구마 사건 만이 아닙니다. 트럭 사건도 있습니다. 휴전 협정이 되자 미국 본토로 철수하는 미군 부대들이 있었는데, 사용하던 군용 트럭을 강원도 춘천에 모아놓고 한국 민간인에게 팔았어요. 그런 미군 트럭을 사다가 개조해서 버스를 만들었습니다. 드럼통을 망치로 두드려 펴서 트럭 둘레를 덮어 용접하고, 그 안에 좌석들을 배열하면 버스가 돼요. 손재주가 얼마나 좋은지, 처음에 우리나라 버스들은 미군 트럭을 사다가 그렇게 만들었어요.

이상란 : 아, 정말인가요? 저는 그런 버스는 못 봤어요.

이강백 : 운전기사와 함께 다니는 조수가 기다란 쇠막대기를 차 앞 구멍에 넣고 돌려서 엔진 시동을 거는 모습은 보셨는지요? 바로 그런 버스가 군용 트럭을 개조한 것입니다. 군용 트럭을 개조한 버스는 엔진 힘이 강해서 많은 승객들과 물건들을 싣고 험한 비포장도로를 잘 달립니다. 아버지 친구 중에 사기꾼이 있는데 별명이 운전수예요. 운전면허증도 있고 운전 경력도 있습니다. 그런데 그 운전수가 아버지를 또 부추겼어요. "마누라 치마폭에 매달리지 말고, 당당한 사내대장부가 되시오!"

이상란 : 그게 콤플렉스셨군요.

이강백 : 네. 운전수는 아버지에게 미군 트럭을 불하 받으려 강원도 춘천으로 가자고 유혹했습니다. 트럭을 몇 대 사 전주에 와서 버스로 개조해 팔거나, 아예 버스 회사를 차리면 엄청난 돈을

번다면서요.

이상란 : 규모가 크네요. 한 대도 아니고…

이강백 : 규모가 작으면 사내대장부가 할 일이 아니지요. 그래서 아버지가 어머니를 매우 열심히 설득하셨습니다. 어머니는 아버지가 무슨 일을 할 때마다 집안 형편이 어려워지니까. 어떻게든지 안 하려는데… 여성으로서 생계를 감당해야 하는 무거움에서 놓여날 수만 있다면, 실낱같은 기회라도 잡아보자, 그런 심정이 되어 설득 당하곤 하셨습니다.

이상란 : 그렇죠. 어렵고 힘들수록 짐을 나눠 들어주기를 바라거든요.

이강백 : 어쨌든 있는 돈에 빌린 돈 까지 합쳐서 트럭 5대를 불하받을 돈을 갖고 아버지와 운전수는 춘천으로 갔습니다. 그 트럭들이 전주에 오는 동안 한 달 이상 걸렸어요. 5대 중에 1대가 고장 나면 나머지 4대의 트럭들도 멈추고, 고장 난 트럭을 수리해서 떠났다가 다른 트럭이 또 고장 나서 모두 멈추기를 반복했습니다. 저희 아버지는 운전할 줄도 모르고, 트럭의 어디가 어떻게 고장 났는지도 모릅니다. 그래서 운전수가 하는 말을 믿을 수밖에 없습니다. 트럭을 고치려면 무슨 부속이 필요한데, 그 부속 값은 얼마니까 돈을 내라… 그때마다 아버지는 어머니에게 돈 보내라는 전보를 쳤어요. 트럭들을 마냥 세워둘 수는 없고, 애가 타신 어머니는 급하게 고리채를 빌려 보냅니다. 마침내 트럭 5대가 전주에 도착했습니다. 그 트럭들은 버스로 개조되기도 전에 빚쟁이들의 손에 넘어

갔지요.

이상란 : (웃음) 또 웃어서 죄송해요.

이강백 : 저희 가족은 사기꾼 운전수를 원망했습니다. 저희 집을 완전히 파산하게 만들어 전주를 떠나도록 했으니까요. 지금도 형님들과 누님은 그를 용서 못할 원수처럼 여깁니다. 저 역시 그랬는데 나중에 생각이 달라졌습니다. 만약 그때 운전수가 아버지를 유혹하지 않았다면, 그래서 저희 집이 망하지 않았다면, 저희 가족은 전주에 그대로 살았겠지요. 저는 아버지가 바라시던 시계 수리공이 되어 전주의 어느 시장 모퉁이에 시계방을 차렸을 테고, 마음 착한 아내 얻어 오순도순 살고 있을 것입니다. 하지만 그것은 극작가의 운명이 아닙니다. 연극 환경을 갖춘 서울로 저를 옮긴 것은 운전수 덕분이지요. 그러니까 저에게 운전수는 원수가 아니라 은인입니다. 제가 가끔 전주에 갈 때는, 은인이 살던 집 앞에서 감사하다는 뜻으로, 허리 숙여 절하고 지나갑니다.

이상란 : 아버님이 시계 수리공 되기를 바라셨던가요?

이강백 : 네. 아버지는 제가 시인으로서는 먹고 살 수 없다면서, 시계 수리 기술을 배우기를 바라셨지요. 파산하여 서울로 이사 오자 아버지는 결국 저를 을지로 입구에 있는 '한미기술학원'에 보냈습니다. 초급반 3개월은 괘종시계, 중급반 3개월은 탁상시계, 고급반 3개월은 손목시계, 그 학원의 과정을 미리 파악하시고, 아버지는 결혼 기념으로 구입해 몹시 아끼시던 괘종시계를 실습용으로 내놓으셨습니다. 그런데 저는 시계 수리에 흥미가 없어 초급반을

마치고 그만 뒀어요. 결혼 기념 괘종시계는 망가졌지만, 아버지의 손목시계를 보존할 수 있어 다행이었지요.

이상란 : 그럼 학교는요? 전주에서 초등학교를 졸업하고 서울로 오셨으니 중학교에 진학해야 할 텐데요?

이강백 : 학교는 제 적성, 아니 제 운명에 맞지 않았습니다. 초등학교도 결석이 출석보다 많았어요. 저는 학교 폭력이 두렵고 싫었습니다. 사내아이들은 때리고 맞으면서 자랍니다. 서열 다툼이랄까요, 사회적 위계질서에 적응하는 방식을 말보다 주먹으로 배웁니다. 맞은 애는 맞았다고 선생님과 가족에게 말하면 안 됩니다. 그렇게 일러바치는 건 비겁한 짓이라고 다시는 사내아이들 속에 끼워 주지 않습니다. 놀라운 사실은 강한 애만이 아니라 약한 애도 약한 애를 때린다는 것입니다. 강한 애한테 맞은 분풀이를 자기보다 약한 애에게 하는 셈이지요. 학교에는 선생님의 정신적 폭력도 있습니다. 성적순으로 정하는 차별이 정신적 폭력입니다. 저처럼 결석이 잦은 아이는 시험 성적이 좋지 않은데, 선생님이 성적을 공개할 때마다 두들겨 맞은 것과 다름없는 고통을 느낍니다. 더구나 장애를 가진 저는 체육시간과 운동회, 아이들의 온갖 놀이에서도 제외되곤 했습니다. 그런데 사실은 제가 아이들을 제외했다면 믿으시겠어요? 제 생각에 저는 수많은 이야기들을 알고 있어서 유식한데, 아이들은 뭘 모른다고 할까, 저하고는 수준이 안 맞는 무식한 존재였어요. (웃음) 제가 성장한 시절에는 한문과 한글을 혼용했습니다. 웬만한 책과 시집들은 한문을 알아야 읽을 수 있고, 신문 역시 마찬가지입니다. 저는 책과 시집 읽기 위해 일찍 한문을 익혀서, 초등학교 졸업 무렵엔 신문을 줄줄 읽었지만, 다른 아이들은 신문

을 읽지도 못 합니다. 더 이상 학교 다닐 필요 없다고 여길 만큼 굉장한 우월감을 느꼈지요! (웃음) 그래도 시계 수리 학원에는 20대, 30대의 나이 많은 사람들, 심지어 감옥살이 했던 특별한 사람이 있어서 3개월을 다녔습니다. 만약 제가 중학교에 갔으면, 3개월은커녕 3주일을 못 다녔을 테고, 고등학교에 진학해도 사정은 같을 것입니다. 대학교는 약간 다르겠지요. 주먹으로 때리는 학생은 없을 테고, 낮은 성적 때문에 공개적으로 무시하는 교수님도 없을 테니까요. 하지만 대학에 못 갔다고 후회한 적은 없습니다. 대학을 다니지도 않고 폄하한 것 같아 열심히 대학 다닌 분들에게 미안합니다.

이상란 : 학교가 학생의 특수성을 살리지 못하는 경우도 많지요. 선생님은 스스로를 교육한 셈이네요. (웃음) 선생님의 그 많은 이야기의 원천은 무엇일까요?

이강백 : 서울에 올라와 청계천 헌책방에서 정음사가 출판한 정봉화 선생 번역의 〈아라비안나이트〉 전집을 샀는데, 전화번호부처럼 두툼한 책 네 권이었어요. 〈아라비안나이트〉는 천일야화(千一夜話), 천 하루 밤 동안 계속되는 방대한 이야기지요. 이 굉장한 이야기책을 모르는 사람은 없습니다. 그러나 다 읽은 사람은 많지 않을 것입니다. 매일 하루 밤 이야기만 읽어도 1001일이 걸리니까요. 〈아라비안나이트〉는 방대한 이야기일 뿐 아니라 사실과 환상이 어우러진 이 세상 최고의 흥미진진한 이야기책입니다. 이 이야기에는 셰에라자드라는 매우 지혜로운 여성 진행자가 있습니다. 셰에라자드는 매일 밤 왕에게 이야기를 합니다. 왕비의 부정(不貞)함을 목격한 왕은 분노하여 왕비를 죽였습니다. 여성을 불신하는 왕은 새로 결혼한 여성과 초야를 치루고는 다음 날 죽여 버립니다.

이런 왕 때문에 많은 여성들이 목숨을 잃었어요. 셰에라자드는 재상의 딸인데, 스스로 자원하여 왕과 결혼합니다. 그녀의 흥미진진한 이야기를 계속 들으려면 왕은 그녀를 죽일 수가 없습니다. 그렇게 천 하루가 지나자 마침내 왕은 자기의 여성 편견이 잘못임을 깨닫지요. 셰에라자드는 이야기로써 자신을 살렸고, 많은 여자들을 죽음에서 구했습니다. 저는 감히 셰에라자드 같은 이야기꾼이 되고 싶었어요. 이야기로써 저 자신도 살고 다른 사람들도 살리는… 제 능력으로는 불가능한 것을 이루려고 한 것이지요.

이상란 : 선생님은 서울에 와서 겨우 1년 사이에 엄청난 두 사건 4.19 학생혁명과 5.16 군사쿠데타를 겪으셨어요. 물론 그때가 아직 십 대의 소년이긴 했지만 사회적 급변에 대해 어떤 느낌을 받으셨나요?

이강백 : 제가 전주에서 겪은 4.19 학생혁명은 아까 말씀 드린 것과 같습니다. 지방 도시인 전주와 서울은 거리가 멀리 떨어져서 그 사이에는 충격을 흡수하는 완충 역할의 공간이 있지요. 그래서 서울의 굉장한 사건도 전주에서는 충격이 덜 느껴집니다. 하지만 서울로 이사 온 후엔 그런 완충 공간이 없으므로 큰 충격이 곧바로 전달됩니다. 1961년 5월에 저희 가족은 을지로 6가 근처의 유락동(有樂洞)이라는 곳에 살고 있었어요. 5.16 군사쿠데타가 일어나기 하루 전입니다. 고려대학교 정치외교학과 1학년 신입생인 저의 둘째 형님이 낮잠을 자다가 벌떡 일어나 소리 질렀어요. "장면(張勉) 박사 목이 떨어졌다!" 장면 박사는 그 당시 대통령제에서 내각책임제로 바뀐 뒤 선출된 첫 국무총리였는데, 꿈속에서 칼로 목이 잘려 떨어지는 것을 봤다는 것입니다. 저희 가족은 말도 안 되

는 개꿈이라면서 웃었어요. 그런데 놀랍게도 다음날 쿠데타가 발생하고 계엄령이 선포됐습니다. 그런 다음 열흘쯤 지났던가… 군사쿠데타를 지지하는 군인들의 대규모 시가행진이 있었습니다. 시민들이 그것을 보도록 미리 예고하는 라디오 방송을 했어요. 군인들의 시가행진은 종로, 을지로, 퇴계로, 각 대로마다 벌어졌습니다. 저는 을지로 6가에서 군중들과 함께 봤어요. 먼저 저쪽, 왕십리 쪽에서, 우르릉 우릉-- 요란한 굉음이 들리더니 거대한 탱크들이 나타났습니다. 탱크가 지나가면 소리만 요란하지 않아요. 땅이 흔들리고, 사람 몸이 흔들립니다. 탱크 뒤를 따라 완전무장한 군인들의 기다란 행렬이 이어졌지요. 정말 이 세상을 압도하는 광경이었습니다.

이상란 : 단순한 시가행진이 아니라 무력시위였군요.

이강백 : 네, 그렇습니다. 그 무력시위에 압도당한 사람들은 얼어붙은 듯 가만히 있다가 하나둘 흩어졌어요. 아까 말씀 드렸듯이, 제가 겪은 4.19 혁명은, 전주에서는 유혈 진압이 없어서인지 흥겨운 축제 느낌이었습니다. 그런데 이건 공포 분위기여서 전혀 달랐지요. 저의 성장과정에서 그 두 가지 사건은 깊은 인상을 남겼고, 많은 영향을 줬다고 생각합니다.

이상란 : 그 영향의 구체적인 사례는요?

이강백 : 저는 홀로 있는 시간이 많았습니다. 그런 경우 사회적 관심이 없는 성격이 될 수 있어요. 그러나 제가 저 자신의 내부로만 함몰 되지 않고, 외부의 사회적 관심을 가진 것은, 극작가로서

균형감을 잃지 않았다는 점에서 참 다행입니다.

이상란 : 선생님의 희곡들은 사회성이 강하죠. 그 이유가 뭘까 궁금했는데, 지금 말씀을 듣고 조금은 풀린 것 같아요. 성장과정에서 중요한 씨앗들이 뿌려진 것 같습니다. 선생님의 사춘기는 어땠는지요?

이강백 : 사춘기는… 사춘기인 줄 알고 사춘기를 겪는 사람은 없을 것입니다. 아, 그게 사춘기였구나, 나중에 알게 되지요. 저의 사춘기 역시 그렇습니다. 전주를 떠나 서울에 와서 처음 살았던 곳이 서울역과 남대문 사이의 어떤 기다란 골목 끝에 있는 목수 집이었어요. 창문도 만들고 선반도 만들고 의자도 만드는 그런 목수가 집주인이었는데 여러 가족이 그 집의 방 한 칸 씩 세 들어 살았습니다. 그 목수 부부는 선량한 분이셨고, 아들과 딸도 착했습니다. 어느 날 목수의 부인이 저에게 이상한 그림이 그려진 팸플릿을 주셨어요. 사자와 어린 양들이 함께 섞여 풀을 뜯고, 어린아이가 독사의 굴속에 웃으며 손을 넣는 그림입니다. 목수의 부인은 설명하기를, 그 그림에 그려진 젊은 사람들은 늙은이였는데 다시 젊어졌으며, 병들거나 불구였던 사람들도 다시 건강하게 됐다고 했습니다. 선생님도 짐작하시겠지만 그 그림은 요한계시록의 새 하늘과 새 땅이 이루어진 신세계 풍경입니다. 목수의 부인은 매우 놀라운 말을 저에게 했습니다. 이미 그 신세계가 이루어졌다고요. 그리고 더 자세한 것을 알고 싶거든 자기 딸이 안내하는 곳을 가보라고 하더군요. 그 딸이 당시 제 나이 또래의 중학교 2학년생인데, 제 눈엔 단발머리 소녀가 천사처럼 보였습니다. 서울역 앞 정류장에서 전차를 타고 세 번째인가 네 번째가 남영동 정류장인데, 그 짧은 거

리가 좀 길었으면 좋겠다고 생각했지요. 보행이 느린 제 걸음에 맞춰 그 소녀가 친절하게 안내한 곳은 보통 교회하곤 달랐습니다. 십자가 표지도 없고 목사도 없었어요. 그러나 모두를 형제자매로 대하는 화목한 분위기는 감동적이었습니다.

미래의 일이 이미 이루어졌다, 미래 완료형을 그곳에서 알았지요. 성경을 기록한 히브리어에는, 이 세상의 다른 언어에는 없는 미래 완료형이 있습니다. 예언자들의 예언이 이미 이루어졌다, 이것은 과거 완료형 언어로는 표현 못 합니다. 어쨌든 이 독특한 미래 완료형 경험도 저의 성장과정에 뿌려진 중요한 씨앗입니다.

그런데 그해 겨울, 남대문 시장에서 큰 불이 났습니다. 목수의 집에 세든 사람들은 그 집 지붕 위에 올라가 불구경을 했어요. 바로 내 옆엔 단발머리 천사가 있었습니다. 수십 대 불자동차들이 울리는 요란한 경적 소리, 치솟는 불기둥과 연기구름 지옥 같은 그 풍경과는 대조적으로 화염에 반사된 단발머리 천사의 불그스레한 얼굴이 어찌나 예쁜지… 저는 사춘기의 첫사랑을 앓기 시작했지요. 겨울이 지나고 봄, 저희 가족은 그 집을 떠나 유락동으로 이사 갑니다. 단발머리 소녀와 이별한 것입니다. 하지만 지금도 촛불이나 장작불에 반사되어 불그스레한 모습을 보면, 그것이 사람이든 물체이든 상관없이 단발머리 천사의 얼굴을 보는 것 같아 가슴이 울렁거립니다.

이상란 : 선생님은 청년 시절, 스물네 살 때, 1971년 동아일보 신춘문예에 희곡 〈다섯〉으로 등단하셨지요. 단순하게 계산해서, 시를 쓴 열두 살 때부터 희곡으로 데뷔한 스물네 살까지, 12년간이 습작시기가 되는군요. 처음은 시를 쓰셨는데, 나중에 희곡을 쓰신 동기를 듣고 싶어요.

이강백 : 사실은 소설도 쓰고… 장르 구별 없이 썼습니다.

이상란 : 소설도 쓰셨어요?

이강백 : 네. 서울에 와서도 헌책방 드나드는 습관은 여전하였고, 여러 가지 닥치는 대로 읽는 버릇도 바뀌지 않아서, 쓰는 것 역시 다양했어요. 습작시기에 쓴 시는 삼백 편이 넘을 만큼 많아요. 소설은 다섯 편, 희곡은 세 편 썼습니다. 물론 질적 수준이 높은 건 아닙니다. 심지어 다다이즘 흉내를 내서, 제가 쓴 시와 소설과 희곡을 가위로 잘라 뒤섞어 도저히 이해 못할 기묘한 작품을 만들기도 했습니다.

이상란 : 장르 구별 없이 쓰셨지만, 그래도 순서가 있다면, 처음엔 시, 다음은 소설, 그 다음은 희곡인가요?

이강백 : 네. 방금 말씀하신 순서 그대로입니다.

이상란 : 신춘문예에 시, 소설은 응모 하셨는지요?

이강백 : 시는 응모한 적 없으나 소설은 응모했습니다. 1971년 희곡 당선 후 1974년이었지요. 중앙일보에 단편소설 〈둘러쌓기〉를 응모하였는데 최종심에 올랐어요. 그러나 이윤기 씨의 〈하얀 헬리콥터〉가 당선작으로 뽑혔습니다. 심사한 두 분 중에 한 분이신 이청준 선생님이 저에게 만나자고 하셨습니다. 〈둘러쌓기〉가 낙선된 것이 아쉽다면서, 소설을 한 편 더 가져오면 〈현대문학〉에 추천을 하겠다고 제안하셨어요. 저는 기뻤습니다. 그러나

1974년은 제가 드라마센터의 '극작 워크숍'을 참여한 때여서, 워크숍을 주재하시는 여석기 선생님께 소설 추천을 받게 됐다고 말씀 드렸습니다. 여석기 선생님은 1971년 동아일보 희곡을 심사하신 분이기도 해요. 그런데 제 말을 듣고 한동안 침묵하시더니, 낮은 음성으로, 우리나라엔 소설가는 적지 않으나 극작가는 적다고 하셨습니다. 그 순간 저는 다짐했어요. 이청준 선생님을 뵙고 오직 희곡만 쓰겠다고 했습니다.

이상란 : 연극계로 보면 정말 잘 됐군요.

이강백 : 이건 여담입니다만, 제가 동아일보 신춘문예 희곡에 당선된 것은, 극작가 이근삼 선생님이 여석기 선생님과 싸워서 이긴 덕분입니다. 두 분이 심사위원인데 의견이 다르셨지요. 여석기 선생님은 한 해 전 〈까마귀 떼〉란 작품으로 입선했던, 1970년 신춘문예 희곡 가작상을 받은 이용희 씨의 〈노치(老雉)〉가 당선작이 되기를 바라셨습니다. 이렇게 해마다 수준 높은 희곡을 써내는 이용희 씨야말로 어려운 극작가를 평생 할 것이라고 판단하셨지요. 하지만 이근삼 선생님은 〈다섯〉이 지금까지 나왔던 사실주의 희곡하고는 전혀 다르다며, 새로운 극작가의 출현이라고 강하게 밀었습니다. 그때 동아일보 문화부에는 소설가 최일남 선생님이 계셨는데요. 제가 당선 통지를 받고 동아일보사에 갔더니, 희곡 심사위원 두 분의 주장이 달라 오랜 시간 심사를 했다는 거예요. 그런데 무엇 때문인지 그 말씀을 제가 잘못 들었어요. 여석기 선생님은 〈다섯〉을 당선작으로 뽑자고 주장하셨는데, 이근삼 선생님이 반대하셨다. 이렇게 거꾸로 들었습니다. 그래서 그때 구하기 힘든 양주 한 병은 여석기 선생님께 갖다 드리고, 작은 귤 한 상자는 이근삼 선생님 드렸지요. 그러다가 몇 년

후입니다. 드라마센터 '극작 워크숍'에서 만난 여석기 선생님이 빙그레 웃으면서 저에게 이런 말씀을 하셨습니다. "동아일보 희곡 심사할 때, 내가 자네 작품을 반대했다가, 이근삼 선생이 어찌나 나를 윽박질렀는지, 그만 이기지 못해 자네를 뽑았네." 아, 제가 그 말씀 듣고 얼마나 놀랐는지 당장 이근삼 선생님께 전화를 했습니다. "선생님, 선생님이 그때 반대하신 것 아닙니까?", "어, 아냐. 내가 여석기 선생 고집을 꺾느라고 굉장히 힘들었지!" 그때 제가 양주 한 병 드려야 할 분은 이근삼 선생님이셨습니다. 우리 연극계에서 저를 진정 아껴주신 분을 꼽으라면 이근삼 선생님이지요. 사실주의 희곡이 주류(主流)였던 흐름을 비사실주의로 바꾼 분이 극작가 이근삼 선생님이신데, 저를 그 비사실주의 흐름의 후계자로 보셨고, 제가 공연 금지 등 어려운 일을 당할 때마다 적극 변호하며 도움을 주셨습니다.

이상란 : 그런 일이 있었군요. (웃음) 재미있게 들었습니다. 그런데 가장 많이 쓴 시는 왜 응모 안 하셨어요?

이강백 : 신석정 선생님의 주전자 때문입니다. 뭔가 가득 채워야 제대로 된 시가 나올 것 같아서… 인생을 오래 산 다음에 하기로 미뤘지요.

이상란 : 그래서 지금은 시를 쓰세요?

이강백 : 아뇨. 제 운명은 소설가가 아니듯이 시인도 아닙니다. 하지만 희곡에는 시의 정서와 소설의 서사가 있다고 할까요… 시와 소설의 가운데에서 양쪽에 겹쳐 있는 것 같아요.

이상란 : 습작시기에 대한 몇 가지 질문을 드리고 싶습니다. 우선 특히 인상 깊게 읽으신 희곡들은 어떤 것이었는지 궁금하군요.

이강백 : 희곡은 시나 소설에 비해 출판되는 경우가 드뭅니다. 어쩌다가 전집 출판에서 구색 맞추기로 희곡을 끼워 넣었어요. 제가 처음 읽은 희곡은, 칼 비트링거 〈은하수를 아시나요〉, 이오네스코 〈의자들〉, 에드워드 올비 〈동물원 이야기〉, 기노시다 준지(木下順二) 〈석학〉, 차범석 〈불모지〉, 존 오스본 〈성난 얼굴로 돌아보라〉입니다. 이렇게 읽은 작품과 순서를 정확히 대답할 수 있는 것은, 1962년에 신구문화사가 출판한 『세계전후문학전집』의 10권 째가 희곡과 시나리오를 모은 책인데요, 그 희곡들을 처음 읽었을 때, 문학에 이런 장르도 있구나, 감탄을 얼마나 했는지… 아직도 소중한 보물처럼 10권째 책을 갖고 있습니다. 나중에 단행본으로 나온 볼프강 보르헤르트 〈문밖에서〉를 읽고 큰 감동을 받았어요. 그리고 1969년 노벨 문학상 수상작으로 출판된 사무엘 베케트 〈고도를 기다리며〉를 읽었을 땐 마치 벼락에 맞은 듯한 충격이었습니다. 만약 그 희곡이 노벨상 수상작이 아니었다면 출판사가 책을 냈을까… 아마 확률이 낮겠지요. 1964년 휘문출판사에서 김재남 선생이 번역하신 〈셰익스피어 전집〉(5권)을 냈는데, 저는 1970년에 뒤늦게 셰익스피어 희곡을 읽었습니다. 희랍극은 그다음에 읽었어요. 그러니까 현대극에서 차츰차츰 고전극으로, 읽은 순서가 거꾸로 거슬러 올라갑니다. 아마 희랍극부터 읽었다면 현대극까지 내려올 수 있었을까… 장담 못 하겠군요.

이상란 : 희곡을 읽는 것과 연극을 보는 것은 다를 텐데요, 연극은 많이 보셨는지요?

이강백 : 제가 처음 본 연극은 전주 살 때 순회공연 왔던 임춘앵 여성 국극단의 〈호동왕자와 낙랑공주〉였고, 두 번째 본 연극은 서울 Y.M.C.A 강당에서 대학생들이 공연한 칼 비트링거의 〈은하수를 아시나요〉입니다.

이상란 : 겨우 두 번요? (웃음)

이강백 : 네. 습작시기에는 연극을 그것밖엔 못 봤어요. (웃음) 많이 못 본 것이 부끄러워서, 어떤 인터뷰에서는 채만식 선생의 〈제향날〉도 봤고, 오영진 선생의 〈맹진사댁 경사〉도 봤다, 데뷔 이후에 본 연극들을 끌어당겨서 보탰지요. 하지만 그건 사실이 아닙니다. 부끄러움을 감추려고 했던 것이 더 부끄럽게 됐습니다만… 칼 비트링거 〈은하수를 아시나요〉는 희곡도 읽고 연극도 본 것인데, 시인이나 소설가보다는 극작가가 훨씬 매력 있다고 느꼈습니다.

이상란 : 습작시기에 어떤 주제로 작품들을 쓰셨는지, 또 어떤 형식이었는지 말씀해 주세요.

이강백 : 주제는 이것저것 가리지 않고 썼습니다. 그런데 형식은 뭐랄까요, 시, 소설, 희곡을 비교해 보면, 시와 소설은 형식에서 자유로운데, 희곡은 일정한 구조를 갖춰야 한다는 어려움이 있습니다. 습작시기에 쓴 희곡 3편은 모두 반복구조로 쓴 것입니다.

이상란 : 선생님은 데뷔 이후에도 반복구조의 희곡들을 쓰셨어요. 시작과 끝이 동일하게 일치하는 것이 아니라 변주하면서 상승되는 나선형의 반복구조지요. 습작시기부터 그 형식을 선택하신

특별한 이유가 있을까요?

이강백 : 저는 어렸을 때부터 반복구조에 익숙했습니다. 어머니의 전생록 이야기도 전생에서 벌어졌던 일이 이생에서도 벌어진다는 반복구조입니다. 저는 제 삶만이 아니라 다른 사람들의 삶도 반복된다고 생각했습니다. 우리나라 속담에 세 살 버릇이 여든 살 간다고 합니다. 인간의 삶은 그렇게 반복되는 패턴이 있습니다. 그런데 역사도 그렇지요. 역사학자 토인비는 이렇게 말했어요 "역사에서 대답하지 못한 문제는 반드시 되돌아온다"구요. 거대한 역사만이 아닙니다. 저의 사소한 삶에서도 해결 못한 문제가 되돌아오는 것을 경험합니다.

이상란 : 오늘 이강백 선생님과 첫 대담에서 출생, 성장과정, 습작시기에 대해 들었습니다. 끝으로 선생님의 인생관을 말씀해 주세요.

이강백 : 제 인생관은… 젊은 시절엔 미래를 바라보며 비관적이더니, 지금 노년기에는 과거를 돌아보며 낙관적이 됐습니다. (웃음) 인생관이 확고해야 할 텐데, 변덕스럽게 나이에 따라 달라지는군요.

이상란 : 오늘 대담은 오후 3시 시작해서 7시 30분에 끝났어요. 오랜 시간 감사합니다.

이강백 : 고맙습니다.

두 번째 대담

희곡전집 1권 (1971~1974) 작품

다섯
셋
알
파수꾼
내마
결혼

극단 가교, 〈내마〉 전단지

두 번째 대담

이상란 : 안녕하세요. 2017년 4월 24일, 화창한 봄날 오후입니다. 장소는 서강대학교 떼이야르관 대회의실이죠. 요즘 저는 극작가 이강백 선생님과 대담을 진행하고 있는데요, 저하고 채록자만 선생님 말씀 듣기가 아깝다고 생각했어요. 그래서 오늘은 제 연구실이 아닌 떼이야르관 대회의실에서, 특별히 관심 있는 학생들과 대학원생들에게 개방하는 공개 대담을 마련했습니다. 제가 10회 정도의 대담

을 계획하고 있는데, 이미 프롤로그에 해당되는 출생, 성장과정, 습작시기에 관한 첫 번째 대담은 마쳤어요. 오늘은 본격적으로 선생님의 초기 희곡들을 수록한 〈이강백 희곡전집〉 1권을 집중해서 다루려고 합니다. 1971년부터 1974년까지, 〈다섯〉, 〈셋〉, 〈알〉, 〈파수꾼〉, 〈내마〉, 〈결혼〉이라는 주옥 같은 작품이 나오죠. 그리고 그 이후의 이강백 작품 세계의 모든 맹아들이 여기에 집약되어 있기도 해요. 그때 이강백 선생님은 24세에서 27세였습니다. 오늘 그 시기의 작품과 삶을 집중 조명하는 까닭은, 지금 여러분이 바로 그와 같은 젊은 시기에 있기 때문이죠. 선생님이 초기 작품과 삶을 말씀하실 때, 여러분도 자신의 삶과 연결지으면서, 어떤 영감을 받을 수 있기를 바랍니다. 그럼 이강백 선생님을 소개합니다. 먼저 선생님 말씀을 듣고, 이어서 질의와 응답 시간을 갖겠습니다.

이강백 : 일 년 전입니다. 제가 이상란 선생님께 제안했어요. 대담을 해서 한 권의 책을 만들자고요. 선생님은 흔쾌히 받아 주셨습니다. 그러나 저는 대담의 구체적인 계획을 갖고 있었던 것은 아닙니다. 무엇을 어떻게 할 것인지, 주제와 방식은 물론 장소마저 미정이었지요. 지난 3월 대담을 시작하는 날, 이상란 선생님의 연구실에 왔는데, 선생님이 〈이강백 희곡전집〉에 수록된 작품들과 그 작품의 시대적 배경, 그리고 극작가의 삶을 통찰하는 것이 어떠냐고 하셔서 정말 기쁘게 동의하였습니다.

그런데 희곡전집 1권 작품들이 나온 1970년대를 주목할 필요가 있습니다. 유신헌법이 선포되고 독재체제를 강화하던 시기와 제가 작품 활동을 시작한 시기가 겹칩니다. 그래서 저에게 제일 먼저 붙은 수식어가 70년대 유신체제의 억압적 상황에 저항한 작품들을 쓴 극작가라는 것이었습니다. 지금까지도 그 수식어가 따라다녀서,

이젠 도저히 분리할 수 없는 불가분의 관계가 됐습니다. 하지만 그런 작품들을 쓴 저는 70년대 이전에 만들어진 것 아닐까요? 1947년에 태어난 저는 1950년대와 60년대에 성장하면서 '나'라는 존재가 되었는데, 그 후 1970년대라는 억압적 시대와 '나'가 만난 것이지요. 만약 70년대에 태어난 사람이라면 곧바로 70년대 상황에 대응하는 작품은 쓰지 못할 것입니다. 그의 성장과정에서 축적된 것을 바탕으로 작품을 쓸 텐데, 우연인지 필연인지, 한 사람의 작품들이 적합한 시대를 만난다는 것은 운명이라고 할 수 있습니다.

그러면 70년대 이전에 성장한 제가 어린 시절 가졌던 관심은 무엇이었을까요? 솔직히 사회 문제나 정치 문제는 아니었습니다. 저의 가장 큰 관심은 이야기였어요. (웃음) 저는 헌책방 단골입니다. 새 책보다는 타인이 읽었던 헌 책을 좋아합니다. 헌 책에는 소유했던 사람의 친필 서명도 있고, 감명 깊게 읽은 문장에 색연필로 밑줄 그은 흔적, 그리고 짧은 메모도 있습니다. 제가 청계천 헌책방에서 발견한 〈아라비안나이트〉는 천 하루 동안의 이야기를 담은 매우 두툼한 네 권짜리 책인데, 매권 뒷면마다 이렇게 적혀 있었어요. '1967년 12월30일, 순천 중앙서점에서 8개월 월부로 구입하다. 이승태.' 그러니까 12월 30일이라는 날짜를 보면, 아마 책을 읽지 않다가 이제 새해부터는 나도 책을 열심히 읽어보겠다. 마치 새해가 되면 금연을 하겠다, 새해가 되면 다이어트를 하겠다는 각오처럼, 내가 이 두꺼운 책 네 권을 반드시 읽고 말테야, 이런 각오로 이승태 씨가 〈아라비안나이트〉를 구매했다고 느껴집니다. 그런데 작심삼일이란 말이 있듯이, 이승태 씨는 〈아라비안나이트〉를 다 읽지 않고 헌책방에 판 것 같습니다. 만약 다 읽었다면 어렵게 각오한 것을 이룬 기념으로 팔지 않고 간직하겠지요.

어쨌든 〈아라비안나이트〉를 본 순간, 저는 전율했습니다. 마치

졸졸졸 흐르는 시냇물만 보다가 바다를 본 사람이 받은 충격, 그 방대한 이야기 분량에 놀란 것입니다. 여러분도 아시겠지만 〈아라비안나이트〉는 아랍 문화의 가장 뛰어난 이야기들을 모아놓았습니다. 저 유명한 〈신밧드의 모험〉이나 〈알리바바와 40인의 도둑〉은 그 많은 이야기들 중 하나지요. 미당 서정주 선생님은, 자기를 만든 건 8할이 바람(風)이라고 하셨습니다. 그런데 저를 만든 것은 이야기입니다. 어린 시절부터 이야기를 좋아 하였고, 성장과정에서도 마치 거울을 보면서 자기 모습을 확인하듯이, 이야기 속에서 저의 모습을 보곤 했습니다. 〈아라비안나이트〉의 모든 이야기가 매력적이었지만, 저 자신의 모습과 같다고 생각한 이야기 하나를 여러분에게 소개합니다.

한 마녀가 젊은 왕자에게 반했어요. 그래서 청혼했는데 마녀를 사랑하지 않는 왕자는 거절을 했습니다. 몹시 분노한 마녀는 왕자의 하반신을 돌로 만들었어요. 그것만이 아닙니다. 왕자의 나라를 호수로 만들고, 임금과 왕비와 모든 백성을 물고기로 만들어버립니다. 그 호숫가에 하반신이 돌로 변한 왕자가 앉아서, 하루 종일 물고기가 된 부모와 백성들을 바라봅니다. 어두운 밤 지나고 밝은 아침이 되면, 마녀가 와서 왕자에게 청혼 승낙을 요구해요. 왕자는 밤새껏 그 문제로 고민했어요. 청혼을 받아들이면 호수는 마술에서 풀려 원래 모습으로 되돌아오고, 물고기로 변했던 왕과 왕비 백성들도 제 모습이 됩니다. 하지만 왕자는 마녀를 사랑할 수가 없어 청혼을 거절합니다. 또 다시 거절당해 성난 마녀는 날카로운 가시가 달린 채찍으로 왕자의 상반신, 살아있는 육신을 피투성이가 되도록 때리고 가요.

자, 여러분 이 이야기 듣고 어떤 생각을 하셨습니까? 이건 이야기이지 사실이 아니라고 생각하겠지요. 그런데 저는 놀랍게도 이야기의 현장, 그러니까 호수와 물고기들, 돌로 변한 하반신, 이런 것들이 바로 저의 현실이 되는 풍경을 경험했어요. 20대가 될 무렵 저는 혼자 낚시를 다녔습니다. 꼭 물고기를 잡으려고 했던 건 아닙니다. 제가 자주 낚시 갔던 곳이, 김포공항 근처입니다. 지금은 아파트가 빼곡히 들어선 곳이 됐지만 예전엔 허허벌판이었습니다. 그러니까 김포공항 입구에서 시내버스를 내려서, 강화도 쪽으로 한 10리나 15리쯤 비포장도로를 따라 걸어가면 간판 없는 벽돌공장이 있어요. 벽돌공장의 왼쪽은 드넓은 논이고, 오른쪽은 한강변입니다. 그런데 그 오른쪽으로 들어가면 사람 키만큼 높이 자란 갈대밭이 끝 모르게 펼쳐집니다. 지금은 그런 무성한 갈대밭을 한강변에서 찾기가 참 어려워요. 무성한 갈대밭은 길이 없어서 몸으로 갈대를 헤치고 가야 합니다. 갈대 잎이 날카로워서 손목을 덮는 긴 옷, 발목 아래까지 내려오는 바지를 입지 않으면 상처가 납니다. 그런데 일부러 저는 윗옷과 바지를 걷어 올리고 그 갈대밭 속으로 들어가요. 그럼 갈대가 마치 면도날처럼 살갗을 삭삭 삭삭 스칩니다. 이렇게, 뭐라고 해야 할까, 자해욕구(自害欲求)라고 할까요, 제 몸에 날카로운 갈대 잎이 스쳐서 상처 나는 것이 좋았어요. 고통이 오히려 저를 위로합니다. 그런데 갈대밭을 헤매고 다니면 아까 제가 말했던 〈아라비안나이트〉의 호수 닮은 풍경이 나타납니다. 호수처럼 큰 규모는 아니지만 제법 넓은 연못도 있고, 작은 물웅덩이도 있고. 한강변 갈대밭 속엔 크고 작은 웅덩이가 많아요. 그리고 홍수 때 한강의 강물이 넘쳐서 갈대밭 웅덩이로 들어왔을 때, 함께 들어왔던 물고기들이, 강물이 빠지면서 따라 나가지 못하고 갇혀 있습니다.

날카로운 갈대 잎에 긁힌 상처에서 흐르는 피는 마녀의 가시 박힌 채찍에 맞아 흐르는 피와 같았고, 물고기들이 갇힌 연못 옆에 앉은 저는 하반신이 돌이 되어 움직이지 못하는 왕자처럼, 마법에 걸려 물고기가 된 부모와 가족을 바라봅니다. 이야기는 환상이 아니며, 허구가 아닙니다. 이야기는 현실이면서 실재입니다. 그때 저는 다짐하고 또 다짐했습니다. 사랑할 수 없는 것은 결코 사랑하지 않겠다….

저는 여러분에게 젊은 시절의 감상적 경험을 말하려는 건 아닙니다. 그러나 그 어떤 시대이든지 젊은 시절에는 누구나 고독합니다. 마녀의 청혼처럼, 사랑하지 않는 것을 받아들이면 모든 것이 마법의 저주에서 풀릴 텐데, 사랑할 수 없는 것은 도저히 받아들이지 못 하는 순수함과 결연한 저항이 젊은 시절의 특징이지요. 제 삶의 과정으로 보면, 아쉽게도 젊은 시절은 길지 않았습니다. 마녀의 청혼 요구가 집요한 탓도 있지만, 점점 나이 드는 것을 피할 수 없기 때문입니다. 여러분은 너무 일찍 마녀의 청혼을 승낙하지 마십시오. 그 순간 젊은 시절은 끝나고, 사랑할 수 없는 것들을 억지로 받아들여 살아가야 합니다.

이젠 제 희곡전집 1권의 첫 작품 〈다섯〉을 볼까요? 〈다섯〉의 무대는 밀항선 배 밑입니다. 밀항자 다섯 명은 마치 물웅덩이에 갇힌 물고기 같습니다. 그들은 신탐라국이라는 낙원으로 가기 위해 배를 탔어요. 그런데 이 배가 정말 낙원으로 가고 있는지, 어디만큼 왔으며, 얼마나 더 가야 하는지 알 수가 없습니다. 그들이 오직 믿어야 하는 건 배의 선장입니다. 선장이 그들을 낙원으로 데려다 주겠다고 했거든요. 배 밑에는 경보등과 경보종이 있습니다. 선장이 경보를 하면 밀항자들은 상자와 통 속에 들어가 숨어야 합니다. 만약 선원들에게 들키면 그들은 배 밖으로 쫓겨나기 때문입니다. 70년대에는 바로 이 낙원으로 간다는 배가 유신체제를 연상시키고,

선장은 박정희 대통령을, 밀항자들은 국민을, 선원들은 경찰이나 정보부원을 암시한다고 여겼습니다. 그런데 40여년이 지난 지금의 시대, 여러분은 〈다섯〉을 어떻게 생각할지 궁금합니다.

〈다섯〉 다음 쓴 희곡이 〈셋〉입니다. 저는 등장인물의 수효에 따라 작품 이름을 붙였습니다. 〈셋〉의 등장인물은 장님 아버지 둘, 아들 하나, 세 명입니다. 한 아버지는 북을 두드리고, 다른 아버지는 기병총을 겨눕니다. 그 총구 앞에는 아들이 북소리에 맞춰 앉았다 일어섰다를 반복합니다. 방아쇠가 당겨지고 총알이 발사 됩니다. 아들은 죽지 않았어요. 운 좋게도 앉은 순간이었습니다. 그는 이렇게 일 년 이상 살았습니다. 요령을 부리거나 눈속임을 해서 산 것이 아닙니다. 열광하던 구경꾼들은 이제 "사기다! 협잡이다!" 야유의 소리를 지르거나, 아예 싫증이 나서 고개를 돌리고 무관심합니다. 아들은 모자를 벗어 구경꾼들에게 돌리지만 아무도 돈을 주지 않습니다. 아버지들은 새로운 아들을 뽑고 싶어 합니다. 그들의 호주머니엔 새 아들을 지원하는 이력서가 가득 차 있습니다. 결국 아들은 아버지의 기병총 앞에서, 아버지가 북을 쳐도 그대로 선 채 총에 맞아 죽음을 맞이합니다. 아들의 고독과 슬픔을, 여러분은 충분히 공감할 것입니다.

70년대 유신체제 때 가장 대표적인 희곡으로 제가 쓴 〈파수꾼〉을 꼽는 경우가 많습니다. 그러나 저는 유신체제를 몸으로 부딪쳐 저항한 사람은 아닙니다. 시인 김지하 선생의 〈오적(五敵)〉은 유신 독재를 비판한 시로서 유명할 뿐 아니라 그 시 때문에 오랫동안 감옥에 갇혀 지내야 했습니다. 그런데 김지하 선생이 유신체제 때 쓰신 두 편의 희곡이 있어요. 〈구리 이순신〉과 〈나폴레옹 꼬냑〉입니다. 그 당시에는 검열 때문에 공연 불가임에도 여러 대학의 연극반 학생들이 기습적으로 공연한 작품이었습니다. 그런데 지금 여러분들이 〈구리 이순신〉, 〈나폴레옹 꼬냑〉 희곡을 읽어보기 힘들 것입니다. 어떤 희곡선집에도 수록되지 않고, 심지어 김지하 선생의 작품집에도 그 희곡은 없는 것 같습니다. 70년대 유신체제에 맞선 시, 소설은 많아요. 희곡도 적지 않겠지만 무슨 이유인지 찾기가 어렵습니다.

그런데 〈파수꾼〉은 제 희곡전집 1권에도 있고, 〈현대 한국 희곡집〉 등 온갖 희곡선집에도 〈파수꾼〉이 있으며, 심지어 수능고사 시험 문제로 〈파수꾼〉이 출제되기도 했습니다. 제가 직접 〈파수꾼〉이 70년대 대표작이라고 말한 적은 없어요. 하지만 저는 많은 사람들이 그렇게 말하는 것을 좋아했습니다. 하지만 시간이 지날수록 좋아할 일이 아니었지요. 결론부터 먼저 말한다면 '이젠 〈파수꾼〉을 70년대에서 풀어달라'는 것입니다. 여기, 제가 갖고 나온 책이 있어요. 1998년 한국평론가협회가 발간한 『한국 극작가론』인데, 이 책에는 이상란 선생님의 논문 「연극적 상상력과 담론 통제 - 이강백의 〈파수꾼〉에 대한 기호학적 분석」이 실려 있습니다. 이상란 선생님은 〈파수꾼〉의 공간을 기호학적으로 분석합니다. 망루 위에 있는 자와 아래에 있는 자, 망루 위의 파수꾼은 황야 저 멀리 이리 떼를 볼 수 있는 존재라는 암묵적인 전제가 있고, 망루 아래의 파수꾼은 이리 떼를 못 보지만 '윗사람은 본다'는 전제가 있기 때문에, 망루 위에서 이리 떼가 온다고 외칠 때마다 양철북을 쳐서 마을 주민들에게 알려 줍니다. 망루 위와 아래는 수직적으로 철저히 격리된 공간입니다. 그리고 마을과 황야라는 수평적 공간 역시 완전히 분리되어 있습니다. 그런 공간이 남북으로 분단된 우리나라만 해당될까요? 어느 시대, 어느 곳이든 그런 분리된 공간은 존재합니다. 이상란 선생님은 그 논문에서 〈파수꾼〉을 유신시대의 정치적 담론으로만 붙들어 둘 수 없다, 어떤 시대든지 다양한 담론으로 볼 수 있다고 하셨습니다. 70년대의 시공간에만 갇혀 있는 작품들을 보는 제 심정은, 〈아라비안나이트〉의 왕자가 마법에 걸린 부모와 가족과 백성들이 물고기가 되어 호수 속에 갇힌 것을 보는 심정과 똑같아요. 제가 이상란 선생님께 대담을 제안했던 것은, 선생님이 70년대에 갇힌 제작품들을 풀어 줄 수 있기 때문입니다.

어떤 분은 〈파수꾼〉이 이솝우화와 닮았다고 말합니다. 거짓말쟁이 목동이 "이리 떼다! 이리 떼가 나타났다!" 외치면, 마을 주민들이 몰려옵니다. 그러나 거짓말에 몇 번 속은 주민들은 진짜 이리떼가 나타났을 때 목동이 외쳐도 가만히 있습니다. 저는 그 우화를 좋아합니다. 하지만 그 목동의 우화와 〈파수꾼〉이 닮았다고 하는 것엔 동의하지 않습니다. 그러니까 〈파수꾼〉은 거짓말 하면 손해라는 교훈적 이야기가 아닙니다. 또 어떤 분은 〈파수꾼〉이 현실을 왜곡시킨 작품이라고 말합니다. 휴전선 너머 북한 군대가 있는 현실과는 다르게 이리떼가 존재하지 않는다고 하는 것은 국가 안보를 해치는 짓이지요. 이런 이유 때문에 그 당시 검열기관인 공연윤리위원회는 〈파수꾼〉의 공연을 금지시켰습니다.

〈알〉은 〈파수꾼〉보다 먼저 쓴 희곡, 그러니까 〈셋〉 다음입니다. 이렇게 순서를 바꾼 고의적 의도는 없습니다. 그저 저의 무의식 속에서, 〈셋〉의 등장인물 아들과 〈파수꾼〉의 등장인물 소년 파수꾼이 뭔가 연결된다고 여긴 것 같군요. 아들은 아버지의 북소리에 맞춰 정직하게 일어서기와 앉기를 했지만 사람들은 그가 속임수를 써서 살았다고 여깁니다. 소년 파수꾼은 망루 위에 올라가 황야에는 이리 떼가 없다는 사실을 알게 됩니다. 그런데 그 사실을 마을 사람들에게 정직하게 말하지 못 합니다. 촌장이 마을의 질서를 위해 이리 떼가 필요하다면서, 소년 파수꾼이 사실을 말하면 마을의 질서가 무너진다고 협박했기 때문입니다.

순서 바뀐 〈알〉 이야기를 하겠습니다. 신라의 시조(始祖) 박혁거세는 알에서 태어났다고 합니다. 이런 난생설화(卵生說話)가 흥미롭지요? 그런데 알에서 현명한 임금님이 태어나지 않고 포악한 공룡이 태어난다면 어떻게 되겠습니까? 〈알〉의 박물관장은 박물관에 보관된 커다란 알을 꺼내놓고, 곧 위대한 임금이 태어난다고 주장함으로써, 현재 임금을 죽게 만들고 권력을 장악합니다. 그런데 그는 알 속에는 무서운 공룡이 있다고 말을 바꿔 권력을 유지하지요. 시민들은 알 속에 무엇이 있는지 몰라 혼란에 빠집니다. 박물관장에겐 그 혼란이 불리한 것이 아니라 오히려 유리해요. 위대한 임금이냐, 무서운 공룡이냐, 그것을 알고 통제할 수 있는 자는 오직 박물관장이기 때문입니다. 70년대는 쿠데타가 매우 유행했습니다. 주로 아시아, 아프리카, 라틴 아메리카의 빈곤한 국가들이었지요. 우리나라도 그 중 하나입니다. 제 생각엔 쿠데타를 일으켜 집권한 인물들의 공통점은, 국민들의 기대와 공포를 교묘하게 이용한다는 것입니다. 〈알〉은 1972년 초연 이후 공연윤리위원회의 공연불가 목록에 들어갔습니다.

제가 존경하는 분이 연극계에 계셨는데, 여석기 선생님이십니다. 그분이 〈알〉을 쓴 저를 부르더니 심각한 표정으로 "이런 작품은 쓰지 말라"하시더군요. 왜 그랬을까요? 저는 이해하지 못했습니다. 그런데 〈파수꾼〉은 매우 극찬을 하셨어요. 그제서야 여석기 선생님의 깊은 마음을 알았습니다. 젊은 시절의 혈기로 겁 없이 권력을 비판한 작품이 작가를 해(害)칠 우려 때문이었지요. 제 신상의 안위를 걱정하신 것입니다. 뱀처럼 지혜롭고 비둘기처럼 순결하라는 금언이 있습니다. 악과 맞설 때는 더욱 지혜롭고 순결해야 다치지 않습니다. 그 점에서 〈알〉은 노골적으로 풍자한 것이어서 지혜롭다 못하겠지요. 〈파수꾼〉은 은유적인 우의(寓意)가 작가를 보호할 수 있기에 지혜롭습니다.

이젠 〈내마〉를 언급할 차례입니다. 내마(奈麻)는 신라의 관직인데, 어떤 일을 맡아 했는지 저는 알지 못 합니다. 그래서 희곡 〈내마〉에서는 내마를 기록관이라고 했어요. 그러니까 역사학자들이 보면 극작가의 상상일 뿐 사실이 아니라고 할 것입니다. (웃음) 하지만 제가 〈삼국사기〉를 〈아라비안나이트〉만큼이나 매력적인 이야기로서 좋아한다는 것을 말씀드립니다. 알에서 태어난 임금, 낮에도 하늘에 떠 있는 꼬리 셋 달린 별, 봄에 내린 비로 큰 홍수가 나서 열세 곳의 산이 무너졌다 등등, 이런 것들은 굉장히 상상력을 자극합니다. 〈삼국사기〉의 신라분기(新羅分記) 제3권에 내물(奈勿) 이사금이라고 내물왕이 나와요. 이 내물왕이 오래 사셨는데, 내물왕 37년에 이찬 대서지의 아들 실성(實聖)을 고구려 질자로 보내는 기록이 나옵니다. 질자란 인질, 볼모지요. 그 당시 고구려가 강성해서, 신라에게 볼모를 요구했던 것입니다. 그런데 고구려에 잡혀 있던 실성이 돌아온 것은 내물왕 46년이니까, 햇수로 따지면 9년 만에 돌아왔습니다. 제 희곡 〈내마〉에서는 매우 오랜 세월이 지난 다음에야 돌아옵니다. 그래서 볼모로 갔던 실성을 아무도 기억 못합니다. 심지어 실성의 딸마저도 아주 어린 시절에 떠난 아버지를 잊었습니다. 그런데 실성이 돌아온 다음 해에 내물왕이 사망해요. 〈삼국사기〉에는 내물왕의 아들 눌지(訥祇)가 어려서 실성이 왕으로 즉위했다고 합니다. 하지만 희곡 〈내마〉에는 고구려가 강대국의 압력을 행사하여 실성을 왕위에 오르도록 만듭니다. 〈삼국사기〉를 좀 더 봅시다. 실성이 왕이 된지 16년에 사망하는데, 자연사가 아니라, 눌지에 의해서 살해당합니다. 실성은 고구려의 볼모로 갔던 원한을 풀기 위해서 내물왕의 아들 눌지를 죽이려다가 도리어 죽게 된 것입니다. 눌지가 실성을 죽이고, 마립간으로, 왕으로 즉위하는데, 왕비는 놀랍게도 실성의 딸이에요.

여러분은 어떤가요? 저는 〈아라비안나이트〉가 그렇듯이, 〈삼국사기〉가 흥미진진한 매력이 있다고 생각합니다. 그러니까 역사적 사실에 구애받지 않고, 상상력을 보태 희곡을 썼지요. 물론 창작의 자유가 역사적 사실을 얼마든지 왜곡해도 괜찮다는 것은 아닙니다. 하지만 꼼꼼하게 고증을 해서 역사적 사실에 충실한 작품을 써도 과거의 역사를 완전하게 재현하지는 못합니다. 왜냐하면 과거를 말할 때 현재가 입을 열기 때문입니다. 과거를 볼 때도 현재의 눈으로 봅니다. 역사학자들 역시 그것을 부인하지 않습니다. 희곡 〈내마〉의 등장인물들은 과거라는 옷을 입은 현재 인물들이지요. 더 구체적으로 말하면 희곡을 쓴 70년대가 만든 인물들입니다.

희곡 〈내마〉의 실성은 왕이 됐지만 잊힌 존재이기에 고독합니다. 그가 고독하다는 것을 아는 사람은 기록관 내마뿐 입니다. 내마는 기록에서 실성이 볼모였음을 확인하고 그의 고독을 알았습니다. 하지만 실성은, 내마가 자기의 고독을 아는 것과 자기처럼 고독한 것은 다르다고 생각합니다. 그래서 실성왕은 기록관 내마가 자기처럼 고독하기를 바랍니다. "저도 외롭습니다." 내마의 입에서 이 말이 나오도록 온갖 것들을 파괴합니다. 하지만 내마는 기록에 남을 거짓 대답은 할 수가 없어요. 실성의 파괴 행위는 점점 심해져서, 내마에게 칼을 주며 자기의 딸과 결혼한 눌지를 죽이라고 명령합니다. 그러나 내마는 눌지를 죽이지 못해요. 그것은 옳은 일이 아닙니다. 눌지의 부인은 오히려 불의의 명령을 내린 실성을 죽이는 것이 정의라며 내마를 설득하고. 눌지도 왕권에는 욕심이 없다면서, 정의를 바랄 뿐, 결코 왕이 되지 않겠다고 약속합니다. 눌지의 부인 그러니까 실성의 딸은 눌지가 약속을 어기면 사람들이 모인 곳에서 염소를 아버지라고 부르겠다며 맹세하지요. 결국 내마는 정의를 위해 되돌아가 실성이 준 칼로 실성을 찌릅니다. 그러나 실성은 죽지 않았고, 내마는 근위병에게 칼 든 오른 팔이 잘려서 혼절 상태가 됩니다. 실성은 근위병을 죽여 그 시체로 자신의 죽음을 위장합니다.

이야기가 너무 길어지는군요. 짧게 줄이겠습니다. 내마는 잘린 팔 대신 정의의 손이라는 나무로 만든 의수(義手)를 헌정 받아 달았어요. 그 정의의 손이 얼마나 큰지 발밑에 닿습니다. 실성은 왕궁 앞에서 장님 걸인 시늉을 하며 내마가 고독해지기를 기다립니다. 그런데 실성 다음에 왕이 되겠다는 사람들의 다툼 때문에 세상이 혼란에 빠지자 눌지가 약속을 어기고 왕권을 잡습니다. 내마는 어떻게 했을까요? 먼저 눌지의 부인을 만나서 눌지가 약속을 어긴 증거로 염소를 아버지라고 부르도록 요청합니다. 눌지 부인은 내마에게 염소를 데려오라고 하지요. 그러자 염소 가격이 순식간에 폭등합니다. 염소를 가진 사람들은 모두 비싼 가격으로 눌지의 부인에게 팝니다. 내마는 정당한 가격으로 단 한 마리의 염소도 살 수가 없었습니다. 실망한 내마는 커다란 정의의 손을 질질 끌면서 왕궁에 있는 눌지를 찾아가 왕위에서 내려오기를 요구하지요. 하지만 국가를 혼란에서 구해야 한다면서 눌지는 내마의 요구를 거절합니다. 바로 이때 내마는 고독해집니다. 실성이 그토록 듣기 바라던 말, 외롭다는 말을 하게 됩니다. 눌지를 지지하는 귀족들이 정의를 위해 약속을 지키라는 내마를 죽여서 왕궁 밖으로 끌고 나갑니다. 이렇게 죽어서 끌려 나가는 장면은 〈알〉에서 이미 봤던 것입니다.

이상란 : 잠깐만요, 선생님. 말씀 도중에 질문이 있습니다. 선생님은 자신을 〈내마〉의 등장인물들 중에서 누구와 닮았다고 생각

하세요?

이강백 : 실성입니다.

이상란 : 내마가 아닌가요?

이강백 : 저를 내마 같다고 생각하지 않습니다.

이상란 : 그렇군요….

이강백 : 제 희곡전집 1권의 마지막 작품은 〈결혼〉입니다. 연인으로 사랑할 때는 현실이 안 보이는데, 부부로서 결혼할 때는 현실이 보인다고 합니다. 함께 살 집도 있어야 하고, 냉장고 텔레비전 침대 옷장 등, 온갖 살림살이를 갖춰야 하고, 아기가 태어나면 엄청난 교육비도 감당해야 하고… (웃음) 그 현실 때문에 사랑하면서도 결혼을 늦추거나 아예 포기하는 경우마저 있습니다. 그런데 제가 〈결혼〉을 쓴 때에도 마찬가지였어요. 그때나 지금이나 현실이 달라진 건 없습니다. 더구나 스물일곱 살 신출내기 극작가였던 저는 동전 한 닢 없는 빈털터리였어요. 〈결혼〉의 남자 주인공도 외로워서 결혼을 하고 싶은데 빈털터리입니다. 그는 부자처럼 보이도록 정원이 있는 고급 저택을 빌리고, 옷과 물건들을 빌리고, 하인을 빌립니다. 이렇게 빌린 것에는 되돌려줘야 할 시간이 정해져 있습니다. 어여쁜 여자가 그를 만나러 옵니다. 자, 결과가 어떻게 됐을까요?
70년대는 극단들은 동인제여서 극작가도 연출가도 배우도 제작비를 각자 분담해 공연하던 시절이었습니다. 그래서 다행히 관객들이 많아서 수익이 생기면 각자 제작비를 낸 비율로 나눠 받았는

데, 관객들이 소수여서 적자가 되면 동인들이 적자도 분담하는 그런 시절이었어요. 그러니까 동인제 극단에는 작품료라는 개념 자체가 없었습니다. 제가 극작가로서 처음 작품료를 받은 건 〈결혼〉입니다. 극단 '자유극장'의 대표 이병복 선생님이 운영하셨던 카페 떼아뜨르는 명동의 사보이 호텔 근처에 있었습니다. 그곳에서 〈결혼〉을 매주 1회씩 공연했는데, 관객 수효에 따라 산정한 작품료를 현금으로 지급 받았습니다. 빈털터리 저에게는 큰돈이었지요. 이병복 선생님은 프랑스 유학을 가셨다가 그곳 살롱 문화에 매료되었습니다. 연극 공연이나 음악연주회를 아늑한 살롱에서 하고, 배우, 연출가, 연주자가 살롱에 모인 사람들과 허심탄회하게 대화하는 분위기… 이것을 한국에서도 하고 싶으셨습니다. 카페 떼아뜨르는 낮에는 카페였고 밤에는 단막극을 공연했지요. 우리나라의 좋은 단막극들이 그 시절에 나왔어요.

제 희곡전집 1권 초판 〈결혼〉에는 주(註)가 하나 붙어 있었습니다. 빈털터리 남자가 한숨을 쉬다가 용기를 내려고 읊는 시에 달린 주인데, 〈아라비안나이트〉의 시를 인용하였음을 밝힌 것입니다. 그런데 이 주 때문에 〈결혼〉은 〈아라비안나이트〉의 이야기를 슬쩍 가져다가 희곡으로 썼다는 오해가 생겼어요. 저는 제 순수한 창작을 오해 받기 싫었습니다. 그래서 초판 이후엔 주를 달지 않았지요. 그러자 〈아라비안나이트〉에서 인용한 시가 제 시라는 오해가 생겼습니다. 여러분에게 바로 그 시를 읽어 드리는 것으로, 저의 작품 이야기를 끝냅니다.

한탄하지 말자!
근심 걱정도 말고!
곤란하면 운명에 맡겨버리자!

지금의 한때 푸짐히 즐기되
지나간 옛날은 생각지 말자.
슬프게 보여도 무슨 일이나
그대의 행복이 되거늘
모든 건 신(神)의 뜻
신의 뜻을 따라 해보자.

젊은이의 아름다움에 행운이 있어라!
신께서 정하신 바에 행운 있어라!

이상란 : 선생님의 이런 말씀 들을 기회가 많지 않았는데, 여러분과 함께 수업시간에서 도저히 다룰 수 없는 그런 것들을 듣게 되었어요. 이젠 질의응답 시간을 갖죠. 먼저 제가 질문을 시작하고, 다음 이어서 여러분이 무엇이든지 자유롭게 질문하기 바랍니다.

〈이강백 희곡전집〉 1권 희곡들의 공간과 분위기를 살펴보면, 〈다섯〉은 배 밑 창고 속입니다. 습하고, 어둡고, 불확실성이 지배하고 하고 있는 공간이죠. 〈셋〉의 공간은 무덥고, 건조하고, 야유와 비난이 난무하는 비정한 곳입니다. 〈알〉 같은 경우에는 인류의 역사를 축약한 박물관인데, 오늘날에도 여전히 살아 움직이는 무시무시한 폭력성이 감지되는 두려움의 공간이지요. 〈파수꾼〉의 공간은 삭막한 황야입니다. 〈내마〉는 장막희곡이어서 여러 장소들이 나오지만 암울한 분위기는 앞에서 말한 공간과 다르지 않아요. 〈결혼〉도 그렇고요. 그곳에 등장하는 인물들도 공통점이 있는데 외롭다는 점입니다. 〈다섯〉의 등장인물들 보세요. 그들은 배 밑의 상자와 통 속에 들어가 지냅니다. 〈셋〉의 아들은 그 누구의 이해도 받지 못한 채 죽습니다. 아버지들 역시 고독한 인물이죠. 〈파수꾼〉의 파수꾼들은 더 말할 필요 없어요. 〈내마〉는 하다못해 권력자까지. 그러니까 문제를 제기하는 극적 주체들뿐만 아니라 최상위 권력자인 임금 실성까지 고독합니다. 실성이 폭력을 휘두르는 이유가 고독이죠. 뭔가 동질적인 사람을 하나라도 발견하고 싶은 외로움, 그것이 폭력성으로 드러납니다. 이렇듯 대다수의 극적 주체들의 외로움이 이 희곡집을 관통하고 있지요. 이는 아마도 당시의 이강백 선생님의 내면 풍경과도 닮아있을 거라고 저는 생각했어요.

사실 저는 〈내마〉를 보면서 선생님이 실성과 동일시하리라고는 생각을 못했어요. 저는 선생님이 자신을 내마와 동일시 하셨을 거라고 상상했어요. 내마처럼 살 수는 없지만… 그 당시 살아남은 우리는 다 그런 갈등을 겪었잖아요. 그러니까 내마는 사회적인 불의에 저항하다가 죽은, 가슴 속의 이상향, 정의와 진리를 바라는 사람들의 이상향이죠.

이강백 : 그런데 저는 '내마가 아니다'라고 하니까 선생님은 놀라셨군요?

이상란 : 실성은 예상 못 했어요. (웃음) 하지만 내마가 선생님의 빛이라면 실성은 선생님의 그림자 아닐까요?

이강백 : 제가 내마일 수 없는 것은… 모든 사람들이 애타게 바라는 정의, 물론 저도 정의에 대한 욕구가 있습니다. 그러나 그것을 목숨 걸고 실천할 용기는 없지요. 조금 전 선생님의 말씀처럼, 유신시대를 살아남은 사람들은 누구나 그런 갈등을 겪었습니다. 〈파수꾼〉에 나오는 소년 파수꾼이 저 자신이냐고 질문 받은 적이 있는데, 솔직히 저는 소년 파수꾼과 동일하지 않다고 대답했

어요. 저는 정의를 외치는 내마도 아니고, 진실을 침묵하는 소년 파수꾼도 아닙니다. 그럼 누구일까요? 내마를 끊임없이 바라보고 있는 실성이고, 소년 파수꾼에게 열심히 북 치기를 권유하는 노인 파수꾼입니다.

이상란 : 〈다섯〉부터 〈결혼〉까지, 모든 고독한 인물들은 선생님의 분신 같아요. 선생님의 희곡전집 1권을 보면, 지은이 머리글에서 이렇게 쓰셨죠. "스물네 살의 그때까지 다락방이나 지하실 방에서, 나방이가 고치를 짓듯이, 나 혼자만의 폐쇄적인 세계를 구축하고 그 속에 들어가 살았었기 때문이다." 그런데 젊은 시절의 외로움이 지속되었는가, 만약 해소되었다면 어떻게 해소하였는가, 고독과 그 해소가 선생님의 작품 세계에 어떤 영향을 주었을까? 극작가로서 데뷔할 당시 〈다섯〉 공연으로 폐쇄적인 공간에서 막 넓은 세상으로 나왔을 때, 이 세상에 대한 느낌이 어땠는지요?

이강백 : 박물관의 알에서 깨어난 느낌이었어요. (웃음) 헤르만 헤세(Hermann Hesse)가 소설 〈데미안〉에서 말했듯이 인간도 부화과정을 거치는 것 같습니다. 〈다섯〉을 공연한 극단 '가교'의 대표이자 연출가인 이승규 선생이 저에게 혼자 있지 말고 극단에 들어오기를 권유했는데, 그 분의 적극적인 권유가 없었다면 지하실에서 나오지 못했을 것입니다. 제가 극단 가교에 있는 4년 동안 〈셋〉, 〈내마〉를 공연했습니다. 그러나 그 공연보다 더 감사한 것은 극단에서 얻은 경험이지요. 작품의 선정, 독회와 분석, 배우들의 연습, 의상과 무대장치와 조명, 공연 현장 등, 그 과정을 알고 희곡을 쓰는 것과 모르고 쓰는 것은 큰 차이가 있습니다. 세익스피어도 극단 경험이 풍부하였고 몰리에르도 마찬가지입니다. 책상에만 앉아 희곡을 쓰는 극작가는

오래 살아남지 못합니다. 극작가는 꼭 극단에 들어가 경험하기를 바랍니다.

이상란: 선생님은 처음 세상에 나와서 잘 적응하셨나 봐요. 극단생활이 극작가로서 사회를 경험하는 좋은 환경이 되었겠지요?

이강백: 네, 그렇습니다. 만약 극단이 아니었다면 적응하기 어려웠을 것입니다.

이상란: 선생님의 젊은 시절의 외로움이 얼마나 지속되었는지, 끝은 어떻게 극복했는지 말씀해 주시지요.

이강백: 인간이란 누구나 이 세상에 혼자 태어납니다. 두 쌍둥이, 셋 쌍둥이, 다섯 쌍둥이가 태어나도, 심지어 몸이 붙은 샴쌍둥이가 태어나도 각각 하나의 존재가 출생한 것입니다. 그렇게 혼자 태어난 인간이 여러 인간들과 함께 더불어 사는 곳이 이 세상이지요. 같은 취향의 인간과 다정한 친구가 될 수 있고, 서로 사랑하는 관계를 맺어 연인이나 부부가 될 수 있습니다. 그런 경우 인간은 혼자라는 것을 잊고 외롭지 않습니다. 물론 헤어지면 혼자가 되어 외롭고, 뜨거웠던 사랑이 식으면 함께 있어도 외롭지요. 인간은 죽을 때 혼자 죽습니다. 어떤 사고를 당해 여럿이 함께 죽는 경우에도 각각 하나의 인간이 죽는 것입니다. 유명한 신학자 폴 틸리히(Paul Tillich)는 외로움과 고독으로 나눠서 말합니다. 외로움(loneliness)은 가족과 이별한다든가 정든 곳을 떠날 때, 혹은 깊은 밤 홀로 있으면서 느끼는 쓸쓸함 같은 것이지요. 고독(solitude)은 인간이란 존재 자체가 근원적으로 혼자이기에 느끼는 감정입니다.

그러니까 상황에 따라 느끼는 외로움이 있고, 그 어떤 상황과 상관없이 느끼는 근원적인 고독이 있지요. 이상란 선생님이 저에게 하신 질문, 젊은 시절의 외로움이 얼마나 지속되었는가에 대답하려다가 설명이 장황해졌군요. 어쨌든 여러 사람들이 어우러져 사는 세상에 나오니까 저의 상황적 외로움은 매우 감소되었습니다. 연극계의 친구도 생기고, 사랑하는 사람을 만나 결혼도 하고, 극작가로서 많은 기대도 받았으니 외로움이 줄어든 것이지요. 하지만 다락방과 지하실 방에서 느꼈던 근원적 고독은 세상에 나왔다고 줄어들거나 없어지지 않았습니다.

이상란 : 저는 선생님 자신에 관한 구체적인 말씀을 듣고 싶었는데요?

이강백 : 제 자신까지 포함해서 말씀 드렸습니다만, 뭔가 대답이 어설펐던 것 같군요. 제가 젊은 시절 지하실 방에서 꿨던 꿈, 그러니까 반복해서 꿨던 꿈이 있습니다. 이상하게 내용이 똑같아요. 어떤 도시를 성(城)이 둘러싸고 있는데, 저는 성 밖의 언덕 위에서 구경꾼처럼 성 안을 바라봅니다. 관청도 보이고, 집과 거리도 보이고, 시장과 학교, 많은 사람들도 보입니다. 그런데 성 밖의 제 가슴은 철판으로 만든 것처럼 비바람을 맞아 시뻘겋게 녹이 슬어있어요. 그런 모습으로 성 안을 바라보면서, 저는 제가 성에서 제외된 자라는 것을 깨닫습니다.

저는 세상으로 나와 무대에 펼쳐지는 연극을 보면서 이런 생각을 합니다. 내가 꾸는 꿈과 같구나… 연극이란 무엇일까요? 이 세상에 있으면서도 이 세상에 속하지 않은 것이 연극입니다. 현실이면서 현실이 아니지요. 무대 위의 왕은 왕이지만 실제 왕이 아니듯 말입니다. 저는 극작가이면서도 구경꾼으로 그것을 바라봅니다. 그러므로 바라보는 자는 세상 안에 있으나 밖에 있는 자이며 제외된 자입니다.

　이상란 : 선생님은 성 밖의 구경꾼인데 성 안으로 들어와서도 구경꾼이군요?

　이강백 : 네. 그래서 지금도 저 자신을 제외된 자라고 여기는 것은 변함없습니다.

　이상란 : 하지만 성 안으로 들어오셨으니 성 밖의 제외된 자는 아니죠.

　이강백 : 세상 사람들은 저에게 이렇게 말할 것입니다. "당신은 결코 제외된 자가 아니다. 극작가로서 명성도 얻었고, 교수가 되었으며, 결혼하여 단란한 가정도 가졌다." 물론 제가 세상 안에서 이룬 것이 있습니다. 그래서 지금은 아무도 저를 제외된 자라고 인정 않지요. 오직 저 혼자만 인정할 뿐입니다. (웃음) 그것이 참 고독하군요.

　이상란 : 그런가요? (웃음) 제가 인정해 드리죠.

　이강백 : 진심으로 감사합니다!

　이상란 : 저는 선생님의 작품 세계가 어떤 방향으로 변천하는지 질문하고 싶었어요. 하지만 그 변천 과정은 희곡전집 8권까지

전체적으로 다뤄야 할 것 같아 지금은 생략하고, 짧은 질문으로 바꾸겠습니다. 선생님은 '이강백 작품'의 가장 특징적인 것이 무엇이라고 생각하세요?

이강백 : 제 작품의 특징은 반복구조입니다. 〈다섯〉에서 등장인물들이 배 밑의 상자와 통 속을 들어갔다가 나오기를 반복하고, 〈셋〉의 아들은 아버지가 치는 북소리에 맞춰 앉았다 일어섰다를 반복하고, 〈알〉은 알 속에 들어 있는 것이 공룡이다 했다가 임금이라고 하기를 반복합니다. 〈파수꾼〉 역시 이리떼가 나타났다는 외침이 반복되고, 〈결혼〉은 빌린 물건들을 되돌려 주는 것을 반복하지요. 선생님은 제 작품을 나선형 반복구조라고 하셨습니다. 원형의 반복구조는 여러 번 반복해도 처음과 끝이 맞물려 동일한 상황이지만, 나선형의 반복구조는 반복할 때마다 어긋나면서 결말 상황이 달라집니다.

이상란 : 이젠 여러분이 질의할 차례입니다. 선생님께 묻고 싶은 건 무엇이든지 자유롭게 질문하기 바랍니다.

질문자 1 : 예술가들 중에 고독에 대해서 표현한 사람이 상당히 많이 있어요. 그런데 보통 사람들은 고독이었는지 모르고 있다가, 나중에 보니까 고독이었다는 사실을 알게 되는 그런 면도 없지 않습니다. 그런 상황에 있을 경우에 어떤 방식으로 그것을 극복해야 하는지, 거기서 어떻게 좋은 방향으로 빠져나와야 하는지, 그것을 승화시키는 것에 대해서 실용적인 방식이 뭐가 있을까요? 그 상황에 갇혀 나오지 못하는 경우가 종종 있어서요.

이강백 : 폴 틸리히처럼 고독을 상황적인 것과 근원적인 것 둘로 분리해서 생각하는 사람은 드뭅니다. 그러니까 지금 질문하신 고독은 그것이 한 덩어리로 뭉친 상태겠지요. 더구나 고독한데 고독한 줄 모른다는 것은, 고독이 역설적으로 고독을 감춰두기 때문입니다.

불교에는 유명한 선문답(禪問答)이 있습니다. "너는 어디서 왔느냐?" 이렇게 물었을 때, 그 누구도 정확한 대답을 할 수 없어요. 그러나 어떤 대답을 하는지에 따라서 인간의 됨됨이가 느껴진다고 합니다. 고독도 그렇습니다. "너는 고독하냐?" 이 질문의 대답에 따라 인간의 크기가 느껴질 것입니다. 그러므로 "나는 고독하다"고 말하는 사람보다 "나는 고독하지 않다"고 하는 사람이 더 고독할 수 있습니다. 사람은 누구나 고독을 싫어합니다. 그런데 일부러 고독이 필요한 사람이 있어요. 소위 예술가들입니다. 저는 작품을 쓸 때, 좋은 책을 읽거나, 감동적인 영화를 보거나, 친구들을 만나서 여러 가지 이야기를 하고 나면, 표현 욕구가 해소되어 더 이상 그 작품을 쓰지 못합니다. 마치 고압 가스통이 열려 가스가 스르르 새어나간 것 같습니다. 다시 고압 가스통에 가스를 채워 넣듯이, 철저히 자신을 홀로 두고 고독해져야 무엇인가 축적되는데, 그 축적이 쌓이고 쌓여 강한 압력이 될 때까지 참아야 합니다. 그리고 중요한 건 고압 가스통에 구멍을 하나만 내야한다는 것입니다. 즉 강한 압력이 분출되는 힘으로 작품을 쓰는 것이지요. 이것도 하고, 저것도 하고, 분출 구멍을 여러 개 내면 분산된 힘이 약해 작품 쓰는 것이 안 됩니다. 놀라운 영감과 굉장히 좋은 아이디어가 있어도 실패하는 것은 분출하는 힘이 약해졌기 때문입니다.

고독을 극복하는 방법, 고독에서 어떻게 좋은 방향으로 빠져 나올 수 있는지, 고독을 승화시키는 실용적인 방법을 물으셨는데, 방금 전 말한 것이 어느 정도 대답이 되었기를 바랍니다. 고독이 오직 작품 쓰기에만 필요한 건 아니지요. 누구의 사랑을 받고 싶고, 누구를 사랑하고 싶은 것도 고독 속에서 축적된 표현 욕구입니다. 그 표현 욕구를 분산 시키면 사랑도 직업도 성공 확률이 낮습니다. 이 세상 모든 것이 다 그렇다고 할 수 있어요.

질문자 2 : 선생님 작품 중에 제일 좋아하는 작품 중 하나가 희곡전집 2권에 있는 〈내가 날씨에 따라 변할 사람 같소?〉인데요. 제가 잘못 읽어서 그런지 모르겠지만… 제가 작품을 읽을 때는 작가가 글을 쓰는 것을 상상하면서 읽는데요. 다른 작품은 몹시 괴로워하면서 쓰신 것 같은 느낌을 받았는데, 그 작품은 웃으면서 즐겁게 쓰셨다고 느꼈어요. 실제로 어떤 기분으로 쓰셨는지요?

이강백 : 사실 그 작품은 제가 가장 고통스러울 때 썼어요. 그러니까 〈내가 날씨에 따라 변할 사람 같소?〉는 더 이상 연극을 해야 하나, 하지 말아야 하나, 그 기로에서 방황할 때 썼습니다. 그때나 지금이나 연극인들이 부딪히는 가장 심각한 문제가 생계 해결이 어렵다는 것입니다. 그때 저를 전폭적으로 이해하고 지원했던 분이 둘째 형님인데, 저는 둘째 형님 집에 얹혀살았지요. 그런데 형님과 형수님이 저에게 "너 밥 값 내라" 한 적도 없고, 제가 뭘 먹는 것에 눈치를 준 적도 없는데, 제 마음에는 자기 힘으로 벌어서 먹는 것이 아니라는 죄의식이 있었습니다. 그래서 제 자신이 스스로 절식한다고 할까요, 맛있는 고기반찬은 먹지 않고 밥도 몇 숟가락 밖엔 안 먹었어요. 그러다가 완전히 영양실조가 되어 병원에 입원했습니다. 〈내가 날씨에 따라 변할 사람 같소?〉는 그 괴로운 현실과는 전혀 다르게 즐거운 환상을 보여줍니다. 비 오는 날, 창고 같

은 하숙집은 스페인 대사 부인이 투숙한 고급 호텔로 변하고, 하숙집 아들과 장군의 딸이 사랑하여 결혼까지 합니다. 도대체 이것이 말이 됩니까? 이것을 쓴 사람은 제정신이 아니라고 고개를 절레절레 흔들어야 마땅한데, 저의 작품 중에서 제일 좋아한다니, 혹시 읽은 분은 정신이 정상인가요? (웃음) 어쨌든 인간은 불균형을 균형 있게 맞추려는 존재입니다. 괴로움으로 기울어진 비극적 현실은 그 반대의 즐거운 희극적 환상으로 짝을 이뤄야 균형이 맞습니다.

질문자 3 : 저는 국문과 학생이 아니고 다른 문과도 아니어서, 문학적인 깊이가 있는 질문인지는 모르겠지만, 아까 말씀 중에 직설적인 표현을 쓴 작품을 존경하는 선생님이 보시고 꾸중을 하셨잖아요? 그래서 그 이후에 멘토의 조언을 따라서 바꿨는지, 아니면 그냥 쭉 그렇게 직설적인 표현으로 쓰셨는지. 그리고 그 이유도 알고 싶습니다.

이강백 : 2년 전인가, 3년 전인가… 제가 쓴 〈여우인간〉이라는 작품을 서울시립극단에서 공연했어요. 그것은 직설적 화법으로 쓴 작품입니다. 광우병 쇠고기 사태, 세월호 침몰, 선거에 국정원이 개입하여 인터넷 댓글을 단 사건 등, 지금 우리는 여우한테 홀려서 살고 있다는 내용이지요. 그런데 관객들의 반응은 안 좋았습니다. 극작가로서 저는 이렇게 직설적으로 말하지 않으면 가슴이 답답해 도저히 견딜 수 없는 때가 있어요. 저의 희곡전집에는 직접적인 화법으로 쓴 작품들이 여럿 있습니다. 그런데 예술이란 무엇일까요? 그냥 거칠게 고함지르는 것이 아니라 아름답게 승화시켜 노래 부르는 것이 예술이라면, 그 노래가 한가로워 죄스러울 때가 있어요. 그래서 시대를 대변해서, 시의성을 놓치지 않으려고 쓴 작품은, 직

설적인 형태가 됩니다. 그런데 바로 여기에 작가를 갈등하게 만드는 문제가 있습니다. 시대란 변합니다. 시의적절한 작품도 그 시대가 변하면 빛을 잃습니다. 그러니까 시대가 몇 번이나 변해도 빛을 잃지 않는 작품, 그것을 불멸의 작품이라고 하지요. 결국 고함은 사라지고 노래는 남습니다. 작가는 누구나 자기 작품이 불멸이기를 바랍니다. 저 역시 그렇지요. 저의 희곡전집 여덟 권, 아니 앞으로 두 권을 더 써서 열권을 채우려고 합니다만, 그 작품들 중에 불멸의 작품이 단 하나라도 있다면 얼마나 좋을까요!

질문자 4 : 선생님 작품 중에서 저는 〈셋〉을 정말 재미있게 읽었어요. 선생님 작품들은 무대에서 다채롭게 드러납니다. 최근에 봤던 〈즐거운 복희〉, 〈챙!〉 그리고 〈날아다니는 돌〉에서 제가 느꼈던 것은 작품마다 색깔이 다르다는 거예요. 기성 작가들은 대부분 자신이 갖고 있는 작품 세계를 고수하는 경향이 많은데, 선생님이 최근에 쓰신 작품들을 보면서, 저는 마치 신진 작가의 것처럼 참신하고 무대의 오브제를 활용하는 방식들이 다양하고 창의적이라고 생각했거든요. 그래서 선생님께서는 오랜 기간 작품 활동을 하시면서, 새로운 작품마다 어떻게 다른 특색과 개성을 불어 넣으실 수 있었는지, 그게 굉장히 궁금합니다.

이강백 : 극작가는 한 번 갔던 길을 다시 갈 수 없습니다. 만약 갔던 길을 다시 가면 관객과 독자들은 금방 알아챕니다. 그리고 극작가가 매너리즘에 빠져있다고 말하지요. 장인(匠人)은 자기의 일이 완전히 익숙해질 때까지, 수천 번 수만 번 똑같은 것을 반복합니다. 한석봉의 어머니는 캄캄한 어둠 속에서도 떡을 똑같은 크기로 썰었습니다. 장인의 경지란 바로 그런 것이지요. 하지만 작가는

장인과는 다릅니다. 똑같은 작품을 쓰면 안 되기에, 자기 일에 익숙할 수가 없습니다. 처음 가는 길은 호기심도 있지만 두려움과 불안이 큽니다. 더 정확하게 말할까요. 작가는 있는 길을 처음 가는 것이 아닙니다. 전혀 없는 길을 만들어서 가야합니다. (웃음) 너무 엄살을 떤 것 같군요. 그러나 거짓말은 아닙니다.

제 작품마다 다른 특색과 개성을 느끼셨다니, 작가인 저에겐 큰 기쁨과 격려가 됩니다. 하지만 어떻게 각각 다른 특색과 개성이 있도록 하는지는 저도 잘 모릅니다. 혹시 그런 비법을 안다면 저 혼자 알 뿐 절대로 말하지 않을 것입니다. 아니, 그 비법을 알아도 계속 사용하면 실패할 것이 불 보듯 뻔합니다. 울든지 웃든지 작가는 언제나 새 길을 서툰 걸음으로 갈 수밖에 없습니다. 그래서 작가는 장인의 경지에 오르기가 어렵지요.

이상란 : 선생님 희곡전집 1권의 작품들 정말 잘 쓰셨어요.

이강백 : 제가 봐도 그건 그래요. (웃음) 뒤로 갈수록 못 썼습니다.

이상란 : 그럴 리가요. 뒤에도 또 한 번 폭발하는 시기가 있어요. 보편적이고 예술적으로 승화된, 우리의 삶을 관조하는 작품들 〈느낌, 극락같은〉, 〈영월행 일기〉 등은 새로운 경지지요. 어떤 작품들은 정말 노력해서 쓰셨다고 느껴지는가 하면, 또 어떤 작품들은 자연스럽게 사상이 녹아들어서 발화하고 있는 것이 보입니다. 그 정점에 도달한 작품들은 선생님이 50대 초반에 썼던 작품들인 것 같아요. 오늘은 시간이 제한되어 있고, 선생님도 많은 말씀을 하셨습니다. 질문을 하나만 더 받고 끝내겠어요.

이강백 : 서강대학교에는 중국에서 유학 오신 학생들이 많다고 들었습니다. 여기 이 자리에 계신다면, 마지막 질문을 하시기를 바랍니다.

질문자 5 : 선생님, 제가 질문하겠습니다.

이강백 : 중국 유학생이신가요?

질문자 5 : 네.

이강백 : 대륙적인 매우 큰 질문을 하십시오.

질문자 5 : 저는 선생님이 쓰신 〈심청〉을 연극으로 봤는데, 결말에서 선주(船主)가 죽는 것으로 많은 여성들을 제물로 바친 그의 죄를 다 정화시키는 느낌이 들었어요. 남성 작가여서 그렇게 쓰신 건 아닐까 생각했습니다.

이상란 : 지금 이 학생이 페미니스트적인 시각으로 논문을 쓰고 있거든요.

이강백 : 오늘 마지막 질문이 죽음이군요. 인간에게 죽음은 매우 큰 질문이기도 합니다. 〈심청〉의 선주는 평생 수십 명의 처녀를 바다의 제물로 바쳐 죽인 자입니다. 그래서 그가 죽는다 해도 한 번 죽는 것이기에 죗값을 다 치렀다는 느낌이 들지 않습니다. 마치 많은 사람을 죽인 살인범은 사형에 처해도 뭔가 부족하게 느껴지는 것처럼 말입니다. 그래서 그런 자는 한 번 죽일 것이 아니라 그

가 죽인 사람의 수효만큼 여러 번 죽여야 정당할 텐데, 정말 억울하고 아쉽게도 죽음은 한 번뿐입니다.

제가 남성 작가여서 선주의 죽음을 정화시킨 것 같다고 하셨지요? 그 질문에 저도 공감합니다. 하지만 선주의 죽음을 정화시킨 것은 여성인 간난의 죽음입니다. 선주는 자신의 죽음에 확신이 없습니다. 그가 죽는 모습을 보십시오. 아등바등거리다가 무엇이 있는지 모를 허공 밑으로 떨어집니다. 그러나 간난은 자신이 떨어지는 곳을 아주 명확히 알고 의연하게 말합니다. "난 살 자리는 없으나 죽을 자리는 있구나. 배 아홉 척 선원들의 무사한 항해를 위해서 나는 인당수에 뛰어내려 죽겠다."

〈심청〉은 제가 가장 최근에 쓴 희곡이지요. 희곡전집 9권째 수록될 것입니다. 저는 연극계에서 여성을 표현 못하는 극작가로 널리 알려져 있습니다. 아마 〈심청〉의 간난도 여성이 아닌 남성으로 보일지도 모릅니다. 선주보다 의연한 죽음이 더 남성적이라고 여길 가능성을 갖게 합니다. 솔직히 고백하면 〈심청〉은 남성의 죽음과 여성의 죽음을 다른 작품이 아닙니다. 그 작품을 쓴 극작가 저 자신의 죽음이지요. 이젠 제가 일흔 살을 넘어서 그런지 저에게 다가오고 있는 죽음을 느낍니다. 그 죽음은 서양인이 생각하는 기다란 낫을 든 해골 모습도 아니고, 동양인이 생각하는 검정 옷에 갓을 쓴 저승사자 모습도 아닙니다. 저에게 다가오는 죽음은 바로 저 자신의 모습이지요. 제가 저에게 다가와서 등을 떠밀어 알지 못할 허공 아래로 떨어지게 하는 것, 죽음이란 그런 것입니다.

이상란 : 오늘 세 시간 반이나 선생님과 공개대담을 했어요. 초기 작품들인 희곡전집 1권에 국한하려던 계획과는 다르게 범위가 넓어져서 더 넓고 깊이 있는 대담이 된 것 같습니다. 우리한테

이렇게 소중한 기회를 주신 이강백 선생님께 진심으로 감사드려요. 그리고 참여한 학생들 모두 고맙습니다.

이강백 : 여러분, 고맙습니다.

국립오페라단 제 66 회 정기공연
보석과 여인

1991년 9월 4일 ▶ 7일 오후 7시 30분
국립중앙극장 소극장

국립 오페라단, 〈보석과 여인〉 팸플릿

세 번째 대담

이상란 : 오늘은 2017년 5월 16일, 선생님과 세 번째 대담하는 날입니다. 장소는 다시 제 연구실입니다. 1975년부터 1979년까지 작품들을 수록한 희곡전집 2권을 중심으로, 그 시기의 선생님 삶과 작품에 대해서 대담을 진행하겠습니다.

극작가 이강백과 극적 주인공은 어떤 관계일까? 종종 관객과 독자는 그런 것을 궁금하게 생각하죠. 그런데 제가 혼자서 생각했던 것과 다른 점을 지난번에 알게 됐어요. 당연한 이야기지만 〈파수꾼〉의 소년 파수꾼이라든가, 〈내마〉의 내마가 혹시 선생님의 이상적인 자아가 아니었을까? 이런 생각을 했는데, 그것과는 많이 다른 말씀을 하셨거든요. 오늘 이 논의를 좀 더 심화시키면 좋을 것 같습니다. 그러면 아마 저처럼 순진한 관객과 독자들의 생각을 깨는 내용이 나올 것 같아 기대가 됩니다. 작품에서의 등장인물들과 극작가인 선생님은 어떤 관계가 있는지요?

이강백 : 글쎄요. 지난번 대담에서 이상란 선생님은 희곡 〈내마〉의 등장인물 내마가 그 희곡을 쓴 저의 이상향, 닮은 꼴 같다고 말씀하셨는데, 저는 제 자신을 '내마가 아니라 실성'이라고 했습니다. 아마 그것에 선생님은 뭔가 속은 기분이 드셨군요. 지금 '순진하다'라는 형용사가 사실은 속았구나를 점잖게 표현하신 것으로 들립니다. (웃음) 죄송합니다. 관객과 독자는 순진한데, 극작가인 저는 뭔가 속임수가 있는 사람이지요. (웃음) 그런데 우선 저는 희곡전집 2권의 시대적 배경을 말씀 드리고 싶습니다. 희곡전집 1권이 1971년서부터 1974년까지, 그리고 희곡전집 2권이 1975년부터 1979년까지, 그 둘을 합치면 70년대라는 시대적 배경 전체가 보입니다. 1권의 첫 작품 〈다섯〉이 유신체제가 본격적인 막을 올렸던 때 작품이라면, 2권의 마지막 수록 작품인 〈개뿔〉은 유신체제가 막을 내린 때이거든요. 정말 공교롭게도 〈개뿔〉을 공연한 지 얼마 후, 1979년 10월 26일에, 박정희 대통령이 김재규 중앙정보부장에게 시해(弑害) 당합니다. 그래서 전국에 비상사태가 선포되었지요. 물론 그 이후도 군사정권, 어찌 보면 유신체제와 다르지 않은 전두환 군사정권과 노태우 군사정권이 이어졌지만, 어쨌든 유신체제는 막을 내렸습니다.

이상란 : 선생님 희곡전집 1권과 2권이 70년대라는 시대의

시작과 끝을 함께 하면서, 작품 속의 등장인물들이 어떻게 변화하는가를 살펴보는 것도 흥미 있겠군요. 지난번 공개 대담에서 선생님께 작품의 변천을 질문하려다가 시간이 부족해서 취소했는데, 이 기회에 그 질문을 살리면 좋겠어요.

이강백 : 저는 극작가이고 선생님은 평론가이십니다. (웃음) 선생님이 제 작품의 변천 과정을 다 아실 텐데, 제가 그것을 말하려니까 부처님 앞에서 경 읽는 것처럼 쑥스럽습니다. (웃음) 선생님이 말씀하시지요.

이상란 : 아뇨. 이 대담은 극작가 이강백 선생님의 말씀을 듣는 자리예요.

이강백 : 제가 작품을 썼지만 가장 그 작품을 잘 안다고 할 수는 없습니다. 오히려 다른 분이 제 작품을 더 잘 알 수 있지요. 그런데도 작가의 자기 작품에 대한 말은 그 누구의 말보다 진실인 것처럼 믿어요. 또 뭔가 속이는 것 같아 말하기가 두렵습니다.

이상란 : 너무 두려워 마세요.

이강백 : 일단 첫 희곡 〈다섯〉의 등장인물에서 시작할까요? 가, 나, 다, 라, 마, 다섯 명의 등장인물들이 나옵니다. 그들 중에서 중요한 인물은 '라'입니다. 그런데 '라'는 다른 네 명과 판이하게 다른 점은 없습니다. 그들은 모두 낙원으로 가기 위해 밀항선을 탄 공동운명체입니다. 하지만 그들은 그 배가 정말 낙원으로 가고 있는지는 알지 못하고, 또 어디 만큼 왔는지도 모릅니다. 등장인물

'라'가 약간 다른 점이 있다면 용기를 내서 선장을 만나러 가겠다는 것인데, 경보종이 울리자 그는 머뭇거리다가 다시 통 속으로 들어갑니다.

이런 '라'가 조금 발전한 인물이 〈알〉의 시민 '라'입니다. 〈알〉에는 가, 나, 다, 라, 시민들 네 명이 등장합니다. 그들은 박물관장에게 철저히 지배 받게 됩니다. 박물관장이 커다란 알 속에 든 것을 임금이다, 공룡이다, 하면서 그들의 판단력을 무력화시켜 자신에게 복종하도록 만들었지요. 이런 상황에서 시민 '라'는 목숨을 걸고 알 속에 든 것이 무엇인지를 확실하게 말해 달라 박물관장의 대답을 요구합니다. 박물관장은 시민 '라'의 귀에 속삭입니다. "알은 내가 석회로 만든 것이다. 그 속엔 아무 것도 없다." 이 대답을 듣는 대가로 시민 '라'는 목숨을 잃습니다.

〈알〉의 시민 '라'는 발전하여 〈파수꾼〉의 소년 파수꾼이 됩니다. 물론 극작가인 저의 인식도 작품을 쓰면서 발전하지요. 〈다섯〉과 〈알〉에서는 선장이라든가 박물관장이 문제였다면, 〈파수꾼〉에서는 메커니즘 또는 시스템이 문제라는 것을 안 것입니다. 황야의 이리 떼를 감시하기 위해 세워진 망루는 마을을 지배하는 시스템을 상징합니다. 소년 파수꾼은 그 망루 위에 올라가 이리 떼가 아닌 흰 구름을 봅니다. 하지만 그는 마을 사람들에게 진실을 말하지 못합니다. 촌장이 와서 묻지요. "마을의 질서 때문에 이리 떼가 필요한데, 이리 떼 없다면 무엇으로 새로운 질서를 만들 거냐?" 소년 파수꾼은 이리 떼가 허구라는 것은 알았지만, 망루 대신 새로운 질서의 시스템을 제시할 능력은 없었습니다. 〈파수꾼〉을 쓴 저 자신 역시 마찬가지입니다. 소년 파수꾼의 곤혹스런 입장과 다를 것이 없습니다. 그러면서도 저는 노인 파수꾼처럼 평생을 성실하게 사는 쪽을 선택합니다. 그래서 소년 파수꾼이 아니라 노인 파수꾼을 저 자신 같다는 이유를 아실 것입니다.

이상란 : 그렇군요. 저는 노인 파수꾼을 보면 한나 아렌트 (Hannah Arendt)가 말한 '악의 평범성'을 생각하게 됩니다. 평범한 사람들이 어떻게 악할 수 있는가? 잘못된 구조에 대한 문제를 제기하지 않을 때, 그 사람은 성실하게 살았음에도 불구하고 얼마나 악해질 수 있는가? 망루 위의 파수꾼이 이리 떼가 나타났다 외치면 열심히 북을 치고, 늘 부지런히 덫을 돌보고, 소년 파수꾼 같은 다음 세대를 애정 어린 마음으로 보살피고… 그럼에도 불구하고 그는 지배 이데올로기를 확대 재생산하는데 추호의 회의도 없이 계속진행하고 있죠.

이강백 : 저는 언제나 성실하려고 노력합니다. 일상생활에서 성실하면 스스로를 악인이라고 여기지 않습니다. 시스템에 문제가 있음을 모르고 성실한 것과 알면서도 성실한 것은 큰 차이가 있긴 하지요. 그러나 안다고 해서 불성실하면 어떤가요? 그 불성실 때문에 많은 성실한 사람들의 비난을 받고 고통을 당할 것이 뻔합니다. 어쨌든 〈파수꾼〉의 소년 파수꾼은 〈내마〉에서 내마가 됩니다. 이리 떼가 없음을 알면서도 협박을 받아 침묵했던 소년 파수꾼은 목숨 걸고 정의를 외치는 내마가 된 것이지요. 〈다섯〉에서 시작한 등장인물의 변화가 여기까지 이르렀습니다.

이상란 : 저는 〈내마〉를 보면서 칸트가 『실천이성비판』에서 '내 위의 별이 빛나는 하늘과 내 안의 도덕법칙'에 대해 경탄했던 것을 떠올렸습니다. 그의 고독과 좌절의 순간은 오히려 절대 순수와 진리에 조응하는 자기내면의 도덕법칙과 존엄성을 역설적으로

드러내고 있으니 말입니다. 그런 의미에서 내마라는 인물은 선생님 초기 희곡 중에서 가장 강력한 이상적 주체인 것이지요.

다음 질문을 드리겠습니다. 희곡전집 1권과 희곡전집 2권은 각각 다른 경향도 있지만 연결되는 지점이 있어요. 선생님은 그 연결점을 무엇이라고 생각하시는지요?

이강백 : 제 생각에는 민중이 연결점입니다. 1권의 〈내마〉에서 내마가 부딪혔던 민중과 〈미술관에서의 혼돈과 정리〉에 등장한 민중은, '민중이란 무엇인가?'를 공유하고 있습니다. 그런데 〈내마〉의 민중은 무지(無知)하다고 할까요, 자신의 이익을 탐하는 부정적 존재라면, 〈미술관에서의 혼돈과 정리〉의 민중은 모든 것을 알고 있는 긍정적인 모습을 보여줍니다. 이 작품은 희곡전집 2권의 머리글에도 썼지만, 한국의 현대사를 희곡 한 편에 다 써보겠다는 억지 욕심을 부려 쓴 것입니다. 그러니까 미술관에 전시돼 있던 모든 미술품이 도난당했다는 것은, 일제 강점기 때 '아름답다', '가치 있다', '역사적이다.' 할 수 있는 것들이 모두 빼앗겼음을 의미합니다. 그림과 조각들이 일체 다 도난당하고 없는 그 텅 빈 미술관에, 미술품들을 대신하고 있는 것이 사람들인데, 바로 그들이 민중이지요. 그들은 미술품들이 도난당한 것을 기억하고 있고, 미술관 주인이 무기력하다는 것, 바악이라는 인물이 어떻게 미술관을 장악해서 자기들을 통제하는지, 모든 것을 낱낱이 잘 알고 있습니다.

이상란 : 바악이란 박을 길게 늘인 건가요? 선생님 희곡의 등장인물은 처음엔 가, 나, 다로 표기되더니, 〈미술관에서의 혼돈과 정리〉부터는 니임, 소온, 자앙, 기임 등, 성(姓)을 길게 발음한 이름의 등장인물들이 나옵니다.

이강백 : 네. 바악은 박입니다. 기임은 김, 자앙은 장이지요. 〈개 뿔〉의 니임은 님, 노옴은 놈이고요.

이상란 : 왜 그런 이름을 쓰셨나요?

이강백 : 작품이 많아질수록 가, 나, 다, 라는 한계가 있더군 요. 등장인물들에게 불특정한 보통명사를 쓰고 싶어서 새 방법을 생각한 것입니다. 그런데 선생님도 짐작하셨겠지만, 바악이란 등 장인물은 박정희 대통령을, 그리고 미술관의 등장인물들은 민중을 암시합니다. 다시 말씀드리지만 이제 그들은 모르는 자, 무지한 자, 눈을 감은 자가 아니지요. 그들은 눈을 뜨고 권력자인 바악을 지켜 보고 있습니다. 부경대학교 김남석 교수는 〈다섯〉부터 〈미술관에 서의 혼돈과 정리〉까지 제 작품들에 나타난 민중의 변화 과정을 살 펴서 논문으로 썼습니다. 「1970년대 이강백 희곡 연구 - 군중과 권력의 상관 관계를 중심으로」라는 논문인데, 저는 그 내용에 공감 했습니다.

이상란 : 하지만 선생님의 작품에서 처음부터 민중이 등장한 건 아니죠. 민중(民衆)이라기보다는 대다수 사람들인 군중 혹은 대 중입니다. 민중이란 깨어있는 주체로서의 역동성을 의미하기 때문 에, 〈미술관에서의 혼돈과 정리〉 이전의 작품들에서는 민중은 아 직 나타나지 않습니다. 그런데 〈내마〉 이후 뚜렷한 변화가 생겼어 요. 〈미술관에서의 혼돈과 정리〉 등장인물들은 울타리 안에서 모 두 눈을 뜨고 있죠, 즉 각성상태입니다. 저는 드디어 그 부분에서 민중이 선생님 희곡에서 탄생했다는 생각이 들어요.

이강백 : 정말 그렇군요.

이상란 : 그런데 〈미술관에서의 혼돈과 정리〉에서 선우의 존재는 무엇이었을까요? 별안간 화가가 미술관에 등장합니다. 그리고는 환등기의 불빛 때문에 눈이 부셔서 순간적인 장님이 되어 못 떠나고 있다가, 눈이 보이는 데도 머물면서 사아를 만나 희망의 씨를 뿌리는 것 같더니, 홀연히 떠나버립니다. 미술관의 세계 자체를 비판하는 자이기도 했다가, 그러나 개입은 하지 않고 당신들이 알아서 해라, 나는 떠난다… 도대체 저 인물은 뭘까? 저는 난감했죠. 아마 관객들도 그랬을 거예요.

이강백 : 미술관장은 옛 시절로 되돌아가려는 의도를 갖고 화가인 선우를 초청합니다. 선우가 그린 그림으로 전시를 해서 옛 미술관을 복원하려는 것이지요. 하지만 선우는 미술관장의 의도를 선뜻 받아들일 입장이 아닙니다. 왜냐하면 그는 외부에서 아무 정보도 없이 미지(未知)의 세계에 온 방문객으로서 사태 파악부터 해야 하기 때문입니다. 그림과 조각 대신 사람들이 전시된 미술관이라니 상식적으로 납득하기 어렵지요. 관객들은 선우를 통해서 차츰차츰 이곳의 특성을 파악하게 됩니다. 즉, 선우는 이 연극의 해설자 역할을 하기 위해 등장한 인물입니다. 저는 그가 관객들이 사태 파악을 하도록 돕는 역할밖엔 더 할 것이 없다고 생각했습니다. 그런데 선우에 대한 선생님의 불만은 그가 단순한 방문객이었다는 것이지요. 그러니까 선우는 미술관에 왔다가 가는 역할이 아니라 좀 더 개입해서 중요한 역할을 해야 한다고 생각하신 것입니다. 솔직히, 저는 그것을 생각 못했습니다.

이상란 : 선우는 미술관의 상황과 거리를 두고 비판할 수 있는 유일한 인물이거든요. 그가 머물고 있는 공간도 아래가 모두 내려다보이는 전지적 시점인 2층이잖아요. 미술관 주인이 있는 그 공간에서, 주인이 계속 무엇인가를 그리라고 할 때, 거부할 수도 있는 자존감을 가진 존재죠. 전지적으로 관조할 수 있는 시선을 가졌고, 주체적인 인물인 선우, 저는 그가 어떤 중대한 변화의 역할을 하리라고 기대했는데, 그것이 아니어서 아쉬운 거죠. (웃음) 대중에서 민중으로의 변화만큼 등장인물도 이제 더 나아가야 되겠다, 그런 생각이 들었어요.

이강백 : 아쉽지만 그것이 한계입니다. 내부적인 변화가 없을 때는 외부에서 변화의 요인이 개입하기를 바라는 것이 당연하지요. 그런데 만약 외부에서 온 선우가 변화를 일으켰다면 어떻게 됐을까요? 실패해도 문제지만 성공해도 문제입니다. 외부의 개입으로 성공한 변화는 내부의 주체성을 낮게 평가할 우려가 큽니다. 그래서 선우라는 외부 등장인물은 매우 커지는 대신 내부 등장인물들, 민중은 상대적으로 왜소해질 것입니다. 제가 선우도 커지고 모든 인물들도 커지는 작품을 썼어야 했는데… (웃음) 저는 그럴 능력이 안 되니까 선우가 자기 역할이 없다고 떠나버린 것 같습니다.

이상란 : 희곡전집 2권의 머리글을 보면, 선생님이 〈미술관에서의 혼돈과 정리〉를 쓰실 때 꿨던 악몽 이야기가 나와요. 거대한 공룡과 싸우는 악몽인데, 선생님이 칼로 공룡의 목을 자르면 다시 목이 솟아나는 꿈. 그런데 마지막 장을 쓴 날 꾼 꿈이 재미있더군요. 드디어 공룡을 죽여서 흙으로 덮었는데, 공룡은 죽은 것이 아니라 살아서 꿈틀거렸다… (웃음)

이강백 : 네. 공룡이 저를 불쌍히 여겨 죽은 체했습니다. (웃음) 한 편의 희곡에 우리 현대사를 담으려고 했던 것이 너무 무리한 과욕이었지요.

이상란 : 다른 작품 쓰실 때는 그런 악몽을 꾸지 않으셨나요?

이강백 : 악몽은 아니지만… 주인공이 죽어야 작품을 끝낼 수 있는데, 왜 내가 죽어야 하느냐, 그 이유를 납득하지 못하겠다, 항변하면서 안 죽는 경우가 있어요. 그럴 땐 죽은 체라도 해 달라 온갖 사정을 해서 끝내는데, 악몽 속의 공룡처럼 죽은 것이 아니라 살아서 꿈틀거려 진땀이 납니다.

이상란 : 극작가와 등장인물의 관계도 쉽지 않군요.

이강백 : 네. 극작가가 만든 인물이이라고 해서 극작가 마음대로 할 수는 없어요. 제 작품의 등장인물들은 비사실적이고 관념적이어서 제가 마리오네트 인형 다루듯이 마음대로 조종한다고 생각하는 분들이 많습니다. 하지만 관념적인 등장인물들도 자신의 행동이 납득되지 않으면 극작가에게 격렬히 항의합니다. (웃음) 극작가는 편한 직업이 아닙니다.

이상란 : 등장인물들이 배우와 연출가에게도 항의하겠죠?

이강백 : 물론입니다.

이상란 : 〈미술관에서의 혼돈과 정리〉는 방태수 씨가 연출을

맡았지요?

이강백 : 네. 그 당시 방태수 선생은 전위적인 연출가로서 명성이 높았습니다. 저를 만나서 이 작품을 연출할 가장 적임자는 자기라고 했어요. 그러나 그때가 방태수 선생이 삼일로 창고극장을 만들 때여서, 오직 연출에만 몰입할 수는 없었기에, 등장인물들의 격렬한 항의를 수습 못한 것 같습니다.

이상란 : 작은 삼일로 창고극장에서 그 많은 등장인물들이 등장하는 작품을 공연했어요?

이강백 : 아뇨. 공연은 국립극장 소극장에서 했습니다. 곧이어 연극인회관 세실극장에서 재공연도 했어요. 방태수 선생이 있었기에 〈미술관에서의 혼돈과 정리〉가 공연된 건 확실합니다. 하지만 관객들이 이해했는지는 확실하지 않습니다.

이상란 : 〈개뿔〉에 대해서 말씀해 주세요.

이강백 : 〈개뿔〉은 무언극(無言劇)입니다. 뉴욕에 갔던 연출가 이승규 선생이 푸에르토리코의 농아극단이 공연하는 무언극을 봤는데 굉장한 감동을 받았다면서, 우리도 말이 없고 움직임만 있는 연극을 한 번 하자고 제안했습니다. 마침 저는 제목을 정하지 못한 무언극을 쓴 것이 있었어요. 배우들은 똑같은 형태의 가면을 쓰고 연기해야 합니다. 이 무언극 대본을 본 이승규 선생은 좋다고 했습니다. 그래서 제3회 대한민국 연극제에서 공연할 예정이었던 〈개뿔〉이란 희곡 대신에, 그 무언극으로 바꿔 공연하면서 제목 〈개뿔〉

을 붙인 것입니다.

이상란 : 1979년에 공연했죠?

이강백 : 네. 10월 4일부터 10일까지, 세실극장에서 공연했습니다. 무언극 〈개뿔〉 공연 배경에는 아까 말씀 드린 이승규 선생의 제안도 있었지만, 그 당시 제 삶의 영향도 있었습니다. 저는 1978년 서른한 살 때 크리스천 아카데미에 들어가 일하기 시작했습니다. 제 인생의 첫 직장이지요. 그런데 다음 해인 1979년 4월 17일, 크리스천 아카데미의 간사 여섯 분이 반공법 위반으로 구속됐습니다. 강원용 목사님이 원장인 크리스천 아카데미는 종교 갱신과 사회 개혁을 목적으로 설립한 재단인데, 구속된 간사들은 사회 개혁을 담당한 분들입니다. 나중에 군사정권이 끝난 뒤, 신인령 간사는 이화여자대학교 교수를 거쳐 총장을 역임하였고, 이우재 간사는 국회의원을, 한명숙 간사는 노무현 대통령 때 국무총리를 하고, 김세균 간사, 황한식 간사, 장상환 간사, 세 분도 서울대학교, 부산대학교, 경상대학교 교수를 하였으니, 정말 공산주의자라면 그럴 수 있겠습니까? 그 당시 유신체제에서 사회 개혁은 눈엣가시 같아서 어떤 죄목을 붙여서라도 제거하고 싶었던 것입니다. 어쨌든 그 사건으로 크리스천 아카데미에서 일하는 사람들은 깊은 좌절을 겪습니다.

〈개뿔〉은 그 현실적 좌절을 넘어갔다고 할까요, 종교적 색채가 강한 작품입니다. 그래서 감히 이렇게 말씀 드려도 될지 모르겠지만, 현실에서는 불가능한 인간의 구원을 신에게 바란 것입니다. 〈다섯〉의 '라'에서 시작하여 〈파수꾼〉의 소년 파수꾼을 거쳐 〈내마〉의 내마에 이른 인물이 결국은 〈개뿔〉의 노옴이 된 것인데, 그는 니임이

통솔하는 가면의 집단에서 적응 못해 가혹한 학대와 따돌림을 당합니다. 그런 노옴이 그이한테 구원을 받습니다. 그이는 태어날 때부터 가면을 쓰지 않은 자입니다. 그이가 노옴의 가면을 벗겨주고 얼굴을 바라봅니다. 가면과 가면이 아닌 얼굴과 얼굴의 마주 봄, 그것이 구원이고 기적입니다. 가면이란 비인간적 통제의 상징이지요. 똑같은 표정의 가면. 똑같은 질서, 모두 다 획일적인 인간… 이런 암울한 모습은 강압적 권력의 문제, 권력과 민중, 권력과 개인에 대한 70년대 문제가 아무런 해결도 없다는 절망이 만든 것입니다. 그런데 이렇게 현실이 절망으로 끝나고 종교적 차원으로 넘어간 것은 놀랄 일이지요? 사실 가장 놀란 건 저 자신입니다. 아니 어떻게 70년대 마지막 쓴 희곡이 종교적인 작품일까… 인간의 이성(理性)이 현실적 문제를 풀지 못할 때 인간이 아닌 신에게 해결의 희망을 갖는다는 것은 올바른 것일까… 이런 의문은 1979년 10월 26일 일어난 더욱 놀라운 사건으로 덮어집니다. 역설적으로 말한다면, 박정희 대통령이 시해 당한 그 충격적 사건은 어떤 인간도 전혀 예상하지 못했다는 점에서, 인간의 영역이 아닌 신의 영역에서 발생한 것입니다.

이상란 : 어쩌면 절망하면서도 끝까지 포기하지 않은 민중들이 있었고, 그것을 붙들고 작품으로 만들려는 시도가 있었기에 예상 못한 출구도 생기는 것이겠지요. 저는 정치적 문제의식과 종교성의 경계에 있는 작품이 〈개뿔〉이라고 생각합니다.

이강백 : 그렇게 보셨다면 고맙습니다.

이상란 : 무언극 〈개뿔〉이 연극상을 받았죠?

이강백 : 네. 1979년 연극들 중에서 선정한 '동아연극상 대상'을 극단 가교가 받았어요.

이상란 : 〈미술관에서의 혼돈과 정리〉〈개뿔〉에 집중하다 보니까 다른 작품들을 잠시 잊었군요. 희곡전집 2권에 수록된 첫 작품은 〈보석과 여인〉입니다. 선생님의 작품에 등장하는 여성들은 관념적이거나 역할이 적은데, 〈보석과 여인〉에 등장한 여성은 구체적이면서 역할이 많아요. 그래서 이 작품을 쓰신 계기가 궁금해요.

이강백 : 이 작품은 제목 때문에 오해를 받습니다. 보석을 좋아하는 여인에 대한 내용인 줄 알거든요. 그런데 이 작품은 보석을 세공(細工)하는 남자와 그가 사랑한 여자 이야기입니다. 한 남자가 완전한 형태로 보석을 깎는 기술을 터득하느라 일생을 보냅니다. 마침내 그는 완전한 형태의 보석, 빛이 안으로 들어오면 축적되어 눈부시게 빛나는 보석을 깎는데 성공합니다. 하지만 그는 늙었고 완전한 보석을 줄 대상인 사랑하는 여인도 없습니다. 그가 몹시 한탄하자 〈파우스트〉의 메피스토펠레스 같은 인물이 등장해서 제안을 하지요. 젊음을 되돌려 주고, 사랑할 여인도 만나게 해 주겠다, 그 대신 다시 완전한 보석을 깎으면 죽는다, 그런 조건의 제안입니다. 결말은 비극이지요. 사랑하는 여인과 결혼하게 된 그가 여인에게 줄 결혼반지를 사려고 보석상점에 갑니다. 보석들의 형태가 서툴게 깎여 엉망진창이었지요. 다른 보석상점을 가서 봤지만 완전한 형태의 보석은 없었습니다. 그는 자신의 사랑이 완전하다는 것을 증명하기 위해 완전한 형태의 보석을 깎고 죽습니다. 이것은 여인이 원했던 것이 아닙니다. 여인에겐 사랑이 중요하지 보석이 중요한 건 아니거든요.

그런데, 이 작품에는 저의 체험이 짙게 반영되어 있습니다. 제가 젊은 시절, 그러니까 20대의 미혼기 때 직접 체험한 것입니다. 저에게 다가오는 여성들은 묘하게도 공통점이 있었습니다. 남자와의 사랑에 상처 받은 여성들입니다. 그녀들은 스스럼없이 저에게 치명적인 사랑의 고통과 슬픔을 말합니다. 왜 그런 말을 남성인 저에게 할까요? 저를 남성으로 여긴다면 그런 말은 결코 못할 것입니다.

이상란 : 경계심을 가질 필요가 없는 남성… 그렇게 여긴 것 아닐까요?

이강백 : 경계심이 필요 없는 남성은 여성에겐 남성이 아니지요. 그러나 여성도 아닙니다. 중성이라고 해야겠지요. 남성에게도 말 못하고 여성에게도 말 못할 것을 중성에게는 말할 수 있습니다. 제가 중성으로 보일 여지는 많아요. 소아마비 후유증으로 저는 정상적인 남성 같지는 않습니다. 극작가인 것도 강한 근육질의 남성과는 거리가 멉니다. 그렇다고 여성도 아니니까 뭔가 애매한 중성으로 여길 수 있어요. 그런데 문제는 제가 상처 입은 여성에게 매혹된다는 것입니다. 상처 난 여성은 상처 없는 여성보다 몇 배나 더 여성성을 느끼게 합니다. 마치 바다 속에서 상어가 피 흘리는 물고기에게 민감한 반응을 보이듯이, 저는 상처 입은 여성이 다가오면 민감해지는 현상이 생깁니다. 결국 저는 그 여성을 사랑하면서 제 사랑의 완전함을 증명하는 행위를 하게 되는데, 그것은 그 여성이 전혀 원했던 것이 아니지요. 더구나 그것은 제가 중성이 아닌 남성이라는 사실을 깨닫게 합니다. 그래서 마치 상처 난 물고기가 상어를 피하려고 달아나듯이, 그 여성은 저를 피해서 급히 달아납니다.

이상란 : 저는 〈보석과 여인〉을 여기에 나오는 보석 세공사처럼 선생님이 엄청나게 다듬은 작품이라고 생각했어요. 〈파우스트〉 느낌도 나고, 〈아라비안 나이트〉 느낌도 나고… 이렇게 어떤 원형을 다듬은 것이라고 생각했는데, 선생님의 실제적인 체험으로 쓰신 작품이었군요.

이강백 : 네. 그런 체험을 자주 겪어서 괴로웠어요. 저는 그것이 저의 심각한 문제라고 생각했습니다. 1974년 가을입니다. 이화여자대학교 동대문 부속병원 정신과 병동에서 사이코드라마(psychodrama)를 쓰고 계시던 극작가 오영진 선생님께서 저를 만나자는 연락이 왔습니다. 오영진 선생님은 노년에 심장병을 앓으셨으나 정신은 아무 문제 없으셨어요. 이때 오영진 선생님께 사이코드라마 제안을 하신 분이 이화여대 의과대학 동대문 병원 정신과장 이근후 선생님이셨습니다. 매일 정신과 병동에 오셔서 심장병 치료를 무료로 받는 대신에, 이근후 선생님이 한국 최초로 시도하는 사이코드라마에 필요한 대본을 무료로 써서 달라는, 서로 도움이 되는 일이었습니다. 오스트리아 정신 병원에서 시작한 사이코드라마는 대본 없는 역할극이지만, 우리나라 실정엔 역할극을 하라면 몸이 굳은 듯 꼼짝도 않고 말문을 닫아서, 간단한 대본이 있어야 했지요. 〈며느리〉, 〈부부〉, 〈누나〉 등, 오영진 선생님의 사이코드라마 희곡은 그런 배경이 있습니다. 어쨌든 제가 오영진 선생님을 만나 뵙는 자리에 이근후 선생님도 계셨어요. 이화여대 동대문 정신과 병동은 뭐랄까요, 휴양지의 아늑한 펜션 분위기였습니다. 저는 느긋하게 커피를 즐기며 마셨는데, 오영진 선생님은 심장에 영향을 준다면서 그 좋아하시던 커피 대신 그냥 물을 마시더니, 저에게 사이코드라마를 맡아달라고 하셨습니다. 제가 한 번도 해 본

적이 없다고 사양하자 오영진 선생님은 "내가 살날이 얼마 남지 않아서 부탁하네" 하시더군요. 그리고 몇 달 후 돌아가셨습니다. 저는 오영진 선생님의 말씀이 거역하기 어려운 유언 같아서 이대병원 정신과 병동에 들어갔지요. 입원한 분들과 함께 지내면서 소재를 얻어 간단한 사이코드라마 대본을 썼습니다. 그곳에 머문 기간은 5개월 가량이었는데, 인생에 관한 많은 것을 배웠고, 저 자신의 심리적 문제를 살펴보는 기회도 가졌습니다. 〈보석과 여인〉은 그곳에서 만난 정신과 인턴 여의사에게 헌정하려고 쓴 것입니다.

이상란 : 그 여의사가 피를 흘리고 있었나요?

이강백 : 네.

이상란 : 선생님은 피 흘리는 모습에 매혹되었고….

이강백 : 그렇습니다.

이상란 : 〈보석과 여인〉은 그 매혹적 여성에 대한 선생님의 사랑을 증명하기 위해 쓰셨군요?

이강백 : 네. 하지만 제가 쓴 작품을 읽어보더니 정색을 하면서 받지 않겠다고 거절 했어요. 그리고는 저를 다시는 만나지 않았습니다.

이상란 : 왜 그랬을까요?

이강백 : 저를 피해 달아난 여성들은 아무 말 안 했어요. 그러나 여의사는 분명히 말했습니다. "오해 마라! 내가 너에게 내 상처를 감추지 않은 것은, 너의 상처를 보았기에 나도 내 상처를 보여준 것이다!" 그러니까 동병상련이랄까요, 같은 처지여서, 스스럼없이 상처를 드러내 보였다는 것입니다. 그리고 또 이런 충고도 했습니다. "완전한 짓을 하지 마라. 그러다가 죽는다!"

이상란 : 이 세상엔 예술을 하거나 도를 닦거나 혹은 자기 일에 완전히 몰두하는 사람이 있어요, 모든 것을 다 내려놓고 오직 한 가지 일에 혼신을 바쳤다가 어느 순간 회의가 오죠. '이게 인생의 다였는가?' 이렇게 후회한 다음에 지금까지 안 했던 사랑을 하자, 그런데 그건 또 다른 모순입니다. 결국은 그 사랑 때문에 또 다시 보석을 깎아야 하거든요.

이강백 : 〈보석과 여인〉의 여인은 말합니다. 자기는 사랑이 중요하지 보석이 중요한 건 아니라고요.

이상란 : 그렇죠, 왜 남자들은 완전한 것으로 사랑을 증명해야 한다고 오해를 하는 걸까요? 사회적 성공에 대한 대가로 사랑을 원하지요. 함께 하는 동안 쌓은 소통과 정성으로 사랑이 이루어지는 건데…

이강백 : 〈보석과 여인〉은 내가 정말 아끼는 작품이에요. 작품의 완성도 때문이 아니라 내 마음과 정말 가까이 연결돼있는 작품이고 이걸 생각할 때마다, 그때 '당신 정신 차려' 말해줬을 때 뭔가 홀연 듯 깨달음이 있고, 그리고 그러한 어리석음을 반복하지 않기

위해서, 사랑의 상처에서 피 흘리는 여성이 다가와도 매혹되지 않으려고 마음의 문을 닫았던… 그때의 기억들이 떠오릅니다.

이상란 : 제가 보기에는 선생님이 매혹되곤 했던 상처 받은 여성들은, 어쩌면 선생님의 무의식에 있는 상처 받은 여성성의 투사가 아니었나 생각해요. 융은 그걸 아니마 투사라고 하지요. 〈보석과 여인〉을 쓰시고 그걸 헌정하는 과정에서의 깨달음은 상당히 의미심장한 것 같아요. 그걸 통해 선생님은 아니마 투사를 거둬들이고 새로운 단계로 나아갈 수 있었기 때문이죠. 저는 그 새로운 단계의 징후를 〈봄날〉의 동녀에서 보았습니다.

이강백 : 아, 그런가요?

이상란 : 선생님의 희곡전집 2권에는 〈보석과 여인〉 다음 작품으로 〈올훼의 죽음〉이 있습니다. 이 작품은 일인극이죠. 수많은 손이 달린 회전대가 빠르게 돌아가고, 그 손과 악수하다가 일생을 보내는 남자가 있어요. 올훼는 오르페우스(Orpheus)인가요?

이강백 : 네, 그렇습니다.

이상란 : 그리스 신화에서 오르페우스는 죽은 애인을 데려오려고 죽음의 세계로 들어갑니다.

이강백 : 〈올훼의 죽음〉은 그것과는 상관이 없습니다. 마르셀 까뮈 감독의 브라질 영화 〈흑인 오르페〉(Orfeu Negro)를 보고 어찌나 좋았는지, 엉뚱하지만 그 작품에 대한 오마주로서 제 희곡 제목을 그

렇게 붙었지요. 〈올훼의 죽음〉은 1975년 추송웅 선생의 주문을 받아 쓴 것입니다. 고인(故人)이 되신 추송웅 선생은 뛰어난 배우셨는데, 일인극을 카페 떼아뜨르에서 하고 싶다고 저에게 작품을 의뢰했어요. 지금은 기억이 뚜렷하지 않으나 추송웅 선생의 주문을 받은 날, 여러 가지 이야기를 함께 하면서 영화 〈흑인 오르페〉처럼 감동적인 작품을 만들어 보자고 했던 것 같습니다. 그런데 아쉽게도 공연은 못 했어요. 작품을 다 썼더니 카페 떼아뜨르가 불가피한 사정으로 문을 닫은 것입니다. 〈올훼의 죽음〉은 1986년이 되어서야 극단 '시민'의 최유진 씨 연출로 첫 공연을 했는데, 그때는 추송웅 선생이 별세한 후여서 배우는 다른 분이었습니다. 추성웅 선생은 나이 많은 분은 아니셨어요. 원숭이 분장을 한 〈빨간 피터의 고백〉이라는 일인극이 엄청난 인기여서, 전국을 다니며 공연할 만큼 왕성한 활동을 하셨는데, 갑자기 세상을 떠나 안타깝습니다.

이상란 : 〈올훼의 죽음〉은 우여곡절이 많군요.

이강백 : 네. 〈올훼의 죽음〉이란 제목 때문인지, 그 작품의 등장인물 올훼가 죽기 때문인지, 아니면 그 작품을 주문한 배우의 죽음 때문인가, 어쨌든 그 작품과 엮인 사연이 단순하지는 않습니다.

이상란 : 그런데 〈올훼의 죽음〉에서는 '손들이 달린 회전 돌대'가 무대 장치예요. 특이한 장치죠. 그 다음 작품 〈우리들 세상〉에도 참 특이한 장치가 있어요. '잡고 있는 줄을 놓으면 머리 위로 떨어지는 샹들리에'죠. 저는 희곡을 읽으면서 이런 독특한 오브제들이 재미있다고 생각했어요. 공연을 보면 더 재미있게 느껴질 텐데… 선생님은 공연을 못 보았다고 하셨죠?

이강백 : 저는 나중에야 이근삼 선생님의 말씀을 듣고 그 작품이 공연된 것을 알았습니다. 국립극장에서 전국 소인극대회(素人劇大會)가 있었는데, 심사위원들의 한 분이 이근삼 선생님이셨어요. 줄을 놓으면 떨어지는 샹들리에가 아주 기발한 발상이었다, 관객들도 재미있게 보더라고 하시더군요. 샹들리에는 여섯 개의 등이 매달려 있는데 의자 여섯 개가 놓인 원형 식탁의 바로 위 천정에 설치된 것입니다. 그러니까 샹들리에 여섯 개 등은 각각 식탁 의자에 앉은 여섯 사람 머리 위에 하나 씩 달려 있는 것이지요. 이 샹들리에가 아주 특수한 구조입니다. 게임이 시작되면, 등마다 묶어 두었던 기다란 줄을 풀어서 여섯 사람이 하나씩 붙잡습니다. 그 줄은 각기 다른 사람의 머리 위에 달린 등과 연결되어 있어서, 만약 누군가 한 사람 무책임하게 줄을 놓으면, 여섯 사람 모두 머리에 등이 떨어집니다. 이 샹들리에가 있는 곳은 교외의 작은 식당이지만, 우리사회를 축소해 놓은 곳이지요. 식당 주인과 딸 이외 손님으로 등장하는 인물들은 직업도 다양합니다. 하지만 그들은 게임이 정한 시간, 등이 매달린 줄을 붙잡고 있어야 할 시간을 지키지 못하고, 한 사람에게 그 모든 줄을 붙잡도록 떠맡기고 떠나버립니다.

이상란 : 우리사회를 재미있게 풍자하는 작품이죠. 한 배우가 공연하다가 실수로 줄을 놓으면 여섯 배우 모두 다치겠어요. (웃음) 물론 안전장치가 있겠지만요.

이강백 : 당연합니다. (웃음) 그 당시 문화예술진흥원이 소인극회 활성화를 위한 작품을 공모했는데 〈우리들 세상〉이 당선작으로 뽑혔습니다. 소인극회란 학생, 회사원, 일반시민 등 아마추어 연극 동아리지요. 아직 다친 사고를 듣지 못했습니다만, 작가인 저에게 공

연한다는 연락이 오면 반드시 안전장치를 하라고 당부하겠습니다.

이상란 : 〈우리들 세상〉 다음 작품은 〈내가 날씨에 따라 변할 사람 같소?〉입니다. 지난 번 공개대담 질의시간에, 한 학생이 선생님의 희곡들 중에서 가장 좋아하는 작품이라고 해서 선생님께 야단을 맞았죠. (웃음) 그 학생은 좀 당황한 것 같았어요. 〈내가 날씨에 따라 변할 사람 같소?〉를 좋아하면 안 되는 이유가 있는지요?

이강백 : 아, 그 학생이 머쓱했을 텐데… 좋아하면 안 될 이유는 없습니다. 다만 뭐랄까요, 심각한 희곡들과는 다르게 쓴 희극적인 희곡이어서, 제 자신이 쑥스럽게 여기기는 합니다.

이상란 : 〈결혼〉도 있고, 〈우리들 세상〉도 있고, 이미 희극을 쓰셨잖아요? 그런데 〈내가 날씨에 따라 변할 사람 같소?〉가 희극이라고 쑥스럽게 여기신다니 무슨 이유가 있는지요?

이강백 : 글쎄요… 〈결혼〉이나 〈우리들 세상〉 바로 다음에 이어서 〈내가 날씨에 따라 변할 사람 같소?〉를 썼다면 쑥스럽지 않겠지요. 더구나 그 두 작품은 엄밀한 의미에서 꼭 희극이라고 할 수는 없습니다. 그런데 누가 봐도 희극인 그 작품은 몹시 심각한 〈미술관에서의 혼돈과 정리〉 다음에 쓴 것입니다. 손바닥을 뒤집듯이, 전혀 다른 작품은 변절자의 행위 같아서, 누가 좋아한다 그럴 때 저 스스로 부담감을 느끼는 모양입니다. 〈미술관에서의 혼돈과 정리〉는 쓸 때 괴로웠고, 공연할 때 괴로웠지요. 심지어 공연이 끝난 후에도 얼마나 괴로웠는지 더 이상 아무것도 쓸 수 없다고 생각했습니다. 제가 정말 괴로웠던 것은 〈미술관에서의 혼돈과 정리〉를

공연할 때 관객들의 반응입니다. 관객들은 비극적 작품은 싫어합니다. 현실이 비극적인데 극장에 와서도 비극적 연극을 보는 것이 싫은 것이지요. '우리가 모를 줄 아느냐? 우리가 실제로 겪고 있는 것을 너는 연극으로 보여주고 있구나!' 이렇게 관객들은 소리 지르고 싶은 표정이었습니다.

〈내가 날씨에 따라 변할 사람 같소?〉를 좋아한다는 학생이 저에게 말했지요. 다른 작품은 괴로워하면서 쓴 것 같은데, 이 작품은 즐거운 기분으로 쓴 것 같다고요. 〈미술관에서의 혼돈과 정리〉가 여러 가지 점에서 실패로 끝나 제 마음은 지옥을 헤매고 있었습니다. 심각한 작품을 쓰면 관객들이 좋아하지 않고, 명랑한 작품을 쓰면 저 자신의 신념을 스스로 배신하는 것 같고…

이상란 : 관객들이 비극적 작품은 싫어한다… 꼭 그렇지만은 않지요.

이강백 : 제가 말씀 드리는 요점은, 시대가 암울할 때는 관객들이 비극적 연극을 좋아하지 않는 현상입니다. 70년대에 그런 현상을 느꼈지만, 유신체제가 끝났는데도 신군부의 군사정권이 계속된 80년대에는 더욱 더 그 현상이 심화되는 것을 실감했습니다. 특히 1980년 5월 광주에서 민주화를 요구하는 시민들을 신군부의 명령을 받은 군인들이 학살한 사건이 결정적인 영향을 주었지요. 극장 밖에서는 야만적인 비극이 일어나고 있는데, 극장 안에서 희극을 보며 웃을 수가 없기 때문입니다. 사회적인 죄의식이랄까요, 극작가는 희극을 쓰면 죄책감이 들었고, 관객들 역시 희극을 보며 웃는 것이 마음 편하지 않았어요. 그래서 70년대와 80년대에 공연한 우리나라 연극은 거의 다 어둡고 심각한 비극적 작품들입니다,

밝고 명랑한 희극은 어쩌다가 가뭄에 콩 나듯이 했어요. 그래서 그 당시 연극계에서는 이러다간 희극이 멸종되는 것 아니냐는 우려가 컸습니다.

이상란 : 〈내가 날씨에 따라 변할 사람 같소?〉는 선생님이 쓰신 다른 작품들과는 많이 달라요. 이런 작품은 그 전에도 없었고 그 후에도 없어요. 얼핏 보면 〈결혼〉과 유사한 점이 있지만, 환상적인 요소들이 강해서 〈결혼〉과 연결 짓기는 무리죠. 〈내가 날씨에 따라 변할 사람 같소?〉의 공연을 본 관객들의 반응은 어떠했나요?

이강백 : 정동 세실극장에서 극단 '실험극장'이 공연했는데, 매번 공연 때마다 많은 관객들이 몰려와 기다랗게 줄을 섰어요. 제 작품의 공연에 관객들이 줄을 섰다니… 그런 광경은 처음 봤습니다. 연출가 김도훈 선생의 연출도 좋았지만, 작곡가 조동호 씨의 음악이 좋았습니다. 연습할 때 우연히 들렀던 조동호 씨가 이건 뮤지컬처럼 노래가 있어야 한다고 했다는군요. 그 말에 김도훈 선생이 즉각 작곡을 부탁했다고 합니다. 저는 연습장에 가지 않았습니다. 그때 생긴 제 별명이 '무르만스크의 사나이'였지요. 김도훈 선생이 몇 번이나 저에게 오라고 해도 가지 않자 그 당시 국교가 없는 소련의 무르만스크에 불시착한 대한항공 여객기 같다고 그런 별명을 붙인 것입니다.

이상란 : 작품 쓸 때 쑥스러운 느낌이 연습할 때에도 변함없었군요?

이강백 : 네, 그렇습니다.

이상란 : 그래도 극장에서 기다랗게 줄을 선 관객들을 보셨을 때는 느낌이 달랐겠죠?

이강백 : 이율배반적인 느낌이었지요. 좋기도 하고, 나쁘기도 하고… 연극 평론가 한상철 선생님이 〈내가 날씨에 따라 변할 사람 같소?〉의 공연 팸플릿에 작품해설을 쓰셨는데 저는 굉장히 인상 깊게 읽었습니다. 한상철 선생님은 지금까지 제 작품들과는 다르다면서, 이제는 고통이 있는가하면 즐거움도 있다는 것. 이것을 말하려고 우리가 현실에서 꿈꾸지 못하는 것을 연극으로 보여준 것이라고 하셨어요. '하지만 연극에도 리얼리티라는 것이 있다, 극작가는 연극의 리얼리티를 항상 유념해야 한다.' 저에게 큰 도움이 될 충고를 하셨습니다. 그러니까 아무리 비현실적 환상일지라도 거기에 리얼리티가 있어야 한다는 것입니다.

이상란 : 연극의 리얼리티는 현실의 리얼리티보다 더 필요하겠죠. 그런데 저는 이런 생각을 했어요. 〈내가 날씨에 따라 변할 사람 같소?〉는 〈미술관에서의 혼돈과 정리〉의 보상심리로 쓰신 것 같다고요.

이강백 : 보상심리요?

이상란 : 네. 〈미술관에서의 혼돈과 정리〉를 선생님으로서는 온 힘을 쏟아 부으면서 창작했는데 공연 성과도 실망스럽고, 관객 반응도 기대했던 것이 아니어서, 상당히 좌절 하셨어요. 그런데 절망할 때 우리는 정반대의 꿈을 꾸죠. 냉담한 현실이 아닌 따뜻한 환상, 뭔가 현실에 대한 보상 같은 것, 그것이 심리적으로 작용했다

고 생각합니다.

이강백 : 흥미로운 말씀인데요.

이상란 : 환상은 현실의 음각화예요. 그럼에도 불구하고 거기에 지난하게 내리는 비, 바라크 같은 여관 그 허술함. 이런 물질적인 게 바탕에 깔려있는 것 같아요. 우울함이라든가 절망이라든가, 그런 것들을 등장인물들이 말하고 있지 않지만 관객은 감각할 수 있는 그런 작품이 아닌가. 그런 절망 속에서 마치 인도영화의 환상 같은 것이 펼쳐지지요. 뒤집혀진 현실. 이 작품에서 눈에 띄는 것은 초기 작품들에서 저항자들은 철저히 고립되어 있고 협조자가 없는데, 이 작품에서는 아들한테 대부분의 사람들이 협조하고 있다는 사실이에요.

이강백 : 결말도 환상적이지요!

이상란 : 사랑하는 사람은 변하지 않는다는 것을 선생님도 체험하셨을 텐데요?

이강백 : 글쎄요.

이상란 : 김혜순 시인과 결혼하셨으니 말예요.

이강백 : 뭐, 아, 그건… 그때가 아니고 나중에 했습니다.

이상란 : 언제 처음 만나셨나요?

이강백 : 〈개뿔〉을 공연할 무렵입니다.

이상란 : 우연하게 관객으로 오셨던가요?

이강백 : 우연히는 아닙니다. 김종찬 씨라고 연극했던 분이 소개해서 만났습니다. 진-클로드 반 이탤리(Jean-Claude van Itallie)가 쓴 〈뱀〉을 연출해서 굉장히 주목 받았던 김종찬 씨와 저는 사는 곳이 가까워 친했는데, '평민사'라는 출판사를 차려 의욕적으로 많은 책을 냈습니다. 그런데 〈개뿔〉을 공연할 무렵, 저에게 출판사 근처의 제과점으로 오라고 전화 했어요. 김종찬 씨는 연극을 해서 그런지 공연이 끝난 뒤 희곡을 출판해야 연극사(演劇史) 자료로 남는다고 했습니다. 그러면서 저의 모든 작품들을 전집으로 내겠다면서 평생 계약을 하자고 놀라운 제안을 하는 것입니다. 갑자기 생각 못한 것을 제안 받고 어리둥절한 저에게 김종찬 씨는 평생 계약서를 내밀었어요. 희곡전집 1권과 2권에 수록할 작품들이 그 자리에서 정해졌습니다. 놀라운 건 그것만이 아닙니다. 자기 출판사에 대학 후배가 새로 들어왔는데 총명함과 미모를 겸비한 여성이라면서 소개시켜 주겠다고 했습니다. 그것 역시 전혀 생각 못한 것이어서 어리둥절했지요. 잠시 후 제과점에 들어온 김혜순 씨는 희곡전집 때문에 김종찬 씨가 부른 줄 알았지 소개라는 건 몰랐던 것 같습니다. 평민사 최초의 평생 계약서에 관심 있을 뿐 저에겐 관심 없더군요.

이상란 : 그럼 어떻게 선생님에 대한 관심이 생긴 건가요?

이강백 : 박정희 대통령 시해 사건으로 계엄령이 선포되어서

모든 책들은 계엄사령부의 검열을 받고 통과해야 출판할 수 있었습니다. 그런데 제 희곡전집이 검열에 걸려 출판 금지 당했어요. 금지 이유는 그 희곡전집에 수록한 〈개뿔〉이 불온하다는 것입니다. 저는 검열 담당자가 〈개뿔〉을 읽고서 금지했다고 생각하지 않습니다. 검열을 기다리는 책들이 엄청나게 많았기에 그저 제목만 잠깐 볼 수밖에요. "이게 뭐야? 〈개뿔〉이라니? 제목이 마음에 안 들어!" 그래서 출판 금지 처분한 것이지요. 평민사에서 제 희곡전집 담당자는 김혜순 씨였습니다. 계엄사령부의 출판 금지에 저보다도 더 분개하고 가슴 아파했습니다. 하지만 그 일로 저에 대한 김혜순 씨의 관심이 생긴 것은 전화위복이었지요. 결국 우리는 1980년 12월 29일 결혼하였습니다. 김혜순 씨는 결혼 후 건국대학교 대학원에 진학, 박사 학위를 받은 다음, 서울예술전문대학 (현재 서울예술대학) 문예창작과 교수가 됩니다. 그곳엔 소설가 최인훈, 시인 오규원 등 탁월한 분들이 교수로 계셔서 문학의 많은 영재들을 길러냈습니다. 1979년 계엄령 때 출판 금지 당했던 저의 희곡전집은 1980년 광주 학살을 은폐하려는 계엄령이 또 선포되어서, 뒤늦게 1982년에 1권, 1985년에 2권이 나왔습니다.

이상란 : 지금도 평민사와 맺은 평생 계약이 유효하죠?

이강백 : 네. 희곡전집 1권에서 8권까지 나오는 동안 평민사의 사장님이 세 분 바뀌었지만 그 평생 계약은 변함없습니다.

이상란 : 아무래도 70년대는 선생님이 세상에 나와 입지를 다지는 중요한 시기였던 것 같아요. 그 시기 선생님 삶에서 특별한 영향을 준 일들을 말씀해 주세요. 작품 쓰신 건 제외하고 말이에요.

이강백 : 음… 우선 1971년 극단 '가교'에 입단했던 것을 꼽겠습니다. 연극에 대해서 정말 많은 것을 배웠거든요. 70년대 극단 가교는 가장 의욕적인 극단이었습니다. 연출가 이승규 선생, 연출가이며 극작가인 고(故) 김상열 형님, 김동욱 형님, 박인환 형님, 윤문식 형님, 최주봉 형님, 양재성 형님 등, 제가 그 당시 형님이라고 불렀던 명배우들이 계셨지요. 눈 오는 날이나 비 오는 날이나 맑은 날, 흐린 날, 그러니까 거의 매일, 우리는 마포구 신수동에 있는 캐나다 선교사 모어 여사(Mrs. Moore) 저택 지하실에 모였는데, 그곳이 극단 가교의 사무실과 연습실이었습니다. 해가 저물면 모어 여사에게 방해가 되지 않도록 그 집에서 나와 마포대교 근처의 식당으로 가서 꼭 감자탕을 먹었지요. 누가 정한 것도 아니었지만, 다른 건 먹지 않고, 돼지 뼈와 감자를 푹 삶아서 고춧가루를 잔뜩 넣은 감자탕을 한 그릇씩 먹었습니다. 그것이 가장 싸면서도 푸짐해 한 끼 식사로서 충분했어요. 지금도 감자탕을 먹을 때면 그리운 얼굴들이 떠오릅니다. 극단 가교에서 배운 연극은 제 삶의 풍부한 자양분이 되었고, 평생 연극을 할 수 있는 바탕이 되었습니다.

다음은 '한국 극작 워크숍'입니다. 저는 1974년부터 3년간 드라마 센터에서 진행했던 워크숍 제2기 멤버지요. 이하륜, 김영무, 이병원, 강추자, 유종원, 김병준, 윤한수, 김정률 씨 등, 14명이 워크숍 2기 멤버였습니다. 여석기 선생님, 한상철 선생님, 박조열 선생님 3분이 워크숍을 주재하셨는데, 그야말로 우리나라 최고의 극작 선생님이셨습니다. 워크숍 진행 방법은 강의식이 아닙니다. 1주일에 한 번씩 정해진 순서에 따라 희곡을 제출하면, 그것을 복사해서 모든 멤버가 읽고 난상토론을 합니다. 굉장히 치열한 토론이 벌어졌습니다. 서로 친한데도 의례적인 칭찬은 없이, 냉혹하게 목숨 걸고 싸우는 난투극이었어요. 이 워크숍을 주재하시는 선생님들의 역할은 난

투극을 뒷정리하시는 것입니다. 한 번은 저희가 여석기 선생님께 어떤 소재로 써야 명작이 되는지 물었습니다. 지금 생각하면 참 엉뚱한 질문인데, 그때는 사활이 걸린 심각한 질문이었지요. 여석기 선생님의 대답은, 남녀의 사랑을 소재로 써야 명작이 된다는 것이었습니다. 〈로미오와 줄리엣〉도 그렇고, 〈오델로〉도 그렇고, 〈한 여름 밤의 꿈〉도 그렇고, 심지어 〈맥베스〉도 그렇다고 합니다. 남녀의 사랑이라니… 저희는 그 대답에 시큰둥했어요. 뭔가 특별한 대답을 기대했었는데 너무 평범해서 실망했지요. 제가 서울예술대학 극작과 교수로 있던 때, 학생들로부터 꼭 받는 질문이 있었습니다. 어떤 소재가 명작이 되느냐는 것이었지요. 저는 남녀의 사랑을 소재로 써야 명작이 된다고 대답합니다. 그럼 반응이 떨떠름해요. 그 대답을 귀담아 듣지 않으면 나중에 반드시 후회한다고 경고해도 소용없습니다. 제가 그때 그 대답을 신중히 여겼더라면 명작을 썼을 텐데… 이제 와서 뒤늦게 후회한들 무슨 소용 있을까요. 극단 가교에서 연극을 배웠다면, 저는 극작 워크숍에서 희곡을 배웠습니다. 좋은 선생님들을 모시고 치열한 난투극을 통해 희곡을 배웠기에, 극작가로서 지금까지 생존할 수 있었다고 생각합니다.

또 하나 중요하게 꼽는 것은 크리스천 아카데미입니다. 그곳은 제가 1978년에 들어간 저의 첫 직장이지요. 그러나 저에게는 단순한 직장이 아닙니다. 우리 사회는 어떤 사회인가를 배울 수 있었던 매우 소중한 일터입니다. 종교 갱신과 사회 개혁을 위해 일하는 많은 분들이 있다는 것을 알았고, 그분들의 헌신과 열정에 깊은 감동을 받았습니다. 다만 유감스러운 건 급여가 낮았어요. (웃음) 일반적으로 사회 운동 단체의 급여가 적다는 점에서 더 올려달라고 할 수도 없었습니다. 오랫동안 연극판을 떠돌던 제가 취직을 했다고 어머니께 말씀드렸더니, 어머니는 믿어지지 않는 표정으로 저를 고용한 사장을 만나봐야겠다고 하시더군요. 저의 직장엔 사장이 없다고 해도, 어머니의 사장 면담 요구는 멈추지 않아서, 결국 강원용 원장님을 만나게 해 드렸습니다. 그런데 두 분의 출생년도가 1917년으로 같았어요. 그래서인지 두 분이 만나더니 한 시간도 넘게 인생역정을 이야기 하셨습니다. 제가 강원용 원장님을 만나고 나온 어머니께 인상이 어떻더냐고 물었지요. 어머니 말씀은 이렇습니다. "만약 목사가 안 됐다면 큰 도둑이 됐을 사람이다!" 아무리 비싼 보석을 훔쳐도 큰 도둑은 아닙니다. 나라를 훔칠 정도가 되어야 큰 도둑이지요. 크리스천 아카데미에서 일했던 간사들이 모두 훌륭한 인재가 된 것은 강원용 원장님에게서 받은 영향이라고 할 수 있습니다. 나라를 훔칠 정도의 큰 도둑, 세상을 보는 안목과 포부가 어느 정도 커야 하는지 짐작하실 것입니다.

이상란 : 선생님 말씀 재미있게 들었습니다. 이젠 대담을 끝낼 시간이군요. 〈이강백 희곡전집〉 2권 머리글에 쓰신 70년대 극작가로서의 고백을 읽어드리고 마치겠습니다. "결국 우리는 살아남기를 선택한 자들이다. 그러므로 죽은 쪽을 택한 자들에 비해 명예롭지도 못하고, 또한 그 어떤 위로와 동정으로 달래본다 할지라도, 살아남았다는 그 수치스러운 느낌을 지워버릴 수가 없다. (중략) 무엇인가를 해야 한다. 그것이 살아있는 사람들의 일이며 나에게는 희곡을 쓰는 일이다."

이강백 : 그런데 이게 뭔가 들어본 것 같지 않아요?

이상란 : 브레히트의 〈살아남은 자의 슬픔〉이죠.

이강백 : 브레히트는 동독에서 활동한 극작가 겸 연출가여서 그의 작품이 군사정권 때는 출판 금지와 공연 금지 대상이었습니다. 적성 국가의 예술에 대한 그 금지가 1993년 김영삼 문민정부 때 풀렸지요. 나중에 브레히트의 〈살아남은 자의 슬픔〉을 읽고, 제가 쓴 글과 너무나 닮아서 놀랐습니다. 정직하게 말씀 드리지만, 살아남은 자의 감정을 그분이 먼저 썼고, 제가 나중에 썼을 뿐이지요.

이상란 : 어려운 시절을 뚫고 지나온 깨어 있는 사람들의 공통점이겠지요.

네 번째 대담

희곡전집 3권 (1980~1986) 작품

족보
쥬라기의 사람들
호모 세파라투스
봄날
비옹사옹

극단 성좌, 〈봄날〉 공연

네 번째 대담

　　이상란 : 오늘은 5월 30일. 이번이 선생님과 대담 네 번째군
요. 〈이강백 희곡전집〉 3권에 수록한 다섯 편의 작품들은 1980년
부터 1986년까지 7년 동안 쓰셨어요. 이제 70년대는 지나고 80
년대가 됐습니다. 그리고 선생님도 20대를 넘어서 30대가 되셨죠.
급변하는 시대와 좀 더 성숙해진 선생님의 삶이 어우러져 빚어낸
작품들이어서 어떤 말씀을 하실지 기대가 큽니다. 오늘은 특별한
손님이 왔는데요, 권미란 박사입니다. 「이강백 희곡 연구−주체와
공간의 상관성을 중심으로」라는 논문을 써서, 지난 해 서강대학교
에서 박사 학위를 받았습니다. 선생님께 잠깐 인사만 하고 가겠다
는데, 함께 합석해서 10분이라도 의견을 나누면 어떨까요?

이강백 : 저는 기꺼이 동의합니다.

권미란 : 선생님을 뵙게 되어 영광이에요.

이강백 : 제 희곡에 관한 논문을 쓰셨다니 고맙습니다.

권미란 : 제가 선생님을 실제로 뵙고 이렇게 말을 할 수 있는 날이 올까? 논문을 쓸 때에는 참 그런 생각을 많이 했어요.

이상란 : 꿈에 뵙지는 않았어요?

이강백 : 저를 봤다면 아마 악몽이겠지요. 제발 쓰지 마라. (웃음) 무섭게 야단쳤을 것입니다.

권미란 : 악몽보다는… 제가 선생님 작품을 논문으로 쓰기 전에 〈봄날〉 공연을 봤어요. 저는 그 공연이 정말 좋았습니다.

이강백 : 금년 7월에 〈봄날〉을 또 공연해요.

권미란 : 그 공연이 너무 좋아서, 그냥 푹 빠져서, '이런 작품이라면 내가 정말 즐겁게 할 수 있을 것이다'라고 가벼운 마음으로 시작하였어요. 그런데 선생님의 모든 작품을 읽고 연구하면서는 너무 어려워 마음이 무거웠습니다. 저에겐 이것을 다룰 수 있는 역량이 없다고 절망했다가, 비교할 어떤 지점을 찾기 위해 다른 극작가들의 작품을 읽어가면서, 역시 그래도 선생님의 작품을 다룰 수 있어서 다행이구나, 작품을 잘 선택했다는 안도감이 들었다가 또

절망으로 바뀌고, 그것을 자주 반복하곤 했어요. 그리고 선생님 작품에 구현된 세계를 어떻게 해야 제 언어로 쓸 수 있을까… 제 언어로 나오기까지가 고통스러웠습니다. 선생님이 제시하는 그 세계에 제가 너무 깊게 함몰됐거든요. 제가 연구 대상으로 하는 작품을 계속 읽고, 계속 밑줄 치다보니까, 텍스트 속에 제 자신이 사라져버리기도 하고…

선생님의 희곡 전집을 다 읽으면서 느꼈던 것은, 선생님이 시대적 흐름을 놓치지 않고 계속해서 변화하는 양상으로 작품들을 쓰시면서도, 처음에 쓰셨던 그 본래의 작품 특성들을 잃지 않고 명확하게 드러난다는 사실이에요. 작품마다 오브제의 상징적 의미도 강한 인상을 남기죠. 저는 선생님 작품의 전환점이 〈봄날〉이라고 생각합니다. 그때부터는 화합을 추구하는 방식으로 어머니 모티브를 사용하셨거든요. 저는 그게 남성과 여성을 떠나서 이질적인 세계를 규합하려는 시도라고 생각했어요. 특히 〈봄날〉의 장남은 남자인데도 모든 동생들을 길러내고 보살피는 어머니입니다. 제가 논문에서 가장 중요하게 다루고 싶었던 것은, 이강백 선생님의 작품 세계 안에 있는 통합적인 존재입니다. 이질적이고 붕괴된 것들을 규합하려는 모성적 존재가 분명히 있거든요. 그런데 저는 그 어머니 모티브를 단지 여성성, 모성이 아니라 전체의 인간성을 대변하는 어떤 특성으로 분석해내고 싶었는데, 그게 아직 제 역량이 부족하여서 잘 드러내지는 못한 것 같아요.

선생님의 작품은 남성과 여성이라는 것을 명확하게 구획하려고 하기보다는, 남녀 안에 있는 남성성의 일부분과 여성성의 일부분을 함께 가진 새로운 인물들을 등장시켜서, 우리 사회가 추구해야 하는 통합적인 인간을 보여줍니다. 〈봄날〉에 나오는 장남이라든지, 막내도 그렇고요. 그리고 동녀도 마찬가지죠. 저는 단지 그들을 설화적인 인물이라고 봐서는 안 된다고 생각합니다. 그렇게 하는 것은 선생님의 작품세계를 넓히는 것이 아니라 오히려 좁게 한정시키는 것이죠. 제가 논문을 쓰면서 생각한 것들을 말씀 드렸는데, 선생님은 어떻게 들으셨어요?

이강백 : 아주 중요한 지적을 하셨습니다. 등잔 밑이 어둡다고 제가 쓴 작품인데도 잘 보지 못했던 것인데요. 어머니 모티브에 대해서는 희곡전집 3권의 〈봄날〉에서부터 시작을 해서 4권의 〈칠산리〉와 〈동지섣달 꽃 본 듯이〉로 이어집니다. 그런데 〈봄날〉의 어머니는 부재(不在)의 어머니입니다. 집에서 쫓겨난 어머니, 도망친 어머니, 자살한 어머니, 그러니까 〈봄날〉에서 어머니들은 모두 부재하는 어머니지요. 그리고 〈칠산리〉의 어머니는 자식을 낳지 못하는 결핍(缺乏)의 어머니, 〈동지섣달 꽃 본 듯이〉의 어머니는 굶는 자식에게 자기 몸을 먹이고 사라진 소멸(消滅)의 어머니입니다, 지금 권 박사 지적을 들어보니까 제가 어머니 모티브를 꽤 많이 썼구나, 새삼 깨닫게 됐습니다.

권미란 : 희곡전집 5권의 〈영자와 진택〉에서도 영자는 희생(犧牲)의 어머니 모티브죠.

이강백 : 〈영자와 진택〉도 그렇고, 아마 다양한 어머니 모티브가 제 전집에는 여러 번 나타나 있겠지요. 어쨌든 제가 제시하는 어머니들은 정상적인 어머니는 아닙니다. 그러니까 부재의 어머니, 결핍의 어머니, 소멸의 어머니… 권 박사가 아까 지적하신대로 이런 어머니들이 오히려 깨진 균형을 회복하려는 역할들을 하고 있습니다. 오늘 대담에서 이상란 선생님과 〈봄날〉에 대해 제일 많이

말할 것 같은데, 미리 앞 당겨 시작하게 됐군요. 〈봄날〉의 부재하는 어머니는 동녀로서 돌아온다고 할까요, 만약 그 동녀가 어머니 역할을 하지 않으면 이 집 가문은 더 이상 존속할 수 없습니다. 그런 점에서 동녀가 임신해서 아이를 낳게 된다는 것은, 어찌 보면 재생과 회복의 모성이라고 해야겠지요.

〈칠산리〉는 재생과 회복이 더 강하게 나타납니다. 결핍의 어머니를 통해서 수많은 아이들이 죽지 않고 살았습니다. 산 일곱 개를 자기 배에 다 넣어도 채워지지 않는다. 그렇게 불임(不姙)을 탄식하던 어머니였기에, 자기 자식 때문에 버려진 남의 자식들을 외면하는 이기적 어머니와 다른 이타적 대모(大母)의 행동을 합니다. 또 그 연장선에서 보니까, 〈동지섣달 꽃 본 듯이〉에서는 소멸한 어머니 찾기. 아들들이 어머니 찾기를 하는데, 어떻게 보면 남성 안에 소멸한 여성성 찾기라고 할 수 있군요. 영웅 신화들은 동서양 모두 공통점이 있는데, 아버지 없이 태어난 아들이 어느 정도 성장하면 아버지를 찾아 떠납니다. 어머니가 출생의 비밀을 말하지요. 너는 누구의 아들이다. 그 누구는 왕입니다. 험난한 여정에서 온갖 장애물을 극복해야 아버지를 만날 수 있습니다. 이것은 오직 신화의 세계만이 아닙니다. 현실의 세계에서도 아들은 성장과정이란 험난한 여정을 거치면서 자신의 진정한 아버지를 찾습니다. 그 아버지는 정치가일 수도 있고, 성직자일 수도 있으며, 부유한 상인, 재판관, 학자, 예술가일 수도 있는데, 남성의 남성성 찾기입니다. 그러나 〈동지섣달 꽃 본 듯이〉에서는 독특하게 아들이 어머니 찾기를 하는 것이지요. 이 세상에 태어난 모든 남자들은 자라면서 아버지 찾기를 하는데, 역설적으로 어머니 찾기를 한다면 우리가 사는 이 세상이 더 아름답고 멋있는 세상으로 변화 되지 않을까, 저는 그렇게 생각해봅니다.

최근에 제가 감명 깊게 읽은 책이 있습니다. 프랑스의 유명한 소설가 로맹 가리(Romain Gary)의 라디오 대담집[1]인데요, 로맹 가리는 자기가 자살할 날짜를 미리 정해두고, 그 전에 라디오 방송과 대담을 해요. 자기 소설과 인생에 관해서 마치 유언처럼 진심으로 말합니다. 로맹 가리는 〈하늘의 뿌리〉로 콩쿠르 상을 받고, 에밀 아자르란 다른 이름으로 쓴 〈자기 앞의 생〉이 또 다시 콩쿠르 상을 받은 매우 특이한 소설가예요. 그는 대담에서 마지막 이렇게 말합니다. "내가 살면서 한 가장 가치 있는 일은 나의 모든 책 속에, 내가 쓴 모든 글 속에, 이 여성성을 향한 열정을 끌어들인 것이라고 생각합니다. (중략) 내 삶의 의미가 무엇이었냐고 묻는다면 언제나 나는… 예술적인 목적이 아니고는 교회에 발을 들여 본 적이 없는 사람이 하는 말치고는 참으로 이상하게 들리겠지만… 그것은 바로 예수 그리스도의 말이었다고 대답할 것입니다. 그 말이 여성성을 품고 있다는 점에서, 그것이 내게는 여성성의 구현 그 자체라는 점에서 말입니다. 만약 기독교가 남성들의 손에 떨어지지 않고 여성들의 손에 주어졌다면 오늘날 우리는 전혀 다른 삶, 전혀 다른 사회, 전혀 다른 문명을 가졌을 거라고 생각합니다. (중략) 나는 그저 훗날 사람들이 로맹 가리에 대해 말할 때 여성성의 가치가 아닌 다른 가치를 말하지 않기만을 바랄 뿐입니다." 이 대담을 끝낸 몇 달 후, 자신이 죽기로 정한 날, 그는 친구와 점심을 잘 먹고, 저녁에 자살을 해요. 그런데 그 라디오 대담집이 우리나라에도 번역되어 나왔습니다. 문고판처럼 작은 책인데, 읽으면 굉장히 감동을 받을 것입니다.

지금 이야기한 로맹 가리처럼 저도 여성성에 대한 의식이 명확하다면 좋겠는데, 솔직히 저는 그렇지 못 합니다. 어머니 모티브, 분명히 각성된 의식을 갖고 어머니, 여성성을 쓴 것은 아니지요. 하

---

1) 로맹 가리, 백선희 옮김, 『내 삶의 의미』, 문학과 지성사, 2015.

지만 어떤 무의식의 세계가, 의식의 세계보다 더 깊고 깊은 곳, 저 깊은 바다 밑에서 끊임없이 수포가 올라오듯이, 무의식 속에서 뭔가 올라오는 것들이 결국은 작품이 된다고 할 수 있는데, 그 깊은 무의식 속에서 끊임없이 어머니 찾기를 하고 있었나 봐요, 내가. 작품의 완성도 떠나서, 은연중에 나한테 기쁨을 주는 작품들은 역시 어머니 찾기 작품인 것 같네요. 그렇다면 여성성은 제 안에서 우러나온 것이지 일부러 만들어낸 것은 아닙니다. 제가 이런 변명을 하는 이유는 제 작품들의 여성 등장인물이 '여자 같지 않다'는 지적을 많이 받기 때문입니다. 제 작품에 출연한 여배우들은 이구동성으로 "이건 여자를 모르고 쓴 거야" 말합니다. 저도 그 말에 동의해요. 제가 여성을 잘 안다면, 제 작품의 여성 등장인물 수효가 매우 적지는 않을 것입니다. 한 작품에 겨우 여성이 한 명 나오거나 많아야 두세 명 나오거든요. 〈봄날〉도 그렇습니다. 아버지와 아들들 남성은 여덟 명이 나오는데, 여성은 동녀 한 명이지요. (웃음) 맏형은, 아들이면서도 어머니입니다. 그리고 병약한 막내도 그 약함이 부드러운 친화력을 만듭니다. 그 막내가 없다면 아들들이 소위 깡패 집단처럼 될 텐데. 그래도 그 약한 여성적인 막내가 있음으로서, 아들들-남성성은 연민을 느낄 줄 압니다. 남자들이 연민을 알면 소위 깡패가 안돼요. 이것저것 이야기를 하다 보니, 배가 강으로 가지 않고 산으로 간 것 같습니다.

권미란 : 산이 아닙니다. 왜냐하면, 선생님이 말씀하신대로, 저는 선생님이 모성을 특별히 의식해서 쓴 건 아니라고 생각합니다. 대부분 극작가들은 여성에게만 모성성을 강화시켜서 인물을 만드는데, 선생님은 남성 인물들에게도 모성적인 층위를 드러내는 행동이라든지 사고라든지 이런 것들을 투영시킵니다. 그래서 저는

모성이 여러 개로 나누어져 있다고 생각이 들었어요. 선생님이 제시하신 어머니는 우리가 일반적으로 이야기하는 모성이 아니라, 인간이 추구해야할 이상향이 아닐까? 그런 이상향의 방향으로 모성성을 제시한다고 생각하는 거죠. 그래서 모성 말고 다른 의미로 그것을 부르고 싶었는데, 그것을 어떻게 불러야 할지 마땅한 단어를 찾지 못 했어요.

이강백 : 권 박사가 그 단어를 못 잡는 이유는 아직 그 단어가 우리사회에서 생성되지 않았기 때문입니다. 지금 우리사회에서는 오히려 모성이 부정적으로 왜곡된 경우가 많지요. 자기 자식을 위해서라면 물불을 가리지 않는 모성이 비윤리적인 모습으로 드러나기 때문입니다. 좋은 학교를 배정 받기 위해 맹모삼천을 흉내 낸 위장전입은 흔한 일이고, 어린 자식과 함께 외국으로 조기 유학을 떠난 일도 흔합니다. 어머니라는 존재감이 강할수록 아들의 결혼에 개입하여 며느리에게 열쇠를 몇 개씩 요구하거나, 딸의 행복을 바라는 어머니일수록 돈 많은 집안에 무조건 시집보내기를 꺼려하지 않습니다. 음식점과 공공장소에서 아이들이 시끄럽게 뛰놀아도 누가 말리지 못합니다. 지금 이 세상에서 가장 두렵고 무서운 것이 어머니, 그 무엇으로도 통제 불능한 것이 어머니입니다. 진정한 모성이란 자기 자녀를 사랑하듯이 타인의 자녀도 사랑해야지요. 하지만 그것이 우리사회에서 실현 가능할까요? 아마 가능하다고 믿는 사람은 없을 것입니다. 모성은 이렇게 자기 자식만을 사랑하는 이기적 의미로 좁혀져 있습니다.

그러므로 모성을 어머니와 분리해서 찾을 때, 다시 말해 어머니가 아닌 것에서 모성을 찾을 때, 오히려 모성의 실현이 가능합니다. 그런데 이것이 우리에겐 익숙하지 않습니다. 어머니 없는 모성이라니… 아직 우리사회가 어머니 없는 모성을 의미하는 단어를 만들지 못한 것도 그 익숙하지 않음 때문입니다. 권 박사가 어렵다 포기 말고, 그 단어를 만드는데 노력해 주시기 바랍니다.

이상란 : 벌써 중요한 부분이 많이 나왔군요.

권미란 : 두 분 선생님께 감사합니다. 잠깐이 아니라 오래 있었어요. 나중에 또 뵙기로 하고 저는 이만 가겠습니다.

이강백 : 네. 안녕히 가십시오.

이상란 : 조금 쉬었다 할까요?

이강백 : 쉬면 이 열기가 식을 텐데요….

이상란 : 권 박사 덕분에 오늘 대담이 뜨겁게 됐어요. 그래도 이젠 어머니 모티브가 아닌 전체적인 틀을 갖고 이야기해야 할 것 같아요. 〈이강백 희곡전집〉 3권에 수록된 첫 작품은 〈족보〉입니다. 이 작품을 언제 쓰셨죠?

이강백 : 1980년 봄부터 가을까지 썼습니다.

이상란 : 선생님이 34세 때군요.

이강백 : 그렇습니다.

이상란 : 정말 아름다운 시기죠. 가장 에너지가 충만한 때이기도 하고요. 선생님께서 한국 연극계에 극작가로서 자리를 굳히면서, 낮엔 직장에서 일하시면서 밤에는 치열하게 작품을 쓰셨어요. 그런데 1980년은 80년대의 막을 올린 해여서 의미가 달랐을 것 같아요. 특히 1980년은 신군부가 집권하면서 민주화를 요구하는 광주 시민들을 학살한 비극이 벌어졌고…, 그러한 시대에 극작가로서 산다는 것은 어떤 의미였는지 말씀해 주시면 좋겠어요.

이강백 : 그때 광주에서 군인들이 시민을 무참하게 학살한… 지금은 광주민주화운동이라고 명예롭게 격상시켜 부르지만, 그 당시에는 광주사태라고 불렀습니다. 그러니까 저에게는 광주 민주화 운동, 이런 명칭보다는 오히려 광주사태가 익숙하지요. 사태라고 하면 비정상적인 의미가 강하고 그 처절함이 더 실감나게 느껴집니다. 정말 유감스럽게도 80년대는 그렇게 시작했습니다. 유신정권 시대가 끝난 줄 알았는데, 여우 피해 갔더니 호랑이 나타난다고, 더욱 살벌한 신군부가 등장한 것입니다. 차라리 박정희 대통령 시에는 어떻게든 말할 의욕도 있고, 저항할 힘도 있었어요. 하지만 전두환 대통령 때는 그런 의욕과 힘마저 상실했지요. 모두 허탈한 그로기 상태였습니다. 도대체 왜 이렇게 된 것일까, 무엇이 잘못된 것인지, 근본적인 의문이 들더군요. 이 의문 속에서 외부로 향했던 시선이 내부로 향하게 되었는데, 즉 나 자신을 고쳐야 사회를 고칠 수 있다고 생각했습니다.

이상란 : 밖은 어둡고 희망이 안 보이는 거죠. 광주 학살을 저지르고도 아무도 발포 명령을 한 사람이 없다면서, 누구도 책임지는 사람이 없었잖아요? 그런 사회적인 현상에 대한 절망, 이런 것

들이 선생님 작품의 '죄의식'과 연관이 있나요? 〈족보〉에는 죄의식의 필요성이 강하게 나타나요.

이강백 : 네. 조금이라도 죄의식이 있으면 할 수 없는 일이 태연하게 벌어졌어요. 더구나 더 뻔뻔스러운 짓은 결코 그런 일이 없다고 부인하는 것입니다. 광주 시민 학살은 철저히 보도통제가 됐고, 심지어 사망자가 많은데도 유언비어라며 국민들을 속였습니다.

이상란 : 저는 독일 가서 처음 그때의 실상을 비디오로 봤어요. 국내에서는 못 보던 것을 국외에서 보다니… 너무나 참혹한 그 실상도 충격이었지만, 국내에서는 감춰져 있었다는 것이 제게는 더 큰 충격이었죠.

이강백 : 크리스천 아카데미에는 매일 광주에서 소식이 왔습니다. 소위 가리방으로 긁어 등사한 소식지를 인편으로 비밀스럽게 보내오는 것인데, 어제는 무슨 일이 있었고, 오늘은 무슨 일이 벌어지고 있다, 이게 계속 와요. 무장 군인들의 삼엄한 감시를 뚫고서, 그러니깐 목숨을 걸고 세상에 알려주는 것입니다. 하지만 등사판 소식지에는 증거가 될 사진이 있지 않고, 내용도 상식을 벗어나는 끔찍한 것이어서, 이건 사실이 아닐 거야, 문명국가에서 이런 야만적인 일은 벌어질 수 없지, 도저히 믿고 싶지 않았어요. 그런데 저 자신은 물론 대부분의 사람들은 두려워 그것이 사실인지 묻기보다는 침묵하고 있었고, 심지어 그런 학살자들을 공공연하게 찬양하는 사람들도 있었습니다. 우리는 죄의식이 없구나, 정말 죄의식이 있으면 참 좋겠다, 그러니까 죄의식이 있으면 뭔가 비로소 인간이 될 수 있을 것 같은데, 그 부분이 빠져서 그냥 짐승 차원에 있

는 것 같은 느낌이 들었습니다.

이상란 : 그런데 죄의식은 굉장히 기독교적인 사고방식이 아닐까요? 선생님이나 저나 기독교인이라 죄의식이 낯설지 않은데, 기독교도가 아닌 분들에게는 죄의식이 생경할 수 있어요. 기독교의 원죄의식과 선생님이 말씀하신 죄의식은 어떤 관련이 있는가요?

이강백 : 저는 신학자가 아니어서 원죄의식은 잘 알지 못합니다. 에덴동산에서 아담과 이브가 신(神)이 금지한 열매를 따먹은 죄를 후손들이 대대로 이어받고 있다, 그것이 원죄의식이다, 아마 산타클로스를 실재한다고 믿는 사람이라면 그런 원죄의식을 믿겠지요. 다만 제가 아는 것은 이렇습니다. 간음한 여인을 사람들이 돌로 치려고 할 때, 예수는 말합니다. 너희 중에 죄 없는 자가 있거든 돌로 치라고요. 사람들은 그 말에 돌을 내려놓고 흩어집니다. 모든 인간은 죄인이라는 것은, 인간이란 모두 완전하지 않다, 왕이나 노예나 누구나 그런 점에서 모두 같다는 의미가 있다고 생각합니다. 기독교 문화가 정착된 곳에서 죄의식은 원죄의식과 밀접한 관계가 있겠지요. 하지만 그렇지 않은 곳에서의 죄의식은 원죄의식과 관련짓기 어렵습니다. 유교 문화적 관점에서 보면, 죄의식은 윤리의식과 더 밀접하게 관련 있을 것 같군요.

이상란 : 제가 잠시 우리나라의 무속신앙, 종교의 구조를 공부한 적이 있어요. 유동식 선생님의 글을 보면, 우리나라의 종교의 밑바탕에 무속신앙이 자리 잡고 있다고 해요. 그것이 나중에 유입된 모든 종교의 뿌리여서 많은 영향을 주고 있다는 것이지요. 그래서 우리 의식의 바탕에는 이승의 삶이 가장 중요한 것이고, 내세의 준

비 단계로서 현세를 보지 않는다는 사유가 자리 잡게 되었다고 하지요. 그런 집단사유의 틀 안에서, 우리에겐 윤리의식은 없는 것이 아니라 다른 방식으로 있는 거죠. 그래서 오래전부터 있었던 다양한 형태의 우리의 윤리의식과 기독교적인 근본적 죄의식하고는 다른 것 같아요.

이강백 : 맞는 말씀입니다. 죄의식이 우리 몸에는 빌린 옷처럼 불편하지요. 더구나 죄의식을 갖는 것은 정신 건강에 해롭다고 여기는 분들도 있습니다.

이상란 : 〈족보〉의 제목만 보면 과거의 오랜 혈통을 연상시켜요. 그래서 역사극 같은 느낌이 드는데, 일부러 그렇게 하신 의도가 있으신가요?

이강백 : 아뇨. 역사극 느낌을 의도하지는 않았습니다. 그러나 오랫동안 죄업이 쌓인 가문을 상징하는 제목을 찾다가 〈족보〉라고 정한 것입니다. 하지만 좀 고리타분하다고 할까요, 현대극과는 어울리지 않는 제목일 수도 있군요. 어쨌든 〈족보〉는 죽음을 앞둔 부친이 모친을 어두컴컴한 지하실로 데려가 자기 가문의 족보와 행실들을 기록한 문서를 보여줍니다. 그 지하실은 썩는 냄새가 가득하지요. 그리고 그 악취는 대대로 저지른 악행 때문에 나는 것이라며, 부친은 고통 받은 사람들에게 숨김없이 잘못을 고백하겠다고 선언합니다. 그런 부친을 모친과 자식들은 지독한 위선자라고 비난하지요. 죄의식은 전혀 없이 온갖 못된 짓을 하며 살던 부친이 죽게 되어서야 뉘우치는 것도 의아스럽고, 자식들이 자기처럼 죄의식 없이 살면 또 악행을 저지를 것이라는 훈계도 부당하게

들립니다. 자식들 중에 오직 맏아들이 부친의 말을 귀담아 듣습니다. 하지만 죄의식이란 누가 가르쳐 준다고 되는 것이 아니어서 스스로 갖는 방법을 터득해야 합니다. 〈족보〉는 2막 구성입니다. 1막의 중심이 부친이었다면, 2막의 중심은 자식들이지요. 부친의 고백이 위선이라고 판단한 고통 받은 사람들은 진정한 사죄로서 자식들 중 누구든지 한 명이 죽기를 요구합니다. 이 요구를 회피하려는 자식들과 받아들인 맏아들이 2막을 이끌어 갑니다. 결국 맏아들이 목을 매달지만, 그는 죽은 것이 아닙니다. 실수로 줄이 풀려 죽지 못한 것이 아니라 죽을 수가 없어서 느슨하게 목을 매달고 살아있는 것입니다. 그는 부끄러움을 느낍니다. 바로 이 마지막 장면이 어떻게 보이느냐가 중요합니다. 그는 부친과 똑같은 위선자일까요? 아니면 죄의식을 가진 자입니까? 제가 말하고 싶은 건 이것입니다. 죄의식 없이 사는 것과 죄의식 있게 사는 것은 종이 한 장 차이지요. 그런데 그 차이가 뻔뻔함과 부끄러움의 차이입니다.

이상란 : 〈족보〉는 1981년 9월 12일부터 19일까지, 대한민국 연극제에서 공연됐어요. 극단 '자유극장'의 김정옥 선생님이 연출하셨고, 박웅, 김금지, 오영수 씨 등, 쟁쟁한 중견 배우들이 무대에 올랐습니다. 그때 관객들의 반응을 말씀해 주세요. 조금 전 선생님이 말씀하신 마지막 장면을 관객들은 어떻게 봤는지 궁금합니다.

이강백 : 아, 관객들의 반응을 말하기 전에, 대한민국 연극제에서 〈족보〉의 공연이 가능할까, 우려가 컸다는 것을 말하고 싶습니다. 〈족보〉는 그 당시 매우 예민해진 공연윤리위원회의 검열을 통과하지 못할 거다, 아예 내지 말자는 의견이 많았는데, 김정옥 선생님이 일단 내자고 밀어붙였습니다. 〈족보〉라는 제목을 봐라, 이

건 가족의 문제다, 이렇게 강변해서 그랬는지 몹시 우려했던 검열은 통과했지요.

이상란 : 〈파수꾼〉이라든가 〈개뿔〉을 쓴 극작가의 작품이니까 검열이 까다로울 수 있죠.

이강백 : 네. 저도 은근히 그 점을 걱정했습니다. 이상란 선생님도 잘 아시겠지만, 김정옥 선생님의 연출은 깔끔해서 군더더기가 없다는 것입니다. 그래서 무대 장치를 실재로 표현하는 것보다 극히 상징적인 일부만 남기고 과감하게 생략합니다. 〈족보〉의 공연 무대를 보면, 이곳이 한국이라고 짐작할만한 것은 없습니다. 〈족보〉에 대한 해석을 한국적인 특수 상황이냐, 인간이라면 어디에서든지 부딪치는 보편적 문제냐, 두 갈래 길에서 김정옥 선생님은 많은 고민을 하신 끝에 보편적 문제로 간 것 같습니다. 저는 김정옥 선생님이 두려워서 한국적 특수 상황을 피했다고 생각하지 않아요. 죄의식이 우리의 전통적인 의식이었다면, 김정옥 선생님은 기꺼이 한국적인 양식의 연극을 만들 분입니다. 그러니까 결국 〈족보〉의 공연은, 어떤 고전극 같은 보편성을 확보했지만, 시사성을 놓친 아쉬움이 있습니다. 관객들 반응은 무척 다양했어요. 그만큼 〈족보〉를 관심 있게 봤다는 증거였는데, 그러나 죄의식에 대한 견해는 천차만별이었지요. 단체 관람한 수십 명의 대학생들이 극장 로비에서 저를 붙잡고, 개인적 죄의식과 사회적 죄의식이 어떻게 다른가, 죄의식이란 주관적 가치인가 객관적 규범인가, 온갖 질문을 하는 바람에 아주 혼이 나기도 했습니다. 그래서 저는 다양한 의견을 표현하는 극형식이 있어야겠다고 생각했지요.

이상란 : 그래서 〈족보〉 다음에 쓰신 작품들의 극형식이 달라졌군요. 모두 14장으로 구성된 〈쥬라기의 사람들〉은 각 장이 끝날 때마다 등장인물이 한 사람씩 자기 의견을 관객들에게 말합니다. 선생님의 초기 작품들은 반복구조의 극형식이었는데, 〈쥬라기의 사람들〉, 〈호모 세파라투스〉, 〈봄날〉, 그 이후의 〈동지섣달 꽃 본 듯이〉 등에서는 관객들에게 직접 말을 거는 시도를 하고 있는 점이 변화라고 할 수 있어요.

이강백 : 저는 다양한 극 형식을 모색하고 싶었습니다. 마치 단세포 생물이 다세포 생물로 진화하듯이요. 〈쥬라기의 사람들〉은 각 장마다 등장인물의 발언이 있는데, 〈호모 세파라투스〉는 각 장마다 코러스처럼 관광객들이 나뉜 도시를 구경한 소감을 말합니다. 그리고 〈봄날〉은 시, 소설, 그림, 영화, 속요, 신화, 약전(藥典), 편지 등을 인용하지요. 〈동지섣달 꽃 본 듯이〉는 더 다양하게 진화해서 연극 속의 인물과 그 인물을 연기하는 배우가 겹쳐진 모습을 보여줍니다. 그러니까 〈칠산리〉, 〈영월행 일기〉의 겹친 시간과 겹친 공간은, 갑자기 생긴 것이 아니라 저 멀리 거슬러 올라가 〈쥬라기의 사람들〉에서 파생한 것입니다.

이상란 : 선생님은 극형식을 진화하는 생물이라고 하시는군요. (웃음) 그럼 시작점인 〈쥬라기의 사람들〉로 올라갈까요. 선생님은 희곡전집 3권의 머리글에 이 작품을 쓰신 계기가 사북사태(舍北事態)라고 하셨어요.

이강백 : 네. 1980년 4월이었습니다. 석탄 탄광지대인 강원도 사북에서 광부들의 대규모 항거가 일어났어요. 어용노조 철폐와 임

금 인상 요구가 거절되자 일어난 항거인데, 경찰의 무자비한 진압 과
정에서 많은 사상자가 발생하여 엄청난 사회적 충격을 준 사건입니
다. 열악한 노동환경, 노동자의 권리, 노동자의 인권, 노동자의 생명
에 대한 문제를 전사회적으로 환기시켰다는 점에서, 사북사태는 매
우 획기적인 의미가 있습니다. 그래서인지 탄광 문제를 소재로 많은
르포 기사, 다큐멘터리, 소설들이 쏟아져 나왔지요. 극작가 윤대성
선생의 〈출세기〉, 윤조병 선생의 〈모닥불 아침이슬〉, 〈풍금소리〉도
그렇습니다. 특히 윤조병 선생은 탄광 소재의 작품을 쓰기 위해 광부
가 되어 직접 경험한 분인데, 저처럼 아무 경험 없이 자료만 훑어보
고 작품을 쓰는 건 소위 탁상공론일 수 있지요. (웃음) 윤대성 선생은
〈쥬라기의 사람들〉은 전혀 사실성이 없다고 혹평했습니다.

　〈쥬라기의 사람들〉은 1982년 10월 7일부터 12일까지, 극단 '산
울림'의 임영웅 선생님 연출로 문예회관 대극장(현재 아르코 대극장)
에서 공연하였습니다. 연극 평론가 김방옥 선생은 극 구성에 대해
서 극찬을 했어요. "갱 폭발이라는 사건을 중심으로 그것을 둘러
싼 13명의 인물 - 사고를 얼버무리려는 사무소장, 허위 증언을 요
구받는 주인공, 사고로 죽은 광부의 환영(幻影), 노조 지부장의 직
위를 노리는 광부, 초등학교 교사 등이 취하는 각기 다른 입장들은
이 작품에 마치 깎인 유리돌과 같은 다면체(多面體)의 이미지를 부
여한다. 또한 그 다면체는 수학적일 정도로 면밀하게 계산된 칼솜
씨에 의해 깎여졌다. 따라서 이 작품은 탄광촌이라는 개별적 상황
을 넘어선 우화적 보편성을 획득할 수 있었던 것이다."[2] 연출가 정
진수 선생 역시 같은 날 서울신문에 "세계무대에 내놓아도 빠지지
않을 수작"이라고 극찬했지요. 물론 이런 극찬만 있었던 건 아닙니
다. 연극 평론가 이상일 선생은 같은 날 동아일보에 "작가나 연출

2) 김방옥, 「한국일보」, 1982년 10월 12일.

의 구체적 변신은 파악되지 않는다"고 했습니다.

이상란 : 〈쥬라기의 사람들〉 연습과정에서 임영웅 선생님과 갈등이 있었다고 하는데, 구체적으로 무엇 때문이었죠?

이강백 : 〈쥬라기의 사람들〉 제13장에 대한 임영웅 선생님과 저의 생각이 달랐습니다. 제13장은 전국 어린이 합창대회에서 우승하려는 초등학교 교사가 합창단원을 연습시키고 있는 장면인데, 합창단에 뽑히지 못한 학생들이 사고가 난 갱 속으로 들어가 버린 사건과 연결되어 있습니다. 임영웅 선생님은 이 장면을 삭제하자는 의견이셨고, 저는 반드시 필요한 장면이니 삭제하면 안 된다고 주장했지요. 결국 연출가 임영웅 선생님의 판단으로 제13장은 빠졌습니다. 우선 제13장을 무대 위에서 표현하려면 초등학생 합창단을 등장시켜야 하는데, 그런 어린이 합창단을 섭외하기가 현실적으로 어렵고, 설령 섭외가 된다고 해도 오직 한 장면에서만 등장할 뿐 다른 장면엔 나오지 않기에 비효율적입니다. 극작가는 현실성에 구애 받지 않고 작품을 쓰지만, 연출가는 작품 구현에 현실적 조건을 무시할 수 없습니다. 바로 그것이 공연할 때마다 발생하는 극작가와 연출가의 갈등이지요.

이상란 : 임영웅 선생님과는 여러 작품을 함께 하셨어요. 〈쥬라기의 사람들〉 이후에도 〈유토피아를 먹고 잠들다〉, 〈자살에 관하여〉, 최근에는 〈챙!〉까지, 모두 4작품을 하셨군요.

이강백 : 저는 연출가로서 임영웅 선생님을 존경합니다. 일단 제가 기대하는 것 이상의 작품이 되기 때문입니다.

이상란 : 〈호모 세파라투스〉로 넘어가죠. 이 작품은 1983년 9월 30일부터 10월 5일까지, 문예회관 대극장에서 극단 '실험극장'의 윤호진 씨 연출로 공연했어요. 〈쥬라기의 사람들〉 공연과는 불과 1년이 지났는데, 그 사이에 또 한 작품을 쓰셨다니 놀라워요.

이강백 : 〈호모 세파라투스〉는 1년 만에 쓴 작품이 아닙니다. 〈개뿔〉을 쓰던 때부터 구상을 했었고, 오랜 기간 틈틈이 썼지요. 그러다가 〈쥬라기의 사람들〉에서 활용한 극형식이 좋은 성과를 거둔 것에 힘을 얻어, 코러스 역할의 관광객 장면들을 추가해서 완성했습니다.

이상란 : 저는 이 작품이 굉장히 현재성이 있는 작품이라고 생각해요.

이강백 : 감사합니다.

이상란 : 〈호모 세파라투스〉의 독특한 지점이 있어요. 어떤 이데올로기나 공간적으로 분열되어 있을 때, 우리 인간의 내면은 어떻게 그 영향을 받는가, 이것을 아주 예리하게 그려낸 작품이죠. 이 작품을 보면서 남북분단이 우리의 행동 방식을 규정하는 결정적인 요인이라는 것을 실감했어요.

이강백 : 네, 그렇습니다. 우리가 분단국가에서 산다는 것이 국가는 물론 개인에게 엄청난 영향을 줍니다. 그 예를 든다면 하나 둘이 아니지요. 6.25 전쟁, 군부독재, 세습 독재, 불신과 증오, 분단되지 않았다면 그런 일들이 생길 리가 있겠습니까? 개인의 삶도 마

찬가지입니다. 나뉜 공간에서도 일상적인 삶은 아무 제약이 없는 것 같은데, 사실은 어떤가요? 우리가 생각할 수 있고 행동할 수 있는 것은 나뉜 공간의 범위 내에서 가능할 뿐입니다. 지금 제가 말한 우리는 나뉜 공간의 이쪽 사람들만이 아니라 저쪽 사람들도 포함한 것이지요. 그런데 이 희곡을 다 쓰고 제목을 어떻게 정할까 고심했습니다. 그러다가 현생 인류를 호모 사피엔스(Homo Sapiens)라고 하는 것이 생각났어요. 그래서 저의 친척 중에 가톨릭 신자인 분께 전화했지요. 신부님은 라틴어를 공부하셨을 텐데, '나누어진 인간'을 라틴어로 뭐라고 하는지 여쭤봐 달라고요. 그랬더니 몇 시간 후에 전화로 호모 세파라투스(Homo Separatus)라고 한다면서 알려주더군요.

이상란 : 제목이 아주 적절했어요.

이강백 : 호모 세파라투스를 썼던 때에는 시장(市長)이 직접 선거에 의한 선출직이 아니라 정부가 정하는 임명직이었습니다. 부임하는 시장을 맞이하려고 신문 발행인, 기업가, 대학 학장 등, 나뉜 도시의 유지들이 기차 정거장에 모여 있는 장면은 선출직이 된 지금 보면 이상하겠지요.

이상란 : 아뇨. 지금 봐도 이상하지 않아요. 시장이 선출직이냐 임명직이냐는 이 작품에서 중요한 문제가 아니죠.

이강백 : 대학 학장은 어떤가요? 등장인물들 중에 학장이 이상하다고, 공연을 본 관객의 지적도 있었어요.

이상란 : 글쎄요… 학장이 이상하다니요?

이강백 : 그 관객은 대학에 계신 분이었는데, 학교는 기존체제의 편에 서서, 기존체제에 종사할 인재들을 양성하는 곳, 체제 존속의 기틀이라는 것이지요. 그런 대학의 학장이 기존체제에 회의적인 인물이어서 이상하다고 했습니다.

이상란 : 글쎄요… 학교 특히 대학이 기존체제의 이데올로기만을 재생산하는 곳은 아니지요. 오히려 그 체제에 대해 거리를 가지고 비판적 담론을 생산해내야지요. 학장은 상황에 대한 비판적 인식은 하지만 행동하지 못하는 인물이지요. 그는 저쪽 여자와 결혼하려는 이쪽 제자에게 심정적으로는 동의하지만, 공식적으로는 지지할 수 없다고 말해요. 이건 지식인의 이중성이고 그런 갈등은 이해 못할 일도 아니지요.

이강백 : 이상란 선생님은 학장을 옹호해 주시는군요.

이상란 : 저는 이 인물이 이해가 되는데요. (웃음)

이강백 : 이상란 선생님도 포함되는가요?

이상란 : 때에 따라서는 그렇지요. 선생님은요?

이강백 : 저는 정년퇴직했습니다. (웃음) 그런데 〈호모 세파라투스〉를 보고 감탄하신 관객이 있어요. 동양통신사 외신부장 고명식 선생님이십니다. 동양통신사는 연합통신에 합병되었지만, 그 당

시에는 규모가 큰 통신사였습니다. 고명식 선생님은 저를 외신부 장실로 데려가시더니, 해외에서 들어온 뉴스 중에 검열에 걸려 보도가 안 된 것을 보여 줬어요. 대부분이 우리 남북문제에 해당되는 것이었습니다. 그분은 저에게 〈호모 세파라투스〉를 영어로 번역해서 전 세계에 알리고 싶다 하셨지요. 그렇게 해서 된 것이 베네수엘라 국제극예술협회(International Theatre Institute)가 개최한 제 3세계 희곡 경연 대회 참가였고 〈호모 세파라투스〉는 특별상을 받았습니다.

이상란 : 심사한 분들이 놀랐을 거예요. 사람이 박제가 되는 장면, 마리오네트처럼 줄에 매달려 박제사에게 조종당하는 장면이 섬뜩할 정도로 충격적이죠.

이강백 : 그 장면은 제가 썼는데도 충격을 느낍니다.

이상란 : 정말 그로테스크해요. 지금까지도 이렇게 살았고, 이렇게 계속 살 수밖에 없는 우리의 비극적인 상황을 함축하고 있는 것 같아요. 이 작품은 언론도 그렇고, 정치도 그렇고, 가족도 그렇고, 모든 것들이 분열된 상황에 빠져있음을 아주 냉철하게 보여주죠. 그런데도 그 안에 사랑이라는 희망을 버리지 않고 있는 것. 남녀의 만남이 있어요. 그들은 분열된 공간의 한가운데 늪, 온갖 오물과 폐수가 썩는 시궁창에서 만나죠. 그 시궁창이라는 물질성… 사회 생태주의자 머레이 북친은 이런 얘기를 했어요. "인간의 인간에 대한 지배가 결국은 인간의 자연에 대한 지배를 만들어 왔다. 계층 간의 그런 구별 자체가 그 안에서 오물로 흐른다"라고요. 나뉘어진 인간들이 만들어 낸 오물들이 모이는 그 시궁창에서 사랑하는 남

녀의 만남은 어둠속의 등불처럼 빛나죠. 그 어둠과 대비되는 빛이 다른 곳 아닌 시궁창에 있다니… 그런 시궁창의 물질성이 무대에서도 표현되어 관객에게 감각적으로 전달된다면 좋겠는데… 제가 공연을 보지 못해서 어떻게 무대화했는지 궁금하군요.

이강백 : 초연 무대에서는 상징적으로 표현했어요.

이상란 : 저는 시궁창의 물질성이 울컥울컥 토사물처럼 나오는 걸 상상했죠.

이강백 : 사실은 저도 아쉬웠습니다. 하지만 무대 위에서는, 다음 장면들의 진행을 방해하기 때문에, 시궁창을 구체적으로 표현할 수 없었지요.

이상란 : 아, 그래서 희곡을 읽으며 상상하는 것이 공연을 보는 것보다 더 실감날 때가 있어요. 상상 속에선 진짜 더럽고 지독하게 냄새나는 시궁창이죠. 사랑하는 남녀도 그곳에서 만나 울컥울컥 구토하고, 시장도 막 토해내고, 아버지도 토해내고 이러는데, 저게 바로 역사의 시궁창이 아닐까, 저는 그런 생각을 했어요.

이강백 : 〈호모 세파라투스〉의 초연은 대극장이었지만, 재공연은 아주 작은 소극장입니다. '바탕골소극장'이라고 대학로에 있던 120석 정도의 소극장인데, 대극장에서는 표현하기 어려운 것을 할 수 있었습니다.

이상란 : 몇 년도였어요, 재공연이?

이강백 : 1987년 6월입니다. 며칠부터 얼마 동안 공연하였는 지는 자료를 찾아봐야 하겠습니다만, 연출은 장수동 씨였지요. 장 수동 씨는 지금은 오페라 연출가로 유명하고, '서울 오페라 앙상 블'의 대표이기도 합니다. 장수동 씨가 〈호모 세파라투스〉의 초연 을 봤다면서, 스펙터클한 무대와는 다른 미니어처 무대를 만들고 싶다고 말했습니다. 저는 그것이 어떤 무대인지 상상이 안 됐어요. 그런데 장수동 씨의 아이디어가 아주 좋더군요. 양쪽으로 나뉜 도 시를 미니어처로 만든 것이 무대였습니다. 기차 정거장, 시청, 대 학, 호텔 등 건물들은 물론 도로, 다리, 가로수, 공원, 도시 전체가 한 눈에 보였어요. 장수동 씨의 아이디어는 그것만이 아닙니다. 신 문 발행인, 기업가, 학장 등 유지들은 큰 탈을 쓰고 등장합니다. 마 치 놀이동산의 미키 마우스 탈처럼, 각 인물의 캐릭터를 탈로서 나 타낸 것입니다.

이상란 : 재미있는 표현 방법이군요.

이강백 : 네. 장수동 씨의 그런 미니어처와 캐릭터 아이디어는 관객들을 관광객이 되도록 만드는 효과를 냈습니다.

이상란 : 소극장에서의 재공연이 훨씬 생생하게 느껴졌지요?

이강백 : 네. 그래서 〈호모 세파라투스〉의 관객들은 이 연극의 주체가 우리이면서 관광객처럼 또 우리를 객관적으로 구경하는 묘 한 입장이 됐지요. 시궁창 늪 장면도 소극장에서는 훨씬 실감이 났 어요. 바로 관객의 코앞에서 구토를 하니까 시궁창의 악취와 더러 움이 느껴지는 것 같았습니다.

이상란 : 나누어진 인간인 우리는 세계의 소위 흥밋거리로 보이죠. 그런 우리 자신을 구경하는 입장은 묘하기도 하고, '우리가 이렇게 살고 있구나'라는 섬뜩한 기분이 들죠. 이 작품에는 다양한 인물들이 나오지요. 냉소적인 사람들만 등장하는 게 아니라 저쪽 처녀를 만나는 장남도 있고, 양쪽의 결합을 시도하는 시장, 아들을 다섯이나 잃었지만 심정적으로는 장남을 돕고 싶은 아버지, 분열 상태에서 이익을 추구하는 기업가, 여론을 조성하는 신문 발행인, 갈등하는 학장 등, 다양한 층이 형성되어 있어요. 선생님 희곡에서 체제에 저항하는 자들은 대부분 외로운 개인이었는데, 이 작품에서는 협조자들이 등장해요. 젊은 남녀의 사랑을 지원하는 아버지, 시장 등… 그래서 희망이 보여요. 박제사는 우리를 분열시킨 이데올로기, 혹은 분열의 구조를 의인화한 것인데, 그 박제사에게 가장 불리한 환경은 다양한 층이 있는 거예요. 만약 획일적이라면 박제하기 쉽겠죠. 그렇기 때문에, 비록 이 작품이 처절한 비극으로 끝남에도 불구하고, 그 다양한 층과 협조자들 덕분에 희망적으로 보였어요.

이강백 : 정말 흥미로운 말씀을 하셨습니다. 요즘 남북정상회담을 자주 하고, 남북철도연결 착공식 등, 그 어느 때보다 남북교류가 활발합니다. 하지만 정부 차원의 공식적 교류일 뿐, 개인과 개인이 만나는 사적 교류는 없습니다. 사적 만남이 있어야 다양한 교류가 생기고, 그래야 박제사가 우리를 박제할 수 없게 됩니다. 이런 제 생각이 〈호모 세파라투스〉에 담겨있어요. 연극이니까 이쪽과 저쪽 남녀의 사랑을 생각한 것이 아닙니다. 이쪽 대통령과 저쪽 국방위원장의 공식적인 회담. 체제와 체제끼리의 공식적인 회담은 필요합니다. 그러나 이쪽 개인과 저쪽 개인의 만남이 없다면 분단

극복이 될까요? 서로 좋아하는 감정, 사랑하는 마음이 중요합니다. 제가 너무 나이브한 생각을 하는 것인지는 모르겠습니다만…

이상란 : 동시에 일어나야죠. (웃음) 저쪽에서 꽉 막으면 뭐 개인도 못 만나잖아요. 이건 여담인데요, 제가 독일에서 먼발치로 작곡가 윤이상 선생님을 뵌 적이 있었어요, 그분 아들이 북한 무용수하고 결혼을 했다고 해요. 그래서 그 사이에서 낳은 아이를, 그 자체가 통일이라고 하셨어요. 그것도 우리들의 꿈인데, 아주 불가능한 일은 아니었던 거죠.

이강백 : 실제로 그런 선례가 있었군요.

이상란 : 선생님 작품 중에 재공연이 잘 되는 작품이 〈봄날〉입니다. 1984년에 권오일 씨 연출로 초연이 됐죠, 그 후 김철리 씨가 1997년 서울국제연극제에서 재공연하였고[3], 극단 '백수광부'의 이성열 씨는 2009년부터 〈봄날〉을 레퍼토리 공연처럼 자주 하고 있죠. 〈봄날〉을 보면 뭔가 푸근해요. 그 전의 작품들이 굉장히 사회적이고 관념적이었다면, 이 작품에서는 동양적인 원형의 세계가 살아있는 것으로 느껴지거든요, 선생님이 이 작품을 쓰실 때 특별한 모티브가 있었는지요?

이강백 : 제가 어린 시절을 보낸 전주 풍남동에는 100년 됐다든가, 200년 됐다든가 아주 오래된 은행나무 거목이 있고, 그 은행나무 바로 건너편에 부잣집이 있었습니다. 누에고치에서 비단실을 뽑는 제사공장(製絲工場)을 운영하는 부잣집인데, 그 집에 아주 떠들썩

---

3) 1997년 9월 19일-29일, 동숭아트센터 동숭홀. (아버지 역 – 김인태)

한 사건이 생겼어요. 제사공장의 늙은 사장이 수족이 차니까, 노인은 혈액순환이 잘 되지 않아 몸이 차가워요. 그래서 몸을 덥히려고 동녀(童女)를 시골에서 데려왔습니다. 부모에게 논을 사서 주고 어린 딸을 데려온다는 소문이 퍼져서, 동녀가 오는 날, 많은 구경꾼들이 몰려들어 야단법석이었어요. 저도 구경꾼들 틈에 끼어 동녀를 봤습니다. 그것이 까마득히 그냥 어린 시절의 한 추억으로 잊혔다가, 봄날에 은행나무 고목에서 새싹이 돋듯이 되살아났지요.

이상란 : 그럼 동녀는 설화 속의 인물이 아니었어요?

이강백 : 네. 저는 어린 시절 동녀를 봤습니다. 그러니까 동녀풍속(童女風俗)이 그때까지 남아 있었던 것입니다. 지금은 믿지 않겠지만 그런 비인간적 풍속이 사라진 건 옛날이 아닙니다. 그때 구경꾼들도 수군거렸어요. "쯧쯧, 저렇게 오래 살아서 뭘 하려나, 추한 꼴만 더 보일 텐데…"

이상란 : 동녀풍속에는 다른 생명을 소비함으로써 삶을 연장하려는 잔혹한 욕망이 담겨 있지요. 가부장 사회에서 여성이 도구화되는 대표적인 예인데… 그래서 소재 자체는 저 같은 여성 관객들 가슴을 답답하게 하지요. 그런데 이 작품에서는 그것이 뒤집힙니다.
저는 〈봄날〉에서 선생님이 가지고 계셨던 아니마상이 전환되고 있다고 봅니다. 〈보석과 여인〉 다룰 때 말씀하신 것처럼, 상처받은 여성에 매혹되던 젊은 날 아니마 투사가 〈봄날〉에 이르러서는 내면으로 통합되는 과정이 보이니까요. 동녀는 외부로 투사된 존재가 아니라 내부의 온전하고 신성한 여성성으로 승화됩니다. 코러

스로 등장하는 아들들은 동녀의 발을 땅에 묻고 그녀를 신화속의 '세계수(世界樹)' 이미지와 연결시키지요. 대지의 중심에서 하늘의 북극성까지 퍼져나가는 생명의 나무. 봄만 되면 숨도 제대로 쉴 수 없어 누워있던 섬약한 막내와 무방비상태로 이 집에 던져진 동녀가 마음의 일치를 이루는 장면이 특히 인상적이었어요. 밤새 피를 토하며 울던 막내가 다가와 그녀를 위로하고 "네 마음속 어딘가에 내 괴로움이 있는지"를 찾아보라고 간청하잖아요. 이에 부끄럽게 화답한 동녀는 메말라버린 집안을 사랑과 생명의 자리로 변환시키는 주체가 되잖아요.

이강백 : 불가에서는 마음에 있는 것만이 있는 것이라고 하죠. 이런 것으로 보면 이 둘이 부처님이 다 되었어요.

이상란 : 선생님이 막내를 통해 동녀와 만나고 있으니까요. (웃음)

이강백 : 이상우 고려대학교 교수는 〈봄날〉을 이렇게 봤습니다. "〈봄날〉의 성과는 날카로운 현실 비판 의식을 제시하는 정치적 사회적 알레고리 일변도의 작품 세계에서 벗어나 인고와 용서, 화해의 정신을 제시하는 동양적 세계의 지평으로 이강백의 작품 세계가 확대되었다는 점에 있다." 그런데 김문환 서울대학교 교수는 〈봄날〉을 정치극으로 봤어요. "일종의 원형(prototype)의 암시를 통한 정치극을 시도한 것"이라고요. 두 분은 연극 평론가로서 신뢰할 만한 전문적 안목을 가지셨습니다. 다만 두 분의 차이는, 제 작품의 맥락에서, 이상우 선생이 〈봄날〉 이후에 방점을 뒀다면, 김문환 선생은 〈봄날〉 이전에 방점을 둔 것입니다.

이상란 : 작품이란 언제 공연하느냐에 따라 해석이 달라져요. 〈봄날〉을 처음 공연한 그 당시는 신군부 독재 시절이었고, 그래서 모든 것을 독점한 아버지와 저항하는 아들들의 갈등이 정치적으로 보였겠지요. 하지만 지금과 같은 민주적 분위기에서는 정치적 갈등보다는 인생의 근본적인 순환구조에 초점이 맞춰지지요. 막내의 어머니가 청계사 스님들한테 시주를 하고 쫓겨났는데, 그 청계사에서 동녀가 와서 이 집안의 생명을 일으키잖아요. 그런가 하면 갈마재에서 집으로 돌아올 때 장남이 아버지를 업고 오고요. 그때 아버지가 젊은 날 그렇게 장남의 어머니를 업어줬다고 말하죠. 폭압적으로 보이는 아버지의 그런 고백도 놀랍지만 아버지를 업은 장남의 말도 놀라워요. 지금 아버지를 업고 있는 것이 아들인 자기가 아니라 업어줬던 어머니라고 말하거든요. 이렇게 모든 것이 연결되어 있는 순환구조. 그런데 자식에게 땅을 나눠주겠다던 아버지는 집으로 돌아와 약속을 지키지 않지요. 아들들은 아버지가 감춰둔 재물을 탈취하여 달아나고. 순환구조로 보면 순리적인 순환이 되지 않아 파탄이 생긴 거죠.

이강백 : 네, 그렇습니다. 삶과 죽음, 젊음과 늙음, 그것이 서로 보완 관계가 되려면 순리적인 순환이 이뤄져야 합니다. 그러나 그 순환이 순리적이지 않을 때, 삶과 죽음은 서로 충돌하고, 젊음과 늙음은 서로 상극(相剋)이 되지요. 그래서 동양적 세계관의 핵심은 순리적인 순환입니다. 다시 말해 순리적 순환이 되면 모든 것이 화해(和解)하는데, 순리적 순환이 안 되면 모든 것이 불화(不和)하지요. 서양에서 중시하는 정의도 동양적 관점에서 보면 순리적 순환입니다. 그러니까 순리적 순환을 못 하도록 막는 것이 불의이지요. 〈봄날〉의 아버지는 뒤늦게 그것을 깨닫고 후회합니다. 마지막 장면인

더운 여름날, 마루에 앉아서 자식들을 그리워하며 이렇게 탄식해요. "그놈들… 잘 있는지… 가끔 소식이나 알려 줄 것이지… 못된 놈들… 이 애비가 얼마나 보구 싶어 하는데 무심한 놈들… 그놈들 얼굴이나 다시 봤으면… 죽기 전에 다시… 봤으면…" 이 후회가 막혔던 순환을 틀 요. 그리고 순리적 순환을 이룸으로써 화해의 세계가 된 것입니다.

이상란 : 그렇지요. 이제 〈봄날〉 공연과 관련해서 특별한 에피소드가 있으면 말씀해 주세요.

이강백 : 〈봄날〉하면 아버지 역의 오현경 선생님이 떠오르고, 오현경 선생님하면 〈봄날〉의 아버지가 떠오르죠. 오현경 선생님은 많은 작품에 출연하셨는데, 〈봄날〉이 자신의 대표작이라고 하시더군요. 오현경 선생님은 〈봄날〉 초연할 때 40대 나이로 아버지 역을 하셨어요. 그때에도 늙은 아버지를 어찌나 잘 하시던지 감탄했습니다. 지금은 세월이 흘러 80대가 되셨는데, 〈봄날〉의 아버지 역을 하는 동안 자연스럽게 아버지 나이와 같게 되셨지요. 그래서 이젠 혼연일체가 되어, 무대 위에서 누가 〈봄날〉의 아버지이며 누가 배우 오현경 선생인지 구분할 수가 없습니다.

이상란 : 아버지가 정말 폭력적으로 나오면 이 작품은 선명한 정치극으로 보이지요. 그런데 오현경 선생님이 연기한 아버지의 애잔한 모습 속에는 자수성가한 깐깐한 아버지가 자식들을 걱정하며 사랑의 매로 채찍질하는 그런 면이 들어가 있어요. 그래서 마지막에 장남 등에 업혀가는 게 너무 설득력이 있는 거예요. 젊은 날 자식들에게 너무 가혹하게 한 걸 후회도 할 수 있는 인물로 형상화

된 거지요.

이강백 : 〈봄날〉 초연을 연출하신 극단 '성좌'의 권오일 선생님은, 배우들에게 무엇을 먼저 제시하는 연출가가 아니시고, 배우들이 자기가 맡은 역할을 이렇게도 해보고 저렇게도 해보는 속에 '가장 최선이다'라고 판단되는 것을 모아서 연극을 만드십니다. 그러니까 연출가가 진짜 독재자처럼 "다섯 발 걸은 다음에, 휙 돌아서서 45도 각도로 고개를 돌려. 그리고 상대를 노려보면서, 목소리는 낮은 톤으로 대사를 해." 뭐 이렇게 다 디렉션을 정해서 배우에게 그것을 요구하는 것이 아닙니다. 배우들에게 창의적 기회를 준다고 할까요, 등장인물을 맡겨 여러 가지 모양의 말과 행동을 하게 합니다. 뛰어난 능력의 배우들을 만나면 굉장한 시너지 효과가 있지요. 하지만 그렇지 못한 배우가 몇 있다면 전체 연습 시간만 낭비할 뿐 진전이 없습니다. 오현경 선생님은 극단 성좌의 단원이 아니어서 권오일 선생님의 연출 방법에 익숙하지 않으셨던지 답답해했어요. 공연 날은 다가오는데 더 이상 참지 못하고 직접 나서서 배우들에게 시범을 보였습니다. 이 역도 해 보이고, 저 역도 해 보이고, 그러자 배우들이 너도나도 오현경 선생의 시범을 따라서 했지요. 옆에서 보던 권오일 선생님도 "그거 좋군! 그거 좋아!" 하셨습니다.

이상란 : 그래서 오현경 선생님이 디테일 연출을 한 셈이 됐군요.

이강백 : 최종 결정은 권오일 선생님의 몫이니까 꼭 연출을 오현경 선생님이 했다고는 할 수 없지만, 어쨌든 중대한 역할을 하

셨어요. 그런 일이 있어서인지 〈봄날〉에 대한 오현경 선생님의 애착은 남다르게 크십니다.

이상란 : 〈봄날〉은 초연 때 상을 많이 받았죠?

이강백 : 네. 제8회 대한민국 연극제 대상, 연출상은 권오일 선생님, 미술상은 무대 의상을 하신 최보경 선생님이 받았습니다.

이상란 : 희곡상은요?

이강백 : 못 받았어요.

이상란 : 왜 그랬을까요?

이강백 : 초연 때 작지 않은 논란이 있었지요. 〈봄날〉 희곡에 삽입한 소설, 시, 그림, 속요, 영화, 약전, 편지 등이 불필요한 것이라는 의견이 지배적이었습니다. 연극제 심사 위원들의 말씀은 사적으로 들은 것이어서 생략하고, 공적인 평(評)을 몇 가지 소개하지요. 연극학자이신 유민영 선생님은 "그것이 오히려 시적 환상극인 〈봄날〉을 격하시켰고 미의식을 흐트려 놓고 있다."[4] 여석기 선생님은 "이것이 작품의 효과를 높여 주었는가에 대해서는 적지 아니 의문을 남기고 있다."[5]

연극 평론가 김문환 선생은 "이러한 요소들이 본래의 서사극적 기법과는 다른 목표를 가지고 활용됨에 따라 이 희곡은 그것이 내

---

4) 유민영, 「주간조선」, 1984. 10. 21.
5) 여석기, 「객석」, 1984년 11월호.

재적으로 지니고 있는 정치극으로서의 성격을 가리고 말았다."[6]

하지만 지금은 어떤가요? 미의식도 많이 변화하였습니다. 지금은 이질적인 것들의 융합이 사회 각 분야는 물론 예술의 키워드가 됐지요. 선견지명을 자랑하는 것이 아닙니다. 저는 〈봄날〉에 삽입한 그것이 있었기에, 〈봄날〉의 풍부한 연극적 매력이 살아있게 됐다고 생각합니다.

이상란 : 저도 선생님 말씀에 동의해요. 그 다양한 삽입 장면들이 봄날의 이미지와 메타포를 확대하고, 설화적인 내용을 현재화시켜요. 아들들이 코러스가 되어 스토리가 순차적으로 흘러가는 중간 중간 극적 상황을 은유하는 문학적인 차원과 예술적인 차원이 형성되고 그로 인해 무대가 상당히 역동적인 활력을 얻지요.

이강백 : 초연 때 또 하나의 논란은 윤리적 문제입니다. 아버지가 하룻밤 품었던 동녀를 막내는 아내로 삼지요. 그것은 윤리에 어긋난다는 지적이었습니다.

이상란 : 그건 지금도 아슬아슬해요.

이강백 : 확실한 사실은 동녀와 아버지는 성관계를 하지 않았습니다. 동녀는 노인의 찬 몸을 덥혀주는 역할을 하지요. 그러나 동녀와 성관계를 하면 노인이 곧 죽는다는 타부가 붙어 있습니다. 〈봄날〉의 아버지도 그 타부를 잘 알고 있어요. 그래서 다음 날 아침 장남에게 이런 말을 합니다. "갈마재 무당 할망구한테 물어 볼 말이 있어. 언젠가 봄에 그 할망구 나더러 하는 말이… 늙은이가 회춘해서

---
6) 김문환, 「문학사상」, 1985년 4월호.

다시 젊어지더라도 꽃에는 내려앉지 말아라.” 아버지는 타부를 제거할 방법을 알려고 장남과 함께 갈마새 무당에게 갑니다. 하지만 결국 들은 말은 성관계를 하면 죽는다는 것이었어요. 그것에 실망한 아버지를 장남이 업고 돌아오면서 자식들에게 땅을 나눠주라고 합니다. 저는 이것으로 윤리적 문제가 되지 않는다고 생각하는데, 이상란 선생님 생각은 어떠신지요?

이상란 : 동녀풍속 자체가 이미 비윤리적이지요. 아버지 역을 어떻게 연기하느냐에 따라 비윤리적 느낌의 정도가 조금 다르긴 하겠지만… 또 마음 쓰였던 장면이 있어요. 아버지와 장남이 갈마재로 간 다음, 집에 남은 아들들이 동녀를 방 밖으로 나오도록 해서 놀려먹죠. 아버지의 성적 대상이라는 우려가 남아 있는 그 상황에서, 건장한 아들들이 동녀를 성적 유희의 대상으로 삼는다면 정말 끔찍한 폭력이 될 텐데, 싸악 비켜 갔어요. 머리에 고깔 쓴 동녀를 마당 가운데 나무처럼 심어 놓고, 고깔나무에 꽃 핀다고 막내를 부르죠. 조마조마했던 마음이 동녀와 막내의 지순하고 아름다운 장면으로 풀리면서, 시적(詩的)인 연극이 돼요. 저는 〈봄날〉을 선생님 작품들 중에서 오래 남을 작품이라고 봅니다.

이강백 : 그런데 그것이 저에겐 불만입니다. 어느새 저도 모르게 〈봄날〉이 저의 대표작처럼 됐어요. (웃음) 솔직하게 저는 아직 대표작을 쓰지 못했습니다. 〈봄날〉 이후에도 자꾸만 희곡을 쓰는 것이 그 증거지요.

이상란 : 이젠 마지막 〈비옹사옹〉(非雍似雍)에 대해서 말씀해 주세요. 이 작품은 판소리 〈옹고집전〉과 관련이 있죠?

이강백 : 네. 〈비옹사옹〉은 〈옹고집전〉의 주인공 옹고집을 빌려 왔습니다. 1986년은 서울에서 아시안 게임이 있었던 해인데, 문화예술진흥원이 저에게 개막 축제 공연할 작품을 의뢰했어요. 무엇을 써도 좋으니 한국적인 색채가 강해야 한다는 부탁이었습니다. 제목 〈비옹사옹〉은 '옹고집이 아니면서(非雍) 옹고집과 같다(似雍)'입니다. 모두 잘 알고 계시겠지만, 〈옹고집전〉은 진짜 옹고집이 지나친 욕심 때문에 가짜 옹고집에게 쫓겨나 가족과 재산을 잃었다가 개과천선하여 되찾는 이야기입니다. 진짜 옹고집과 가짜 옹고집이 서로 자기가 옹고집이라고 다투는 해학적 장면이 아주 재미있지요. 저는 자본주의 사회에서 물욕에 집착해 진짜 자기 자신을 가짜에게 빼앗긴 사람들이 많다는 점에서, 옹고집을 등장시키면 설득력 있는 주제가 되겠다고 생각했습니다. 그런데 문제는 표현 방식입니다. 어떻게 해야 한국적인 색채가 나느냐, 그것이 큰 문제였어요. 대사만으로는 풀릴 문제가 아닙니다. 노래도 들어가야 하고, 춤도 들어가야 하고….

이상란 : 전통예술이 녹아든 총체극이 되면 좋겠지요.

이강백 : 그렇습니다. 국악기로 편성한 연주단도 있어야 하고요. 〈비옹사옹〉을 쓰면서 우리나라 판소리가 얼마나 우수한지 새삼스럽게 느꼈습니다. 창 부르는 분과 북 치는 분, 단 둘이서 다양한 등장인물들의 희로애락을 모두 표현하는 것은 정말 감탄을 금할 수 없어요. 하지만 아시안 게임의 문화 행사에 참석한 외국인들에겐 한국어를 알지 못해 판소리가 잘 이해되지 않을 것입니다. 어쨌든 〈비옹사옹〉은 여러 가지 공연 요소들이 풍부하게 들어가야 했어요. 그런데 저에게 작품을 의뢰할 때에는 아직 1년 전이어서

그랬는지 그것을 공연할 극단을 정하지 않은 상태였습니다. 〈비옹사옹〉을 다 써서 주었더니, 그제서야 국립극단으로 결정하더군요. 하지만 국립극단으로서는 난감했지요. 소위 총체극을 하려면 국립무용단, 국립국악관현악단 등과 협연이 필요한데, 국립무용단도 아시안 게임 문화 행사에 무용 작품으로 참여해야 할 입장이었고, 국립국악관현악단의 연주회도 그런 입장은 마찬가지였습니다. 국립극단은 고립무원이었어요. 무용이나 음악의 도움이 전혀 없는 상태에서 〈비옹사옹〉을 공연해야 했으니, 그 어려움은 뭐라고 형언할 수 없었지요.

이상란 : 국립이 아니어도 도움을 청할 다른 무용단이나 국악연주단이 있을 텐데요?

이강백 : 글쎄요, 예산 문제도 있는 것 같고… 개막 축제 문화 행사 기간은 짧은데 행사 프로그램은 다양하게 많았던 것도 문제였습니다. 그래서 웬만한 무용단과 악단들이 분산 참여해서 뭔가 종합적인 공연을 할 상황이 아니었어요. 아시안 게임 같은 대규모 국제대회를 처음 하니까 경험 부족이었지만, 2년 뒤 1988년 서울올림픽 때는 경험이 생겨서 문화 행사의 문제가 많이 해결되었을 것입니다.

이상란 : 〈비옹사옹〉의 연출은 이승규 씨가 맡았죠?

이강백 : 네. 이승규 선생은 〈개뿔〉 이후 극단 가교를 떠났지요. 그리고 미국에 가족과 함께 이민 갔었는데, 국립극단에서 상임 연출가로 초빙했습니다.

이상란 : 선생님의 작품이니 낯설지는 않았을 거예요.

이강백 : 이승규 선생과는 〈다섯〉, 〈내마〉, 〈개뿔〉 등 호흡이 잘 맞았습니다. 하지만 〈비옹사옹〉은 갈등이 컸지요. 조금 전 말씀 드린 문제가 해결되지 않은 상태에서 생긴 갈등이라고 할 수 있겠는데, 이승규 선생은 〈비옹사옹〉을 고쳐 써달라고 하더군요. 세 번인가, 네 번인가… 고쳤습니다만 헛수고였습니다. 저는 문화예술진흥원이 요청한 '한국적 색채'를 빼지 못할 입장이었고, 이승규 선생은 전통적인 춤과 음악이 없어도 '한국적 연극'이 될 수 있다는 입장이었지요. 결국 이승규 선생은 답답했던지 자기가 고치겠다고 했습니다. 저는 더 이상 고칠 여력이 없어 그 제안에 동의했고요. 그런데 저에겐 그 동의가 홀가분한 게 아니라 마음을 굉장히 더 무겁게 만들었어요. 극작가로서 작품을 포기했다는 무거움….

이상란 : 혹시 고통스런 트라우마가 되었나요?

이강백 : 네. 우리 속담에 '서울에서 맞은 뺨, 과천에서 눈 흘긴다'고 하잖아요. 근본적 문제가 무엇인지 알면서도 작품을 포기한 저는… 이승규 선생과 다시는 공연하지 않겠다고 굳게 결심했습니다. 그 어떤 이별보다 슬픈 이별이었어요. 이승규 선생은 혼자 있던 저를 세상으로 이끌어낸 분이고, 극단 가교의 한 식구로 맞아들여 연극을 배우게 하신 은인입니다. 그런데 운명이지요. 극작가로서 쓴 작품을 처음 포기하게 한 분이 바로 그분이라니… 이승규 선생은 전혀 모릅니다. 제가 마음속으로 이별했다는 것을요. 물론 작품만 다시 안 한다는 것이지 완전히 의절한 건 아닙니다. 1989년인가, 제가 뉴욕에 갔을 때, 이승규 선생과는 반갑게 재회하였고,

그분 댁에서 며칠 머물며 즐거운 시간을 보냈습니다.

이상란 : 〈비옹사옹〉 공연은 보셨어요?

이강백 : 네. 그런데 첫 장면부터 제가 상상했던 무대와는 달랐습니다. 제가 쓴 〈비옹사옹〉은 십장생(十長生) 신선들의 노래로 시작합니다. "하늘을 보고, 땅을 보고, 사람을 보아도, 지나친 것이 없어 뺄 것 없고, 모자란 것이 없어 보탤 것 없다"는 합창입니다. 그러나 사람들은 이것을 몰라 더 달라고 보챕니다. 상여가 지나가며 더 살지 못해 애통하다 하고, 옹모(雍母)는 자식 없다 한탄합니다. 그래서 신선들은 이 세상의 교훈이 되도록 가장 욕심 많은 옹고집을 태어나게 하지요. 이 첫 장면은 신선들만 열 명, 상여꾼과 유족 행렬, 산모(産母)들, 음악 연주자들, 최소한 오십 여명이 있어야 국립극장의 해오름 극장 무대에 웅장한 분위기를 만듭니다. 하지만 국립극단 단원들을 모두 등장시켜도 그 반절이 안 됩니다. 이승규 선생은 가짜 옹고집에게 쫓겨난 진짜 옹고집의 개과천선을 우물로 표현했어요. 오랜 방황으로 몸과 마음이 지쳐버린 옹고집이 우물의 물을 마시고 다시 생기를 찾는데, 그 생명의 우물에 비친 자기 모습을 보고 깨닫습니다. 아낌없이 자신을 내주어서 목숨을 살리는 물, 옹고집이 깨닫는 원천이 우물입니다. 아마 그 공연이 비디오로 녹화돼서 어디인가에 있을 거예요. 무대 미술은 신선희 선생이 했는데, 십장생이라든가 구름, 해, 달 등, 전통문양을 살려 보기 좋았습니다. 신선희 선생은 〈비옹사옹〉 무대 미술을 자신의 대표작 다섯 가운데 하나로 꼽더군요.

이상란 : 뮤지컬 〈바리〉의 무대 미술을 신선희 선생이 하신

걸 봤어요. 바리데기 신화가 소재인 작품에 잘 어울리는 무대였죠. 전통문양을 살려 보기 좋았다는 말씀이 이해됩니다.

이강백 : 제가 쓴 희곡은 공연한 다음에 희곡집으로 묶어 출판하는 것이 원칙인데, 〈비옹사옹〉은 이 원칙에서 벗어나 있습니다. 1986년 2월에 희곡전집 3권을 내면서, 머리글에 밝혔습니다만, 1986년 가을 공연할 〈비옹사옹〉을 미리 희곡전집에 넣었다고 했지요. 연출을 맡은 이승규 선생과 갈등이 시작되면서, 뭔가 그대로 공연할 것 같지 않다는 예감 때문이었습니다. 〈비옹사옹〉이 잘 쓴 작품이라서 강행한 건 아닙니다. 나중에 제가 쓴 작품이 아닌 것을 희곡전집에 넣을 수는 없다고 생각했어요. 그래서 미리 공연 전에 출판한 것입니다.

이상란 : 예, 머리글에 있어요. 〈비옹사옹〉은 공연할 예정이라고 하셨죠.

이강백 : 작품을 주문 받을 때 조건인 소위 '한국적 색채'를 빼고, 그러니까 노래와 춤과 연주 등 다양한 요소들을 뺀 단순한 무언극 같은 〈비옹사옹〉을 다시 쓰고 싶었습니다. 가짜 옹고집이 하나, 둘, 셋, 넷, 다섯, 여섯… 계속 늘어납니다. 풍요한 삶이 물질적 증가라고 고집하면 그 가짜는 계속 늘어나요. 언젠가 독일연극을 소개하는 책에서 〈오이디푸스〉 공연 사진을 봤는데, 오이디푸스가 한 사람이 아니라 여러 사람이었습니다. 한 오이디푸스가 손가락으로 자기 두 눈을 찌르자 다른 오이디푸스들도 모두 두 눈을 찔러 얼굴에 피가 흘러내렸습니다.

이상란 : 연출이 클라우스 파이만(Claus Peymann) 아닌가요?

이강백 : 누구인지는 기억나지 않는군요. 굉장히 충격적이었는데… 사실은 그것을 보고 옹고집의 늘어남을 생각한 건 아닙니다. 〈옹고집전〉을 읽으면, 가짜가 헤아릴 수 없이 늘어난다는 것을 상상하게 돼요. 소유의 집착 때문에, 가짜가 자꾸만 증식합니다. 진짜와 똑같은 가짜, 심지어 옹고집 본인도 구별 불가능한 가짜들이 늘어납니다. 이것을 쓰면 반드시 명작이 된다… 하지만 이젠 쓰지 못합니다.

이상란 : 왜 못 쓰죠?

이강백 : 작품이란 쓰고 싶은 때를 놓치면 못 써요.

이상란 : 모든 것이 그런가 봐요. 그 시기를 놓치면 못하고 말죠. 저는 이 작품에서 자기를 찾는 과정, 잃었던 자기의 소리를 되찾는 일이 마음속에 남아요. 있는 그대로의 자신을 사랑하는 일….

이강백 : 네. 긴 시간 감사합니다.

다섯 번째 대담

희곡전집 4권 (1987~1991) 전반부 작품

유토피아를 먹고 잠들다
칠산리

다섯 번째 대담

이상란 : 오늘이 6월 23일, 다섯 번째 대담 날입니다. 대구(大邱)에 안녕히 다녀오셨는지요? 그곳에서 열린 제2회 대한민국 연극제 심사위원으로 6월 2일부터 6월 20일까지 계셨는데, 어떤 느낌이셨어요?

이강백 : 대구에는 서너 번 갔었습니다. 그러나 당일 갔다가 오거나 1박 2일이어서 오랜 기간 대구에 머문 것은 이번이 처음입니다. 낯선 곳에서 그렇게 오래 지낸 적이 없었기에 느낀 점이 많았습니다. 익숙한 곳에서는, 주변엔 무엇이 있고, 만나는 사람은 누구이며, 환경은 어떻다는 것을 잘 압니다. 그래서 익숙한 곳에서는 제 자신이 '모든 것을 다 알고 있다'라는 전지적(全知的) 느낌이 듭

니다. 그런데 이번에 낯선 곳에서 제 자신이 아무것도 모른다는 것을 실감했어요.

대구는 섬유산업이 발달해서 '한국의 밀라노'라고 알고 있었는데, 인건비 상승으로 방직공장들이 모두 문을 닫아서 섬유 관련 산업이 없어졌다는군요. 제가 아는 것과 다른 건 그것만이 아닙니다. 대구 출신은 경상도 억양 때문에 노래하기엔 불리할 줄 알았는데, 한국에서 성악가를 가장 많이 배출한 곳이 대구였어요. 무엇이 어디에 있는지 모르고, 만나는 사람도 알지 못하는 낯선 곳에서, 매일 밤 심사하는 작품 역시 제가 알기에는 역부족이었습니다. 심사위원들은 모두 아홉 명이었는데, 어떤 작품은 심사위원 모두 의견이 각각 달랐어요. 제 의견을 말하면 아무도 동의하지 않아서 제가 제대로 아는 것이 무엇인지 의문이 들었습니다. 대구에서 제가 아는 것은 기껏해야 묵고 있는 호텔 정도였고, 그나마 호텔 전부가 아닌 1층 로비와 제 방뿐입니다.

제 방 창문에서 바라보면 호텔 바로 앞 고가 위로 모노레일 열차가 지나갑니다. 그 모노레일 때문에 굉장히 시끄러울 줄 알았어요, 그런데 의외로 조용해요. 모노레일 열차에는 커다랗게 쓴 병원 광고, 학원 광고, 상품 광고들이 붙어 있습니다. 사드(THAAD) 설치하는 문제로 핫이슈가 된 성주도 대구 모노레일 열차에 '참외의 도시 성주'라는 광고를 했더군요. 여름이어서 참외가 한참 출하되고 있기에 광고한 것 같습니다. 낯선 곳에서 그런 광고마저 없다면 무엇을 알 수 있을까요? (웃음) 이번 대구에서 지낸 20일간의 낯선 경험은 상당히 충격적인 것이었어요. '내가 이 세상을 잘 알고 있다'고 생각했는데, 지금은 전혀 그렇지 않습니다.

이상란 : 선생님이 그렇게 낯선 곳에서, 각자 독특한 개성 있

는 심사위원들과 함께 긴 시간을 보낸 경험이 많지가 않죠?

이강백 : 네. 이번처럼 장기 숙박하면서 심사한 적은 없었습니다. 평론가, 극작가, 연출가, 배우, 기획자 등 아홉 명 심사위원들 중에 일곱 명은 서울에서 내려갔고, 두 명은 대구에 계신 분입니다.

이상란 : 굉장히 치열한 논의를 하셨나 봐요. 선생님의 의견이 받아들여졌다면 무지하다는 느낌은 없을 텐데요?

이강백 : 대한민국 연극제 대상인 대통령상에는 〈굿모닝 씨어터!〉란 작품이 심사위원 전원일치로 선정되었습니다. 그러나 금상, 은상과 각 분야 개인상에는 의견이 달랐어요. 제가 좋게 본 작품이 다른 심사위원들의 동의도 얻어서 상을 받기 바랐는데 그것이 안 됐습니다. 그러자 어떤 분이 웃으면서 "이강백 씨, 이제는 연극에 대한 감각이 현저히 떨어졌네?" 농담을 하더군요.

이상란 : 심사하면서 그런 무례한 농담을 하다니요. (웃음) 선생님은 그분에게 뭐라고 하셨어요?

이강백 : 당연하게 느껴져 항변 못했습니다. (웃음) 아마 익숙한 곳에서 심사를 했더라면 제 의견을 힘껏 주장해서 관철시켰겠지요. 그리고 제가 추천한 작품이 상을 못 받으면 불만을 나타냈을 테고, 더구나 감각이 떨어졌다는 농담에는 격분했을 것입니다. 그런데 낯선 곳에서는 제가 무엇을 알고 있는지 회의적이어서… (웃음) 이제 익숙한 곳으로 되돌아왔으니 모든 걸 잘 아는 것 같습니다.

이상란 : 오늘은 1987년부터 1991년 사이의 작품들과 그때 선생님의 삶에 대해 이야기를 나누고자 합니다. 이강백 희곡 전집 4권에는 〈유토피아를 먹고 잠들다〉, 〈칠산리〉, 〈물거품〉, 〈동지선달 꽃 본 듯이〉 등이 수록되어 있어요. 제가 이 기간의 선생님 활동, 신문 인터뷰 기사, 작품 연보, 연구서 등을 살펴보니까, 이 기간이 선생님으로서는 격동의 시기였던 것 같아요. 1987년과 1988년 독일여행을 하셨고, 오랫동안 재직하시던 크리스천 아카데미를 떠나 전업 작가로서의 삶으로 전환하셨죠. 그런 중요한 때 선생님의 개인적인 삶은 어떠했는지 그 말씀을 먼저 듣고, 나중에 작품을 개별적으로 들을까 합니다.

이강백 : 네. 1987년은… 제가 1947년에 태어났으니까 마흔 살이 된 해입니다.

이상란 : 극작가로서 등단한지는 16년이 되셨고요.

이강백 : 그렇습니다. 마흔 살이 됐다. 그건 서른 살 때하고는 다른 느낌을 갖게 합니다. 사람이란 30대까지만 해도 별로 나이에 큰 의미를 두지 않는데, 마흔 살이 되면 묘하게도, 자기 자신의 삶이란 무엇인가를 생각하지요. 그래서 40대가 된 사람들을 보면, 저만 그런 것이 아니라, 삶의 중간 결산을 하는 것 같습니다.

그런데, 제가 마흔 살이 된 그 시기가 연극하기에는 굉장히 어려운 시기였어요. 사실 광주에서 군인들이 시민들을 학살한 사건 이후, 우리 사회 모든 분야가 엄청난 충격의 소용돌이에 휩쓸렸습니다. 지난 대담에서도 잠깐 언급했습니다만, 극장에서 밝고 명랑한 희극이 사라졌어요. 사회적 죄의식이랄까요, 무겁고 심각한 연극이 극장을 차지한 것입니다. 하지만 그 당시의 진보적인 연극을 하겠다는 사람들은 극장의 연극으로는 현실을 반영 못한다고 여겼습니다. 주로 마당극에 뿌리를 두고 민족극 운동을 하는 분들이었지요. 노동문제, 농촌문제, 그러니까 절박한 현실적 문제들을 다루려면 연극이 극장 밖으로 나가 현장에 들어가야 한다고 판단한 것입니다. 연극이 우리 삶에 도움이 되는 것이냐? 안 되는 것이냐? 소위 예술적으로 세련되게 꾸미는 것이 중요한가? 아니면 거칠더라도 생생한 주제 의식을 담는 것이 중요한가? 이런 물음들이 봇물 터지듯 쏟아져 나왔습니다.

극장 안에서 연극을 하려면 어떤 틀이 필요합니다. 배우를 예로 들지요. 배우는 오랜 기간 발성이라든가 연기술을 익혀야 무대 위에 올라갑니다. 즉, 아무나 배우를 할 수도 없고, 하루 이틀 만에 연기술을 익힐 수도 없습니다. 이런 것들이 극장 안에서는 연극의 필수조건인데, 극장 밖에서는 반드시 그렇지가 않아요. 극장 밖의 연극은 연기술이 전혀 필요 없다는 것이 아닙니다. 하지만 소위 숙련되기 위해 오랫동안 시간을 보내지는 않았어요. 극장을 떠난 연극은 가다듬어지지 않은 것이라고 할 수는 있겠으나, 어쨌든 그러한 민족극 계열의 연극 〈함평 고구마〉, 〈돼지풀이〉, 〈금희의 오월〉, 〈갑오세 가보세〉, 〈횃불〉, 〈공장의 불빛〉 같은 작품들이 침체된 연극의 새로운 대안으로 주목을 받았습니다.

이상란 : 하지만 선생님은 극장을 떠나지 않으셨죠. 그 이유는 무엇인가요?

이강백 : 채희완 선생, 임진택 선생, 김창우 선생, 박인배 선생, 등 너무 뛰어난 인재들이 민족극 운동을 하고 있어서 저까지

뛰어들 필요가 없었어요. (웃음) 그 중엔 저와 절친한 분도 있어서 함께 참여해 달라는 요청도 있었습니다. "지금 극장에 오는 관객들을 봐라, 그들은 각각 불특정한 존재로서 공통된 문제의식을 갖고 있지 않다, 그러나 현장에는 특정한 관객들이 있으며 공통된 문제의식을 갖고 있다, 극작가로서 당신은 어떤 관객을 원하느냐?" 그런데, 이렇게 논리 정연하면서도 매혹적인 설득력이 있음에도 불구하고 저는 그 요청을 받아들이지 못했습니다. 민족극이 현장을 중시했기 때문입니다. 저는 알레고리 극작가지요. 〈파수꾼〉이 보여주듯이, 황야도 이리떼도 망루도 극작가인 제가 우의적(寓意的)으로 만든 것이지, 그런 현장은 실재하지 않습니다. 〈쥬라기의 사람들〉도 그렇지요. 사북 사태의 영향을 크게 받았지만, 그 작품의 현장은 사북이 아니라 제가 생각해 만든 탄광 지대입니다. 우의적 작품은 현장과는 거리두기를 한다고 할까요, 바로 이것이 저의 연극에 대한 입장이기도 합니다. 그런데 현장을 중시했던 민족극이 부딪친 문제가 무엇인가요? 연극에 대한 열정은 뜨거웠으나 너도나도 배우를 하고 연출도 하는 아마추어 수준을 극복 못한 것입니다. 그리고 그 미숙함이 현장의 관객들마저 점점 흥미를 잃게 했지요. 1980년대 말의 연극 환경은 그래서 극장 밖과 안, 어느 쪽이든 고민이 깊었던 때입니다.

이상란 : 사회변혁에 대한 강력한 이슈가 있을 때, 연극은 극장을 뛰쳐나와 종종 거리와 현장으로 가요. 그럴 때는 예술적 탁마가 이루어진 연극보다는 오히려 날 것 그대로의 목소리와 피와 땀이 살아있는 거친 현장감이 연극에 활기를 불어넣죠. 그런 현장 연극을 하는 사람들은 동시대의 관객과 직접적인 소통을 나누고 그것이 사회변혁에 영향을 줄 수 있길 바라지요. 그런 맥락에서 80년

대의 마당극, 민족극이 높은 수준의 연극미학으로 승화되지 못했다 하더라도 그것 자체로 큰 의미가 있었다고 생각합니다.

그러나 80년대 우리 연극계에서 선생님처럼 홀로 깊이 고민하며 또 다른 길을 가는 것도 중요한 일이었다고 생각합니다. 연극인으로서 어떻게 연극을 하고, 어떻게 살아야 할 것인가에 대한 고민이 아주 진하게 담겨있는 선생님의 작품이 희곡전집 4권 중에서 〈유토피아를 먹고 잠들다〉인 것 같아요. 주인공 민의식은 40대 초반의 번역가이지만, 사실은 극작가인 선생님의 모습일 수 있죠. 이렇게도 저렇게도 할 수 없는 일상 속의 비루한 삶을 살 수밖에 없는, 희망 없이 살아가는 민의식의 삶과 선생님이 가지고 있었던 예술에 대한 고민이 상당히 겹쳐 보이거든요. 이 작품의 무대 공간은 모든 것이 뒤죽박죽 아무렇게나 버려져 있고, 아이는 박박 울고, 부인은 집을 나갔고, 젊은 날의 이상은 사라진 상태죠. 그리고 무대를 둘러싼 반원형의 구조물로서 벽화가 있는데, "이 벽화는 연극의 진행에 따라 조명을 받고 선명하게 드러난다"고 하면서, 집 밖의 사회적 상황이 벽화에 그려진 사람들의 표정으로 나타내도록 지시문은 묘사하고 있지요. 민의식의 삶을 안과 밖의 갈등이 둘러싼 모습이죠. 그런 양쪽의 갈등이 조금 전 선생님의 말씀과 아주 잘 연결돼요. 〈유토피아를 먹고 잠들다〉가 끝날 때 민의식은 이렇게 말합니다. "유토피아! 우리가 언젠가 가능하다고 믿으면서도, 그러나 단 한 번도 이뤄 보지 못했던 이 기막힌 유토피아…." 이 말에 그때 선생님의 고민이 함축되어 있는 것 같거든요. 그러니까 개인적으로는 크리스천 아카데미에서의 일과 극작가로서의 일을 병행하면서 겪는 어려움도 있었을 테고, 사회적 죄의식이 압도하고 있을 때, 민족극과 기존 연극의 가운데에서 어떻게 해야 되는가에 대한 고민도 겹쳐 보이는, 이 양가적인 입장이

〈유토피아를 먹고 잠들다〉에서 잘 드러나고 있는데… 선생님, 그때의 삶을 조금 더 자세히 설명해주시겠어요?

　　이강백 : 물론 작품이란 그 작품을 쓴 작가의 삶과 관련이 있지요. 〈유토피아를 먹고 잠들다〉가 유난히 제 삶과 관련 있게 느껴지는 것은, 그때 제 입장이 어중간했기 때문입니다. 나이 마흔 살, 젊지도 않고 늙지도 않은 중간이구요. 그때 희곡들 중에서 어느 쪽에도 설 수 없는 사람들을 반영한 작품은… 글쎄요, 제가 더 찾아봐야 하겠으나, 의외로 없는 것 같습니다. 1980년대 말은 민주화 열망이 들끓는 때여서 매일 시위가 있었고, 거리는 매캐한 최루탄 가스로 가득 찼어요. 그런 어느 날, 저는 오랜만에 만난 친척과 회현동에서 냉면을 먹고 있었는데, 동국대학교 학생들이 몰려나와 기습 시위를 했습니다. 마치 기다리고 있었다는 듯이 경찰들이 최루탄을 발사했어요. 회현동은 냉면집들이 모여 있는 곳입니다. 냉면 맛을 살리기 위해 매운 고추냉이를 넣어 먹지만, 매캐한 최루탄 가스를 함께 먹을 수는 없지요. 결국 냉면집마다 냉면 먹기를 포기한 사람들이 많았습니다. 그들은 학생들 편도 아니고 경찰들 편도 아닌 그저 보통 사람들입니다. 시골에서 올라온 저의 친척은, 냉면 한 그릇 먹기도 어려운 세상이다 하면서 혀를 차더군요. 숫자적으로는, 양쪽이 50대 50으로 양분된 것 같지만, 사실은 중간에서 이러지도 저러지도 못하는 사람들이 더 많습니다. 그런데 그 중간 지대의 사람들은 어떤 기분으로 살까요? 제 개인적으로는 몹시 자조적(自嘲的)이었습니다. 유토피아는 수면제 이름입니다. 수면제를 먹고 잠드는 것이 유토피아라는 것인데, 자조적인 의미가 담겨 있습니다. 민의식과 편집장은 이런 대화를 합니다.

편집장 : (민의식의 잔에 술을 따르며) 선생의 얼굴도 아까보다는 훨씬 좋아 보이는군요.

민의식 : 아, 그렇습니까?

편집장 : 네. 아까는 사뭇 비관적이면서 냉소적이셨는데 지금은 그렇지가 않아요.

민의식 : (잔을 높이 들려다가 내리며) 아닙니다. 난 건배하지 않겠습니다.

편집장 : (놀라워하며) 왜 안 하십니까?

민의식 : 하마터면 실수를 저지를 뻔했습니다.

편집장 : 무슨 실수인데요?

민의식 : 괜히 흥분해서 희망을 가질 뻔했다는 거죠. 그 꺼진 등불 말씀입니다. 선생은 비바람 때문에 자신의 등불이 꺼졌다고 하셨는데, 나는 전혀 다릅니다. 사실, 나는 스스로 나 자신의 등불을 꺼 버렸거든요. 그건 결코 쉬운 일이 아닙니다. 무척 애를 쓰면서, 서서히, 서서히, 온갖 희망들을 죽였습니다

편집장 : 왜 그런 짓을 하셨는지 이해할 수 없군요!

민의식 : 굳이 이해하실 필요는 없습니다. 다만 아무 희망을 갖지 않는 것도 어둠을 살아가는 한 방법이죠. 어쨌든, 나는 그렇게 살기로 결심했고 또 실제로 그렇게 살아왔습니다. 이제 와서 실수로 희망을 갖는다는 건 부담스러울 뿐입니다. (책상으로 가서 서랍을 열고 수면제 병을 꺼낸다.) 혹시 이게 도움이 될지 모르겠군요. 선생에게 이걸 좀 드리고 싶습니다.

편집장 : 그게 뭡니까?

민의식 : 유토피아죠. 희망이 깨져서 괴로우실 때 이걸 잡수세요. 희망은 유리그릇보다 깨지기 쉽고, 더구나 깜깜한 어둠 속에서는 더욱 깨지기 쉽거든요.

이상란 : 〈유토피아를 먹고 잠들다〉는 엄밀하게 말하면, 이강백이라는 극작가가 만들어낸 세계죠. 그러니까 현실 세계와는 비슷한 것 같지만 다른 세계입니다. 그 어떤 탁월한 예술가도 현실 세계를 그대로 옮겨올 재주는 없어요. 결국은 자기 나름대로의 스타일로 그것을 재구축해서 구현합니다. 그러니까 그 세계는 현실 세계와 갭이 있죠. 바로 그 부분을 관객들이 어떻게 보느냐에 따라 평가가 달라져요. 좀 여유 있는 시대에는 예술가에 의해 다시 편집된 세계, 재구성된 세계에 대해서 흥미를 갖고 보지만, 각박한 시대에는 그런 재현된 세계와 현실 세계의 갭이 너무 클 경우 관객은 당황하게 되죠. 〈유토피아를 먹고 잠들다〉는 관객들이 어떻게 보던가요?

이강백 : 어떻게 보았는지는⋯.

이상란 : 아, 제가 먼저 말해 볼까요? 관객들은 그 연극을 보면서 "내가 지금 수면제나 먹고 잠들게 생겼냐?"하였겠죠. (웃음)

이강백 : 맞습니다. 절박한 시대에 수면제나 먹고서 잠자는 것이 당신의 모습이라고 한다면 인정 못할 것입니다. 그래서인지 관객들은 겉으로는 공감했다고 않더군요. 하지만 속은 달랐는지 〈유토피아를 먹고 잠들다〉는 입소문을 듣고 오는 관객들이 많았습니다. 극단 산울림의 임영웅 선생님이 연출을 맡아서 1987년 9월 28일부터 10월 2일까지 문예회관 대극장(현재 아르코 대극장)에서 공연했는데, 관객들이 많았기에 그 공연이 끝나고 나서 얼마 후 산울림 소극장으로 장소를 옮겨 재공연 했지요. 물론 관객들이 많았던 것은 원숙한 연출가와 배우들 덕분이기도 했습니다. 전무송 선생, 조

명남 선생, 이주실 선생, 주호성 씨, 송영창 씨, 기주봉 씨 등, 그 당시 쟁쟁한 배우들이 출연했어요. 그러니까 연극이란 배우의 예술입니다. 희곡이야 어쨌든 그런 배우들이 등장하는 연극을 관객들이 외면할 수는 없겠지요.

이상란 : 민의식 역은 누가 했죠?

이강백 : 주호성 씨였습니다. 유토피아를 먹고 잠드는 역을 아주 시니컬하게 잘 했어요.

이상란 : 선생님은 1987년과 1988년 독일에 두 번 가셨어요. 독일에 가셨던 특별한 계기가 있다면 말씀해 주세요.

이강백 : 사실 독일에 처음 갔던 건 1985년입니다.

이상란 : 1985년요?

이강백 : 네. 1985년 12월 30일 갔다가 1986년 3월 13일 돌아왔으니까 두 달 정도였어요. 제가 좋아하는 희곡들은 대개 독일어권 극작가 작품입니다. 브레히트는 그 당시 출판금지 상태여서 접하기 어려웠지만, 〈코카서스의 백묵원〉이라든가 〈갈릴레이의 생애〉 등은 당국의 눈을 피해 공연한 대학극의 번역 대본을 구해서 읽었고, 막스 프리쉬, 뒤렌마트, 페터 바이스의 번역 출판한 작품들은 거의 모두 읽었습니다. 그러면서 독일 연극에 대한 관심이 컸어요. 하지만 관심만 컸을 뿐 직접 독일에 간다는 것은 전혀 생각 못했습니다. 그런데 한양대학교 독어독문학과 이원양 교수님이 저에

게 독일에 가지 않겠느냐고 하시더군요. 주한 독일문화원(Goethe-Institut)에서 두 달 동안 독일 문화를 체험할 참가자 8명을 선발 중이라면서, 만약 갈 의사가 있다면 저를 추천하겠다고 하셨습니다. 항공료와 체류비도 초청자가 부담하는 것이어서 좋은 조건이었어요. 다만 독일의 어느 곳으로 가게 될지는 참가자의 선택이 아니라 초청자의 결정 사항이었습니다. 독일에는 함부르크, 뮌헨 등, 여러 곳에 괴테 인스티튜트가 있는데, 8명이 몇 사람씩 나눠 여러 곳으로 가게 되었어요. 저는 이절론(Iserlohn)에 있는 괴테 인스티튜트에 배정 받았습니다.

이상란 : 이절론, 알아요. 제 친구가 살고 있거든요.

이강백 : 그곳은 우리나라의 읍 정도 규모의 한적한 시골 마을입니다. 거기서 가장 가까운 대도시가 쾰른(Köln)인데, 이절론에서 쾰른으로 가려면 기차를 타고 하겐이라는 곳으로 가서, 또 기차를 갈아타야 갈 수 있습니다. 그러니까 기차도 지선(支線)이어서 완행열차만 다닙니다. 그런 한적한 곳에서는 독일 연극을 직접 보고 싶은 기대를 충족하기 어려웠지요. 그래서 주말마다 쾰른에 갔습니다. 마침 쾰른에는 강대인 선생(강원용 목사의 아드님)이 있었어요. 그래서 그분 집에서 숙식할 수 있었고, 그분의 안내로 쾰른 대성당, 박물관, 라인 강변을 구경했습니다. 연극도 한편 봤어요. 강대인 선생과 함께 시내 구경을 하다가 어느 소극장 문 옆에 붙은 포스터를 봤는데 〈마라/사드〉였습니다. 저는 페터 바이스의 〈마라/사드〉인 줄 알고 들어가자고 했지요. 그러나 제목은 같지만 페터 바이스의 작품은 아니더군요. 〈마라/사드〉 버전이 여러 개 있다는 것을 그때 알았습니다. 마치 〈춘향전〉이나 〈심청전〉의 원전을 재해석한 여러

버전이 있듯이, 〈마라/사드〉도 그렇다고 합니다.

이상란 : 페터 바이스 작품이 아닌 〈마라/사드〉는 어떻던가요?

이강백 : 정말 충격적이었지요. 사드가 나오는 가학적인 장면이 있었는데 여배우들이 다 나체로 등장하는 거예요. 한국에서 그랬다면 공연 금지는 물론 풍기문란죄로 징역형을 받을 것입니다. 실오라기 하나 안 걸친 여배우들이 어찌나 심하게 두들겨 맞는지 신음과 비명이 처절해요. 그것과 프랑스 혁명이 겹칩니다. 혁명을 신봉하는 마라가 단두대에서 수많은 사람의 목이 잘려 죽어도 좋으니 혁명은 계속되어야 한다고 선동합니다. 가학적 고통과 쾌락과 혁명의 욕망이 뒤엉켜 빚어내는, 뭐라고 그럴까요, 쇳물이 끓어넘치는 용광로 같았습니다. 아무리 예술이라지만 저는 차마 눈을 뜨고 보지 못하겠는데, 관객들은 열광적으로 박수를 쳤습니다. 페터 바이스의 〈마라/사드〉가 어디에서 공연되고 있는지 안다면 당장 가서 비교해 보고 싶었어요. 그런데 열흘도 지나지 않아서 페터 바이스의 〈마라/사드〉를 보게 됐습니다.

이상란 : 쾰른에서요?

이강백 : 아뇨. 파리에 가서 봤어요.

이상란 : 파리라니… 멀리 가서 보셨군요!

이강백 : 강대인 선생이 저더러 쾰른은 어느 정도 봤으니까 파리에 가라고 권유했습니다. 쾰른에서 파리로 가는 급행 기차가 있는

데, 몇 시간이면 간다면서요. 저 혼자는 못 간다고 했더니 든든한 동행자까지 구해 줬습니다. 파리에 도착해서 동행자가 묻더군요. 가장 먼저 어디를 구경하고 싶으냐구요. 저는 지하철 생 라자르 역이라고 했습니다. 〈생 라자르 역〉이라는 소설이 있어요, 누벨바그(nouvelle vague) 소설인데. 그걸 쓴 작가의 이름은 잊었지만, 1960년대 말이던가 1970년대 초에 〈문학〉이란 잡지에서 읽었습니다. 이삼 년 발간되다가 경영난 때문인지 폐간해서 없어진 〈문학〉은, 그 당시 굉장히 참신하고 파격적인 작품들을 실었어요, 〈생 라자르 역〉은 파리의 생 라자르 지하철역에서 들리는 소리만으로 쓴 소설입니다. 소위 누벨바그 소설이란 작가의 주관은 빼고 객관만 서술하는 것이지요. 누벨바그의 형식을 극대화한 작품이 〈생 라자르 역〉입니다. 그러니까 생 라자르 역에 대한 묘사라든가 사건은 일체 없고, 오직 지나가는 사람들이 말하는 소리만 있습니다. 그게 마치 희곡 같아요. 소리가 들리지 않는 부분은 공백입니다. 잡지에 게재한 형태도 몇 줄 소리가 적혀 있고 빈 공백이에요. 그렇게 10여 페이지쯤 되는 작품인데, 소설 형식의 실험이 이 정도까지 파격적일 수 있을까, 그것이 불러일으키는 논쟁도 흥미로웠어요. 작가의 귀에 들려서, 그 소리를 녹취한 것을 풀어놓듯이, 작가는 가장 중립적이고 객관적인 입장에서 썼다고 하지만, 그의 귀에 들린 소리여서, 결국은 그가 개입한 것 아니냐, 그런 의문을 제기할 수 있지요. 〈생 라자르 역〉은 저에게 깊은 인상을 남겼습니다. 그래서 실제로 생 라자르 역을 볼 수 있기를 바랐는데, 파리에 왔으니 그곳에 가장 먼저 가게 됐던 것입니다.

이상란 : 생 라자르 역에 직접 가서 보신 느낌은요?

이강백 : 그냥 오래된 협소한 지하철역이에요. 오고가는 사

람들이 왁자지껄 말을 하는데 불어라서 무슨 뜻인지는 알 수 없었고… 그래도 특별한 뭔가 있는지 두리번거리다가, 벽에 붙은 〈마라/사드〉 포스터를 봤습니다. 쾰른에서의 경험 때문에 극작가 이름을 확인하니까 페터 바이스더군요. "오, 맙소사!" 저는 깜짝 놀랐습니다. 〈생 라자르 역〉을 읽지 않았다면, 파리에 와서 저 유명한 에펠탑을 먼저 구경하러 가지 지하철 타고 생 라자르 역에 갈 리는 없지요. 결국 페터 바이스의 〈마라/사드〉를 보라는 운명이 그곳 생 라자르 역에서 저를 기다리고 있었던 것입니다.

이상란 : 정말 묘한 기분이 드셨겠어요!

이강백 : 네. 그래서 페터 바이스의 〈마라/사드〉를 보게 됐지요. 저와 동행자는 곧바로 생 라자르 역에서 지하철을 타고 극장으로 갔습니다. 다행히도 그날 밤 공연을 볼 수 있기에 입장료를 냈더니 표를 주는 게 아니라 금색 문장이 찍힌 사각 봉투를 주더군요. 봉투 안에는 초대장이 들어 있는데, 제 동행자가 번역한 내용은 이렇습니다. "우리 정신병원의 환자들이 연극 〈마라/사드〉를 공연한다. 그동안 정신병원에 후원금을 내신 분과 가족을 입원시킨 분을 초대하니 왕림해 주시기 바란다." 그런 초대장을 들고 극장 안으로 들어가면 검정 예복을 차려입은 사람들이 초대장을 확인하고 정중하게 자리로 안내합니다. 객석은 후원자 자리와 가족 자리가 따로 분리된 것 같지는 않았습니다. 극장 한가운데 정사각형 무대가 있고, 객석은 그 무대를 둘러싼 계단 모양이었지요. 무대에는 물이 가득 담긴 욕조가 놓여 있고, 살갗이 건조하면 가려워 긁어대는 고질적 피부병을 앓는 마라가 욕조의 물에 몸을 담은 채 있습니다. 그리고 공연 시작 전부터 끝날 때까지, 정신병원의 환자복을

입은 배우들이 무대와 객석을 어슬렁거리며 돌아다닙니다. 그런데 놀라운 건 마이크에요. 무대와 객석의 천정에 어찌나 많은 유선 마이크가 기다랗게 매달려 있는지, 얼핏 봐도 100개가 넘게 달렸어요. 욕조 위에도 마이크가 매달려 있고, 사방팔방 마이크 없는 곳이 없을 정도입니다. 페터 바이스의 희곡 〈마라/사드〉는 정신병원에서 환자들이 공연하는 것으로 되어 있습니다. 매년 한번씩 후원자와 가족들을 초대해서 환자들이 만든 연극을 공연합니다. 페터 바이스는 이런 형식을 통해서, 지금은 제정신이 아닌 시대다. 모두 다 정신병자이고, 이성과 광기를 구분할 수 없다는 것을 보여 줍니다. 그런데 제가 파리에서 본 〈마라/사드〉는 연출가가 페터 바이스의 작품 대사들을 수많은 마이크로 증폭 시켰어요. 등장인물의 대사는 물론 엑스트라 환자들의 괴성을 증폭한 그 소리가 얼마나 폭력적인지 견딜 수가 없었습니다. 5분이 지나고 10분, 20분이 지나니까 듣는 제가 제정신이 아니더군요. 이 연출가는 우리가 살고 있는 시대는 고함지르는 시대, 그 어떤 작은 소리도 들리지 않으며, 모두 다 일방적으로 미친 듯이 외쳐댄다고, 마이크로 확대된 소리로써 표현했습니다. 페터 바이스의 희곡 〈마라/사드〉에는 마이크가 없지만, 페터 바이스가 나타내려고 했던 주제를 살리기 위해 마이크를 쓴 것은, 그 엄청난 소리가 괴로울수록 잘 납득이 됐어요. 〈마라/사드〉의 마지막 장면은 하녀가 사드를 살해해서 욕조에 핏물이 넘치는 것으로 끝납니다. 마이크 소리가 멈추자 얼마나 좋았는지, 지옥이 낙원으로 변한 것 같았습니다. 그날 밤 공연이 끝나고 허둥지둥 극장을 나오는 바람에 초대장을 잃어버렸어요. 이젠 제가 봤던 〈마라/사드〉의 연출가가 누구인지, 극장이 어디인지, 알 수 없게 되어 유감입니다.

이상란 : 그래도 파리에서 유익한 경험을 하셨군요. 꼭 가고 싶으셨던 생 라자르 역도 가셨고, 독특하게 연출한 페터 바이스의 〈마라/사드〉도 보셨어요. 그런데 이절론 괴테 인스티튜트에선 어떻게 지내셨나요?

이강백 : 월요일부터 목요일까지 독일어 초급반 수업에서 공부했습니다. 독일 희곡을 번역 아닌 원어로 읽겠다는 야심찬 목표를 세웠는데, 두 달 만에 독일어를 완벽하게 터득하겠다는 건 어림없는 짓이었어요. 더구나 주말마다 쾰른으로 가서 놀았고, 강대인 선생이 파리 다음엔 런던에 가라고 권유했습니다. (웃음) 런던에 갔다 왔더니 베를린에 있는 호텔과 비행기를 예약해 놨어요. 독일 연극을 본 것은 이절론에서 어떤 순회 극단의 입센 작 〈들오리〉와 쾰른 소극장 공연 〈마라/사드〉 뿐이고, 베를린에 가서는 연극표를 구하지 못해 엉뚱하게 바그너의 오페라 〈탄호이저〉를 봤습니다. 독일 두 달간 체류 기간이 끝나 서울로 돌아오면서 저는 굳게 다짐했지요. 독일에 다시 가리라, 그때는 반드시 독일 연극을 많이 보리라… 아까 1987년과 1988년 독일에 두 번 간 특별한 계기를 물으셨는데, 그 다짐을 실천하기 위한 것이었습니다.

이상란 : 1987년 가을, 독일 보쿰(Bochum)에서 선생님을 만났어요. 그때 저는 보쿰 대학교에서 연극학 박사논문을 쓰면서 한국학과에서 한국어를 가르치고 있었는데, 한국학과 잣세(Prof. Dr. Werner Sasse) 교수님이 한국 극작가와 점심 식사 약속이 있다면서 함께 가자고 하셨죠.

이강백 : 아, 그때 함께 오신 분이 이상란 선생님인가요? 그

런데 무엇 때문인지 기억나지 않는군요. 아마 점심 식사 메뉴가 흔한 감자와 소시지였기에 잊은 모양입니다. 그 당시 독일 가는 비행기는 북극 노선이 아닌 알라스카 앵커리지 공항을 거쳐 갔어요. 잠시 착륙한 앵커리지 공항 환승장에 같은 비행기를 탔던 승객들이 모여 있었는데, 풍채 좋은 어떤 분이 한국어로 저에게 독일 어디로 가느냐고 묻더군요. 제가 보쿰에 간다니까 자기도 보쿰에 간다면서, 다시 만나자고 했습니다. 그분이 잣세 선생이었어요.

이상란 : 당시 보쿰극장(Bochum Schauspielhaus)은 독일에서 좋은 연극이 많이 공연되는 극장 중 하나였지요.

이강백 : 그렇습니다. 보쿰은 독일의 가장 큰 석탄 광산지대여서, 70년대 우리 젊은이들이 광부로 많이 갔었어요. 탄광만 있을 뿐 문화 시설이 거의 없는 그곳에 극장을 만든 건 광산주들이라고 합니다. 그들은 미래를 내다봤습니다. 석탄 광산은 인건비 상승 때문에 곧 사양 산업이 될 것이다, 광산이 문을 닫기 전에 극장을 짓자, 그리고 특별대우를 해서 독일 최고의 연출가와 배우들을 초빙했습니다. 보쿰이 독일 연극의 중심지 가운데 하나가 된 건 광산주들의 선견지명 덕분이지요. 그런데 보쿰에는 크리스천 아카데미와 자매결연을 맺은 외스베(Ökumenischen Studienwerks e. V. in Bochum)라는 교육기관이 있습니다. 독일로 유학 오거나 이민 온 외국인들에게 독일어를 가르치는 곳인데, 저는 그곳에서 독일어 공부도 하고 연극도 보려고 했던 것입니다. 강원용 원장님이 외스베에 편지해서 저의 입학을 허락 받았지요. 그리고 마침 또 하나의 행운이 있었습니다. 문화예술진흥원의 연극 분야 해외 연수자로서 제가 선정된 것입니다. 저는 1년간 보쿰에 머물면서 독일 연극을

보겠다는 계획을 세웠습니다. 그런데 보쿰에 갔더니, 거장이라고 칭송 받는 연출가 파이만(Claus Peymann) 씨가 떠났더군요. 오스트리아 비엔나 극장에서 파격적 대우로 모셔갔다고 합니다. 하지만 역시 명불허전(名不虛傳)이었지요. 보쿰에서 저는 독일 연극의 정수를 봤습니다.

이상란 : 보쿰에서 보신 연극 중에 가장 인상 깊은 작품은요?

이강백 : 브레히트의 〈어머니〉(Die Mutter)입니다, 그것은 잘 아시다시피 고리키 소설을 브레히트가 희곡으로 각색한 것이지요. 노동 운동을 하는 아들이 탄압에 의해 목숨을 잃자 그저 무식한 노파였던 어머니가 사회의식에 눈을 뜹니다. 그리고 어머니는 죽은 아들의 몫까지 하려는 매우 헌신적인 노동 운동가가 됩니다. 마지막 장면에서 어머니는 공장 벽에 흰 페인트로 "전 세계의 노동자여, 단결하라!"는 슬로건을 쓰면서 노래하는데, 사람들이 모여 들면서 우렁찬 합창이 되어 울려 퍼집니다. 그 광경에 모든 관객들이 일어나 힘차게 합창을 따라 부르며 열광적인 박수를 쳤어요. 그 뜨거운 열기에 저는 불안해졌습니다. '이것 큰일 났구나! 지금 당장 이 사람들이 보쿰 시청과 경찰서로 몰려가겠다!' 저처럼 반공국가에서 온 사람한테는 국제 노동가를 합창하는 관객들은 모두 공산주의자로 보였고, 또 누군가가 독일 공산주의자들과 함께 있는 저를 사진 찍어서 한국 중앙정보부에 보낼 것 같았습니다. 그런데 공연이 끝나고, 정말 큰일 났다 싶었는데, 상황이 그게 아니더군요. 극장 안에서 동조하고 열광하던 사람들이 공연 끝난 다음 극장 밖으로 나오더니, 시청과 경찰서로 가는 것이 아니라 각자 조용히 집으로 갔습니다. 더구나 그들이 타고 가는 자동차들이 너무 좋았어

요. 벤츠, 비엠더블유, 아우디, 폭스바겐… (웃음) 도대체 극장이란 뭐냐, 저는 생각하게 됐어요. '극장은 원자로(原子爐)와 같다. 원자로에서 핵이 분열하며 내뿜는 엄청난 에너지를 안전하게 조절할 수 있듯이, 극장은 격렬한 사회적 에너지를 안전하게 다룰 수 있는 곳이다'라고 생각한 것입니다. 그러니까 원자력 발전소는 막대한 파괴력의 핵에너지를 안전하게 조정해서 안전한 전기 에너지로 바꾸는 곳이지요. 사회적 갈등도 순식간에 굉장한 분열이 일어나면 핵 폭발한 것처럼 모든 것을 초토화 시키는데, 그런 엄청난 에너지를 조정할 수 있는 곳이 극장입니다.

이상란 : 저도 극장에 대한 생각을 많이 해요. 희곡과 연극을 연구하고 강의하면서, 또 연극평론을 쓰면서, 극장의 역할을 생각하게 되죠. 극장에서의 감동은 일시적인 폭발이 아니라 굉장히 장기간에 걸쳐 심도 있게 영향을 줍니다. 그러니까 단순히 조정되는 것으로 끝나는 것이 아니죠. 예를 들어서, 브레히트의 〈어머니〉를 본 보쿰 관객들이 굉장한 감동을 받아 곧바로 시청이나 경찰서에 뛰어 들어가는 것이 당연할 것 같지만, 안정된 독일 사회에서 그렇게 과격하게 행동할 이슈는 별로 없어요. 그러나 그것을 자기 마음속에 간직하고 살아가는 과정에서 어떤 결정을 해야 할 때 영향을 주죠. 당장 변화를 일으키지 못 한다고 실패한 건 아니잖아요. 오랜 기간 의식의 변화라든가, 심미적인 이미지의 형성이라든가, 이런데 기여하는 것이 연극의 역할이란 생각을 하게 됩니다.

이강백 : 지금 하신 말씀이 맞습니다. 제가 말한 조정이 자칫하면 오해될 뻔했군요. 극장이 인간의 감동을 폭발하지 않도록 통제하는 곳이라고 말한 건 아닙니다. 그러나 그 감동이 무분별하거나 무질

서하지 않다는 점에서, 그리고 오랜 기간 지속적인 영향을 준다는 점에서, 극장의 감동은 정제(整齊)된 것이라고 할 수 있습니다.

이상란 : 보쿰에서의 관극 소감을 계속 말씀해 주세요.

이강백 : 그런데 보쿰 극장의 팸플릿을 보니까 셰익스피어 작품을 많이 공연했더군요. 연출가들이 셰익스피어를 택하는 이유는 희곡이 우수해서 그렇기도 하지만, 연출의 재능을 과시하려는 의욕 때문인 것 같습니다. 관객들이 다 알고 있는 내용이기에 연출가가 오히려 독특하게 해석하거나 구조를 바꿔 표현할 수 있는 것이지요. 제가 보쿰 극장에서 봤던 〈로미오와 줄리엣〉도 독특 했어요. 시작부터 끝까지, 무대 앞에 늙은 신부(神父)가 등장해 있습니다. 그는 로미오와 줄리엣이 죽는 비극적 사건을 이미 경험한 증인입니다. 그러니까 무대 위에는 그가 경험한 사건이 재현 됩니다. 마치 바둑을 둔 다음 면밀하게 복기하듯 말이에요. 신부는 그 비극은 인간의 파괴적 본성이 저지른 것이라고 증언합니다. 〈마라/사드〉를 포함해서, 제가 본 독일 연극의 특징은, 세계 1차 대전과 2차 대전을 겪은 경험 때문인지, 인간에 내재되어 있는 폭력성과 파괴성에 대한 경고처럼 보였습니다. 그 경고를 끊임없이 하지 않으면, 폭력과 파괴는 언제든지 재발하게 된다는 것이지요.

이상란 : 선생님께서 1987년, 1988년 독일 다녀오시고 나서, 〈칠산리〉를 쓰셨어요. 희곡전집 4권 지은이의 머리글에는 〈칠산리〉가 독일 여행과 관련이 있다고 하셨죠. "독일 연극과 한국 연극은 근본적으로 다를 수밖에 없다. 인간이 갖고 있는 파괴력을 경고하는 것이 독일 연극이라면, 한국 연극은 인간이 파괴당한 상

처를 치유하는 역할이어야 한다는 것이 내가 얻은 소박한 결론이었다." 그리고 브레히트의 〈어머니〉(Die Mutter)를 보셨던 강한 인상 때문인지, 독일어로 어머니인 무터(Mutter) 발음과 한국어 어머니 발음은 정서적 느낌이 다르다고 하셨어요. 〈칠산리〉의 어머니는, 우리 한국인의 마음속에 있는 어떤 원형으로서의 어머니입니다. 일곱 산이 있는 칠산리(七山里)와 동일시되는 거대한 모신(母神) 같은 거죠. 모든 것을 사랑으로 품어 안는, 자기가 낳지도 않은 아이를 가슴에 품고 키워내는 그 어머니를 정말 아름답게 쓰셨습니다. 1989년 〈칠산리〉를 초연할 때, 저는 독일 유학 중이어서 보지 못했죠. 몇 년 후에 공부를 마치고 돌아와서 상명대학교 연극학과 교수로 있을 때, 〈칠산리〉를 학생들이 공연하는 것을 봤어요.

이강백 : 네, 저도 상명대학교 연극학과 학생들의 〈칠산리〉를 봤습니다.

이상란 : 그때 선생님은 강연하시러 상명대로 오셨죠. 〈칠산리〉의 어미 역을 맡았던 학생이 산을 바라보면서 하던 대사, 음성, 표정 등이 지금도 기억 속에 선명하게 남아 있어요. 아침 햇살처럼 밝고 화사한 조명 속에서, 극은 절정을 이루고, 어머니는 가슴으로 아이를 낳는 이 장면이 정말 아름다웠죠. 이 순간에 관객들은 모두 다 그렇게 느낄 거예요. 어미는 죽어가면서 굶는 자식들을 일곱 산에게 맡겨요. 자기가 겨울만이라도 지켜주고 싶었지만, 아이들이 봄까지 견뎌서 일곱 산들이 나물과 열매로 그들을 먹여 살릴 것을 꿈꾸며 죽어가는 어미… 마음이 뭉클했죠. 칠산리 안에서 벌어진 피비린내 나는 살육, 이데올로기 갈등, 서로에 대한 분열과 증오를 다 감싸 안고 죽는 어미, 용서와 화해의 모성이 무대를 가득 채우

는 것을 보면서, 한 편으로는 저도 엄마지만 '정말, 모성만이 세상을 구원하겠구나.' 이런 생각이 들고, 또 다른 한편으로는 '진짜 이런 엄마가 될 수 있을까?', '왜 엄마한테만 이 모든 짐을, 역사의 짐을 지게 하는 것일까?' 이런 생각도 했어요.

이강백 : 한국 문학에서 아버지의 부재(不在)는 오랜 화두입니다. 최근에 젊은 소설가인 김애란 씨의 〈달려라 아비〉를 읽었는데, 역시 아버지의 부재를 다뤘더군요. 일제 강점기, 6.25전쟁, 그런 아버지 없는 시기를 지나 태어난 세대도 아버지의 부재를 느낀다는 것이 의미심장합니다.

이상란 : 꼭 아버지가 있어야 할 때 없는 거죠. 그리고 포악한 아버지가 되어 나타나요. 〈유토피아를 먹고 잠들다〉에서는 실패한 유토피아가 아버지로, 〈칠산리〉에서는 승화된 유토피아가 어머니로 나타납니다. 그 차이에 대해서 말씀해주셨으면 좋겠어요.

이강백 : 〈유토피아를 먹고 잠들다〉를 쓴 다음 〈칠산리〉를 썼으니까 순서로 본다면 두 작품이 가장 가깝습니다. 그러나 〈유토피아를 먹고 잠들다〉 정서는 시니컬합니다. 매우 차갑고 냉소적이지요. 〈칠산리〉는 정반대로 따뜻하고 감싸는 정서입니다. 전혀 다른 두 작품을 연이어 썼다는 것이 모순 같겠지만, 이쪽 벽에 부딪친 공은 반대 방향 저쪽으로 튕겨 나가듯이, 작품 역시 정반합(正反合)이 있습니다. 그러니까 〈유토피아를 먹고 잠들다〉를 쓰지 않았다면 〈칠산리〉를 쓸 수 없지요. 일본 출판사 가게쇼보(影書房)에서 제 희곡집을 두 권 냈는데, 첫 번 희곡집 제목이 〈유토피아를 먹고 잠들다〉입니다. 그 희곡집에는 〈칠산리〉와 〈영월행 일기〉도 있습

니다만, 출판사 편집자 말에 의하면, 일본에서도 전공투(全共鬪) 같은 학생운동이 있었고, 그래서 제목을 '유토피아를 먹고 잠들다'로 했다는군요. 저는 〈칠산리〉 혹은 〈영월행 일기〉를 희곡집 제목으로 하고 싶었는데, 일본 독자들이 낯설어 하리라는 말을 듣고 포기 했지요. 그런데 2009년 6월에 일본에서 〈칠산리〉를 공연 했습니다. 희곡집 제목으로 '칠산리'라고 못했던 것이 아쉽더군요.

이상란 : 〈칠산리〉를 일본 배우들이 공연했어요?

이강백 : 네. 연출은 후쿠다 요시유키(福田善之) 선생이었습니다. 그분은 김성녀 씨가 모노드라마로 오랫동안 공연한 〈벽 속의 요정〉을 쓴 극작가이자 연출가입니다. 〈칠산리〉 공연 끝나고 관객석에 불이 켜졌을 때, 노년 관객들 몇몇이 손수건을 꺼내 눈시울을 닦고 있었어요. 6.25 전쟁을 겪은 한국 관객들은 그럴 수 있지만, 일본 관객들이 울고 있는 것을 보니까, 묘한 느낌이 들었습니다. 도대체 뭣 때문에 우는 걸까… 진짜 감동해서 우는 것인지, 그저 내용이 슬퍼서 우는 것인지, 저는 갈피를 잡지 못 하다가, 소위 대동아전쟁, 태평양전쟁을 겪은 일본의 노년 관객들의 심정을 이해했지요.

이상란 : 어쨌든 공감하지 않고는 눈물이 안 나와요.

이강백 : 후쿠다 요시유키 선생은 〈칠산리〉가 좋은 작품이라고 하셨어요. 그분의 희곡 〈벽 속의 요정〉은 스페인 내전이 배경입니다. 전쟁을 겪은 사람들은 동병상련이랄까요, 서로 아픈 마음이 잘 통하는 것 같습니다.

이상란 : 〈칠산리〉는 험준한 산에 둘러싸여 있죠. 이런 이미지는 어떻게 생각해 내셨어요?

이강백 : 〈칠산리〉를 구상할 때, 가장 먼저 산, 어머니, 굶주림이 떠올랐습니다. 선생님과 첫 번째 대담에서 저의 어린 시절을 말씀 드렸듯이, 제가 세 살 때 6.25 전쟁이 일어나 저희 가족이 피난 갔던 곳은 지리산 기슭이었습니다. 그곳은 첩첩산골이어서 길이 협소해 자동차는커녕 손수레도 다닐 수 없었어요. 세 살 때 경험이 뭐가 그렇게 많겠느냐 하시겠지만, 같은 처지였던 형들과 누님의 경험까지 보탠 기억을 공유한다고 할까요, 지리산 기슭에서 보낸 기억은 많습니다.

이상란 : 무슨 말씀인지 알겠어요. 전쟁이 일어나고, 피난을 가고, 그런 굉장한 사건은 혼자만 경험한 것이 아니어서 모든 사람이 기억을 공유하죠.

이강백 : 피난 갔던 곳은 산간벽지여서 먹을 양식이 부족했습니다. 어른은 물론 아이도 산 속으로 들어가 나물 뜯고, 열매 따고, 뿌리를 캤지요. 산이 주는 풍부함도 있지만, 산이 주는 무서움도 있습니다. 그곳 어머니들은 양식이 모자라는 형편에, 자기 자식이나 다름없이 남의 자식에게, 밥이든, 죽이든, 고구마든, 먹을 것이 있으면 나눠 줬어요. 저도 그렇게 얻어먹었고. 혹독한 굶주림을 면했습니다. 〈칠산리〉의 어미가 너무 이상적이다고 하는 분들이 있는데, 절대로 이상화 시킨 것이 아닙니다. 어머니란 자기 자식 먹이겠다고 남의 자식 굶는 것을 못 본 척하지 않습니다. 전쟁이 벌어진 비상사태에 그런 어머니가 없다면 많은 아이들이 굶어 죽겠지요.

더구나 지리산 기슭은 소위 공비(共匪)들의 출몰 지역입니다. 낮에는 국군들이 올라오고 밤에는 공비들이 내려옵니다. 저희 가족을 염려해서 오셨던 외숙 두 분이 무참하게 살해 당하셨는데, 누가 죽였는지는 확실하게 알 수 없었어요. 공비들이 한 짓이라고 하는 사람이 있는가 하면, 낯선 외지인을 의심한 우익 자경단(自警團) 소행이라고 하는 사람도 있었습니다. 큰 오빠, 작은 오빠, 두 분의 시신을 산 속에 묻으면서, 어머니는 몇 번이나 울부짖다가 혼절하셨다고 합니다.

　　이상란 : 이쪽과 저쪽, 서로 책임을 미루는 곳에 비극이 생겨요. 〈칠산리〉에서는 그 비극이 현재진행형이어서 마음 아픕니다. (잠시 침묵) 그런데 간난이는 어떻게 됐죠? 아주 중요한 역할을 했던 간난이가 면사무소에 나타나지도 않고, 칠산리에도 없어요.

　　이강백 : 선생님도 간난이를 궁금히 여기시는군요?

　　이상란 : 네. 간난이가 어미의 분신 같이 느껴지거든요. 때로는 어머니보다도 상황을 더 잘 인식할 때도 있어요. 거의 작은 엄마라고 할 수 있지요. 간난이가 산 속의 아이들을 발견하고 데리고 오잖아요. 어미가 죽은 다음에도 뭔가 역할을 했을 텐데… 어떻게 됐는지 알고 싶어요.

　　이강백 : 저도 그것을 알고 싶습니다. (웃음) 이상란 선생님이 극작가라면 간난이를 어떻게 됐다고 하시겠어요?

　　이상란 : 글쎄요….

이강백 : 〈칠산리〉초연[7]을 보고 평을 쓰신 김성희 선생님도 간난이를 궁금해 하셨습니다. 그만큼 간난이가 많은 사람들에게 깊은 인상을 줬다고 할 수 있어요. 그 깊은 인상은 배우 강애심 씨가 간난이 역을 잘했기 때문입니다. 강애심 씨는 배우로서 천부적 재능도 있지만 혼신의 힘을 다하는 열정과 노력이 관객에게 감동을 줍니다. 연출가 정진수 선생님이 〈칠산리〉에 출연할 배우들을 캐스팅할 때 가장 고심했던 것이 어미 역이었지요. 애를 낳지 못한 여인이 어미가 되는 어려운 역할이어서 그렇습니다. 정진수 선생님은 배우 양금석 씨에게 어미 역을 맡겼는데, 그때 양금석 씨는 미혼이어서 작품 속의 어미처럼 애를 낳은 경험이 없었어요. 그래서 저는 자녀를 출산한 배우가 어미 역을 하는 것이 낫겠다고 말했더니, 정진수 선생은 결과를 두고 보라고 하더군요. 양금석 씨의 어미는 정말 놀라웠습니다. 뛰어난 배우의 변신에 진심으로 감탄했지요.

이상란 : 〈칠산리〉의 어머니는 브레히트의 〈코커서스의 백묵원〉의 그루쉐처럼 '성장하는 어머니'잖아요. '피는 물보다 진하다'는 신화를 뒤집지요. 아기를 잉태해서 제 몸의 피와 살로 아기를 낳아 키운 어머니에 대한 무조건적 신화화에서 벗어난 것이지요. 자신이 낳지는 않았지만, 아기를 키우며 역경을 이겨내고 헌신하는 과정에서 진정한 어머니로 성장합니다. 그 지점을 양금석 씨가 성공적으로 승화시켰을 거로 생각됩니다. 공연 평에는 연출가의 솜씨도 돋보인다고 했어요.

이강백 : 네. 문예회관 소극장을 중앙무대(arena stage)로 꾸민 것은 정진수 선생의 탁월한 아이디어였습니다. 중앙무대 둘레에

7) 1989년 8월 26일~9월 7일, 문예회관 소극장.

모든 인물들이 코러스처럼 등장해 있다가 자기 역을 할 때는 무대 가운데로 나왔어요. 관객들은 사방에서 관람합니다. 〈칠산리〉의 시간은 현재와 과거를 넘나들고, 공간 역시 면사무소와 칠산리를 넘나듭니다. 이러한 작품의 특성을 연출가 정진수 선생님이 탁월하게 살렸습니다.

이상란 : 〈칠산리〉는 현재의 시공간과 과거의 시공간이 오버랩 되면서 독특한 효과들을 만들어내죠. 과거의 할머니가 "에미야~" 부르면 그 소리는 일곱 산의 메아리가 되어 "에미야~ 에미야~ 에미야~" 울려 퍼져요. 면사무소에 모인 일곱 자식들이 그 메아리를 흉내 내고, 자연스럽게 현재의 시공간으로 연결돼요. 현재 들판에서 들리는 새총 소리는 과거 산 속의 토벌군 총 소리가 되고, 과거 아이들의 살려 달라는 외침은 현재 자식들의 절실한 심정과 겹쳐요. 현재 진행되는 사건의 소리가 과거의 소리로 오버랩되면서 과거로 쑤욱 들어가죠. 선생님 작품에서 '겹시공간' 기법이 본격적으로 활용된 것이 〈칠산리〉가 처음이죠?

이강백 : 그렇습니다. 겹침 효과는 〈쥬라기의 사람들〉, 〈호모 세파라투스〉, 〈봄날〉에서도 사용했습니다만, 장면과 장면 사이에 다른 요소를 삽입하는 겹침이었어요. 겹시간과 겹공간은 제가 오랫동안 탐냈던 것입니다. 그것을 〈칠산리〉에 와서야 처음 시도했지요.

이상란 : 나중 작품인 〈동지섣달 꽃 본 듯이〉, 〈영월행 일기〉에서도 겹시공간 기법을 쓰셨죠.

이강백 : 음악은 시간의 예술, 미술은 공간의 예술입니다. 그런데 연극은 시간의 예술이면서 공간의 예술이지요. 등장인물의 대사와 행동이 시간과 공간을 드러냅니다. 겹시간과 겹공간은 뭐랄까, 연극의 독특한 특징이자 매력인데요, 겹시간은 묘하게도 영원한 시간, 신화적 시간이 됩니다. 겹공간 역시 일회적 사건의 공간이 아니라, 어떤 근원적인 사건의 공간이 돼요. 조금 전 선생님이 〈칠산리〉를 예로 들면서 소리가 소리로 연결되며 과거와 현재의 시공간을 넘나든다고 하셨습니다. 바로 그 소리는 겹소리지요. 즉 홑소리가 아닌 다성(多聲)입니다. 현재 면사무소에 모인 자식들의 과거 회상을 들어보세요. 각자 한 사람씩 말하는 것을 모두가 함께 따라 말합니다. 그러한 다성은 기억의 공유가 발화한 것입니다. 마치 저의 세 살 때 기억이 형과 누나의 기억들을 공유한 것이 듯이요.

이상란 : 다성은 어미의 목소리에서도 들려요. 어미가 죽어가면서 굶는 자식들에게 칠산리 일곱 산이 어머니가 되어 너희를 먹여 살릴 거라고 말하죠. 봄이 되면 쑥, 냉이, 원추리, 취나물, 칡뿌리, 고사리… 여름에는 달걀버섯, 송이버섯, 무데기버섯, 싸리버섯… 가을엔 밤, 고염, 감, 배, 머루, 도토리, 잣… 자식들이 어미 말을 똑같이 반복해서 말해요. 그 소리가 자꾸만 메아리처럼 되울리면서 가슴이 찡하죠. 그렇게 해서 어머니가 일곱 개의 산처럼 무대 전체를 가득 채워요.

마지막 장면에 내리는 눈은 이념의 갈등으로 드리워졌던 빨강색, 파랑색, 노란색, 모든 색을 지우고 하얗게 감쌉니다. 그것이 선생님이 생각하시는 어떤 역사적 질곡도 포용할 수 있는 어머니의 사랑이지요?

이강백 : 작가의 심중이 너무 노골적으로 드러났나요? (웃음)

이상란 : 선생님은 〈칠산리〉를 1988년 10월부터 쓰셨어요. 그때는 오랫동안 일하시던 크리스찬 아카데미를 떠나신 거죠?

이강백 : 떠나기 전입니다. 1990년 봄, 강원용 원장님이 적극 만류하셨지만, 저는 12년 동안 일하던 크리스천 아카데미를 사직하고 전업 극작가로서 살기 시작했어요. 작품 이야기를 하다가 삶의 이야기는 놓쳤는데요, 1987년 10월 4일에 독일 갔다가 12월 15일 돌아 왔습니다. 장모님께서 위급한 뇌출혈 수술을 받으셔서 귀국한 것입니다. 그랬다가 1988년 1월 28일 독일에 다시 갔지요. 하지만 1년 있을 예정을 훨씬 앞당겨 2월 23일 돌아오게 됩니다. 갑작스런 두 번째 귀국 이유는 서울올림픽 때문입니다. 그때 서울올림픽 조직위원회에서는 서울올림픽이 그전의 올림픽과 다른 어떤 차별성을 찾으려고 노력했는데, 그동안 했던 올림픽이 육체적 경기였다면, 정신적인 올림픽을 병행하는 것이 좋겠다고 결정했지요. 그 아이디어를 누가 냈는지는 잘 모르겠어요. 아마, 짐작하자면 그때 서울올림픽에 아이디어를 많이 냈던 이어령 선생님인 것 같습니다. 그런데 서울올림픽 조직위원회는 당면한 올림픽을 준비하느라 인력과 시간이 부족한 형편이어서, 정신적 올림픽은 소위 아웃소싱 해야 했습니다. 그러한 아웃소싱 할 만한 기관들을 찾다보니까, 크리스천 아카데미가 떠오른 것이지요. 대화모임도 굉장히 많이 했고, 국내외 네트워크도 있으니까, 거기에다가 위탁을 하자. 그래서 서울올림픽 기간에 전 세계 각국의 저명한 학자들이 모이는 '서울올림픽 국제 학술회의'[8]를 크리스천 아카데미가 맡았습니다.

---

8) 1988년 8월 21일~9월 8일, 아카데미 하우스.

이상란 : 굉장히 큰 규모였겠군요?

이강백 : 네. 저는 독일에 더 이상 머물 수 없었어요. 퀼른에 있던 강대인 선생도 돌아왔고, 보쿰 대학에서 사회학 박사를 받은 이상화 선생도 귀국해서 합류했습니다. 그렇게 크리스천 아카데미의 모든 직원들이 낮과 밤을 가리지 않고 매달려서, '후기 산업사회의 세계 공동체'를 주제로, '서울올림픽 국제 학술회의'를 무난하게 치렀습니다. 그 결과물이 다섯 권 분량의 두터운 책으로 나왔는데, 네 권짜리 〈아라비안나이트〉보다 한 권이 더 많습니다. 솔직하게, 제가 국제 학술회의에 도움이 됐던 건 아닙니다. 오히려 외국어에 취약해서 잦은 실수를 했지요.

더구나 제 나이 마흔 살이 되면서부터, 크리스천 아카데미를 떠나 오직 희곡 쓰기에 전념하고 싶었습니다. 그래서인지 똑같은 꿈을 여러 번 꿨어요. 드넓은 갈대밭에 제가 서 있는 꿈입니다. 누군가 갈대들을 잘라내 밑 부분이 뾰쪽한 송곳처럼 날카로운데, 저는 맨발로 서서 이리 갈까, 저리 갈까, 망설이고 있습니다. 오직 희곡만 쓰고 싶어도 하던 일을 그만 두면 생계가 막막하지요. 이러지도 저러지도 못 하는 처지가 그런 꿈을 꾸게 한 것입니다.

그런데, 어쨌든, 아내 김혜순 씨가 저를 이해하고, 전업 극작가의 길을 가도록 응원했습니다. 우리에겐 어린 딸이 있었고, 아내는 아직 전임이 안 된 시간강사여서, 생활에 대한 경제적 불안이 컸어요. 그러나 지나와서 보니까 다른 일과 병행했다면, 그 후의 작품들은 정말 나오기 어려웠을 거예요. 희곡의 신은 야훼 신처럼 질투의 신입니다. '내 앞에서 다른 신을 섬기지 말라!' 그러니까 반드시 최상의 시간, 최고의 정성을 바쳐야만 해요. 남은 시간과 여력으로 희곡을 쓰겠다고 하면, 희곡의 신은 분노하여 얼굴을 돌립니다.

이상란 : 오늘 대담은 여러 가지 이야기를 하다보니까 희곡 전집 4권의 〈유토피아를 먹고 잠들다〉와 〈칠산리〉 두 작품밖엔 못 다루었군요. 남은 작품 〈물거품〉과 〈동지섣달 꽃 본 듯이〉는 다음 대담에서 하죠.

이강백 : 선생님은 곧 독일에 가시지요?

이상란 : 네. 안식년이어서 8개월간 있을 예정입니다.

이강백 : 잘 다녀오십시오.

이상란 : 다녀와서 다시 뵙겠습니다. 감사합니다.

여섯 번째 대담

희곡전집 4권 _(1987~1991) 후반부 작품

물거품
동지섣달 꽃 본 듯이

한국연극협회, 〈동지섣달 꽃 본 듯이〉 포스터

여섯 번째 대담

이상란 : 안녕하세요, 선생님. 오늘은 2018년 4월 3일, 여섯 번째 대담을 하는 날입니다. 첫 번째 대담을 2017년 3월 28일에 했으니까 벌써 1년이 됐어요.

이강백 : 1년이 지났는데 다시 시작하는 기분입니다.

이상란 : 다섯 번째 대담을 끝내고 저는 안식년이어서 독일에

갔다가 돌아왔어요. 그 사이 몇 개월 공백이 있어서인지, 저 역시 대담을 다시 시작하는 기분이군요. 지난 번 대담 때 시간이 부족해서 희곡전집 4권의 작품들을 모두 다루지 못했지요. 나머지는 〈물거품〉과 〈동지섣달 꽃 본 듯이〉입니다. 저는 〈물거품〉의 여성인물도 흥미로워요.

이강백 : 〈물거품〉이라는 작품은, 우선 쓰게 된 계기를 설명해야 할 것 같습니다. 그때 국립극장장으로 새로 오신 분이, 너무 오래전이어서 그분 존함을 잊어버렸는데, 창작극 개발에 대단히 의욕적이셨어요. 그래서 극작가 연출가 평론가로서 창작극 위원회를 구성하고, 작품 선정부터 공연까지 전 과정을 맡도록 했습니다. 그런 독자적인 권한과 책임을 가진 것은 아마 처음일 것입니다. 극작가들에게 시놉시스를 받아 선정되면, 작품을 쓸 시간을 충분히 주고, 작품을 쓴 다음에는 위원회 위원들과 공동 토론하는 과정이 있었습니다. 그런 과정을 거쳐 최종 공연한 작품이 다섯 편이었는데, 극작가 이현화 씨의 〈넋씨〉라는 작품이 있었던 것은 기억이 납니다. 그때 제 작품이 〈물거품〉이었지요. 창작극 개발 위원회에는 극작가 김의경 선생님이 계셨습니다. 공동 토론에서 김의경 선생님은 〈물거품〉의 공연에 부정적이셨어요. 극적 갈등이 뚜렷하지 않고 주제와 내용이 막연하다는 것이었습니다. 연출가 위원과 평론가 위원 쪽에서 〈물거품〉의 공연을 지지해서, 통과는 됐습니다만, 그 자리에 있었던 저는 김의경 선생님의 지적에 한 마디 반론도 못했어요.

이상란 : 지지한 위원들의 의견은 무엇인가요?

이강백 : 공연하면 애매한 부분이 확실해진다고 했습니다. 연출가와 배우들의 몫이 있어서 희곡의 빈틈을 채울 것이라는 말씀이겠지요.

이상란 : 〈물거품〉의 연출가는 누구셨죠?

이강백 : 이병훈 씨였어요. 제가 좋아하는 연출가가 이병훈 씨인데, 동숭아트센터에서 주관한 희곡 창작 워크숍을 함께 하면서 친해졌습니다. 그런데, 이병훈 씨가 〈물거품〉 연습하다가 그러니까, 그분 표현대로 하면, "이 길인 줄 알고 가면 막히고, 저 길인 줄 알고 가면 막힌다"고 하더군요. (웃음) 뭔가 한 방향으로 풀려나가야 하는데, 상징주의 연극처럼 풀어나가다 보면 상징주의 연극이 아니고, 사실주의 연극처럼 풀면 사실주의 연극이 아니더라는 것입니다. 국립극단의 장민호(張民虎) 선생님이 그때 저에게 농담 반 진담 반, 이런 말씀을 하셨어요. "연극은 제목대로 되는 거야. 〈물거품〉이 제목이니 물거품이 될 거네!"

이상란 : 작품의 화두가 물거품인 걸요.

이강백 : 네. 우리나라 설화에는 물거품 이야기가 있어요. 희곡 〈물거품〉은 그 이야기에서 영감을 얻어 쓴 것입니다. 그러니까, 완전 살인을 한 범인이 비가 오는 날 지붕 끝에서 떨어지는 물줄기를 보고 있었습니다. 물줄기는 처마 밑의 고인 물 위에 떨어져 물거품을 만들었는데, 그 물거품이 보글보글 생겼다가 사라지는 것을 보면서 웃었어요. 그의 아내가 이상하게 여겨 왜 웃느냐고 물었습니다. 이제 모든 일이 다 끝났다고 생각한 남편이 웃는 이유를

말했지요. 아내의 처녀 시절 연적이었던 남자에게 강으로 헤엄치러 가자고 하여, 그 남자를 깊은 강물 속에 끌어들여 죽였는데, 마지막 숨을 내쉴 때, 물거품이 보글보글 올라왔다가 사라지더라, 그 생각이 나서 웃는다고 했습니다. 이렇게 말을 하자. 아내가 관가에 가서 자기 남편이 살인범이다 고발하고, 아내도 자결했다는 것이 설화의 내용입니다. 하지만 저는 그 설화 그대로 쓸 생각은 전혀 없었어요. 공연 장소도 국립극장 대극장에서 하는 게 아니라, 국립극장 바로 앞 넓은 주차장에서 하고 싶었습니다. 지금은 분수대와 조형물이 있지만, 그때는 극장 앞이 넓은 주차장이었어요. 그 주차장에 임시적으로 연못을 만들고, 물이 가득한 연못 가운데 무대를 설치합니다. 관객석은 극장으로 올라가는 계단이지요. 관객들은 그 계단에 앉아 연못에서 공연하는 〈물거품〉을 바라봅니다. 연극에서 물은 살아있는 질료로서 관객들에게 생생한 느낌과 풍부한 의미를 줍니다.

이상란 : 〈물거품〉을 물이 조금씩 찰랑이는 수상 무대에서… 참 좋겠어요.

이강백 : 하지만 차마 그렇게 공연하자는 말을 못 했습니다. 김의경 선생님의 지적에 한 마디 변명도 못한 제가 극장이 아닌 주차장에서 공연하자는 말을 꺼냈다간 다른 위원들의 지지마저 잃을 것이 뻔했거든요.

이상란 : 선생님이 직접 연출하세요, 그런 작품은.

이강백 : 아니요. 저는 연출의 능력이 전혀 없습니다.

이상란 : 한 번쯤은 연출하시는 것도 좋겠어요. 평생 무대를 머릿속에 상상하셨을 텐데…

이강백 : 결국 〈물거품〉은 국립극장 대극장에서 공연했습니다.[9] 무대 미술가 이태섭 씨가 무대 위에 넓은 연못을 표현하려고, 최대한 공간을 비웠어요. 매우 파격적이면서 참신했습니다. 그러나 빈 공간이 물 가득 찬 연못을 대신하기에는 한계가 있었지요.

이상란 : 선생님의 나중 작품 〈즐거운 복희〉도 호수가 배경입니다. 물에 대한 아쉬움 때문인가요?

이강백 : 아마 그런가봅니다. 물을 연극의 질료로 사용한 연출가 김아라 씨의 〈물의 정거장〉도 인상 깊었고, 이윤택 씨의 〈문제적 인간 연산〉도 좋았습니다. 물이 주는 마성이 있어요. 무의식의 깊은 심연 같기도 하고, 거울처럼 비춰 모습을 드러내기도 합니다. 〈물거품〉은, 그것을 쓴 극작가가 이렇게 말하면 안 되겠으나, 물속에서 보글보글 올라왔다가 사라지는 물거품을 보는 것이 더 의미 있습니다. 인생이란 어쩌고저쩌고… 아무리 말해봐야 한 순간의 물거품을 보는 것보다 못하거든요.

이상란 : 〈물거품〉의 대사가 아주 인상적이에요. 선생님 희곡 중에서 이 작품부터 상당히 철학적 성찰이 담긴 대사가 나오기 시작해요.

이강백 : 저의 희곡들을 '보이는 것'과 '보이지 않는 것'의 대립

---

9) 1991년 9월 6일~9월 12일.

이라고 평론가 이영미 선생은 지적하셨습니다. "세상을 '강함, 물질적인 것, 화려함, 눈에 보이는 것'과 '약한 것, 정신적인 것, 소박함, 눈에 보이지 않는 것'으로 파악하고, 후자의 중요성이 묵살되는 세상에 대해 비판한다. 강압과 탐욕이 지배하는 세상에 대한 강한 비판은 이런 사고 틀과 그의 정치적 관심이 맞물리면서 생긴 것이다. 반면에 그의 사유 틀이 정치적인 제재와 맞물리지 않으면 눈에 보이지 않는 내면적 자유로움과 진실을 탐구하는 또 한 부류의 작품을 만들어낸다. 눈에 보이는 것, 화려한 것, 가시적 성과나 승리나 소유에 대한 집착을 버릴 때, 혹은 그것을 잃을 때에 비로소 내면적인 진실함이나 사랑이 얻어진다는 생각은 초기부터 지금까지 꾸준히 작품 안에서 계속되고 있다."[10] 그런 관점에서 본다면, 〈물거품〉은 '보이지 않는 것'을 본격적으로 다룬 작품이라고 할 수 있습니다.

이상란 : 관객들은 〈물거품〉의 '보이지 않는 것'을 얼마나 이해했을까요?

이강백 : 공연 결과는, 제 생각엔 참담한 실패였어요. 7일간 공연에 10,626명의 많은 관객들이 봤는데, 과연 몇 명이나 이해했을지는 의문입니다. 한 가지 위안이 있다면, 공연을 보신 분들 중에서 연극 평론가 정우숙 선생님이 「이강백 희곡 〈물거품〉 고찰」을 쓰셨는데, "이 글은 작품의 틈에 대한 의문들로부터 출발되었다. 그리고 논의과정을 통해 그 틈의 형상적 기여에 주목하면서, 결국 관념과 감각의 접합점을 확인하기에 이르렀다."[11]고 하셨습니다.

---

10) 이영미 · 안치운 외, 『〈다섯〉에서 〈느낌…〉으로』, 예술의 전당, 1998.
11) 정우숙, 「이강백 희곡 〈물거품〉 고찰」, 『한국극예술연구』 제2집, 1992.

이상란 : 극작가는 직관과 사유로 작품을 쓰죠. 그러나 작품을 연구하는 사람은 설명되는 언어로 풀어내야 해요. 극작가는 빈틈을 보여주며, 툭툭 던져도 되는데, 연구자는 그것을 채워 넣어야 하는 셈이지요.

이강백 : 저는 작품이란 작가 혼자만의 산물이 아니라고 생각합니다. 예를 들어서, 어떤 화가가 캔버스 전체를 하얀 색으로 칠해 전시했다면, 무엇인가 그 화가의 의도가 있겠지요. 하지만 그 백색의 작품을 보는 사람은 자신의 느낌으로 채워 넣습니다. 어떤 피아니스트가 피아노 앞에 30분간 가만히 앉아 있다가 연주를 끝낸 듯이 청중들에게 인사하고 퇴장한다면, 물론 그런 일이 실제로 있었어요. 청중들은 아무 느낌도 받지 않는 것일까요? 침묵도 음악과 마찬가지입니다. 너무 극단적인 예를 들었군요. 제가 정말 하고 싶었던 말은, 〈물거품〉처럼 실망스런 작품도 빈틈을 확인하고 채워 넣은 텍스트에 의해 다시 보고 싶은 작품이 된다는 것입니다. 그러니까 그런 텍스트들이 풍부해질수록 연극 보는 즐거움도 배가되는 것이지요. 아무 텍스트 없이 연극을 보는 것과 희곡이라든가 관련 텍스트를 미리 읽고 연극을 보는 것은 분명히 다릅니다. 극작가의 미숙한 작품을 변명하는 것이 아니라 관객이 작품을 완성한다는 점을 강조했습니다.

이상란 : 제가 해야 할 말씀을 하셨어요. (웃음) 그런데, 〈물거품〉의 여성인물에 대해서는 말씀이 없군요. 이 작품의 '그녀'는 거울과 대비되는 연못으로 은유되지요. 우아한 모습, 사려 깊은 마음, 그리고 남성을 이끄는 모성애까지… 그런 여성은 현실적이라기보다는 남성의 욕망이 투영된 여성이죠.

이강백 : 하지만 현실에도 그런 여성이 있다고 믿는 것이 남성이지요.

이상란 : 그게 남성의 어떤 근원적인 갈망인가요? 어쩌면 선생님 무의식 속에 있는 여성성 즉 '아니마'인 건 아닐까요. 〈봄날〉의 모성 모티브가 〈칠산리〉의 어머니를 거쳐 〈물거품〉에서는 '그녀'가 가이아 같은 모성이 됐어요. 자신을 연못과 동일시하면서 생명은 연못의 물거품처럼 사라지겠지만 그것은 단순한 소멸이 아니라 연못과 하나가 되어 새로운 물거품을 생성하게 된다는 것이지요. 그러기에 자신의 소멸은 행복한 것이고 그럼으로써 연못 속에 용해되어 완전한 일치를 이룰 수 있다고 생각하지요. 〈금강경〉의 '적멸위락(寂滅爲樂)'을 떠올리게 합니다. '그녀'를 보면서 '나'도 서서히 깨달음에 도달하는 과정이 엔딩 장면의 연꽃 하나에 떨어지는 조명으로 압축되지요. '그녀'와 연못 사이의 경계의 무화와 '나'의 깨달음의 과정을 선생님은 다각도의 연극적 아름다움으로 승화시키려 하셨던 거죠?

이강백 : 제가 〈물거품〉을 쓰긴 했습니다만, 모든 것을 알고 쓴 것은 아닙니다. (웃음) 이건 다른 이야기인데요, 금방 이해되는 연극은 재미가 없어요. 오태석 선생의 작품이 지금은 단순하게 느껴지는데, 한창 신이 올랐을 때 그분 작품은 복잡하고 난해하지만, 그것이 주는 아주 독특한 매력이 있어요. 그분한테 궁금한 것을 물어도 "알고 쓰는 거 아니야"하면서 웃고 맙니다.

이상란 : 어느 작품이 그랬어요?

이강백 : 여럿 있지만, 특히 〈백마강 달밤에〉을 보고는 감탄했어요.

이상란 : 저도 그 작품 참 좋아해요.

이강백 : 논리적으로는 이해가 잘 안 돼요. 오랫동안 비가 오지 않아서 마을사람들이 박수무당에게 기우제를 지내도록 하는데, 북 치고 장구 치고 요란하다가 갑자기 시대가 변해서 백제가 멸망합니다. 꽃다운 삼천궁녀를 백마강에 뛰어내려 죽게 하고, 백성을 망국의 비탄에 빠트린 의자왕은 중국에 잡혀 갔다가, 죽은 다음에는 명부(冥府)에서 영원한 형벌을 받습니다. 과거의 한 맺힌 원인으로 비가 오지 않아서, 현재의 농토가 바짝 말라버린 결과, 망국의 백성들 후손인 주민들은 농사를 포기하고 떠날 지경이 됐고… 자꾸만 과거와 현재가 뒤바뀌는 겹시간 겹공간에, 온갖 이야기가 얽히고설키고… 박수무당이 시공간을 넘나들며 기우제를 지낸 덕분인지 달빛 밝았던 하늘에서 마침내 비가 내립니다. 도대체 이것이 한마디로 무슨 작품이냐. 쉽게 납득이 안 되더라도, 아주 전율할 매혹이 있습니다.

이상란 : 그럼요. 그런데, 그 작품은 어느 순간 충분히 이해되더군요. 제가 독일 유학에서 돌아와 처음 봤을 때는, 비약이 너무 심해서 당황스러울 정도였어요. 하지만 그 다음에 다시 공연할 때 보니까, 이게 쓰윽 맥이 보여요. 오 선생님 연극은 오르내리는 파도에 슬쩍 얹혀서 같이 가야 돼요. 그렇게 같이 가다보면, 무대에서 함께 놀게 되는 기분이지요.

이강백 : 한참 신이 올랐던 오태석 연극에는, 지금 말씀하셨듯이, 파도처럼 오르내리는 독특한 리듬이 있어요, 그 리듬이 보는 사람의 오감을 자극합니다. 굳이 머리로 이해하지 않아도, 온몸으로 느끼는 것, 그것은 황홀입니다. 연극의 시원(始原)은 무당의 황홀한 굿판이지요. 연출가들은 무당의 DNA를 갖고 있습니다. 오태석 선생의 경우 연출가와 극작가를 겸하고 있는데, 무대 공연에서 그 둘을 겸한 장점이 드러납니다. 하지만 문자(文字)로 남은 오태석 선생 희곡에는 단점이랄까요, 뭔가 살은 빠지고 뼈만 남은 것 같아요. 물론 요즘은 무대 공연을 영상 녹화합니다. 그런 영상 자료가 작품의 원형 재현에 도움이 되겠지만, 새로운 연출가는 오태석 선생의 표현 방식을 답습하려고 하지 않을 것입니다.

이상란 : 그럼 문자로 희곡을 쓰는 극작가의 장점은 무엇인가요?

이강백 : 오태석 선생의 희곡보다는 제가 쓴 희곡이 여러 연출가들에게 재공연 된다는 것이 장점이지요. (웃음) 이건 우열의 문제가 아닙니다. 문자는 이성적이어서 굿판의 황홀함을 나타내는데 한계가 있습니다. 결국 그것은 연출가의 몫이지요. 연출가는 문자의 언어만이 아니라 소리, 음악, 색깔, 조명, 의상, 무대 구조물 등 연극의 다양한 요소를 활용합니다. 왜 연출가가 현대 연극의 중심에 들어오고 극작가는 주변으로 밀려났을까를 생각해보면, 무대 전체를 조정하는 기능의 필요성도 있지만, 언어 중심의 연극이 복합적 연극으로 변화하였기 때문입니다. 셰익스피어의 〈리어 왕〉을 예로 들지요. 딸들의 배신에 미쳐버린 리어 왕이 깊은 밤 벌판을 헤매는 장면입니다. 현대극은 그 장면을 조명으로 번개 치고, 음향으로 천둥을 울려서 거센

폭풍우를 만듭니다. 그러나 무대 기술의 발달 이전에는 리어 왕의 대사, 즉 언어가 이곳은 허허벌판이며, 어두운 밤 거센 비바람이 불면서, 번개 치고 천둥이 울린다는 것을 나타냈어요. 이런, 죄송합니다. 누구나 알고 있는 상식을 길게 늘어놨군요.

이상란 : 연극에서 점점 언어가 축소되고, 인간의 몸과 물질성이 중심으로 부상하고 있지요. 이젠 다음 작품 〈동지섣달 꽃 본 듯이〉[12]로 넘어갈까요?

이강백 : 네. 〈동지섣달 꽃 본 듯이〉는, 우리나라 민요에 있는 가사를 따서 제목을 삼았습니다. 얼마나 반가웠으면 엄동설한인 동지섣달에 피어난 꽃을 본 것 같다고 할까요!

이상란 : 제목이 인상적이에요.

이강백 : 연극은 제목대로 된다는 장민호 선생님의 말씀이 맞는 것 같습니다. 1991년은 문화부가 정한 '영화 연극의 해'였는데, 한국연극협회는 이를 기념하는 공연을 위해서 몇 명 극작가들에게 희곡 시놉시스를 의뢰했습니다. 그 중에서 제가 선택된 것은 누가 봐도 제목이 좋았기 때문이지요. (웃음) 연출가도 여럿 중에 김아라 씨가 선정됐는데, 김아라 씨는 그 당시에 가장 시퍼렇게 독이 오른, 그러니까 인생의 한 시기에는 가장 혈기와 활동이 왕성한 때가 있지요. 김아라 씨가 그때 그랬습니다. 연극계 사람들은 김아라 씨에게 '독한 여자'라는 별명을 붙일 정도였어요. 〈동지섣달 꽃 본 듯이〉에 출연할 배우들을 정한 다음, 김아라 씨는 무엇이 부족했는

12) 1991년 12월 23일~30일, 문예회관 대극장.

지 사흘간의 치열한 오디션을 통해서 50명의 배우들을 더 뽑았습니다. 그렇게 뽑힌 배우들이 한 마디 대사 없이 북을 쳤어요. 대극장 무대 뒤쪽 호리촌트에서 앞쪽 관객석까지, 무대 좌우로 50명이 나눠 앉아 북만 쳤습니다. 이럴 바에는 그냥 고수(鼓手)들을 데려오지 왜 오디션으로 배우들을 뽑았느냐 불만이 컸겠지만, 아무도 그것을 말하지 않았습니다. 그만큼 연출가 김아라 씨의 장악력이 대단했는데, 주역 배우들 역시 벅찬 연습에도 불평이 없었어요. 일본의 연극 평론가 니시도 고진(西堂行人) 선생은 한국 연극에 관심이 큰 분입니다. 직접 여러 번 한국에 와서 많은 공연을 본 소감을 묶어 〈한국 연극으로의 여행〉이란 책으로 냈습니다. 그 책에는 〈동지섣달 꽃 본 듯이〉를 본 소감도 있는데, 김아라 씨 연출을 아주 극찬했습니다. 요즘 일본 연극에서는 느끼지 못한 활력을 느꼈다면서, 시작하는 순간부터 무대 좌우에서 배우들이 북을 치는 광경과 소리에 압도됐다고 합니다.

이상란 : 〈동지섣달 꽃 본 듯이〉의 소재는 설화에서 얻으셨죠?

이강백 : 오래 전 제주도에 저희 가족이 여행을 갔었습니다. 흥미로운 설화들이 많더군요. 제주도가 처음 생긴 때, 지하 굴속에서 세 명의 사람이 나왔다는 삼성혈(三姓穴) 이야기는 알고 있었지만, 이곳저곳 다니면서 몰랐던 이야기도 많이 들었습니다. 그래서 서점에 들러 아예 제주도 설화집을 샀지요. 모든 설화를 수록하지 않았는지 좀 얇은 책이었는데, 굶주림에 관련된 이야기가 제 관심을 사로잡았습니다. 제주도는 화산의 용암이 만든 토양입니다. 비가 오면 금방 빠져나가 벼농사 같은 수경재배는 불가능해요. 보리, 감자, 그리고 바다의 해산물이 주요 양식인데, 가뭄이나 태풍이 잦

은 해는 먹을 것이 없어 굶주립니다. 그런 때 어머니가 가장 큰 희생자입니다. 조금이라도 먹을 것은 자식들에게 다 주고 자신은 굶거든요. 제가 관심 있게 읽은 제주도 설화는, 어머니가 자기 몸을 자식들에게 공양한 것입니다. 그러니까, 자식들이 밖에 나가 먹을 것을 찾다가 빈손으로 돌아왔더니, 부엌의 가마솥에서 고깃국이 끓고 있었습니다, 배고픈 자식들은 허겁지겁 먹었지요. 그렇게 고깃국을 먹은 다음 솥 바닥에서 어머니의 치마저고리를 발견합니다. 어머니를 먹은 자식들은 미쳐버렸는데, 나중에 늦게 집으로 돌아온 몇 자식들은 어머니를 먹지 않아 미치지 않았습니다. 〈동지선달 꽃 본 듯이〉는 그 설화가 소재입니다만, 제가 내용을 더 확장했어요. 미치지 않은 자식들이 어머니를 찾아오면 미친 자식들은 제정신을 차리게 된다, 그래서 십 년 기한을 두고 맏형과 둘째 형과 막내 셋이 제각각 다른 방향으로 떠난다, 미친 맏누나가 미친 동생들 아홉 명과 집에 남아 기다린다, 서울 가서 재상이 된 맏형은 어머니 모습과 같은 여자를 데려 오고, 대각국사를 만나 승려가 된 둘째 형은 어머니의 인자한 마음 가진 불상을 모셔 오고, 광대가 된 막내는 몸을 팔아 굶는 광대들을 먹여 살린 여자 광대와 같이 온다 등등 여러 가지를 제가 추가해서 만든 것입니다.

이상란 : 맏형은 정치를, 둘째 형은 종교를, 막내는 예술을 통해 어머니에게 다가가지요. 마치 우리 모두가 무언가의 방편을 가지고 삶의 의미를 추구하듯이 말입니다. 그런데 막내에게 힘을 실어주어 '연극 영화의 해'를 기념하는 공연답게 예술이 사람을 구원한다는 메시지가 됐죠. 이 작품의 내용은 설화에서 출발하지만 형식면에서 새로움을 추구하지요. 과거 까마득한 옛날 얘기처럼 진행되면서도 틈틈이 그걸 깨고 나와서 역을 맡은 배우가 자신의 입

장에서 '나는 이렇게 생각한다' 또 '나는 이렇게 느끼고 있다'면서 현재화시켜요. 과거와 현재를 겹치게 하는 선생님의 겹시공간 기법이 이 작품에서도 활용됩니다. 그런데 〈동지섣달 꽃 본 듯이〉는 개정판 3쇄부터 프롤로그 부분을 고쳤어요. 왜 초연 때 프롤로그와 달라졌는지 말씀해 주세요.

이강백: 개정판 3쇄 지은이의 머리글에서 그 이유를 밝혔습니다만, 다시 말씀 드리면, 인천 시립극단의 연출가 박은희 씨가 만든 재공연을 보고 프롤로그를 고친 것입니다. 박은희 씨는 연극이 시작하기 전 무대 허공에 왕의 옷, 정승 옷, 스님 옷. 광대 옷. 온갖 옷들을 펼쳐 여러 높이로 매달아 놨는데, 그 모습이 매우 인상적이었습니다. 초연 프롤로그에는 배우들이 각자 맡은 역의 옷을 입고 등장해서 '나는 이런 역을 한다'고 말합니다. 그것을 박은희 씨는 배우들이 등장하여 허공에 걸린 옷을 내려 입고 각자 역을 맡는 것으로 순서를 바꿨습니다.

이상란: 박은희 씨 연출은 인간들이 사회 속에서 살아가기 위해 맡는 페르소나를 옷으로 은유했군요. 색다른 통찰력이네요.

이강백: 연출가 김아라 씨의 공연이 잘못 됐다는 것은 결코 아닙니다. 하지만 재공연할 때 50명의 북치는 배우들을 구하기란 불가능하지요. 박은희 씨는 대안을 생각한 끝에 옷들을 무대 허공에 걸어 둔 것입니다. 그런데, 역설적이게도 그것이 이 작품의 의도를 더 분명히 드러냅니다. 배우가 어떤 의상을 입느냐에 따라 맡는 역할이 달라지듯이, 일반 사람들도 입는 옷에 따라 역할이 구분됩니다. 곤룡포를 입은 사람은 임금이고 남루한 옷을 입은 사람은 가

난뱅이지요. 〈동지섣달 꽃 본 듯이〉는 배우가 잠시 관객들에게 맡은 역의 인물에서 벗어나 본인의 경험이나 생각을 말하는 장면들이 있습니다. 관객들은 옷으로 사람을 구분하는 것과는 다른 시각으로 그 장면들을 보게 되지요. 그리고 그런 시각은 이 작품의 주제인 어머니 찾기를 이해하는데도 큰 도움을 줍니다. 굶주린 자식들을 위해서 인신공양 한 어머니는 살아 있지 않습니다. 하지만 어머니를 찾아와야 미친 자식들이 제정신을 차리는데, 자식들은 물론 관객들이 동의하지 않으면 어머니가 아닙니다.

이상란 : 〈칠산리〉, 〈물거품〉, 〈동지섣달 꽃 본 듯이〉, 〈영자와 진택〉 등 선생님은 이 시기에 계속해서 여성들을 제시하셨어요. 그 중에서 가장 아끼는 여성인물이 누구인지, 그리고 왜 그런 지에 대해서 말씀해 주세요.

이강백 : 제 작품에 출연했던 여배우들은 이구동성으로 "이강백 씨는 여자를 모른다"고 합니다. 극 중 여성 인물이 여성 같지 않다는 것이지요. 〈동지섣달 꽃 본 듯이〉에서 맏 누나 역을 맡으셨던 손숙 선생님도 그런 말씀을 하셨습니다. 맏 누나가 여성이라기보다 관념적인 인물로 느껴진다고 하셔서 제 가슴이 뜨끔했어요. 맏 누나는 미친 동생 아홉 명과 함께 집 떠난 삼형제를 기다립니다. 그러니까 아홉 명 코러스의 장 역할인데, 역시 미친 상태지요. 그들은 미쳤기에 기이한 환상을 봅니다. 뼈다귀만 앙상하게 남은 새가 하늘을 훨훨 날아가는 것을 보고, 집 떠난 삼형제가 각각 무엇을 하는지도 눈에 선명하게 보입니다. 손숙 선생님은 코러스 장으로서의 맏 누나 역을 정말 잘 하셨습니다. 미쳐서 오히려 모든 것을 아는 인물을 기막히게 하신 것입니다. 저는 어떤 남자 배우도

그 역할은 못 한다고 생각합니다. 왜냐하면, 여성만이 정상적 한계를 넘어선 영역까지 느끼고, 표현할 수 있기 때문입니다. 희랍신화에서도 지상 세계와 지하 세계를 모두 아는 인물은 여성인 페르세포네가 유일합니다.

솔직히 말씀 드리면, 저는 여성을 잘 안다고 할 수 없습니다. 그렇다고 남성을 잘 아느냐, 그것도 아닙니다. 굳이 이름을 밝히지 않겠습니다만, 어느 연극 평론가가 제 작품의 등장인물들은 자기 안에만 갇혀 있어서 타자(他者)를 모른다고 하더군요. 타자를 모른다는 것은 자기 자신을 모르는 것이지요. 신학자 마르틴 부버는 『나와 너』[13]라는 책에서 나, 너, 하나님(神)의 관계를 강조하는데, 그 셋 중에 하나만 빠져도 관계가 이뤄질 수 없다고 했습니다. 그러니까 '나'는 '너'를 알아야 '하나님'을 아는 것인데, 타자를 모르면 사람도 하나님도 알 수 없는 것입니다. 타자의 중요성은 신학에서만 강조되는 건 아닙니다. 철학은 물론이고 연극에도 타자는 매우 중요한 키워드입니다.

조금 전 선생님은 저에게 제 작품의 여성인물들 중에서 누구를 가장 좋아하는지 물으셨어요. 저는 그건 답하지 않고 타자의 중요성을 늘어놨습니다. 제 작품의 모든 등장인물들이 타자를 모른다는 어느 평론가의 지적을 말하다가 그렇게 됐군요. 〈봄날〉을 대담할 때, 어머니의 부재(不在)를 말씀 드렸습니다만, 〈동지섣달 꽃 본 듯이〉에도 어머니는 부재합니다. 저는 부재하는 어머니를 가장 좋아하는 것 같습니다. 부재란 존재가 없는 것이 아니라 없음으로서 오히려 있음을 드러냅니다. 제 작품에 있는 여성인물들 중에 누구 하나를 좋아한다고 답하면, 남은 여성인물들이 작가인 저를 미워할까봐 교묘하게 부재하는 어머니라고 둘러댄 것 같군요. (웃음) 부

13) 마르틴 부버, 표재명 옮김, 『나와 너』, 문예출판사, 2001.

디 양해하여 주시기 바랍니다.

이상란 : 그럼 나중에 저한테만 조용히 누구인지 답해 주세요. (웃음) 동양이나 서양이나 영웅신화는 남성이 그 중심을 이루고 있지요. 흔한 예는 아니지만 우리나라의 경우 여성영웅으로 바리공주를 꼽을 수 있지요. 그런데 바리공주가 이승과 저승을 넘나들며 스스로 사랑의 신으로 승화되는 것과는 달리, 〈동지섣달 꽃 본 듯이〉에서는 이미 사랑으로 완성된 어머니의 빈자리를 아들들 즉 남성들이 찾아 간다는 점에서 차이가 있지요.

이강백 : 아버지 찾기의 영웅신화는 고구려 개국(開國) 역사에도 나타나 있습니다. 제1대 동명성왕 고주몽은 멀리 사냥을 갔다가 만난 여인과 하룻밤을 함께 하지요. 떠날 때 청동 거울을 반절로 나눠 동침한 여인에게 주면서, 아들이 태어나거든 이것을 증표로 갖고 자기를 찾아오도록 합니다. 그렇게 태어난 아들이 제 2대 유리왕인데, 어린 시절엔 아비 없는 자식이라는 놀림과 천대를 받습니다. 유리가 성장하자 어머니는 반으로 나뉜 거울을 주면서 아버지를 찾아가라 하지요. 온갖 험난한 장애와 시련을 이겨내고 마침내 아버지를 찾은 유리는 고주몽의 아들임을 인정받아 왕이 됩니다. 영웅신화의 이런 과정은 지금도 우리 삶에서 재현되고 있습니다. 어린 시절엔 가장 되고 싶은 모델로 보였던 아버지가 성장하는 과정에서 새로운 모델로 바뀝니다. 이를테면 법률을 전공하는 젊은이는 어떤 존경할 대법원장을 모델로 삼고, 시를 쓰는 사람은 어떤 시인을 자기의 모델로 삼는 것이지요. 이렇게 육신의 아버지를 두고 새로운 정신적 아버지를 찾아 험난한 여정을 떠나는 것이 인생입니다.

그런데 아버지 찾기와 어머니 찾기가 무엇이 다를까요. 맏형은 재상이 됨으로써 어머니를 찾았고, 둘째형은 승려가 되어 어머니를 찾았으며, 막내는 광대가 되어 어머니를 찾았습니다. 그러나 맏형과 둘째형은 자신의 모델인 아버지를 찾은 것입니다. 광대인 막내가 여자 광대를 데려와 미친 자식들 앞에서 춤추고 노래한 것은, 어머니란 그 어떤 고통 속에서도 자식들과 함께 즐거워하는 존재이기에 그렇습니다. 다시 말해 어머니 찾기는 아버지 찾기보다 근원적이며 궁극적입니다. 물론 저는 광대 막내가 어머니를 찾았다고 했습니다만, 극작가로서 편파적인 생각일 수 있습니다. 부재의 어머니 찾기란 광대만이 가능한 것이 아니기 때문입니다.

이상란 : 네, 어머니 찾기란 자기의 근원을 찾아가는 과정, 목적보다 찾는 과정이 더 중요한 것 같군요. 선생님이 광대 편을 든 것은 엄숙하고 진지한 것과는 다른 유희를 통해서 어머니 찾기를 하는데 힘을 실어 주신 건가요?

이강백 : 요한 호이징하(Johan Huizinga)는 그의 저서 『호모 루덴스(Homo Ludens)』에서 놀이가 문화의 한 요소가 아니라 문화 그 자체가 놀이의 성격을 갖고 있으며, 인류의 특성을 놀이하는 인간이라고 했어요. 그러므로 아까 제가 했던 말, 어머니 찾기는 광대만이 가능한 것이 아니라는 말을 고치겠습니다. 어머니를 찾는 가장 효과적인 방법은 광대의 놀이하는 방법입니다.

이상란 : 사실 광대에게 있어서 놀이란 단순한 즐거움과는 다른 차원이지요. 놀이를 위해 자신을 내놓는 일이니까요.

이강백 : 그렇습니다.

이상란 : 오늘 대담 마지막으로, 당시 선생님께서는 전업 극작가로 활동하시면서 차츰 한국 연극계의 중심으로 부상하셨는데, 그때 극작가로서 활동에 대해 말씀해 주세요.

이강백 : 제가 다른 일을 그만 둔 것은 1990년 봄입니다. 그러니까 그때 전업 극작가 활동을 시작했던 건 분명합니다. 1997년 8월에 한국예술종합학교 연극원 극작과 객원 교수로 취업한 것을 끝이라고 계산한다면, 전업 극작가 활동 기간은 7년이지요. 하지만 객원 교수의 직무에는 번잡한 여러 가지 행정 업무가 제외되어 있으니까 다시 취업했다고 하기에는 애매합니다. 2003년 서울예술대학 극작과 전임 교수로 특채된 것이 실질적인 전업 극작가 기간 종료라고 계산하면, 오직 희곡 쓰기에 몰두한 기간은 12년입니다. 이 12년 동안 저는 〈물거품〉, 〈동지섣달 꽃 본 듯이〉, 〈영자와 진택〉, 〈북어 대가리〉, 〈통 뛰어넘기〉, 〈자살에 관하여〉, 〈불 지른 남자〉, 〈영월행 일기〉, 〈뼈와 살〉, 〈느낌, 극락같은〉, 〈물고기 남자〉, 〈마르고 닳도록〉, 〈오, 맙소사!〉, 〈진땀 흘리기〉, 〈배우 우배〉 등 장막희곡 15편과 〈들판에서〉, 〈수전노, 변함없는〉, 〈사과가 사람을 먹는다〉 등 단막희곡 3편을 썼습니다.

이상란 : 이 기간이 선생님의 황금기라고 할 수 있죠. 좋은 작품들이 집중되어 있거든요.

이강백 : 네. 저에게는 이 기간이 굉장한 축복입니다. 저 때문에 아내 김혜순 씨 고생이 컸지요. 하지만 오직 희곡에 전념했던 이때가 극작가로서 제 삶의 황금기였습니다.

이상란 : 오늘 희곡전집 4권의 남았던 작품들을 모두 다뤘어요. 다음 5권의 작품들이 기대 되는군요. 오후 3시 시작한 대담이 이젠 7시 30분이에요. 장시간 좋은 말씀 감사합니다.

이강백 : 감사합니다.

극발전연구회, 〈북어 대가리〉 팸플릿

일곱 번째 대담

이상란 : 선생님, 안녕하세요. 2018년 5월 1일, 오늘은 〈이강 백 희곡전집 5권〉의 작품들을 중심으로 대담하는 날입니다. 그런 데 5권의 머리글에서 선생님은 이렇게 쓰셨어요. "시대가 변할수 록 어찌하여 우리 사회의 인간은 점점 무력해지고 점점 초라해지 는가? 한 개인을 우주만큼이나 큰 의미로 채울 수 없는가?" 바로 이 문제의식이죠. 한 개인을 우주만큼이나 큰 의미로 채우려 했던 작품이 〈내마〉에요. 그래서 제가 〈내마〉를 분석하면서, 칸트의 『실 천 이성 비판』을 읽었죠.

이강백 : 하하하… (웃음) 괜한 수고를 하셨군요!

이상란 : 〈내마〉는 저의 철학적 사유를 자극시키는 작품이었어요. '도덕적 주체로서 인간은 어디까지 갈 수 있는가?'에 대한 질문을 치열하게 단계별로 드러내고 있거든요. 정말 한 개인이 우주만큼이나 큰 의미를 채울 수 있는 그런 작품이 〈내마〉라고 생각합니다.

그렇게 남성 등장인물의 완성이 내마라면, 여성 등장인물의 완성은 〈영자와 진택〉의 영자 같아요. 선생님 작품에 나타난 여성인물의 변화 과정을 살펴보면 흥미롭죠. 초기 작품 〈다섯〉에서는 여성인물 '마'가 등장해요. 그런데 텅 빈 인물입니다. 어떤 말도 없고, 그저 날갯짓만 할 뿐이지요. 그런 텅 빈 공백의 여성 인물이 다음 작품 〈결혼〉에 오면서 환상으로 채워지고, 〈보석과 여인〉에서는 조금 구체화 돼요. 〈봄날〉과 〈동지섣달 꽃 본 듯이〉에서는 모성모티브가 중요한 핵심인데 무대에는 어머니가 등장하지 않는 비가시적 인물이죠. 본격적으로 여성 인물이 등장하는 것은 〈칠산리〉인데, '대지의 모성'으로서 어미입니다. 하지만 자식들의 언어로, 간접적으로 전달된다고 할까요, 어미는 무대에 많이 등장하지 않아요. 다음 작품 〈물거품〉의 '그녀'는 무대에 많이 등장하고 비중도 큰 여성인물이지만 뭔가 추상적이죠. 그러다가 〈영자와 진택〉에 오면, 아주 구체적인 여성인물이 등장합니다. 〈다섯〉의 텅 빈 여성 인물 '마'가 살아있는 몸, 피와 상처와 고통이 있는 여성 인물 영자가 된 것이죠. 내마처럼 한 개인이 우주만큼이나 큰 의미를 채울 수 있는 등장인물이 된 것인데, 지난 번 〈칠산리〉와 〈영자와 진택〉을 연결해서 대담을 시작하면 어떨까요?

이강백 : 네. 〈칠산리〉와 〈영자와 진택〉은 중요한 인물이 여성입니다. 〈칠산리〉의 어머니와 〈영자와 진택〉의 영자는 공통점이 있습니다. 둘 다 희생(犧牲)하는 여성이지요. 그러나 〈칠산리〉의 어머니는 자식들을 위해 희생한다면, 〈영자와 진택〉은 처녀로서 타인들을 위해 희생합니다. 그런데 〈칠산리〉의 어머니에 대해 공감했던 관객이 〈영자와 진택〉의 영자도 공감할까요?

〈칠산리〉의 어머니에 공감하는 것은, '어머니'는 우리 개개인의 어머니일 수도 있고, 아니면 세계를 낳아서 품고 키우는 대모(大母)의 어머니일 수도 있고, 어떤 점에서든 어머니는 누구에게나 친숙한 존재입니다. 그러나 영자는 낯선 존재지요. 영자가 왜 거짓말을 자청해서 다른 사람의 벌을 자기가 받는지, 그런 존재는 쉽게 이해할 수도 없고, 또 공감하기도 어렵습니다. 그런데 기독교인이라면, 영자가 얼핏 예수를 닮았다고 느낄 것입니다. 십자가를 진 어린 양, 아무 죄가 없는데, 많은 사람들의 죄를 대신 지고 벌 받는 자… 구약의 옛 예언자 이사야가 말했습니다. '앞으로 메시야가 올 것인데, 그는 징벌을 받는 자이다'라고요. 물론 메시아 예언은 다른 측면이 강합니다. '다윗 가문에서 메시아가 나올 것이다.' 그것은 다윗 왕이 이스라엘 역사에서 최고의 왕이었으니까 그런 능력을 가진 민족적 통치자로서 메시아를 염원했어요. 어쨌든 〈칠산리〉의 어머니는 존경과 사랑을 받지만, 영자는 모욕과 멸시를 받습니다.

〈영자와 진택〉은 선(善)과 악(惡)에 대한 관념적인 연극입니다. 공장장은 악이 이긴다고 믿으며, 진택은 선이 이긴다고 믿습니다, 선과 악은 직접 싸우지 않습니다. 그 둘을 사이에 두고 인간에게 선택하도록 하는 것입니다. 그러니까, 선택의 조건을 극대화 해놓고 결과를 보는 것이지요. 악이 인간을 시험하듯이 선도 인간을 시험합니다. 이러한 게임은 인류의 신화 속에 많습니다. 그 게임의 룰은 어떤 특정한 종교만이 아니라 인간이 사는 곳이면 어디든지 보편적으로 나타납니다. 〈영자와 진택〉의 상징성들이 기독교적인 것은 분명합니다만, 그러나 유심히 살펴보면 우리 전통의 상징성도 없지 않습니다. 진택이 영자를 때리는 복숭아 나뭇가지를 보세요. 귀신들려 미친 사람을 복숭아 나뭇가지로 때리면 제정신이 돌아온다는 우리나라의 척사관습(斥邪慣習)이 있습니다. 나뭇가지에서는 이상하게 진물이 흘러요. 손으로 만지면 몹시 끈적끈적합니다. 그 끈적한 느낌이 피와 고름이 섞인 것 같아요.

이상란 : 그러나 복숭아 꽃 색깔은 예뻐요.

이강백 : 그렇습니다. 봄에 피는 꽃에는 벚꽃, 배꽃, 복숭아꽃이 있는데, 그 중에 가장 매혹적인 색이 복숭아꽃입니다. 그러니까 예쁜 여자를 도화(桃花) 같다고 하지요.

이상란 : 이해받지 못한다는 외로움은 선생님의 첫 작품부터 나타나요. 〈다섯〉에서 여성 인물 '마'는 날개 짓을 하는데요, 그것이 무슨 의미인지 아는 사람은 아무도 없어요. 이 대담을 시작할 때 말씀 드렸듯이, 그 여성 인물 '마'가 여러 작품을 거쳐 성장해서 영자가 됐죠. 이렇게 완성된 영자는 커다랗고 아름답지만, 여전히 이해받지 못하는 고독한 존재에요. 그런데 그 영자가 매를 맞을 때, 복숭아나무마다 화사한 복사꽃들이 피어나요. 인간은 이해 못하지만 자연은 이해하는 거죠.

이강백 : 네. 화사하게 피어나는 복사꽃들… 자연의 아름다운 반응이 인간의 눈을 뜨게 해서 영자를 이해하게 된다. 이것을 저는

표현하고 싶었습니다. 하지만 관객들의 공감을 얻기엔 실패했어요. 우선 소극장의 작은 무대에서 복사꽃들이 피어난 광경을 황홀하게 보여주는 것은 불가능했습니다.

이상란 : 〈영자와 진택〉을 소극장에서 공연했어요?

이강백 : 문예회관 소극장(현재, 아르코 소극장)이었습니다. 1992년 9월 14일부터 26일까지, 극단은 '민중극장', 연출가는 〈칠산리〉를 연출했던 정진수 선생이었지요.

이상란 : 대극장에서 해야 좋을 것 같아요. 〈영자와 진택〉은 극구조가 극 속에 극이 들어 있는 액자 형식이어서 무대장치가 단순하지 않고 복잡해요. 더구나 마지막 장면은, 무대 배경을 가리고 있던 커튼이 찢어지면서, 복숭아나무마다 꽃이 만발한 경치가 보여야 하거든요.

이강백 : 영자가 매 맞는 모습도 멀리서 봐야지 가깝게 보면….

이상란 : 관객들이 부담스럽죠.

이강백 : 그래서 소극장에서는 〈영자와 진택〉의 일루젼(illusion)을 느낄 수 없었어요. 저는 대극장에서 재공연 되는 것을 보고 싶었습니다. 초연 후 2년이 지났던가, 3년이 지났던가, 대구의 계명대학교 학생들이 〈영자와 진택〉을 공연한다기에 극장 규모를 물었더니 상당히 크다고 하더군요. 저는 기대를 갖고 갔습니다. 아주 큰 극장

은 아니었지만 중극장 보다는 컸어요. 학생들의 열정과 노력이 만든 연극은 진정성이 있어서 좋았습니다. 그러나 소극장 공연에서 못 느꼈던 일루젼을 극장이 커졌다고 느낀 것은 아닙니다. 그것은 극장이 해결할 수 없는 문제였어요.

이상란 : 극장이 해결할 수 없다니요?

이강백 : 나중에야 알았지만, 제가 원하는 〈영자와 진택〉의 일루젼은 극장이 아닌 야외무대에서 공연해야 느낄 수 있는 것이었습니다. 예를 들자면, 연세대학교 노천극장이라든가 예술의 전당 뒤쪽 야외무대 같은 곳이지요. 한국에서 세계 기독교 단체 모임이 있었는데, 김문환 선생과 제가 그 모임의 전야제를 맡아서 연세대학교 노천극장에서 했습니다. 한국의 분단 상황을 구약 성경의 카인과 아벨로 비유하여 만든 연극이었어요. 노천극장을 둘러싼 나무들 밑에 조명을 설치했다가, 동생 아벨을 죽이고 숨은 형 카인에게 하나님이 '카인아, 너는 어디 있느냐?' 묻습니다. 그 순간, 모든 나무 밑의 조명이 환하게 켜져요. 나뭇가지들은 물론 이파리들이 다 드러납니다. 나무들 속에서 더 이상 숨을 수 없는 카인이 동생의 피가 묻은 모습으로 비틀비틀 걸어 나옵니다. 그것을 보는 사람들은 자기도 모르게 탄성을 질렀어요. 그러니까, 그것 자체가 엄청난 일루젼을 보여줍니다. 그렇게 〈영자와 진택〉을 공연한다고 생각해 보세요. 영자가 모든 도둑질을 자신의 죄로 받아들여 매를 맞을 때, 복숭아나무마다 눈부시게 환한 빛이 비추면서 화사한 복사꽃들이 피어납니다. 인간의 고통과 자연의 아름다움이 혼연일체가 되면서, 한 인간의 크기가 우주만큼 확대되는 것이 보이겠지요.

이상란 : 제가 일본에서 천막 공연을 하는 가라 쥬로(唐十郎)의 연극을 볼 기회가 있었는데, 그때 어떤 공원의 천막 극장에서 공연했어요. 공연 중에 어느 순간 무대 뒤가 확 열리면서 공원으로 연결되는 거예요. 그래서 그때, 그 무한한 확장, 자연과의 일치를 느낄 수가 있었어요. 선생님이 〈영자와 진택〉에서 원하시는 극적 환상이 바로 그런 것이겠죠?

이강백 : 네, 그렇습니다.

이상란 : 지난 번 대담에서는 〈물거품〉을 연못에서 공연하고 싶었다 말씀하셨죠.

이강백 : 야외 공연할 작품이 하나 더 생겼군요. (웃음) 〈영자와 진택〉의 공연에는 꼭 재봉틀이 있어야 합니다. 겨우 몇 대는 안 돼요. 최소한 열 대 이상, 무대를 가득 채울수록 좋습니다. 그 재봉틀이 상징하는 것은 우리 청계천에 즐비했던 옷 만드는 피복 공장입니다. 그 공장을 들어가 보면, 재봉틀을 더 많이 설치하려고, 한 층을 상하 둘로 나눠 복층화 했습니다. 사람이 일어서면 머리가 천정에 닿았어요. 이렇게 열악한 상태에서. 1970년대 우리가 산업화할 때, 가장 노동력을 착취당했던 사람들은 여성노동자였습니다. 하루 16시간, 20시간 가까이, 심지어 키니네라는 잠 깨는 약을 먹으면서 며칠씩 밤샘 작업을 했지요. 청계 피복노조의 증언에 의하면, 옷감과 실에서 나온 먼지가 공기에 가득차서, 막힌 코를 풀면 섬유 덩어리가 나온다고 했습니다. 그러니 폐는 얼마나 나빠질까요.

이상란 : 〈영자와 진택〉에는 억압적인 권력구조와 여성의 문

제가 같이 들어 있어요. 열악한 노동 조건에서 남성들이 권력을 갖고 여성을 대할 때, 계속 반복되는 문제는 성폭력이죠. 제가 보기에는 선생님이 그것을 의도하고 쓰시지는 않은 것 같아요. 그런데도 여성 관객이라면 반복되는 성폭력이 이 작품에서 보여요. 그게 다음 세대로 이어지고, 또 재생되고… 선생님은 종교적인 의미를 강조하셨지만, 저는 〈영자와 진택〉에서 사회적인 여성 문제를 보게돼요.

이강백 : 아, 그런가요?

이상란 : 억압과 피억압의 권력관계에서, 또 하나의 층위로 남성과 여성의 억압관계가 이중으로 겹쳐져 있어서, 그 안에 영자가 가장 핵심에 놓여있는 거죠. 그 영자가 동시에, 자신의 동료들, 여성들에게조차 배제 당하면서, "네가 다 뒤집어써라" 이렇게 되는 이중, 삼중의 억압인데, 이런 억압 구조는 여성 개인의 문제가 아니라 사회적 문제여서 사회구조 자체가 바뀌어야 하지요. 영자가 억울한 매를 맞는 것이 희생양이라는 상징으로 끝난다면, 문제 인식의 현실성이 제외되는 것 같아요.

이강백 : 매우 중요한 지적을 하셨습니다.

이상란 : 다음은 〈북어 대가리〉를 쓰신 계기를 말씀해 주세요.

이강백 : 전무송 씨와 최종원 씨, 두 분이 배우로서 의기투합하던 시대가 있었어요. 지금도 두 분은 굉장히 절친한 관계인데, '극발전연구회'를 만들고 연극계의 혁명을 다짐한 동지 같은 관계

였지요. 그런데, 서울의 동쪽 끝, 천호대교를 건너가서도 한참 더 가야하는 명일동이라는 곳에 두 분이 나타나셨어요. 지금은 대규모 아파트 단지와 백화점들이 들어선 번화가가 됐습니다만, 예전엔 드문드문 논밭이 남아 있는 한적한 변두리였지요. 저는 결혼해서 그곳의 한 작은 아파트에 살고 있었는데, 아파트 정문 앞 상가 커피숍으로 잠깐 나오라고 했습니다.

이상란 : 사전에 아무 연락이 없었나요?

이강백 : 네. 갑자기 전화를 해서, 저는 두 분이 어디 지나가다가 들렸나보다 생각했지요. 가벼운 마음으로 커피숍에 갔더니, 작품을 의뢰하려고 일부러 찾아왔다는 것입니다.

이상란 : 그때가 몇 년도였어요?

이강백 : 1992년 여름이었던가… 아니, 가을이었군요.

이상란 : 전무송 씨는 선생님의 작품 〈쥬라기의 사람들〉과 〈유토피아를 먹고 잠들다〉에 출연하셨어요. 그런데 최종원 씨는 〈북어대가리〉가 처음이죠?

이강백 : 네, 삶에 대한 진지한 태도, 그런 것이 배우 전무송 씨에게 늘 따라다니는 이미지였고. 최종원 씨는 뭔가 시니컬하고 해학적인 이미지였습니다. 한 쪽은 무거운가 하면 한 쪽은 가벼운 듯한, 대조적인 이미지를 가진 배우 두 분이 저를 일부러 찾아와서 작품을 부탁하니, 무엇을 어떻게 써야 할까 고민이 됐지요. 더구나

작품이 나오기도 전에 연출가 김광림 씨를 연출로 정했다고 해서 고민이 더 컸습니다. 사실 극작가 겸 연출가인 김광림 씨에 대해서 굉장히 호감은 있었으나, 연출의 취향까지 고려해서 작품을 써야 한다는 건 부담스러운 일입니다. 그런데, 좋은 연극이 되려면 배우가 연습을 오래 해야 한다면서, 작품을 빨리 써 달라 하더군요. 배우들이 연습을 오래하고 싶은 건 이해가 되는데, 극작가의 작품 쓰는 날을 줄이는 것은 이해가 안 돼서, 그 이유를 물었더니 공연할 날짜가 이미 정해졌다고 합니다.

이상란 : 공연 날짜는 이미 정해져 있고, 작품 빨리 써야 우리가 연습을 오래 한다, 이런 거였군요. (웃음) 뭔가 고도의 심리적 압박 같은데요?

이강백 : 엄청난 압박이지요. 그 당시만 해도 최소한 1년 전에 극장을 잡지 않으면 공연이 불가능합니다. 두 분이 정한 극장은 그 당시 권오일 선생님이 운영하던 대학로의 '성좌 소극장'인데, 그러니까 권오일 선생님이 자신의 극단 '성좌' 공연을 우선적으로 정하고서 남은 기간을 다른 극단들에게 대관해줬습니다. 어쨌든, 전무 송 씨가 권오일 선생을 찾아가 '극발전연구회' 취지를 설명하면서 대관해 달라고 하자, 어떤 작품이냐고 묻더랍니다. 아직 작품은 안 나왔는데 대관부터 해달라고 떼를 써서 받아낸 날짜가 다음 해인 1993년 2월 6일부터 5월 30일까지, 무려 4개월간이었어요. 그것을 역산하면, 작품은 최소한 공연 3~4개월 전에 나와야 하니까, 쓰는 기간이 겨우 2~3개월밖엔 안 됩니다. 제가 난색을 표했지만, 배우도, 연출가도, 극장도, 다 정해졌으니, 극작가는 아무 걱정 말고 밤낮 쓰기만 하라더군요.

그런데, 그 당시 창고에 살고 있는 사람들을 써보겠다는 막연한 생각은 갖고 있었어요. '몇 명의 인물이 등장하고 사건은 어떻게 전개된다', 이런 것을 구체적으로 생각하기 전에… 그러니까, 산업사회의 인간은 자기 전문 분야라는 창고 속에 갇혀서 전체적인 조망(眺望)을 상실했다고 생각한 것입니다. 농경사회에도 창고는 있습니다. 하지만 그 창고는 닫힌 창고가 아니라 열린 창고였지요. 농경사회의 인간은 자기 삶의 전체적인 구조와 과정을 알 수 있었습니다. 몇 살이 되면 결혼하고, 몇 살부터 몇 살까지 일하다가, 늙고 병들어 몇 살 쯤에는 죽는다, 그런 삶의 과정을 거의 다 알고 살았어요. 무슨 질병이 창궐하거나 전쟁이 돌발하지 않는 한 삶의 과정은 정해진 궤도 같아서 아버지가 갔던 길을 아들이 가고 손자가 갑니다. 그리고 좋든 싫든 자신이 속한 사회적 구조가 어떤 것인지도 분명히 알고 있었어요. 제가 태어났을 때만 해도, 한국은 농경사회였습니다. 아니, 자랄 때에도 농경사회였어요. 갑자기 산업사회를 경험한 것은 청년 시절입니다. 단순했던 농경사회가 급변했습니다. 수많은 전문 분야가 생겨났고 복잡 다양해졌지요. 그리고 곧 후기 산업사회가 밀려왔어요. 이젠 아무도 자기 삶과 사회구조에 대해서 전체적인 조망을 할 수 없습니다.

자기 삶과 사회구조에 대한 조망 상실은, 인간의 기본적인 안정감을 파괴해서, 모든 것을 불안하게 만듭니다. 자기 자신뿐 아니라, 자기 자식, 자기 손자까지도 태어나면 어떻게 살리라는 조망은 어떻게 보면 우주적이라고 할까요, 자기 자신과 우주를 연결하는 튼튼한 끈이었습니다. 그런데 산업사회가 되자, 인간은 우주와의 끈이 끊어져 외톨이가 됐습니다. 우리나라 기독교가 폭발적으로 신도수가 많이 늘어나 대형 교회들이 생긴 것도, 뿌리 뽑힌 농경사회의 유민들이 도시로 몰려나와 안정감을 잃고 불안하기 때문에, 전지전능한 신에게 의지하려는 경향과 밀접한 관련이 있습니다. 산업사회는 철저하게 각 전문 분야로 나뉜 사회입니다. 이를테면 법조계는 민법과 형법으로 나눠져 있고, 각 법에 따라 판사, 검사, 변호사도 다릅니다. 지방법원, 고등법원, 대법원도 다르고, 헌법 재판소는 또 다르지요. 의학계는 어떤가요? 내과 의사는 이비인후과 진료를 할 수 없고, 이비인후과 의사는 산부인과 진료를 할 수 없습니다. 그럼 음악계는 어떤가요? 성악가는 노래를, 피아니스트는 피아노 연주를, 합창 지휘자는 오케스트라 지휘를, 아니 합창단을 지휘할 뿐입니다. 음악가는 결코 법조계와 의학계의 현황을 알지 못하며, 법률가는 정치계라든가 경제계를 아는 것도 아닙니다. 모두 각자 작은 창고 속에 살고 있어서 창고 밖의 세상은 알 수 없는 것이지요. 제가 이런 이야기를 하니까 전무송 씨와 최종원 씨가 작품 소재로서 아주 좋다고 하더군요.

이상란 : 전무송 씨와 최종원 씨의 대조적인 배우 이미지가 창고 속의 자앙과 기임이라는 두 인물의 캐릭터로 연결되었군요. 그 덕분으로 2~3개월이라는 짧은 기간에 작품을 쓰셨죠?

이강백 : 그렇습니다. 출연할 배우의 장점과 공연할 극장의 무대 규모를 미리 파악하면 작품 쓰기에 큰 도움이 되지요. 제가 작품을 오래 쓰고 두 분이 연습을 짧게 했어도 공연 결과는 같을 것입니다. 등장인물의 캐릭터가 본인처럼 매우 익숙하니까요. (웃음) 하지만 작품의 서사를 구상하면서, 두 명의 창고지기 이외의 필요한 인물을 더 생각해내야 했어요. 트럭 운전수와 그의 딸 미스 다링은 필수적인 인물입니다. 트럭 운전수는 매일 아침마다 상자들을 싣고 옵니다. 그리고 창고 속에 보관했던 상자들을 싣고 가지

요. 각 상자에는 번호가 적혀 있습니다. 창고지기는 트럭 운전수가 가져온 서류를 보고 번호에 맞춰 상자들을 옮겨야 합니다. 자앙은 상자의 번호를 정확하게 확인하느라 옮기는 시간이 오래 걸립니다. 기임은 자앙의 그런 꼼꼼한 태도가 불만이지요. 다른 창고에서는 창고지기들이 상자를 대강대강 옮기고 여유롭게 지내는데, 자앙 때문에 하루 종일 일만 하고 한가한 시간이 없다는 것이지요. 그래서 그는 결과를 두고 보라는 듯이, 고의적으로 서류 번호와 맞지 않는 상자 하나를 트럭에 옮겨 보냅니다. 며칠이 지나고, 몇 주일이 지나도, 결과가 어찌 됐는지는 알 수 없습니다. 불안하고 초조한 자앙은 상자 주인에게 상자를 잘못 보냈다는 편지를 씁니다. 그리고 그 편지를 전해 주기를 트럭 운전수에게 부탁합니다. 하지만 트럭 운전수는 상자 주인이 누구인지 모른다는 것입니다. 정거장에서 상자들을 받아 창고로 가져 왔다가 다시 정거장으로 싣고 갈 뿐이었지요. 미스 다링은 많은 창고지기들에게 인기 있는 여성입니다. 그녀는 부지런하고 성실한 자앙에게 호감을 가졌지만 잘못 보낸 상자 하나로 불안한 모습에 실망합니다. 그녀는 자앙의 만류에도 잘못 보낸 상자 대신 남은 상자를 뜯어보는데, 무엇인지 모를 부속품들이 잔뜩 들어 있습니다. 이런 상황에서, 미스 다링은 전혀 걱정 않는 기임을 결혼 상대자로서 더 적합하게 여깁니다.

제가 작품을 다 썼다고 전화하자 전무송 씨와 최종원 씨 두 분이 다시 명일동 아파트 앞 커피숍에 왔습니다. 그때 연출을 맡은 김광림 씨도 함께 왔었는지는… 기억이 분명하지 않습니다. 확실한 기억은, 김광림 씨가 마지막 장면의 대사를 고쳐달라고 했어요. 그러니까 연습할 때인 것 같습니다. 마지막 장면에서 자앙이 북어 대가리를 손에 들고 독백하는 대사가 장황하게 길다는 것입니다. 묵직한 침묵으로 끝나면 좋을 텐데, 대사가 설명하듯 늘어지고 있다는 것이지요. 제가 그 마지막 독백을 몇 번 고쳤습니다만, 김광림 씨는 만족하지 않았습니다.

　　이상란 : 군이 대사가 필요 있느냐, 주제가 너무 노출될 수도 있고, 그래서 몇 번 고쳐도 마음에 안 들었겠죠.

　　이강백 : 네. 그런데, 엉뚱한 생각입니다만, 〈햄릿〉의 묘지기들이 죽은 오필리어를 묻기 위해서 무덤을 팔 때, 햄릿이 두개골을 손에 들고서 독백합니다. 저는 그 장면을 패러디 하고 싶었습니다. 물론 셰익스피어는 햄릿에게 두개골을 들고 독백을 시켜서 〈햄릿〉이 명작이 됐지만, 저는 자앙에게 북어 대가리를 들고 독백을 시켜서 〈북어 대가리〉가 졸작이 됐습니다. 그러니까 무엇을 들고 독백을 하느냐에 따라 명작이 되기도 하고 졸작이 되는 것이지요. 만약 햄릿이 북어 대가리를 들고 독백했다면 명작이 될 리가 있겠습니까?

　　이상란 : (웃음) 〈북어 대가리〉도 좋은 작품이지요.

　　이강백 : 비록 인간의 두개골이 아닌 말린 물고기의 대가리를 들었지만, 독백을 하려면 대사가 좀 있어야 해요. 연출가 김광림 씨가 볼 때는, 창고 속에서 함께 지내던 기임이 미스 다링과 떠난 후, 홀로 남은 자앙이 북어 대가리를 들고 중얼중얼하는 것이 사족 같다고 할까요, 불필요한 군더더기였습니다.

　　이상란 : 그럼 공연에서 그 독백이 빠졌어요?

이강백 : 아뇨, 긴 독백을 짧게 줄였습니다. 성실함과 근면함은 인간의 오랜 윤리적 가치였습니다. 자신이 맡은 일에 성실하고 부지런해야 세상이 잘 된다고 믿었지요. 하지만 세상이 잘 되고 있는지, 혹은 잘못 되고 있는지 알 수 없다면, 그 성실함과 근면함이 무슨 의미가 있을까요? 바로 이런 문제를 지금 우리는 겪고 있는 것입니다.

이상란 : 세상이 다 제도화되고, 그 안에서 각자의 담론이 생성되고, 거기에 개인들은 갇혀 있죠. 이 작품은, 선생님께서 미셸 푸코(Michel Foucault)를 관심 있게 안 보셨을 수도 있는데, 푸코가 후기 산업사회를 바라보는 시선과 맞닿아있어요. 제가 보기에는 선생님의 초기 작품부터 그래요. 푸코가 우리나라에 소개되기 전에, 선생님은 분절화되고 파편화된 삶, 전체를 통찰할 수 없는 삶, 인간이 부속품 같은 존재로서 살아갈 수밖에 없다는 문제의식을 갖고 계셨던 것 같아요. 산업사회에서 시작되었지만, 후기산업사회로 갈수록 이 문제가 더 심화되기 때문에, 그 문제의식이 오늘날에도 여전히 현재성을 가지게 되는 거지요.

이강백 : 그래서인지 〈북어 대가리〉 공연에는 관객들이 많았습니다. 4개월간 공연하는 동안 매회 전석 매진이었어요. '성좌 소극장'은 대학로의 소극장들이 그렇듯이 건물 지하에 있었습니다. 그런데 건물 입구에서 지하로 내려가는 계단들, 그리고 극장의 로비와 통로까지, 나무 상자라든가 종이 박스들을 설치해 놓았지요. 그래서 극장이 창고 같은 분위기가 났습니다. 그것이 관객들에게 흥미로웠어요. 〈북어 대가리〉는 성좌 소극장에서 공연이 끝나고 전국 순회공연을 했습니다. 또 멀리 로스앤젤레스에 있는 미주 한

국일보사 초청 공연도 다녀왔고, 일본 오키나와 공연도 하고… 그렇게 1년 이상 국내외 공연을 하면서 흥행에도 대단한 성공을 거뒀습니다. 작품의 주제나 소재로 봐서는 흥행이 될 것 같지 않은데 의외였지요.

이상란 : 저는 독일에 있어서 초연은 못 봤어요. 제가 본 건 나중에 구태환 씨 연출로 정미소에서 공연한 〈북어 대가리〉였죠.

이강백 : 구태환 씨는 〈북어 대가리〉의 마니아로서 두 번 연출했습니다. 설치극장 정미소, 동숭 아트센터 소극장, 각각 배우들이 다른 공연인데, 정미소 공연을 보셨군요. 그 공연은 자앙 역에 박완규 씨, 기임 역은 김은석 씨였습니다. 초연의 전무송 씨와 최종원 씨 못지않게 등장인물을 잘 살려내 좋더군요.

이상란 : 저도 인상 깊게 보았죠. 늦은 밤, 잠을 못 이루는 자앙이 석유등을 켜고 상자 주인에게 편지 쓰는 장면을 보면서, 선생님의 모습이 자연스럽게 연상됐어요. 그런데 이 편지가 고어체로 된 기도문 형식이지요. 일부러 옛 고어체를 쓰셔서 요즘 시대와 맞지 않음을 보여주신 건가요?

이강백 : 그렇습니다.

이상란 : 관객들이 모두 자앙의 편지에 웃었지만, 답장을 받을 수 없는 슬픈 예감을 느꼈어요. 선생님이 인물형상화를 하신 자앙이나, 기임이나, 다 우리 삶의 일면을 드러내요. 우리가 자앙으로 살아간다 하더라도, 기임의 욕망을 가지고 있고, 기임처럼 창고를

탈출한다 하더라도, 사실 창고 안에 있는 안정감을 때때로 부러워할 수도 있잖아요. 그런 대조적인 삶의 방식을 이 두 인물이 잘 드러내기 때문에, 이 작품이 자주 재공연이 된다고 생각해요. 그런데, 선생님은 기임보다는 자앙에게 무게를 더 부여하신 것 같아요. 마치 〈파수꾼〉의 북을 치며 부지런히 덫을 살피던 노인 파수꾼처럼 진지하게 고민하고, 그러면서 한계에 부딪히고, 이런 인물에 대해서 더 애정 어린 관심을 갖고 있으시죠?

이강백 : 그러니까 작품을 쓸 때는 조심합니다. (웃음) 비중이 큰 인물이든, 작은 인물이든. 될 수 있는 한 편파적이지 않으려고요. 그럼에도 불구하고, 어떤 등장인물을 보고 작가가 연상된다면, 작가의 마음이 그 인물에게 좀 더 기울어진 것이겠지요.

이상란 : 〈북어 대가리〉에서는 선생님의 문제의식을 가장 많이 드러내고 있는 인물이 자앙이었어요. 세상과 어떻게 대면할 것인가? 이 문제는 〈통 뛰어넘기〉의 얼간이하고도 연결이 될 텐데, 그건 조금 있다가 말씀 나누도록 하죠.

이강백 : 몇 년 전입니다, 일본의 '호리프로'라는 프로덕션 회사에서 연락이 왔어요. 거기에는 연극 부서가 있고, 또 영화 부서가 있고, 음악 부서. 뮤지컬 부서, 그리고 전용 극장이 있는, 굉장히 큰 규모의 공연 전문회사입니다. 연극 담당 프로듀서가 〈북어 대가리〉를 공연하고 싶다면서, 서울로 저를 만나러 왔습니다. 그런데 공연 계약서에 서명하면서도, 어떻게 〈북어 대가리〉 희곡을 봤을까, 그것이 궁금했어요. 프로듀서가 말하기를, 공연할 작품을 구하기 위해서, 동경에 있는 어떤 서점에 들어가 출판된 희곡집들을 찾아 봤다고 합니다.

그러니까, 참 나로서는 희한하게 생각되는데, 어쨌든, 서점 구석에서 먼지를 뒤집어쓰고 있었을 〈이강백 희곡집〉이 발견된 것입니다. 아키야마 쥰코(秋山順子) 선생이 일본어로 번역한 제 희곡집(2권)을 가게쇼보(影書房)가 펴냈지만, 저는 설마 살 사람이 있으리라고는 기대하지 않았어요. '호리프로'의 프로듀서는 그 희곡집에서 〈북어 대가리〉를 읽고, 공연하면 좋겠다는 기안서를 써서 부장에게 제출, 전무와 사장을 거쳐, 회장의 최종 승인을 받았습니다. 연출에는 구리야마 타미야(栗山民也) 선생인데 한국에도 널리 알려진 연출가입니다. 자앙 역은 후지와라 다쓰야(藤原龍也) 씨, 기임은 야마모토 유스케(山本裕典) 씨, 트럭 운전수는 기바 가쓰미(木場勝己) 씨, 미스 다링은 나까무라 유리(中村ゆり) 씨, 호화배역진이었어요. 공연은 2016년 10월 7일부터 30일까지는 동경의 갤럭시(銀河)극장에서 하였고, 11월 6일부터 29일까지는 오사카, 가고시마, 후쿠오카 등 6개 도시를 순회 공연하였습니다.[14]

저는 동경 공연 시작하는 날 초대 받아 갔었어요. 첫 공연 끝나고 '호리프로'의 사장이 극장 로비에 마련한 축하연에는 평론가 오자사 요시오(大笹吉雄) 선생 등 일본 연극계의 많은 분들이 오셔서 반가웠습니다.

〈북어 대가리〉 일본 공연을 잠깐 언급을 한다면, 조명의 섬세함이 좋더군요. 한국 공연에서는, 상자들이 수북하게 쌓인 창고니까 실내등 정도의 조명이면 된다고 여겼습니다. 무대 지문에는 하루 중 짧은 시간 천정 환기통을 통해서 햇빛이 비친다라고 했지만, 초연 때 성좌 소극장이 지하였기 때문인지 밀폐된 공간처럼 외부의 빛은 전혀 비춰지지 않았고, 재공연 역시 마찬가지였기에, 작품을

---

14) 일본 공연의 제목은 〈다라다라(だらだら)〉였으며 한글로 〈북어 대가리〉를 병행 표기하였음. 공연 대본 일어 번역: 이시카와 쥬리(石川樹里).

쓴 저도 조명에 대해서는 별다른 생각이 없었지요. 그런데 일본의 창고들은 목판(木板)으로 지은 형태가 많아서인지, 목판과 목판 사이에 군데군데 틈이 있습니다.

이상란 : 그럼 그 틈 사이로 빛이 들어오겠네요?

이강백 : 네. 새벽, 아침, 낮, 저녁, 밤, 창고 안으로 들어오는 외부의 햇빛, 즉 조명의 밝기와 각도가 시간마다 적절하게 달랐어요. 빛에 의해서 창고는 밀폐된 단순한 공간이 아니더군요. 예를 들어 창고의 틈 사이로 들어온 기다란 햇빛이 칼날처럼 자앙과 기임을 갈라놓는 표현은 인상적이었습니다.

이상란 : 미스 다링이 들어올 때, 분위기가 아주 재미있겠어요. 창고 문이 열리며, 눈부시게 환한 햇빛이 비추는⋯ 조명이 확 바뀔 것 같아요.

이강백 : 그렇지요. 연극에서 조명이 얼마나 중요한 역할을 하는지 새삼 느꼈습니다.

이상란 : 〈북어 대가리〉를 초연한 1993년에는 〈통 뛰어넘기〉, 〈자살에 관하여〉 등 3편의 신작을 연속으로 공연하셨어요. 한 해에 이렇게 많은 작품을 내셨는데, 선생님은 마치 희곡공장을 차린 것 같다고 하셨죠. 전업 작가여서 어떤 특별한 각오를 하신 건가요?

이강백 : 물에 빠지지 않고 강을 걸어가는 방법이 있습니다. 물을 디딘 발이 빠지기 전에 들어올리고, 들었던 다른 발로 물을

디뎌서, 아주 빠르게 걷는 것이지요. (웃음) 전업 작가로서 특별한 각오를 했다면, 그것은 강물 속에 빠지지 않고 걷겠다는 각오입니다. 오직 작품 쓰기에 전념하면 아무 불안도 없을 것 같지만, 오히려 자신의 재능에 대해 극심한 회의가 몰려옵니다. 그 회의는, 생활의 안정적인 직업을 포기한 불안보다 더 크고 거셉니다. 쓰고, 또 쓰고, 죽기 살기로 작품을 쓰는 것밖엔 불안을 견딜 방법이 없어요.

이상란 : 예, 그것이 느껴져요.

이강백 : 그러니까, 마치 물에 빠지지 않고 강을 걸어가는 사람처럼, 한 작품 쓰자마자 또 다른 작품을 쓰는 것은, 무리한 일이 아닐 수 없습니다. 조금 여유 있게, 조금만 급하지 않게 썼더라면, 작품이 훨씬 나을 수 있는데, 너무 조급하게 서둘렀다는 후회를 하게 됩니다.

이상란 : 제가 희곡전집 5권을 보면서 느끼는 점은, 선생님이 지금 말씀하신 것처럼, 그 숨 가쁨 같은 거예요. 저도 논문을 쓸 때 몰아붙일 때가 있거든요. 자연스럽게 익어서 나오지 못하고, 그렇게 밀어붙인 글들은 뭔가 서두른 느낌이 들죠. 그래도 그것을 딛고 다음 단계에서 무르익는 것 같아요. 5권의 숨 가쁨이 있었기에, 6권의 〈영월행 일기〉, 〈느낌, 극락같은〉 등의 완숙한 작품이 나온 거겠지요.

이강백 : 그렇게 보셨다면 다행입니다.

이상란 : 선생님의 꿈에 대한 질문을 드리고 싶어요. 선생님

이 말씀하셨던 두 가지 꿈이 기억나네요. 청년시절에 반복해서 꾸던 꿈, 성 밖에서, 가슴이 철판처럼 벌겋게 녹슨 상태에서 성 안의 건물들과 사람들을 바라보는 제외된 자, 그게 상당히 인상적인 메타포로 들렸어요. 또 하나는 선생님이 본격적인 전업 극작가가 되기 전 꾸셨던 꿈인데요, 갈대밭에서 진퇴양난의 상황이었어요. 이리 갈 수도 없고, 저리 갈 수도 없고, 멈춰 서 있는 꿈, 그런데 전업 극작가가 되신 다음엔 어떤 꿈을 꾸셨어요?

이강백 : 하하하하, 글쎄요….

이상란 : 꿈꿀 새가 없으셨나요?

이강백 : 갈대밭에서 어디론가 간 모양입니다. 다시는 갈대밭 꿈은 꾸지 않았으니까요. 그런데 어디로 갔는지… 니체가 말했어요. 삶이란 깊은 심연 위에서 줄타기인데, 앞으로 갈 수도 없고, 뒤로 갈 수도 없고, 멈출 수도 없다고요. (웃음) 혹시 제가 갈대밭의 꿈 다음으로 꾸게 될 꿈이… 심연 아래로 떨어지는 꿈이 될 것 같아 두렵군요.

이상란 : (웃음) 선생님, 높은 곳에서 떨어지는 꿈은, 어린이가 키 클 때 꾸는 꿈이에요.

이강백 : 아, 그런가요!

이상란 : 이젠 〈통 뛰어넘기〉에 대해서 말씀해주세요.

이강백 : 〈북어 대가리〉가 몸은 사라지고 머리만 남아 있듯이, 〈통 뛰어넘기〉는 머리의 생각으로만 통을 뛰어 넘습니다. 두 작품이 전혀 다른 것 같아도 몸이 없다는 점이 닮았지요. 권오일 선생님 연출의 〈통 뛰어넘기〉 초연[15] 때는 배우들이 실제로 통 위를 뛰었어요. 나무로 만든 술통인데, 크기는 두 팔로 안을 정도였고, 모양은 둥그런 타원형입니다. 그 통들을 30여 개 직선으로 무대에 세워 놓고서, 배우들이 뜀틀에 올라가 뛰었습니다. 그런데, 실제로 뛰어보니까, 타원형 통들이 부딪치고 쓰러져 사방으로 굴러다녔어요.

이상란 : 그럼 배우들이 위험할 텐데요…?

이강백 : 물론 다칠 위험이 있지요.

이상란 : 실제로 뛰었다면, 20개, 30개를 뛰어 넘었어요?

이강백 : 아뇨. 기껏해야 너댓 개였습니다.

이상란 : 〈통 뛰어넘기〉 희곡에는 굉장히 많은 통들을 뛰어 넘는다고 되어 있어요. 심지어 얼간이는 145개의 통들을 뛰어 넘을 목표를 가졌죠. 그런데 실제로는 겨우 너댓 개라니, 너무 큰 차이가 나는데요?

이강백 : 이 작품을 쓰던 때 '나는 할 수 있다. 아이 캔 두(I can do)' 열풍이 우리 사회를 휩쓸고 있었습니다. '내가 생각한대로 다 되는 거야.', '내가 하려고만 한다면 다 이룰 수가 있어.' 이렇게 'I

---

15) 1993년 5월 26일~6월 8일, 문예회관 대극장.

can do'가 무슨 주문처럼, 마술처럼, 신봉되던 때였어요. 그래서 누구나 20개, 30개, 50개, 그 이상의 통들을 뛰어넘을 수 있다고 생각하지만, 실제로 뛰면 그것이 안 돼요. 우리사회는 생각과 행동의 차이가 너무 큽니다. 그런데도 그 괴리감을 표출할 수 없는 사회적 분위기가 굉장한 희극이지요. 초연 때 배우들이 다칠 위험에도 불구하고 실제 통을 뛰어 넘었던 것은, 그 괴리감이 얼마나 큰지를 관객들에게 직접 보여주고 싶었기 때문입니다. 그러나 초연 끝나고 〈통 뛰어넘기〉를 희곡집으로 출판하면서, 저는 배우들의 안전을 위해 실제 뛰지 않고 생각으로만 뛰어 넘는다고 고쳤습니다. 생각과 행동의 괴리감을 보지 않아도 생각으로만 뛰고 실제로 몸은 뛰지 않는 아이러니는 충분히 느껴질 것입니다.

이상란 : 이 작품에는 선생님과 같은 극작가가 등장해요. 그리고 극작가의 고민이 아주 리얼하게 드러나죠. 새로운 작품을 계속 써내야 하는 강박감. 마감 날이 지났어도 작품은 써지지 않는데 배우들과 연출가는 독촉하며 기다리고… 재탕, 삼탕이라도 해야 할 처지에 극작가는 몰려 있어요. 이 작품의 극형식이 극작가가 작품을 생각하고, 그러면서 생각 속의 인물들이 무대에 등장하고, 그 인물들의 생각이 사건을 만들고… 극 속에 또 극이 있고, 그 속에서 또 극이 벌어지는데, 이게 전부 생각과 생각으로 연결이 돼요. 얼간이가 145개의 통들을 뛰어넘을 생각으로 정말 피투성이가 되도록 뛰어넘기를 연습하는데, 그 참혹한 행동을 멈출 수 있는 유일한 방법이, 그 얼간이를 생각해낸 극작가가 죽어서 생각을 멈춰야 얼간이의 행동이 멈추는 것이죠. 〈통 뛰어넘기〉를 다 읽고 나서 가장 먼저 든 생각은, 작품의 소재는 굉장히 좋았어요. 그러면서 뭐랄까요, 소재가 좋았기에 아쉬운 점도 있는데요. 우선 구조가 너무 여

러 겹으로 이루어져 있어서 혼란스럽다는 점이에요. 그리고 불륜 관계인 여가수와 매니저가 하와이로 달아났다든가, 통 뛰어넘기를 가르치는 관장이 제자들에게 채찍을 휘두르면서 "돼지새끼, 개새끼, 당나귀새끼" 이렇게 욕하는 것이 마음에 걸렸어요.

이강백 : 그건 경박하고, 저속해서, 마뜩하지 않지요?

이상란 : 네. 욕 대신 오히려 "넌 할 수 있어!" 격려하고 칭찬하면 더 역설적일 것 같아요.

이강백 : 그 지적에 동감합니다.

이상란 : 이 작품엔 극중극의 장소가 몇 군데 있죠. 맥주집, 통 뛰어넘기 도장, 잡지 편집실이 있는데, 편집실 장면이 먼저 시작되잖아요. 그런데, 편집실의 등장인물들이 달 지난 잡지들을 찢어내 새 잡지를 만들어요. 재미는 있지만, 첫 장면의 경박함이, 이 작품의 전체적인 인상을 결정짓는 것 아닐까 우려 돼요. 직접 취재하러 가지는 않고 생각만으로 편집해서 잡지를 만드는 것이, 몸은 뛰지 않고 생각만 통을 뛰어넘는다는 다른 장면들과의 연관성이 첫 장면엔 있어요. 그러나 이후에는 별 연관성이 없어 보이고… 잡지 편집실을 생략하면 어땠을까요?

이강백 : 하지만 잡지 편집실은 마지막에 결정적인 사건이 벌어지는 곳입니다. 잡지의 특집을 하와이로 도피한 가수 전은정이 자살했다고 꾸몄는데, 그 특집 덕분에 실제 자살할 필요가 없어졌다면서, 전은정은 자살하려고 구입했던 권총을 파인애플 통에 담

아 잡지사 편집실로 보낸 것입니다. 편집실 인물들은 총을 받고 진짜인지 가짜인지 확인하기 위해 방아쇠를 당깁니다. 그러자 발사된 총알이 잡지사 건물의 유리창을 뚫고 길 건너편 건물의 통 뛰어넘기 도장으로 날아가지요. 그러니까, 그때야 비로소 편집실과 다른 장소인 도장이 매우 가깝다는 것을 확실하게 느껴집니다. 편집실이 첫 장면인 것은 그 나름의 이유가 있습니다. 첫 장면은 중요한 인물들이 등장합니다. 편집부장 박승훈을 보십시오. 그는 결코 경박한 인물이 아닙니다. 다리를 다쳤다는 평계를 대고 통 뛰어넘기를 하지 않으면서, 다른 사람들이 하는 것을 지켜보는 인물이지요. "너희들은 열심히 뛰어라, 결과가 잘 되면 나도 하고, 결과가 잘 안 되면 나는 하지 않겠다" 지혜롭다고 해야 할지, 교활하다고 해야 할지, 어쨌든 박승훈은 능글맞을 정도로 매우 현실적인 인물입니다. 또 하나의 인물이 편집실에 등장하는데, 수습사원 얼간이지요. 그는 편집실 분위기와는 전혀 어울리지 않게 무척 순수하고 진솔합니다. 특집부장 조갑진, 사진부장 김자명도 등장하는데, 능글맞은 현실적 인물과 순진한 비현실적 인물의 중간 형태 인물들입니다. 조금 전 선생님의 지적처럼, 너무 경박하고 비속적인 것들이 이 작품의 품격을 방해했고, 좀 시간을 두고 옥석을 가려 썼더라면, 정말 좋은 작품이 되었겠지요. 그러나 생각과 행동의 괴리는 저에게도 해당됩니다. 정말 좋은 작품을 쓰겠다는 생각과 실제 쓰는 작품은 너무 큰 차이가 납니다. (웃음) 저는 관객들이 〈통 뛰어넘기〉를 가벼운 희극으로 보리라고 생각했습니다. 그런데 극작가의 생각과는 다르게, 관객들의 반응은 애매모호했어요. 그러니까 이걸 어떻게 봐야 하는지… 웃기는 장면이 나와도 제대로 웃지 않고, 심각한 장면을 보고도 어정쩡한 태도였습니다.

이상란 : 층위가 너무 다양해서 그래요. 우선 극작가와 연출가의 층위가 있지요. 극작가의 고민이 아주 리얼하게 쓰여 있더라고요. 그렇게 고심하다 얼간이가 등장하는 장면이 되면 아주 흥미로워요. 통 뛰어넘기가 하나의 이미지 훈련이잖아요. 그러니까, 시대의 어떤 이데올로기를 재생산하면서, 우리는 정말 할 수 있다라는 이미지 훈련을 몸으로 하는 게 아니라 머리로 하고 있는 거죠. 머리로 하고 있는 대다수의 사람과 달리, 얼간이는 직접 몸으로 뛰는 사람이지요. 당시에 선생님은 박승훈과 같이 살고 계셨을지 모르지만, 여전히 소년 파수꾼이나 내마처럼 얼간이를 사랑하고 계신 것 같았어요.

작품의 메타 층위 중에서, 현실적인 차원을 편집실 대신에 많은 관객들의 현실과 닮아 있는 삶의 현장과 연결되어 있다면, 관객과 더 깊은 공감대를 형성할 수 있지 않을까요?

이강백 : 네, 그럴 수 있겠습니다.

이상란 : 얼간이는 너무 순수해서 우리와 다르니까 박승훈 같은 인물들이 우리와 같은 보통 살아가는 사람으로 여겨져요. 그럼에도, 우리 안에는 얼간이가 있고 그를 사랑하지요. 어쨌든 불가능한 목표에 도전했다가 좌절한 이 작품은 가볍게 볼 희극은 아니죠.

이강백 : 저는 희극 쓰기가 비극 쓰기보다 훨씬 어렵더군요.

이상란 : 그런데 선생님은 또 하나 희극을 쓰셨어요. 1993년 공연한 세 작품 중에서 마지막 작품인 〈자살에 관하여〉도 희극이죠.

이강백 : 〈자살에 관하여〉는 임영웅 선생님 연출로 산울림 소극장에서 공연했습니다. 1993년 11월 3일부터 1994년 2월 27일까지 장기 공연이었지요. 선생님도 잘 알고 계시듯이, 우리나라는 세계에서 자살률이 제일 높은 국가입니다. 라디오 방송에는 취업 상담이라든가 육아 상담, 건강 상담 등, 고민을 듣고 해결을 제시하는 상담 프로그램이 있는데, 자살 상담은 왜 없을까 궁금했어요. 만약 자살 상담을 한다면, 자살률이 제일 높기에 청취하는 사람들도 가장 많을 것입니다. 그러다가 이 작품을 쓰려고 자살에 관한 여러 가지 책과 자료들을 살펴보면서, 코끼리를 더듬는 맹인이라고 할까요, 벽 같기도 하고 기둥 같기도 하고… 죽음, 특히 스스로 택한 죽음은 개인마다 다르고, 상황마다 달라서, 원인 규명과 대책 마련이 쉽지 않다는 것을 알았습니다. 물론 그런 상담 능력을 가진 전문가들이 없지는 않겠지요. 그러나 라디오 방송에서 자살 상담이 없는 것은 윤리적인 문제 때문임을 알게 됐습니다. 자살이 공공연하게 다뤄지면, 존중하고 보호해야 할 프라이버시가 심각하게 손상됩니다. 오랜 금기였던 성(性)마저 공공연해진 다음 프라이버시의 마지막 남은 보루는 죽음입니다. 그 죽음 중에서 가장 내밀한 죽음은 자살이지요. 지금 말씀 드린 여러 가지 이유로 〈자살에 관하여〉의 공연을 망설였습니다. 더구나 산울림 소극장은 여성 연극의 메카로서, 관객들도 여성이 많은데, 〈자살에 관하여〉가 여성관객들에게 맞지 않을 것 같아 걱정했어요. 다행히 노영화 씨와 이화영 씨 두 분 여배우의 열연으로 3개월 장기간 공연에 좌석은 가득 찼습니다.

이상란 : 〈자살에 관하여〉는 라디오 방송국의 육아 상담이 저조한 청취율로 폐지되고, 자살 상담이 나가자 굉장한 인기를 끌죠.

저는 이 작품이 선생님의 지금까지의 작품 스타일과는 많이 달라서 흥미로웠어요. 하나는 상습적으로 자살을 시도하는 유경화가 누구보다도 생명력이 넘치고, 남지인처럼 차분하게 자기 일상을 이끌어가는 사람은 거의 죽어있는 상황이나 다름없는 그런 대비가 재미있었고요. 또 하나는 중년 남자가 자살 상담에서 했던 대사에요. "인간은 외부의 풍경하고 내부의 풍경이 전혀 다를 때 그 엄청난 차이를 극복하지 못하고 죽게 된다." 이 말이 상당히 인상 깊어요. 어떻게 자살에 관한 심리들을 선생님이 조사하셨는지 궁금해요.

이강백 : 그 대사는 〈통(桶) 뛰어넘기〉와 연관이 있습니다. 생각과 행동의 차이, 그 차이가 크면 클수록 엄청난 괴리감이 생겨서 사람은 불행해집니다. 그런데, 〈자살에 관하여〉는 공연 때 텍스트와 출판한 텍스트가 다릅니다. 공연 때는 등장인물이 여성 두 명이지요. 아까 말씀하신 중년 남자의 대사는 라디오 자살 상담에서 목소리로 들렸던 것입니다. 공연이 끝난 후 저는 그 중년 남자를 등장인물로 한 명 더 추가해서 수정 보완한 텍스트를 희곡전집 5권에 수록했습니다.

이상란 : 〈자살에 관하여〉라는 연극을 이미 본 중년 남자가 마치 해설자처럼 등장해서 관객들에게 무대를 설명하죠. 등장인물과 관객의 두 가지 역할을 하고, 또 그런가 하면 이미 봤던 연극의 증인으로서 앞으로 볼 연극의 진행자가 되기도 합니다. 이것이 묘하게 재미있어요.

이강백 : 〈자살에 관하여〉 초연에는 숨은 에피소드가 있습니다. 작품료에 대한 에피소드입니다. 전업 극작가의 작품료를 어떤 기준

으로 산정해야 하는지, 그 정확한 기준이 없었어요. 관습적으로는 관객 수효와 상관없이 작품료를 받았습니다. 하지만 저는 전업 극작가란 흥행에도 책임을 져야한다고 생각해서, 관객 수효와 작품료를 연동시켜, 유료 관객의 10%를 작품료로 정했습니다. 〈북어 대가리〉와 〈통 뛰어넘기〉는 그렇게 정한 작품료를 받았지요. 그런데 10%가 좀 많다고 말하는 분들이 있었어요. 〈북어 대가리〉처럼 등장인물이 적은 경우는 괜찮겠지만, 〈통 뛰어넘기〉같이 등장인물이 많으면 제작비가 상승해서 극작가에게 유료 관객 수입의 10%를 주는 건 부담스럽다는 것이었습니다. 그러나 등장인물의 수효에 따라 작품료 기준이 다르면 일관성 없고 복잡해서, 저는 작품료 기준을 단순 명료하게 관객 수효 10%를 5%로 낮췄습니다. 그래서 〈자살의 관하여〉의 공연 계약할 때, 저는 5%를 요구하였고, 임영웅 선생님도 흔쾌히 동의를 하셨지요. 그런데 3개월간 공연이 끝난 후 5%로 정산 받은 작품료가⋯ (웃음) 얼마라고 공개하지 않겠습니다만⋯ (웃음) 굉장히 절약하는 저희 집 한 달 생활비의 반 정도밖엔 안 됐어요. 아, 이걸 받아가지고는 전업 극작가로 살 수 없다고 실망했습니다. 임영웅 선생님은 이런 사정을 잘 아실 텐데, 좀 더 주셔야 옳다고 생각했지요. 실망은 분노가 됐습니다. 그래서 산울림 소극장에서 다시 공연하면 제 성을 갈겠다고 했어요. 그렇게 실망과 분노의 거친 표현을 공연 끝난 뒷풀이 자리에서 했는데⋯, 그 자리에 있었던 누군가가 술 취한 제 입에서 나온 말을 임영웅 선생님께 전한 모양입니다. 나중에 알게 된 사실입니다만, 임 선생님은 무척 화를 내셨다고 합니다. 극작가가 하자는 대로 한 것인데, 다시 공연하면 성을 갈겠다니 도대체 무슨 소리냐⋯ 정말 괘씸하다고 여기셨어요. (웃음) 오랜 세월이 흐른 뒤 〈챙!〉을 산울림 소극장에서 공연하면서, 지나간 옛 일은 그저 한바탕 웃음이 됐습니다.

이상란 : 그런 에피소드가 있었군요. (웃음) 유료 관객 5%라는 작품료 기준은 계속 유지하셨나요?

이강백 : 아니요. 그 다음 작품 〈불 지른 남자〉는 5%도 받지 못했습니다.

이상란 : 그럼 〈불 지른 남자〉로 넘어가 보죠. 이 작품을 공연한 때[16]는 김영삼 대통령의 문민정부가 들어선 다음 해입니다. 민주화 운동에 참여했던 친구들 얘기가, 이때가 위기였다고 하더라고요. 정확하게 보이는 목표가 사라지고, 싸워야할 대상이 보이지 않을 때, 민주화 운동에 참여했던 사람들 대부분이 어려움을 겪었다고 해요. 이 작품은 세상이 아무것도 바뀐 게 없다는 좌절감을 선생님이 표현하셨는데… 왜 하필이면 불 지른 남자 재현을 등장시켜 나타내셨는지, 그 질문을 드리고 싶어요.

이강백 : 1993년 2월 25일, 국민들의 직접 선거로 선출된 김영삼 대통령이 취임합니다. 오랜 기간 무력 통치했던 군사정부가 끝난 것이지요. 그래서 김영삼 대통령의 문민정부는 민주화 운동에 헌신했던 분들한테는 물론 전 국민의 뜨거운 기대를 받았습니다. 하지만 너무 뜨거운 기대는 빨리 식는다고 할까요, 얼마 지나자마자 문민정부가 됐어도 세상 달라진 것이 없다는 실망감이 팽배했습니다. 〈불 지른 남자〉는 그런 시대적 배경을 갖고 있어요. 방금 선생님이 질문하신 왜 하필이면 불 지른 남자인가, 그 시대를 나타낼 다른 인물들도 많을 텐데… 글쎄요, 너무 많기 때문에 불 지른 남자를 택했다면 대답이 될까요? 누구나 대구 미국문화원 방화사

---

16) 1994년 11월 3일~12월 25일, 성좌 소극장.

건, 부산 미국문화원 방화사건, 광주 미국문화원 방화사건을 기억 하실 것입니다. 〈불 지른 남자〉에서는 광주 미국문화원 방화라고 했습니다만, 저는 실제 방화사건을 다루고자 한 것이 아니라, 민주 화 운동으로 오랫동안 감옥에 갇혀 있던 남자가 나와서 세상을 접 하면 어떤 느낌일까, 그것이 저에게는 중요했습니다. 그런데 예상 못한 일이 생겼어요. 연극 〈불 지른 남자〉의 공연 시작 며칠 전에, 극장으로 전화하신 분이, 자기는 부산 미국문화원에 불 질렀던 문 부식인데 첫날 공연에 오시겠다고 했다는 것입니다. 첫날 공연에 는 연극 담당 기자들이 많이 옵니다. 저는 솔직히 난감했습니다. 이 작품의 핵심은 방화 사건이 아닙니다. 그 사건이 지나간 다음이지 요. 연극 〈불 지른 남자〉에 문부식 씨가 온다면 실제 인물이 큰 화 제가 될 것입니다 그래서 방화 사건과 실제 인물을 전면에 부각시 켜 기사를 쓸 것 같았고, 그 사건이 지난 다음은 뒤로 밀려날 것 같 았습니다.

이상란 : 그래서 어떻게 하셨어요?

이강백 : 저는 고민하다가… 〈불 지른 남자〉의 첫날 공연에 가지 않았습니다. 작품 쓴 저에게 기자들이 실제 인물이 온 소감을 물을 텐데, 말 안 할 수도 없고… 말하면 실제인물이 더 부각될 우 려 때문이었지요.

이상란 : 첫날 공연에 극작가가 가지 않는 건 드물죠?

이강백 : 네. 극장 직원 말에 의하면, 문부식 씨는 첫날 공연 이후에도 여러 번 오셨다고 합니다. 지금 생각하면 제가 너무 옹졸

했어요. 그분이 공연을 자주 보러 오신 것은, 자신의 방화 사건을 크게 부각할 의도가 아닐 수도 있는데, 저는 단정적으로 그렇다고 여겨서… 이젠 늦었지만 사과합니다.

이상란 : 그분은 이 작품을 보면서 자신에 대해 생각을 많이 하셨겠죠.

이강백 : 이 작품에는 그 사건이 끝난 다음의 여러 가지 모습들이 나옵니다. 예를 들어 민중미술 전시회가 있는데요, 미술평론가들이 등장해서, 민중미술은 시대적 소명을 다 했다고 말합니다. 한 시대의 아픔과 고난의 정서를 적절히 담아냈는데, 그 시대가 끝나자, 거칠고 서툰 민중미술이 예술적이지 않다고 폄훼하는 것이지요.

이상란 : 마당극도 그런 폄훼된 평가를 받았잖아요.

이강백 : 네. 민중미술이나 민족극처럼, 민주화 운동을 했던 사람들마저도 '이제 너희들 역할은 끝났다'며 외면당했어요. 그래서 민주화 운동을 했던 사람들의 일부는 서둘러 권력층에 편입하였고, 편입 못한 일부는 민주화 운동에 대한 경제적 보상을 요구합니다. 물론 민주화 운동을 하신 분들은 희생이 컸습니다. 독재 정권과 싸우면서, 감옥에 갇혀서, 도피하면서, 극심한 감시와 억압 때문에, 직업을 갖거나 결혼을 하는 정상적 생활이 불가능했어요. 그러므로 그분들의 명예회복과 보상은 당연히 해야 합니다. 하지만 보상을 하다보니까, 희생의 의미 변화가 생겼습니다. 국민들은 그분들의 희생을 미안하고 고맙게 여겼는데, 보상은 미안하고 고맙던

마음의 빚을 갚은 듯이 가벼워졌지요. 그래서 민주화 운동을 하신 분들 중에는 자신의 희생에 대해 보상을 바라지 않는 분도 있었습니다. 제 생각에는, 너무 순진하고 비현실적인 생각인지는 모르겠으나, 만약 희생의 의미를 무겁게 지켰다면, 우리가 세상이 변한 것 없다는 깊은 좌절에 빠질 때마다, 숭고한 희생의 의미가 우리를 좌절에서 구해낼 것입니다.

이상란 : 〈불 지른 남자〉의 주인공 재현은 좀 더 나은 세상을 위해 희생한 사람인데, 자신의 희생에 대해 그 어떤 보상이나 대가를 바라지 않아요. 그런 사람이 십년 팔 개월 동안 감옥살이를 하고 나온 지 사흘 만에, 옛날이 더 좋았다는 치매환자들에게 맞아 죽죠. 그게 굉장히 시사적이에요. 재현의 죽음은 두 가지 다른 생각이 부딪친 결과인데, 오히려 과거가 좋았다, 세상은 점점 나빠졌다는 생각과 이 세상은 나아지고 있다는 믿음. 이 둘이 충돌하는 지점에서 재현이가 죽거든요.

이강백 : 지금도 박정희 시절이 좋았다고 말하는 사람들이 있고, 자유당 시절, 심지어 일제강점기가 좋았다는 사람들도 있습니다. 일제강점기에는 남북을 오고갈 수 있어서 좋았는데, 해방이 되자 분단되고, 6.25전쟁도 일어났다는 것이지요.

이상란 : 선생님이 이 작품에서 두 번 반복해 쓰신 대사가 있어요. 시작 부분의 다락방에서 재현이가 누님에게 하는 말, 마지막 부분 다락방에 죽은 재현이가 나타나 하는 말이 똑같죠.

재현 : 이 좁고 어두운 다락방에서, 나는 가장 밝고 아름다운 세상을

꿈꾸며 성냥불을 켰어요. 딱딱한 상자 위에 잠을 못 이룬 채 앉아서, 커다란 유리병의 물을 다 마셔도 가시지 않는 갈증을 느끼며, 자꾸만 자꾸만 성냥을 켰었죠. 누님, 난 행복했어요. 나의 작은 불 하나가 캄캄한 이 세상을 밝힐 수 있다고 생각하면서 행복했던 거예요.

다락방이라는 좁은 공간에서 아름다운 세상을 꿈꾸며 성냥불을 켜는 재현, 저는 선생님이 재현이라는 인물에게 얼마나 정성을 들이고 썼는지, 얼마나 자신의 마음을 투영하고 있는지, 이 대사에 담겼다고 생각해요.

이강백 : 그런데, 갑자기 기억나는 것이 있군요. 제가 극단 가교에 처음 입단했던 때입니다. 곧 공연을 앞두고 연습하는 작품이 〈방화범〉이었습니다. 그 작품을 쓴 극작가 이름이… 뒤렌마트와 쌍벽을 이루는 스위스의 독일어권 극작가….

이상란 : 막스 프리쉬(Max Frisch) 말씀인가요?

이강백 : 네, 맞습니다. 막스 프리쉬의 〈방화범〉이었는데, 방화범들이 다락방에 숨어들어요. 독일어 원본을 직역하면 지붕 밑 방입니다만, 번역자가 다락방으로 의역한 것이지요. 물론 그 작품과 제 작품은 전혀 다릅니다. 막스 프리쉬의 〈방화범〉은 폭력을 묵인할 경우 발생하는 비극을 보여 줍니다. 방화범들은 잠시 머물 뿐, 집에는 절대 피해를 주지 않겠다면서 다락방을 점거합니다. 집주인은 방화범들을 쫓아내기에는 힘이 모자라고, 그냥 말썽 없이 있다가 가겠다는 것을 경찰이나 이웃 사람들에게 알리면 방화범들이

보복할까 두려워 그들을 묵인합니다. 그러나 결국은 방화범들이 그 집을 불 질러 버리지요. 그것은 코끼리가 나타나 발 하나만 집에 들어가게 하면 절대로 더 이상 들어가지 않겠다고 해서, 그 말을 믿은 집 주인이 발 하나를 용납하자 다른 발도 들어오고, 머리가 들어오고, 몸이 들어와서, 집 전부가 무너졌다는 우화(寓話)와 비슷합니다. 제가 실제 공연은 보지 못했지만, 일본 연극잡지에 게재한 폴란드 인형극 사진과 기사를 봤는데, 〈손(手)〉이라는 제목의 인형극입니다. 폴란드는 세계 2차 대전 이후 소련의 지배를 받으면서 문학, 연극, 영화 등 모든 예술 활동이 검열의 대상이었는데, 오직 인형극만 검열에서 제외했다는군요. 그러니까, 어린아이들이 보는 인형극에 무슨 문제가 있겠느냐며 뺀 것입니다. 그러자 인형극이 놀랍게 발전해요. 〈손〉은 매우 정치적인 문제를 다룹니다. 내용은 이렇습니다. 꽃을 좋아하는 임금님이 머리에 금과 보석의 왕관 대신 꽃으로 만든 화관을 씁니다. 이 화관의 꽃들은 시들지 않아요. 화관만이 아닙니다. 임금님의 드넓은 정원에는 사시사철 온갖 꽃들이 피어 있습니다. 그런데, 어느 날 주먹 쥔 거대한 손 하나가 나타나서 임금님에게 말합니다. "절대로 꽃을 꺾지 않겠다, 그냥 정원 한 귀퉁이에 서서 가만히 있을 뿐이다." 임금님은 손에게 정원 밖으로 나가라 하고 싶었지만, 그렇게 할 수 없었습니다. 거대한 손이 선선히 물러가기는커녕, 잔뜩 화가 나서 행패 부릴 것이 두려웠기 때문입니다. 임금님은 거대한 손의 요구를 수락했습니다. 그러자 거대한 손이 들어온 다음부터 정원의 꽃들은 시들고, 임금님의 화관에 피어있던 꽃들도 시듭니다. 그것은 마치 소련 군대를 받아들인 폴란드라고 할까요. 저는 그 인형극에 무척 감동했어요. 막스 프리쉬의 〈방화범〉, 폴란드 인형극 〈손〉은 오늘날 우리가 처한 폭력적 상황을 가감 없이 드러냅니다. 폭력은 폭력을 행사하지 않고도 존재 그 자체로써 폭력의 목적을 달성합니다. 아까 〈불 지른 남자〉를 말할 때 〈방화범〉이 기억나서 제 이야기가 길어졌어요. 불 지른 남자는 방화범이니까 제목은 두 작품이 같군요.

이상란 : 〈불 지른 남자〉의 다락방은 무대에서 어떻게 만들었어요?

이강백 : 건축할 때 사용하는 사각형 철제 구조물이 있는데요, 그 구조물 위에 같은 구조물을 하나 더 올려서 높였습니다. 핀 조명으로 그 위에 앉은 재현을 비추니까 마치 높은 다락방에 혼자 있는 것처럼 보였지요. 다락방 장면이 끝나면, 곧 구조물은 무대 밖으로 빠져 나가도록 작은 바퀴를 달았습니다.

이상란 : 선생님은 연출가 채윤일 씨가 〈불 지른 남자〉를 표현주의 연극처럼 만들었다고 희곡전집 머리글에 쓰셨죠.

이강백 : 제가 사실은 표현주의 연극을 본적이 없어서, (웃음) 그런데, 어쨌든 채윤일 씨 연출이 독특해서 좋았어요. 〈불 지른 남자〉는 극단 연우무대가 1994년 서울연극제에 참가하려고 신청했으나 탈락한 작품입니다. 선정되지 못한 이유가 분명히 있겠지요. 하지만 탈락한 작품이라는 꼬리표가 달리면 공연하기 어렵습니다. 그런데 권오일 선생님이 구세주 역할을 하셨어요.
그러니까, 그분은 극단 성좌와 성좌소극장을 운영하셨는데, 둘 다 적자였지만 극장에 엄청난 적자가 쌓여서, 과연 극장을 유지해야 할지, 말아야 할지, 기로에 선 어려운 시기였습니다. 저에게 전화하셔서 성좌소극장에서 할 작품을 찾고 있다고 하시기에, 저는

서울연극제에 신청했다가 탈락한 작품이 있지만 등장인물들이 많아 소극장에는 맞지 않는다고 말했습니다. 그런데도 작품을 보자고 하시더군요. 저는 아무런 기대 없이 등기 우편으로 보내 드렸지요. 한 일 주일 지나서인가… 공연하겠다는 말씀을 하셔서 내심 놀랐습니다. 더욱 놀란 건 이 작품이 성좌소극장의 마지막 공연이 될 것이라며 흥행보다는 의미 있는 작품을 하고 싶다. 그래서 이 작품을 가장 잘 만들기 위해 채윤일 씨에게 연출을 맡겼다고 하셨습니다. 〈자살에 관하여〉는 유료 관객 수입의 5%를 작품료로 받았으나 〈불 지른 남자〉는 5%의 작품료도 받지 못했다고 말씀드렸는데, 사실은 제가 작품료 이야기를 꺼낼 입장이 아니었어요. 엄청난 적자에 극장을 폐관하는 권오일 선생님이 〈불 지른 남자〉를 공연하면 적자가 더 늘어날 텐데, 공연해 주시는 것만으로도 정말 감사했습니다. 연출을 맡은 채윤일 씨 역시 권오일 선생님의 사정을 잘 알고 있어서 연출료 받을 생각이 없었다고 합니다. 그런데 공연이 끝난 후 권오일 선생님은 어려운 형편에도 사비를 털어서 배우들의 출연료부터 지불하시더니, 연출료는 두 달쯤 늦었으나 잊지 않고 주셨어요. 아마 기다리고 있으면 언젠가는 작품료도 주셨을 텐데… 이젠 고인이 되셨습니다. 권오일 선생님의 연극에 대한 깊은 사랑을 이렇게나마 말씀 드렸습니다.

이상란 : 〈불 지른 남자〉 공연은 상당히 평론가들한테 호평을 받았어요. 시대와 연극을 결부해서 이야기할 때에 반드시 논의해 볼만한 작품이죠. 그런데 서울 연극제 선정 심사에서 탈락했다가 공연된 것은 다행이군요. 이 작품은 시대가 변하면 시의성이 떨어질 수 있는 작품이기에 사장될 경우 참 아쉬웠을 거예요.

이강백 : 그렇습니다. 권오일 선생님 덕분으로 시의적절한 때 공연해서 천만다행입니다. 〈불 지른 남자〉가 백상예술대상 희곡상을 받자 저는 권오일 선생님께 다시 한 번 감사의 마음을 전했습니다. 연출가 채윤일 씨, 그리고 재현 역을 했던 배우 김학철 씨에게도 감사했지요. 김학철 씨는 정말 뛰어난 배우입니다. 지금은 연극계를 떠났습니다만, 왜 김학철 씨를 붙잡지 못했는지… 연극을 위해 극장 하나를 짓는 것만큼 배우 한 명을 지키는 것도 중요합니다.

이상란 : 〈북어 대가리〉, 〈불 지른 남자〉, 이 두 작품이 이강백 희곡전집 5권에서 특별한 의미를 갖죠.

이강백 : 〈통 뛰어넘기〉는요?

이상란 : 그 작품은 조금 고치면 좋고….

이강백 : 고쳐도 안 좋을 걸요. (웃음) 제가 좋은 작품이라고 아무리 강변해도 선생님은 동의 안 하시는군요.

이상란 : 〈통 뛰어넘기〉에서 공감이 되는 부분은 인생이란 장애물 경기 같다는 점이지요. 고개 하나 넘으면 또 다른 고개가 있고, 이런 장애물 경기인데, 여기서는 통 뛰어넘기로 그것을 은유했다고 생각해요. 세상에는 장애물을 의식으로 이미지 훈련으로 뛰어넘을 수 있다는 사람들과 몸으로 직접 하려는 사람 얼간이가 있어요. 선생님은 이 두 가지의 시도를 생각과 행동의 균열이라고 하셨는데, 두 가지가 통합되는 방법은 없을까요? 박승훈이 조금 그런 입장이 아니었을까 싶은데, 이 사람은 실천하는 것보다 거리를 두

고 보기만 했던 것 같아요.

이강백 : 네. 그는 방관자입니다. 이게 뭐냐, 가능한 것인가, 거리를 둔 채 바라보는 것이지요. 그래서 그런 방관적 태도가 어떤 금지선이 됐다고 할까요, 관객들에게 감정이입을 막는 마지노선이 됐습니다. 그 마지노선이 작품의 완성도가 부족해서 생긴 것인지, 아니면 등장인물 박승훈의 방관적 태도가 관객들에게 전이되어 생긴 것인지, 경계가 모호하지만, 어쨌든 마지노선이 있는 건 확실합니다. 그런데 〈북어 대가리〉나 〈불 지른 남자〉는 감정이입이 잘 되는 작품입니다. 작품이 관객들에게 전달되는 두 가지 통로가 있습니다. 의미라는 통로와 감정이라는 통로지요. 물론 이 통로는 엄밀하게 구분할 수 있는 것은 아닙니다. 그러나 극작가가 관객들에게 의미를 중요하게 전달하고 싶은 경우가 있고, 감정을 중요하게 전달하고 싶은 경우가 있습니다. 머리로 의미가 잘 전달되면서 가슴으로 감정도 잘 전달되는 작품이 정말 잘 쓴 작품이겠지만, 극작가가 무엇을 더 중요하게 여기느냐에 따라 작품의 형태라든가 질감이 달라집니다.

이상란 : 관객들은 머리와 가슴이 둘 다 공감되는 작품을 좋아하지요.

이강백 : 하지만 공감에는 또 하나의 중요한 통로가 필요해요. 〈불 지른 남자〉는 관객들에게 의미와 감정이 제대로 전달되었는데, 그렇게 된 것은 시의적절함, 사회 구성원들의 공통 체험이라는 커다란 통로가 살아있기 때문입니다. 그러나 그 통로는 시대가 변하면 사라져요. 그래서 그 통로가 사라지기 전에 구호를 외치듯이

직설적인 작품을 쓰기도 합니다.

이상란 : 그럼요, 직설적인 작품들이 어떤 순간에는 굉장히 호소력을 가질 수 있죠. 선생님도 어떤 작품은 상당히 은유적으로 쓰시다가, 또 어떤 작품은 직설적으로 쓰면서, 지그재그하시잖아요.

이강백 : 네, 바로 그런 것이 시대가 변해도 자기 작품이 공연되기를 바라는 극작가를 갈등하게 만듭니다. 〈불 지른 남자〉는 문민정부가 끝난 후에는 공연되지 않습니다. 지금 공연해도 뭔가 의미 있고 감정이입이 잘 될 텐데, 제가 이렇게 말한다고 재공연이 되겠어요?

이상란 : 글쎄요… (웃음) 오늘도 긴 시간 좋은 말씀 감사합니다.

여덟 번째 대담

희곡전집 6권 (1995~1998) 작품

영월행 일기
뼈와 살
느낌, 극락같은
들판에서
수전노, 변함없는

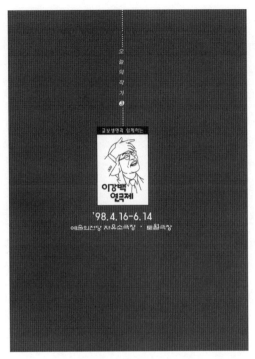

예술의 전당, 〈이강백 연극제〉 팸플릿

여덟 번째 대담

이상란 : 오늘은 5월 15일, 선생님과의 여덟 번째 대담 날입니다. 1995년부터 1998년까지 공연한 작품들을 모은 〈이강백 희곡전집 제6권〉을 오늘 대담에서 다룹니다. 그런데 이 시기에 여러 가지 중요한 일들이 많았어요. 1995년에는 한국예술종합학교의 한국예술연구소 이영미(李英美) 선생님이 집필한 『이강백 연구』가 나왔고, 1997년 가을 학기부터 한국예술종합학교 연극원의 전임 대우 객원교수가 되셨죠. 그리고 1998년에는 예술의 전당에서 '이강백 연극제'를 했어요. 그래서 희곡전집 6권의 작품들을 다루

기 전에, 먼저 '이강백 연극제'에 대한 말씀부터 나누고 싶군요. 연극제 때 선생님을 만난 기억이 지금도 생생해요. 반백의 머리, 여유 있는 웃음, 손을 합장하면서 인사하던 선생님 모습이 원숙한 극작가로 보였어요.

이강백 : 그때, 저는 50살밖에 안 됐는데… 원숙하게 보셨군요?

이상란 : 네. 50살은 많은 나이라고 생각했죠. (웃음) 제가 이제 그 나이를 훌쩍 넘기고 보니까, 사실 그렇게 많은 나이는 아니에요. 저는 그때 막 40대가 되었고, 독일 유학에서 돌아와 출발지점에 섰다면, 선생님은 오랫동안 활동하시다가 드디어 선생님 이름이 붙은 연극제를 갖게 되셨으니, 극작가로서 완성단계에 이른 것 같았어요. 제가 '이강백 연극제'에서 〈내마〉, 〈영월행 일기〉, 〈느낌, 극락같은〉을 보았지요. 그 바로 전 해에 〈뼈와 살〉을 보고 선생님 작품 세계에 대해서 더 깊은 관심을 갖게 되었는데, '이강백 연극제'에 공연된 〈영월행 일기〉, 〈느낌, 극락같은〉을 보면서 선생님 작품세계의 정점이라 생각했어요. 선생님 작품세계에서 2개의 정점을 짚으라면, 70년대 초기 작품들과 선생님이 50대를 넘으시면서 보여준 이 작품들이죠. 극작술의 원숙함, 통합적인 세계관, 그리고 그걸 통해서 인생의 의미를 담아냈거든요.

선생님은 그 작품들에서 인생을 불균형한 것이라고 보셨고, 그 불균형을 균형 있게 맞추려고 하는 과정이 인생이다 하셨어요. 〈뼈와 살〉의 영자라든가, 〈느낌, 극락같은〉의 함이정은 어긋난 균형을 맞추려고 끊임없이 노력하죠. 선생님은 극작가로서 사회와 부딪쳐 치열하고 고통스럽게 밀어붙였던 젊은 시기를 넘어서서, 중년의

이 시기에 오면 인생의 의미를 짚는 작품들을 씁니다. 극작가로서의 위치와 명성이 확인되는 이 시기에 열린 '이강백 연극제'를 선생님은 어떻게 생각 하셨는지 말씀해 주세요.

이강백 : 글쎄요…, 예술의 전당 연극 중에 가장 돋보였던 것이 '오태석 연극제'와 '최인훈 연극제'였는데, 저도 연극제를 하리라고는… 전혀 예상 못한 것입니다.

이상란 : 예술의 전당이 기획한 그때의 연극제는 정말 획기적이었어요.

이강백 : 네. 그런데 연극제는 막대한 비용이 듭니다. '오태석 연극제'는 오태석 선생의 작, 연출에, '극단 목화'라는 오태석 선생의 극단이 있어서, 여러 가지 지출 비용을 자체적으로 상당히 줄였지만 적자를 면할 수는 없었다고 합니다. '최인훈 연극제'는 연출가 손진책 선생과 극단 미추가 주축이었어요, 손진책 연출가가 작품을 아무렇게나 만들지 않는 타입인데다 극단 외부 출연자도 많았고, 독일 연출가 마뉴엘 루트겐홀스트를 초빙한 비용도 적자를 대규모로 키운 요인이 됐지요. 그래서 연극제를 더 이상 계속하기 어려워 중단한다는 소문도 들렸습니다. 그런데 제 이름의 연극제를 하겠다고 해서 예술의 전당에 갔더니 소문과는 달랐습니다. 그때 처음으로 만난 공연장(公演場) 운영부장 이승엽 씨는 연극제에 매우 긍정적이었어요. 이분은 우리나라에서 몇 안 되는 예술 경영의 전문가입니다. 이분이 예술의 전당 사장님을 적극 설득해서 세 번째 연극제를 했다고 저는 생각합니다. 이승엽 씨는 저에게 설명하기를, 지금까지 연극제는 한 극단이 맡아서 여러 작품들을 공연

했는데, 역량이 분산되는 것 같아서, '이강백 연극제'는 극단을 여럿 선정하여 각각 한 작품을 공연하는 방식으로 바꾸겠다, 그리고 예술의 전당이 연극제의 모든 비용을 전담함으로서 참가 극단은 적자 부담이 없도록 하겠다, 또 공연만이 아니라 심포지움도 하고, 극작가와 작품에 대한 논문집도 내겠다, 매우 파격적인 계획을 내놓았습니다.

이상란 : 이강백 연극제 기념 논문집 『〈다섯〉에서 〈느낌…〉으로』는 연극제에 어울리는 작업이었다고 생각해요.

이강백 : 지난 두 번의 연극제에는 그런 기념 논문집이 없었습니다. 그래서 공연, 심포지움, 기념 출판을 총괄하는 '이강백 연극제 운영위원회'를 만들었는데, 연극 평론가 안치운 선생, 한국예술종합학교의 한국예술연구소 이영미 선생, 연극원 최준호 교수, 그리고 당연직으로 이승엽 씨가 운영위원이었어요. 저는 운영위원이 아니었지만, 공연할 작품과 극단을 선정하는 회의에 참석해 달라는 요청을 받았습니다. 제 이름을 붙인 연극제이기에 저의 의견을 듣고 싶었던 것이지요. 저는 〈북어 대가리〉를 가장 먼저 추천했습니다만, 연출했던 김광림 선생이 연극제에 참가할 수 없다고 했어요. 아마 연극제 기간과 학교 일이 겹쳤던 것 같습니다. 저는 〈북어 대가리〉를 못 한다면 〈칠산리〉를 하자고 했는데, 정진수 선생은 〈칠산리〉 대신 〈쥬라기의 사람들〉을 하겠다는 거예요. 작품과 극단 선정이 쉽게 될 줄 알았더니 그것이 아니더군요. 여러 번 우여곡절 끝에 김아라 연출가의 극단 무천이 〈내마〉(1998.4.16~5.3 자유소극장)를 공연하고, 채윤일 연출가의 극단 쎄실은 〈영월행 일기〉(5.8~5.24 자유소극장)를, 정진수 연출가의 극단 민중은 〈쥬라기의 사람들〉(5.29~6.14 자유소극장)을, 연출가

이윤택의 연희단 거리패는 〈느낌, 극락같은〉(5.22~6.14 토월극장)을 공연하기로 결정됐습니다.

이상란 : 〈내마〉는 초창기 희곡의 특징을 보여주니까 선정한 이유를 납득할 수 있고, 〈영월행 일기〉는 원숙기 희곡의 수작이어서 납득이 돼요. 〈느낌, 극락같은〉 경우는 신작 희곡이라는 선정 이유가 있는데, 〈쥬라기의 사람들〉은 왜 선정했는지 그 이유를 잘 모르겠어요. 지나간 일이지만 이강백 연극제에서 〈북어 대가리〉가 빠진 것이 아쉽고, 〈봄날〉이 빠진 것도 아쉽군요.

이강백 : 네. 저도 그렇게 생각합니다. 하지만 〈북어 대가리〉는 아까 말씀 드렸듯이 김광림 선생이 불참해서 그 대안으로 연출가 이성열 씨를 섭외했으나 '극발전연구회'의 배우들 의견이 맞지 않아 무산되었고, 〈봄날〉은 얼마 전에 재공연을 하였기에 연극제에서는 제외 됐습니다. 마치 흥부네 이불처럼, 발을 덮으면 가슴이 드러나고, 가슴을 덮으면 발이 드러나는 꼴이었지요. 정말 운영위원들이 애를 많이 썼어요. 그런데 작품과 극단 선정 과정에서 운영위원도 아닌 제가 너무 개입했던 것 같습니다. 저는 제 의견을 참고하도록 말씀 드린 것인데, 운영위원 입장에서는 단순한 참고로 들리지 않았겠지요. 나중에 느꼈지만 안치운 선생은 제 태도를 몹시 못마땅하게 여겼습니다. 연극제의 극작가는 뒤로 빠져 있는 것이 옳다고 생각한 것입니다. 저는 심포지움과 출판에 대해서는 제 의견을 단 한 마디도 표명한 바 없습니다. 그런데 심포지움하는 날 청중석 뒷자리에 앉아 있었더니, 연단석의 안치운 선생이 불쾌하다는 어조로 저에게 나가달라고 하더군요. 극작가 본인이 현장에 있으면 발제자들이 제대로 발언하겠느냐는 우려감 때문에 퇴장을

바라는 것이라고 짐작은 들었지만, 모든 청중들이 보는 앞에서 '돌아서는 모습이 아름답다'는 등, 퇴장 요구 표현이 저에게는 모욕적으로 느껴졌습니다. 결국 날선 말들이 오고갔고, 저는 그 자리를 떠났습니다. 유감스럽게도 심포지움에 대한 제 기억은 그것이 전부입니다. '이강백 연극제' 공연이 시작하자 안치운 선생은 운영위원과는 아무 관계없는 것처럼, 마치 유체이탈한 듯이, 연극제 작품과 공연을 평론가의 시각으로 냉정하게 평가하였고, 심포지움만 의미 있다고 했습니다. 그것은 작품과 극단 선택의 책임을 모두 저에게 돌린 것 같아서 괴로움이 컸어요.

이상란 : '이강백 연극제'에 대한 선생님의 전체적인 느낌은 어땠나요?

이강백 : 연극제를 해 보니까 좋아할 것이 아니었어요. 5월 8일부터 6월 14일까지, 이강백 연극제가 진행된 두 달 동안, 저는 매일매일 냉엄한 청문회에 불려 나간 것입니다. 평론가들이나 기자들, 그리고 관객들마저 제 작품들이 연극제를 할 만한 것인지 냉정하게 따지면서 봤습니다. 제 작품은 낱낱이 벌거벗겨졌고, 단점이란 단점들은 모두 밝혀져서, 우군은 하나도 없는 전장에서 수많은 적군들에게 둘러싸인 것과 같았지요. 제가 봤던 중세 전쟁 영화가 자꾸만 머릿속에 떠올랐는데, 창에 찔리고 칼에 잘리고 화살에 맞아서 선혈이 낭자한 시체들이 드넓은 벌판에 가득 찼어요. 그곳에선 영광과 명예란 허울뿐이었습니다. 그러니까 이강백 연극제도 마찬가지입니다. 온갖 비판을 당하면, 결코 영광과 명예를 생각할 기분이 아닙니다.

이상란 : 아, 그래요? 저는 이강백 연극제 때 봤던 김아라 씨가 연출한 〈내마〉라든가, 채윤일 씨 연출의 〈영월행 일기〉, 이윤택 씨가 연출한 〈느낌, 극락같은〉 세 작품이 잊히지 않아요. 〈쥬라기의 사람들〉은 제가 보지 못했어요. 그런데, 세 개의 작품이, 그 무대가 지금도 선명하게 기억나거든요. 전문 관객층에서는 예술의 전당 연극제 기획이 얼마나 훌륭한지 알고 있었죠. 우리나라 대표적인 극작가들의 작품 세계를 조망할 수 있는 기회였거든요. 이승엽 씨가 월간 예술의 전당 잡지에서 김아라 씨를 인터뷰한 내용을 읽었는데 굉장히 수준급이에요. 상업적인 여타의 기획들과는 질이 다르죠. 공연도 참 좋았고… 저는 긍정적인데 선생님은 왜 부정적일까요?

이강백 : 그러니까, 죽은 사람은 그 어떤 혹독한 비판도 감당할 수 있지만, 산 사람은 사소한 비판도 감당하기 어렵습니다. 생존한 극작가의 연극제는, 아까 말씀 드린 것과 같이, 냉엄한 청문회이며 온갖 비판의 공격을 당해 선혈이 낭자한 전쟁터입니다. 이강백 연극제가 끝날 무렵 예술의 전당 최종률 사장님을 방문하게 됐어요. 물론, 운영부장 이승엽 씨가 저를 사장실로 안내해서, 최종률 사장님을 만났습니다. 그런데, 그때는 연극제의 작품들 평가가 좋지 않았고 엄청난 적자가 확실한 상태여서, 제 자격지심이겠지만, 최종률 사장이 저를 냉담하게 대한다고 느꼈습니다. 의례적인 몇 마디 말을 하고는 더 이상 나눌 얘기가 없고, 그래서 어색하게 앉아 있다가 사장실을 나왔지요. 제 마음이 착잡했던 것은, 세 번의 연극제 중에 이강백 연극제가 가장 큰 적자라는 것입니다. 대산문화재단과 교보생명의 재정적 후원을 받았음에도 엄청난 적자를 면할 수 없었거든요. 연극제 끝나고 얼마 후에, 이승엽 씨는 예술의

전당을 떠났습니다. 연극제가 좋은 평가와 흑자였다면, 예술 경영의 전문가인 이승엽 씨가 현장을 떠날 리 없다고 여겨져 마음 착잡했어요. 나중에 이승엽 씨는 한국예술종합학교 연극원의 학생들에게 예술경영학을 가르치는 교수가 됐습니다. 그리고 2015년에는 세종문화회관 사장 공모에서 예술 경영 전문가로서 경험과 능력을 인정받아 사장으로 선정되었지요.

이상란 : 어쨌든 이강백 연극제는 화제가 많았어요. 그중에서 빼놓을 수 없는 것이 선생님과 이윤택 씨의 논쟁이죠. 두 분 논쟁이 어떻게 벌어졌는지, 그 상황을 자세히 말씀해 주세요.

이강백 : 연극제 시작 전에 기자 회견이 예술의 전당에서 있었는데, 먼저 연극제 일정을 이승엽 운영부장이 발표하고, 참여한 연출가들이 각자 맡은 작품과 연출 의도를 설명한 다음에, 제가 마지막에 소감을 말하기로 순서를 정했습니다. 그 순서대로 매우 순조롭게 진행되고 있는데, 연출가 이윤택 씨가 갑자기 돌출 발언을 했어요. "이강백 희곡은 너무 지루해서 주리가 틀린다"고 하니, 기자 회견장이 술렁거렸습니다. 한 기자가 지루한 이유를 묻더군요. 이윤택 씨는 제 희곡은 문학성이 짙어서 지루하다고 대답했습니다. 다른 기자가 지루하지 않은 희곡에 대해 물었어요. 이윤택 씨 대답은 공연성이 강한 희곡이라고 했습니다. 희곡의 문학성이라든지 희곡의 공연성이라는 용어가 과연 적합한 것인지 의문이 들었지만, 저는 가만히 있지 못하고 희곡의 문학성을 옹호했습니다. 이 논쟁은 순식간에 불이 붙어 희곡을 넘어서 연극으로 번졌어요. 그러니까 연극의 문학성과 연극의 공연성이 된 것입니다. 이윤택 씨는 〈청바지를 입은 파우스트〉에서 패러디 연극의 재미를 보여 줬

고, 〈눈물의 여왕〉에서는 연극에 대한 대중적 흥미를 끌어냈습니다. 연극의 공연성은 시각적인 표현을 중요하게 여깁니다. 그런데 연극의 문학성은 언어, 즉 귀로 듣는 청각적인 대사를 중요하게 여깁니다. 시각은 청각보다 빠르게 상황 파악을 하지요. 그래서 동적인 연극, 배우들이 신체를 활발히 움직이는 퍼포먼스에 재미를 느낍니다. 그러나 청각은 시각보다 느리지만, 그 느림이 되새김하듯이 의미를 파악하는데 도움이 됩니다. 연극은 눈이 보고 귀가 듣는 것이므로 재미도 있고 의미도 있어야 합니다. 그것이 따로따로인 것처럼 논쟁을 벌였다니 바보 아닌가, 우습군요. (웃음) 기자 회견 마지막 저의 소감은 논쟁 때문에 할 기회가 없어졌습니다. 그 대신 이윤택 씨의 호언장담으로 끝났지요. "〈느낌, 극락같은〉 공연을 두고 보시라. 이강백 선생이 감동하여 눈물 흘리게 만들겠다!"

이상란 : 그래서 선생님은 눈물을 흘리셨어요?

이강백 : 네. 오른쪽 눈은 감탄의 눈물을, 왼쪽 눈은 탄식의 눈물을 흘렸습니다. (웃음) 먼저 감탄의 눈물부터 말씀 드리지요. 연출가 이윤택 씨는 매우 놀랍게도 〈느낌, 극락같은〉의 불상(佛像)들을 물체가 아닌 배우들로 만들었어요. 배우들의 나신(裸身)에 색을 칠해서 황금 불상과 구리 불상처럼 보이도록 했습니다. 그리고 그 불상들은 다양하게 움직였어요. 어느 때는 마임 하듯이, 어느 때는 곡예 하듯이, 또 어느 때는 춤을 추듯이, 퍼포먼스를 한 것입니다. 관객들은 그 광경에 탄성을 질렀지요. 만약 〈느낌, 극락같은〉의 희곡에 적힌 지문 그대로 움직이지 않는 불상들을 무대에 설치해 놓았다면, 불상들의 재미있는 퍼포먼스는 보지 못했을 것입니다.

이상란 : 역동성이, 예술의 전당 토월극장을 가득 메웠죠.

이강백 : 네. 연극이란 대사를 귀로만 듣는 것이 아니라, 눈으로 보는 것, 그 시각적 즐거움이 굉장히 큽니다. 그런데 역동적인 움직임을 무대에 펼치려면, 대사는 잠시 멈추거나 삭제해야 합니다. 둘을 병행할 경우 둘 다 장애가 돼요. 그러니까 이윤택 씨는 불상의 퍼포먼스를 위해서 여러 군데 대사를 잘랐습니다. 물론 시각적으로 본 것을 대사로 들을 필요 없는 부분도 있지요. 그런 대사를 자르는 것은 문제가 아닙니다. 하지만 꼭 있어야 할 대사를 잘라내면 앞뒤가 연결이 안 되고, 무슨 의미인지 맥락이 흐트러져 알 수 없게 됩니다. 〈느낌, 극락같은〉을 보면서 그 작품을 쓴 저도 이해 못해 탄식의 눈물을 흘렸습니다.

이상란 : 역동적인 무대는 보기엔 좋은데, 이해가 안 되셨군요.

이강백 : 그런데 거의 모든 평론가들은 연극의 공연성을 주장한 이윤택 씨의 손을 들어줬습니다. 연극의 문학성을 옹호했던 저는 판정패 당했지요. 하지만 다행하게도 〈느낌, 극락같은〉의 문학성을 살릴 기회가 곧 왔어요. 예술의 전당에서 공연한지 3개월 후, 서울연극제에 공식 초청작으로 재공연[17]하게 되었습니다. 그래서 저는 이윤택 씨에게 꼭 필요한 대사를 살려낼 것을 요청했어요. 그 대사가 있어야 할 이유를 조목조목 설명하면서, 작품의 맥락과 의미를 알고 불상들의 퍼포먼스를 본다면 더 좋을 것이라고 설득했습니다. 이윤택 씨는 시인(詩人)입니다. 시집을 여러 권 냈어요. 연극의 문학성을 누구보다도 잘 압니다. 서울연극제에서 대사를 살

---

17) 1998년 9월 18일~9월 24일, 문예회관 대극장.

려 재공연한 〈느낌, 극락같은〉은 대성공을 거뒀고, 작품상, 연출상, 희곡상을 받았습니다.

이상란 : 상명대 주소형 선생이 두 공연을 비교하는 논문을 썼어요.

이강백 : 오, 뭐라고 하셨던가요?

이상란 : 두 번째 공연이 더 좋았다, 두 분이 만나서 발전적인 성취를 이뤘다는 내용으로 기억해요.

이강백 : 그렇게 본 분이 계셨다니 정말 다행입니다. 배우들의 연기도 꼭 필요한 대사가 살아나자 더 좋아졌습니다. 함묘진 역을 했던, 신구 선생님은 아주 탁월하셨어요.

이상란 : 함이정 역의 김소희 씨는 이 작품에서 해석력 있는 배우라는 걸 증명했어요. 조숭인 역의 이승헌 씨, 서연 역 조영진 씨 연기도 좋았지요. 지금까지도 아주 인상 깊게 남아 있는 공연이에요.

이강백 : 이듬 해 봄, 순천에서 전국 연극제가 열렸는데, 첫날 개막 축하 공연으로 〈느낌, 극락같은〉을 했습니다. 공연이 끝나자 모든 관객들이 일어나 기립박수를 쳤어요. 제 가슴이 울컥하더군요. 배우들의 무르익은 열연이 모든 관객들을 일으켜 세운 것입니다만, 이 작품에 공감되지 않으면 그냥 앉아 있었겠지요.

이상란 : 그런 에피소드가 있었군요.

이강백 : 〈느낌, 극락같은〉의 숨은 에피소드는, 그 작품을 동 유럽 여행 중에 썼다는 것입니다.

이상란 : 동유럽 여행 중에요?

이강백 : 네. 그 당시 문화예술진흥원에는 해외 소재 발굴 지 원 프로그램이 있었습니다. 작가들을 해외에 2, 3개월 보내 새로 운 작품 소재를 얻게 하는 것인데, 거기에 제가 폴란드, 체코에 가 서 동유럽 설화를 수집하겠다는 신청서를 냈습니다. 그러니까 '이 강백 연극제'를 제안 받기 몇 달 전이었지요. 미리 연극제를 예측 할 수 있었다면 신청서는 내지 않았을 것입니다. 제가 선정될 확률 이 높은 것도 아니어서 큰 기대 안 했는데, 덜컥 제가 선정 됐습니 다. 하지만 연극제 때문에, 동유럽에 가기가 난처했지요.

이상란 : 그래서 어떻게 하셨어요?

이강백 : 정말 고민했습니다. 연극제에는 신작 희곡이 한 편 들어가야 했는데, 그것을 쓰려면 동유럽 여행은 포기해야 합니다. 그래서 문화예술진흥원의 담당자를 만나 다른 신청자를 보내주기 바란다고 했더니, 이미 심사 회의가 끝나서, 다른 신청자로 바꿀 수 없다고 하더군요. 제 귀엔 그 말이, 당신은 가지 않으면서 다른 신 청자도 못 가게 만드느냐, 그런 꾸지람으로 들렸습니다. 더구나 담 당자가 말하기를, 심사 회의에서 심사위원이셨던 소설가 김원일 선생님이, 지금까지는 소설가들만 해외에 보냈는데, 이번엔 극작가

를 보내야 한다고 적극 주장하셨다는 것입니다. 제가 안 간다면 김원일 선생은 어처구니없다 하겠지요. 결국 저는 짐을 꾸려 동유럽으로 떠나면서 작품 쓸 각오를 단단히 했습니다.

그러니까, 폴란드에 머문 한 달 동안 구경한 건, 아우슈비츠하고 폴란드 대공 저택, 그리고 바르샤바 국립대학 한국어문학과 교수실, 이 세 군데밖에 없었어요. 다음 체코에 머문 한 달도 마찬가지입니다. 프라하 성과 카렐 다리, 시계탑에서 한 시간마다 인형이 나타나는 구시가 광장… 구경은 그 정도였습니다. 카렐 다리의 순교자 동판에 손을 대고 소원을 빌면 그 소원이 이뤄진다고 해요. 그래서 저도 그 동판에 손을 대고 소원을 빌었습니다. 한국에 돌아갈 때는 〈느낌, 극락같은〉을 다 쓰게 해달라고요.

이젠 제 몸이 그때 같지 않아 폴란드와 체코를 가기 어렵습니다. 갈 수 있던 때, 명소들을 구경하고, 특별한 음식도 먹고, 여러 사람들과 만날 것을, 작품 쓴다고 호텔 방에 혼자 틀어박힌 것이 아쉽기만 합니다. 그나마 다행인 건 여행 목적인 동유럽 설화들은 많이 수집했어요. 바르샤바 국립대학 한국어문학과 출신인 에바 리나제흐스까(Ewa Rynarzewska) 박사[18]의 도움이 컸습니다. 리나제흐스까 씨는 제 희곡 〈다섯〉 〈셋〉 〈파수꾼〉 〈북어 대가리〉를 폴란드어로 번역해서 희곡집을 냈는데, 그 인연으로 알게 되어 친하게 지냈어요. 제가 폴란드에 온 사정을 말했더니, 도서관과 서점에서 동유럽의 설화들을 찾아내 한국어로 번역해서 저에게 줬습니다. 동유럽 설화는, 슬라브 민족의 환경 때문인지 어둡고, 우울하고, 비극적입니다. 물론 서유럽 설화도 밝기만 하지 않습니다. 그림 형제 동화에서 보듯이 어둡고 잔인한 이야기가 상당히 있어요. 디즈니 영화가 그런 설화를 밝고 명랑하게 바꾼 것이지요.

18) 현재 바르샤바 국립대학교 한국어문학과 교수.

이상란 : 어쨌든 동유럽에 가신 건 잘 하셨어요. 슬라브 민족의 설화들을 많이 수집한 것도 유익하고… 언젠가는 그 설화를 희곡으로 쓰실 테니까요.

이강백 : 이미 그 설화의 영향을 받았습니다.

이상란 : 이강백 연극제와 관련해서 더 하실 말씀은 없으신가요?

이강백 : 하나만 더 하지요. 연극제와 직접 관련은 없습니다만, 그 무렵에 나온 책 한 권이 있어요. 이영미 선생의 『이강백 희곡의 세계』[19]가 그것입니다. 원래 그 책은 한국예술종합학교의 한국예술연구소에서 1995년에 '한국 근현대 예술사 서술을 위한 기초연구 시리즈'중 하나인 『이강백 연구』로 나왔었는데, 비매품 한정판이어서 쉽게 구할 수 없었습니다. 시리즈였던 음악가 윤이상 선생, 백병동 선생에 대한 연구서도 비매품이었어요. 그래서 예술분야 책들을 많이 낸 출판사에 맡겨 일반 판매용으로 재출간 했습니다. 이영미 선생은 재출간할 때, 1995년 이후 작품들을 포함시켜서 증보판이 됐지요. 제 작품들을 살펴 본 이영미 선생은 흥미로운 패턴이 있음을 발견합니다. 그 패턴은, 사회 현실에 적극적 관심을 가진 외향적 작품들과 보이지 않는 삶의 내면에 주목한 내향적 작품들이 일정한 시기를 두고 반복해서 나타나는 것이지요. 저는 이 책이 제 작품들에 대한 첫 번째 연구서이기에 매우 소중하게 생각합니다. 그러나 지금은 이 책의 내용을 상세히 설명할 시간도 없고, 또 설명할 자리도 아닙니다. 다만 이런 말씀은 하고 싶군요. 이

---

19) 이영미, 『이강백 희곡의 세계』, 시공사, 1998.

영미 선생이 쓰신 『이강백 희곡의 세계』는 제 희곡에 관심 있거나 논문을 쓰는 분들은 꼭 읽어보시기를 권해 드립니다.

이상란 : 그럼 희곡전집 6권의 작품들에 대해 말씀을 들어보죠. 수록한 작품은 장막 희곡 〈영월행 일기〉, 〈뼈와 살〉, 〈느낌, 극락같은〉, 단막 희곡 〈들판에서〉, 〈수전노, 변함없는〉입니다. 이 작품들 가운데 장막 희곡들의 공통점은, 선생님께서 원래 가지고 계셨던 기독교적인 세계관보다는 동양적인 세계관이 짙게 나타나 있다는 겁니다. 그런 작품을 쓰신 특별한 계기가 있었는지 궁금해요.

이강백 : 아마 제가 나이 들었기에 그런 것 같습니다. 소년기, 청년기, 젊을 때는 세계가 흩어진 퍼즐처럼 보이는데, 중년기가 되면 그 퍼즐이 맞춰진다고 할까요, 통합적인 세계의 모습이 보입니다. 세계관을 다른 말로 표현한다면 인생관이지요. 제가 경험한 인생은 불균형한 것을 균형 있게 맞추는 과정이었습니다.

〈영월행 일기〉는 작품을 구상한 기간이 몇 년인가 오래 걸렸고, 쓴 다음에도 여러 번 고치기를 거듭했습니다. 처음 제목은 '영월행 일기'가 아니라 '네 가지 맛'입니다. 쓴맛, 신맛, 매운맛, 단맛, 이렇게 네 가지 맛인데, 인생에서 느끼는 감정들을 의미합니다. 같은 음식인데도 어떤 상황에서 누구와 함께 먹느냐에 따라 쓰디 쓴 맛으로 느껴질 때가 있고, 달디단 맛으로 느껴지는 때가 있습니다. 〈네 가지 맛〉은 영월에 유폐된 단종이 먹는 음식 맛을 표현한 것인데, 작품을 수정하는 과정에서 단종의 얼굴 표정으로 바꿨어요. 무표정, 슬픈 표정, 기쁜 표정으로요. 괴로운 표정도 있었지만 슬픈 표정에 합쳤고, 제목은 〈영월행 일기〉로 고쳤습니다.

장혜전 교수님(수원대학교 국문학과)에게 들었다고 기억하는데요,

우리나라 연극이나 영화에 가장 많이 등장하는 역사적 인물이 단종과 수양대군이라고 합니다. 조카와 숙부 사이의 권력 투쟁도 드라마틱하고, 어린 나이에 임금 자리에서 쫓겨나 죽임 당한 비운도 마음을 움켜잡습니다. 〈영월행 일기〉 역시 단종과 수양대군에게 빚을 졌어요. 하지만 그들은 이 작품에서 주인공도 아니고, 실제로는 무대 위에 등장하지 않습니다. 주인공은 조당전과 김시향입니다. 조당전은 고서적 연구가인데, 인사동 고서점에서 오백 년 전 한글로 쓴 희귀본을 구입했습니다. 놀랍게도 그것은 신숙주의 하인과 한명회의 여종이 영월에 있는 단종을 세 번 찾아간 기록입니다. 바로 '영월행 일기'지요. 김시향은 남편 소유의 희귀본를 고서점에 팔았다가 곤경에 처했습니다. 그녀는 조당전에게 되돌려달라고 사정해요. 조당전은 이렇게 대답합니다. '영월행 일기'의 내용을 재현(再現)한다면, 그러니까 자기는 신숙주의 하인이 되고, 김시향은 한명회의 여종이 되어, 당나귀를 타고 영월을 세 번 다녀온다면, 그 책을 되돌려 주겠다는 것입니다. 그 재현은 조당전이 바퀴 달린 목제 당나귀에 김시향을 태워서 서재를 돌아다니는 것이지만, 영월을 다녀오는 모든 과정을 고스란히 반복합니다. 그러면서 오백 년 전 과거와 오백 년 후 현재가 겹쳐집니다.

제가 희곡형식에서 정말 해보고 싶었던 것이 과거와 현재의 이중구조입니다. 시간의 이중구조는 물론 공간의 이중구조, 그러니까, 같은 시간 안에 과거와 현재가 겹쳐 있고, 같은 공간인데 거기와 여기가 겹쳐 있는 것이지요. 오직 저만이 그런 이중구조를 탐하는 건 아닙니다. 예를 들어 오태석 선생의 작품들 가운데 〈자전거〉, 〈백마강 달밤에〉는 시공간이 이중구조입니다. 이런 형식의 연극은, 소설이나 영화가 도저히 흉내 낼 수 없는, 연극만의 독특한 매력을 발휘합니다.

이상란 : 네, 〈영월행 일기〉는 등장인물의 배열도 다층적이죠. 맨 안쪽에 단종이 있고, 단종을 둘러싼 조당전(신숙주의 하인)과 김시향(한명회의 여종)이 있고, 그들을 둘러싼 또 하나의 층인 고서적 동우회가 있죠. 연극이 진행되면서 각각의 층에 있는 인물들이 변화해요. 단종의 변화가 조당전과 김시향의 변화를 일으키고, 조당전과 김시향의 변화가 고서적 동우회의 변화를 일으켜요. 이렇게 세 축이 맞물려 변화하는 과정에서, 가장 인상적인 인물은 김시향이죠. 처음 조당전의 집 문을 열고 들어올 때, 김시향은 두려움에 질린 매우 경직된 모습이에요. 그런데 점점 성장하고 발전해요. 김시향의 상상력이 꽃처럼 피어나서 나중에는 허수아비 들판을 지나며 춤까지 추는 능동적인 인물이 돼요. 이렇게 오버랩 되고, 강조되고, 변주되고… 그래서 영월을 가고 오고, 또 가고 오고, 이렇게 세 번의 반복이 영원성처럼 느껴지는 게 참 이 작품의 매력인 것 같아요. 과거의 500년 전에도 그랬고, 오늘 만나도 그렇고, 그리고 미래에 만나도 그럴 수 있는… 뭔가 기시감이 있으면서, 이렇게 중첩되는 느낌들… 만나도 사랑으로는 완전히 가 닿을 수 없는. 서로 같이 가고 있으면서도, 완전히 일치할 수 없어 또 언젠가는 헤어지는, 같은 공간과 같은 시간 안에 있다 해도 닿을 수 없는, 그런 아스라함과 어긋남이 인생에 대한 통찰로 연결되지요.

이강백 : 제 생각에는, 선생님이 아르코 소극장에서 초연[20]했던 〈영월행 일기〉를 보셨다면 더 좋았을 것 같습니다.

이상란 : 아, 그래요?

---

20) 1995년 10월 3일~10월 15일.

이강백 : 예술의 전당 자유소극장 무대가….

이상란 : 아르코 소극장이 관객과 무대의 거리가 가까워 좋았겠죠.

이강백 : 그런 이유도 있지만, 자유소극장 무대에 설치한 조당전 서재의 서가들이 장대하게 너무 컸어요. 서가 위에는 넝쿨 식물이 덮여 있고… 서재라는 실내 공간과 영월이란 야외 공간을 복합적으로 나타내려는 의도는 알겠지만, 오히려 그것이 관객의 상상력을 제한하는 것 같아서, 간략했던 초연 무대가 상상력을 펼치기엔 더 나았습니다.

이상란 : 정말 치밀한, 그러면서도 군더더기 없이 절제되어 있어서, 이 작품은 참 우아해요. 단종의 무표정한 얼굴, 피눈물 흘리는 슬픈 얼굴… 마지막에 인형으로 만든 왕후와 신하들을 모아놓고… 단종이 환하게 웃는 기쁜 표정의 얼굴이 충격적이었어요. 그냥 단종 개인으로 끝나는 것이 아니라, 우리 삶의 세 가지 얼굴이죠. 보편적 삶에 대한 통찰을, 세 가지 표정으로 표현한 것이, 이 작품에서 의미심장한 핵심이고요. 세조는 무표정한 단종을 살려 줄 수 있고, 슬픈 표정도 살려 줄 수 있어도, 기쁜 표정의 단종은 죽였어요. 바로 이것이 권력 관계에만 국한되지 않는, 우리 삶의 전반적인 현상이죠. 자기와는 다른 차원에 있는 사람, 자기 지배 안에 들어오지 않는 사람을 견디지 못 해요.

이강백 : 〈영월행 일기〉는 과거와 현재가 겹쳐 있어서 대사 쓰기에 어려움이 있었습니다. 모든 대사를 고어체로 쓸 수도 없고,

요즘 현대어로 쓸 수도 없어서, 제 나름대로 절충해서 쓴 것인데, 뭔가 어중간한 느낌이 들지 않던가요?

이상란 : 아뇨. 대사도 정갈하고 심도 있어서, 어중간하다는 느낌은 안 들어요.

이강백 : 이 작품에는 〈세조실록(世祖實錄)〉과 〈해안지록(解顔之錄)〉을 인용하는 문어체가 많습니다. 아무래도 구어체보다는 문어체가 대사로 발음하기엔 좀 어색합니다.

이상란 : 〈세조실록〉에는 영월에 유폐한 단종의 얼굴 표정을 확인하려고 사람을 보낸 기록이 없죠?

이강백 : 네, 없습니다.

이상란 : 단종의 얼굴 표정을 해석한 〈해안지록〉도 선생님이 만든 가공의 책이지요?

이강백 : 네. 남미의 환상적 사실주의 소설가 보르헤스(Jorge Luise Borges)가 즐겨 사용한 가공의 기법을 흉내 낸 것입니다. 보르헤스는 능청맞게, '아, 이건 어떤 책에서 인용했다'고 하는데, 사실은 존재하지 않는 책이지요.

이상란 : 우리 세계가 다 가공일 수도 있어요.(웃음)

이강백 : 이 작품에서, 도청하는 어르신이 뭔가 튀는 것 같

아… 흠이 됐습니다.

이상란 : 현실이 그러니까 흠이라고 할 수는 없죠.

이강백 : 〈영월행 일기〉 공연을 봤던 관객들은 나이든 분들이 많았어요. 삶에 축적된 경험이 이 작품을 공감하게 한 것 같습니다.

이상란 : 젊은 학생들도 공감해요. 제가 수업시간에 다뤄보면, 이 작품을 충분히 이해하고, 변형도 하죠. 선생님은 도청하는 남편이 이 작품에 흠이 된다고 하셨지만, 저는 그것이 아주 의미심장한 표현이라고 생각해요. 보이지 않는 권력의 힘, 그렇기 때문에 우리가 꼼짝달싹할 수 없는 것. 보이지 않는 권력이라는 것은 독재에서만 있는 것은 아니거든요. 우리를 사로잡아 끊임없이 혹사시키는 힘이 있거든요. 김시향의 남편이면서, 주인이고, 어르신이라는 그 존재는, 우리 눈에 보이지 않기를 바라겠죠. 만약 우리 눈에 보이면, 그 존재에 대한 두려움은 보이지 않는 때보다 축소되고 강한 힘도 약화될 테니까요.

제가 특히 관심을 갖는 건 등장인물의 형상화예요. 조당전과 김시향은 그전 선생님의 작품에서는 볼 수 없었던 인물이죠. 조당전은 경륜이 있는 40대 고서적 연구가, 사회적으로는 전문가가 되어 있고, 인생에 대해서도 깨달음을 얻은 듯한, 이런 중후한 남성인물이 극의 중심에 등장해요. 첫 작품 〈다섯〉에서는 주인공이 주변부에 밀려나 있고, 생선 냄새가 나서 배제 당하는 자였는데, 이젠 중후한 인물이 무대 중앙에 자리 잡아요. 김시향은 아까 말씀 드렸지만, 놀랍게 성장하는 인물이죠. 그녀는 자신의 내부에 경직된 것을 상상력으로 생생하게 살려내요. 그녀가 자유를 얻는다면 얼마나 좋을까요. 하지만 김시향은 조당전처럼 자유를 얻기 위해 목숨을 내걸지는 못해요. 이런 인물의 등장을 어떻게 보아야 할까요? 조당전이라는 인물과 선생님의 인생과는 어떤 관련이 있는지 말씀을 듣고 싶어요.

이강백 : 글쎄요… 제 인생과 관련성이 있다고 하기에는 구체적 물증이 없고, 관련성이 없다고 하기에는 뭔가 심증이 있고… (웃음) 죄송합니다. 답변 드리기가 어렵군요. 하지만 선생님은 첫 대담부터 지금까지, 저를 작가로서의 성장과 작품 속 등장인물의 성장을 함께 보셨고, 그 둘이 분리되지 않는다고 생각하십니다. 그래서 조당전의 인물이 예사롭지 않다는 점에서, 제 삶의 변화가 있다고 판단하신 것이지요. 지난번 대담 때, 선생님이 〈내마〉의 등장인물 내마가 저의 자아 같다고 해서, 저는 아니라고 부정했습니다. 오늘도 저는 조당전이 아니라고 부정합니다. 그런데 감췄던 것을 들킨 기분이군요. 아무리 부정해도 제가 조당전이 되고 싶었던 모양입니다. 해박한 지식과 지혜를 가진 중후한 남자를 형상화했다는 것은, 그런 남자가 되고 싶다는 증거겠지요.

이상란 : 그런데 선생님은 김시향도 형상화하셨어요.

이강백 : 김시향….

이상란 : 김시향이 선생님의 여성 이상형인가요?

이강백 : 아… 지금까지 제 작품의 여성인물들 중에서 가장 매력 있는 여성을 꼽으라고 한다면, 저는 김시향을 첫 손가락에 꼽

겠습니다. 아름답고, 관능적이고, 그런가 하면 굉장히….

이상란 : 상상력도 풍부해요.

이강백 : 네. 또 명석한 여성입니다. 조당전보다 현실 파악이 정확해요 그런데, 그 다음 작품에도 이런 인물이 또 나올 줄 알았는데, 안 나와요.

이상란 : 함이정이 있잖아요.

이강백 : 함이정요?

이상란 : 〈느낌, 극락같은〉의 함이정도 포근하고 사려 깊은 인물이지요.

이강백 : 작품 순서로 보면 〈영월행 일기〉와 〈느낌, 극락같은〉 사이에는 〈뼈와 살〉이 있습니다. 그리고 〈뼈와 살〉에는 영자라는 여성 인물이 등장합니다. 〈영자와 진택〉에서 등장했던 영자와 같은 이름이지만, 전혀 다른 여성이지요. 선생님은 이 영자를 어떻게 생각하세요?

이상란 : 글쎄요… 〈뼈와 살〉의 영자는 인생에서 결정적인 순간에 주체적인 결정을 하지 않아 답답했어요. 문신과 효식을 동시에 사랑하면서 결혼해야할 때 자신의 감정에 충실하기 보다는 자기를 더 필요로 하는 것으로 보이는 문신을 선택하고, 나중에 효식이 다 죽어가는 모습으로 나타나 사랑을 갈구할 때는 연민으로 받

아들이지요. 효식의 아이를 임신하고서는 아이를 낳을 것인지 낙태시킬 것인지 결정도 못하구요. 그 미적거리는 수동성에 여성 관객들은 상당히 답답함을 느끼지요.

이강백 : 정말 그럴 수 있겠군요.

이상란 : 그럼 〈뼈와 살〉을 살펴보죠. 이 작품은 1996년 10월 5일부터 14일까지, 문예회관 대극장[21]에서 극단 현대극장이 공연했어요.

이강백 : 그해 서울연극제 참가작이었습니다. 연출은 김철리 씨입니다. 잘 아시겠지만 극단 현대극장은 김의경 선생님이 창단하셨어요. 극작가이면서 극단 행정에도 밝으시고, 한국연극협회 이사장을 역임하신 분인데, 지금은 안타깝게 고인(故人)이 되셨습니다.

옛날 시골에서는 시신을 다른 사람이 묻힌 무덤에 몰래 매장하는 일이 있곤 했어요. 그러니까, 자기 집안의 액운을 막기 위해, 자기 문중의 무덤에 묻지 않고, 엉뚱한 다른 문중의 무덤에 묻는 것입니다. 장례식 날, 상여가 나가고, 가족들이 구슬프게 곡을 하면서 뒤따르지만, 이미 시신은 암매장해서 상여에는 빈 관이 실려 있습니다. 희극 같기도 하고 비극 같기도 한 이런 소재를 작품으로 쓰고 싶은 생각은 오래 전에 했었는데, 구체적인 내용이 떠오르지 않아 미뤄뒀습니다. 그러다가 문득 제목부터 정했어요. 〈뼈와 살〉이 제목입니다. 이렇게 〈뼈와 살〉이라는 제목을 정하자 신기하게도 내용이 단숨에 떠올랐습니다.

〈뼈와 살〉을 읽은 김의경 선생님이 공연하기에 좋다고 하셨지요.

---

21) 현재, 아르코 예술극장 대극장.

그러나 제목은 고쳐야 한다는 것입니다. 연극 제목이 〈뼈와 살〉이라니, 도살장이나 정육점이 연상되는 이런 괴상한 제목으로는 관객이 오지 않는다고 하셨습니다. 하지만 저는 아무리 생각해도 이 작품의 제목을 다르게 고칠 수가 없었어요. 참여한 배우들에게 수정 제목을 공모했지만 마땅한 제목이 나오지 않았고, 김의경 선생님 역시 노력하셨으나 다른 제목을 찾지 못했습니다. 결국은 공연이 임박해서 그냥 그 제목의 포스터와 팸플릿이 인쇄되어 나왔지요. 그런데, 그것을 보신 김의경 선생님이 격노하셨어요. 포스터와 팸플릿에는, 괴상한 〈뼈와 살〉 제목을 더 강조하듯이, 완벽한 인체 골격 표본 같은 백색 해골과 적당히 살이 찌고 혈색 좋은 남자가 서로 부둥켜안은 그림이 그려져 있었습니다.

이상란 : 생각이 안 나네요, 저는. 〈뼈와 살〉 공연을 봤으니 팸플릿도 보았을 텐데…

이강백 : 아주 그로테스크해요. (웃음) 도대체 누가 이런 디자인을 했느냐고, 격노한 김의경 선생님이 소리치셨어요. 저도 마침 그 자리에 있었는데, 어디 쥐구멍이 있으면 숨고 싶었습니다. 대량의 인쇄물을 폐기할 수도 없고, 또 다시 새로운 디자인을 해서 인쇄할 시간도 없어서, 공연 내내 그 그로테스크한 포스터와 팸플릿을 사용했지요. (웃음) 제목도 괴상하고 포스터와 팸플릿도 그로테스크하지만, 공연을 보면 전혀 그렇지 않다는 것을 알리려고, 저는 한 여성을 극장에 초대했습니다. 그 당시 공연되는 제 작품들은 빼놓지 않고 보는 열성적인 연극 애호가인데, 혹시나 그로테스크한 포스터 때문에 안 올 것 같아 초대한 것입니다.

이상란 : 공연을 본 소감은요?

이강백 : 네. 공연을 보고 나오더니, 아주 정색을 하고 작품이 마음에 안 든다 하더군요. 여성을 어찌 이렇게 그릴 수 있냐고. 그러니까, 영자가 남편이 있는데도 다른 남자의 아이를 임신한 것을 여성의 본성인 양 왜곡해서 화가 났다는 것입니다. 극작가의 잘못된 여성관을 꾸짖는 근엄한 표정과 성난 목소리에, 저는 고개 숙인 채 한 마디 항변도 못 했습니다. 그래서 〈뼈와 살〉을 생각하면, 김의경 선생님의 격노하신 모습과 그 여성의 꾸짖는 모습이 함께 떠오릅니다. 어쨌든 초대는 잘했어요. 솔직한 반응을 들었으니까요. 대부분 관객들은 불만스런 소감을 말하지 않습니다. 물론 저를 꾸짖은 한 여성이 모든 관객들을 대변한 건 아니지요. 그러나 영자라는 등장인물이 여성의 본성을 왜곡했다는 지적은 깊이 생각할 문제였습니다. 그것은 여성을 성녀(聖女)이면서 창녀(娼女)라고 보는 남성 시각의 문제였어요. 영자는 남편인 문신을 사랑하면서, 애인이었던 효식이 죽음을 앞 둔 모습으로 나타나 간절히 원하자 연민을 느껴 동침해 임신합니다. 즉, 성녀 아니면 그렇게 할 수가 없고, 창녀 아니면 그렇게 할 수가 없지요. 더구나 심각한 문제는, 영자를 등장시킨 남성 극작가가 은근히 그런 여성을 다른 여성보다 더 높게 추켜세운다는 것입니다.

이상란 : 남성들이 지닌 여성에 대한 환상이죠. 지난 여름 제가 독일에 있을 때 프리드리히 쉴러(Friedrich von Schiller)에 대한 영화를 봤어요. 쉴러는 자매를 둘 다 사랑해요. 팜프파탈적인 언니와 지성적인 현모양처형의 동생을요. 남성들은 이 두 여성을 모두 사랑하고 싶은 판타지가 있나 봐요. 그 영화에 대해 여성주의 연구자

들이 심포지엄에서 엄청나게 비판했죠. 그랬더니 작가이자 감독이 질색하면서, 뭐 우리는 판타지 좀 가지면 안 되냐 하더군요. (웃음)

여자들은 성녀도 아니고, 창녀도 아니에요. 남자들과 거의 비슷한 욕망이 있는 존재죠. 자신의 욕망을 생생히 가지고 있는 여성 등장인물을 보면, 여성 관객은 '아, 저 인물은 진짜 살아있어', '나도 저런 욕망을 갖고 있어.'하면서, 그런 인물의 현실감이 느껴지거든요. 그런데 자신의 욕망이 제거된 여성, 남성의 욕망을 투영한 존재에게는 공감을 하기가 어렵지요.

이강백 : 선생님, 잠깐만요. 어쩌다가 남성의 여성 판타지가 〈뼈와 살〉의 핵심적인 주제처럼 되어버렸군요. 사실은 그것이 주제가 아닙니다. 〈뼈와 살〉에서 극작가로서 제가 하고 싶었던 것은, 삶과 죽음은 상호 보완 관계 속에 있다는 것입니다. 문신의 조부(祖父)는 자기가 죽거든 시신을 최 씨 문중의 묘지에 매장해 달라고 유언합니다. 그래야 자손이 살인하는 액을 막을 수 있다고요. 그것은 과거지요. 현재는, 최 씨 문중의 무덤들이 댐 건설로 생긴 호수 물에 잠기게 되어 이장(移葬)해야 합니다. 그 이장 과정에서 몰래 묻힌 문신의 조부 뼈를 발견한 효식의 아버지는 분노해서 커다란 고목나무 가지에 뼈를 매달아 놓고, 문신의 형들이 아무리 사정해도 되돌려주지 않습니다. 애가 탄 형들은 서울 사는 문신을 고향에 오라고 부릅니다. 〈뼈와 살〉의 첫 장면은, 문신이 임신한 영자와 나룻배를 타고 물에 잠긴 월출리를 건너가는 장면인데, 월출리는 문신과 효식과 영자의 고향입니다. 그들은 그곳에서 태어났고, 자랐어요. 영자는 문신과 효식을 똑같이 사랑했지만 결혼은 둘 중 하나인 문신과 했습니다. 이야기가 늘어지니까 짧게 줄이지요. 문신은 영자가 효식의 자식을 임신하였음을 효식 아버지에게

알리고, 아이를 낳아 자식처럼 기르겠다 약속해서 조부의 뼈를 되돌려 받습니다. 영자에게 임신한 아이를 낙태하도록 강요하던 문신의 태도가 달라진 것이지요. 어떻게 보면 인간이란 뼈가 살을 입었다가 벗고, 또 벗었던 뼈들이 또 살을 입는 과정을 반복합니다. 그래서 무덤과 자궁이 같은 것이지요. 〈뼈와 살〉 마지막 장면은 이렇습니다. 문신의 눈에 보이지 않던 광경이 보입니다. 호수 주변 산기슭의 봉긋봉긋한 무덤들 내부가 투명하게 보이는데, 그 속에 살을 벗은 뼈들은 누워 있고, 살을 입는 뼈들은 자궁 속의 아기 같은 모습이지요.

이상란 : 영자의 수동성이 마음에 걸리지만, 전체적으로 보았을 때 저는 이 작품에 인생에 대한 관조가 녹아있다고 생각해요. 여기 나오는 호수는 밝은 달과 반짝이는 별들이 수면에 비춰져 하늘과 같죠. 그리고 그 하늘 아래, 수몰된 물속에 들여다보이는 그들의 고향, 영화관, 우체국, 양조장 등 옛 추억의 장소들. 문신이 그것을 보지 못하는 상태에 있다가, 극이 차곡차곡 진행되면서 차츰 보게 되는 그 인식의 과정이 아름다워요. 그리고 그것이 다양한 연극 기호로 나타나죠. 물속에서 들려오는 피아노 소리, 꽃이 만발한 나무와 앙상하게 마른 고목나무 등… 이 작품도 〈영월행 일기〉처럼 치밀하게 짜여 있어요. 저는 이 작품을 보면서 '아, 이강백 선생님이 일정한 경지에 도달했구나.' 느꼈죠.

그런데 선생님, 뼈에 살을 입히면 삶이고, 또 살을 벗으면 죽음인가요? 그건 또 영원히 순환되는 것으로 〈뼈와 살〉에서 표현되었는데, 삶과 죽음의 순환이 선생님의 인생관과 어떤 연관이 있는지 알고 싶어요.

이강백 : 저는 삶과 죽음은 다른 것이 아니라 같은 것이라고 생각합니다. 또 그것은 이렇게 말할 수도 있어요. 삶과 죽음은 같은 것이 아니라 다른 것입니다. 그리고 그것은 틀리면서도 맞습니다. 소위 동양적 세계는 모든 것이 상호 보완을 이룬 세계입니다. 물론 생물학적으로는 인간이 죽어서 살을 벗으면, 뼈도 흩어져버리지요. 다시 그 뼈가 온전한 골격이 되어 살을 입지는 못할 것입니다. 하지만 죽은 사람이 다시 산다는 것은 종교에서는 믿음이 됐습니다. 기독교의 부활도 그렇고, 불교의 윤회설도 그렇지요.

이상란 : 〈뼈와 살〉을 연출한 김철리 씨는 선생님의 생사관에 공감하던가요?

이강백 : 연출가 김철리 씨가 저의 생사관에 공감하는지는 확인 못했습니다. 그런데 김철리 씨는 이 작품에 갈등이 없다고 했어요. 이 작품은 제목을 미리 정해 놓고 썼듯이, 죽음인 뼈와 생명인 살이 보완 관계라는 전제를 먼저 정해 두고, 그것에 맞춰 쓴 것이어서 갈등이 없다는 것이지요. 갈등이 없으면 극 진행이 밋밋하고, 극의 정점인 클라이막스가 형성되지 않습니다. 그래서 김철리 씨는 〈뼈와 살〉을 공연할 때, 갈등을 만들려고 애썼어요. 그 사례가 문신이 증조부 뼈를 되돌려 받는 장면과 영자가 낙태약을 마시려는 장면을 바꾼 것입니다. 그러니까, 문신이 효식의 아버지에게서 증조부의 뼈를 되돌려 받는 장면이 먼저인데, 그것을 뒤로 보내고, 영자가 낙태약을 마시려는 장면을 앞으로 가져왔습니다. 문신은 영자가 임신한 효식의 아이를 낙태하라고 아주 집요하게 요구합니다. 영자는 문신의 집요한 요구를 견디지 못해 낳고 싶은 아이를 포기하지요. 그러나 정작 낙태약을 마시려는 영자를 보고는 문

신이 마음을 바꿔 아이를 낳아 기르자고 합니다. 영자는 문신의 마음 바꾼 것을 믿지 못해 낙태약을 마시려 하고, 둘은 한참 실랑이를 벌리다가, 문신이 영자의 손에서 낙태약 그릇을 빼앗아 멀리 내던져 버립니다. 그리고 이 장면 뒤에, 문신이 효식의 아버지를 만나는 장면입니다. 문신은 영자가 임신한 아기가 효식의 자식인데, 아기를 낳아 자기 자식처럼 기르겠다고 약속합니다. 그 말을 들은 효식의 아버지는 문신에게 증조부의 뼈를 되돌려 줍니다.

김철리 씨가 이렇게 순서를 바꾼 의도는 분명합니다. 이 작품의 전제에 등장인물들이 종속적으로 끌려가지 않으려면, 등장인물들의 능동적 행동과 주체적 결정이 있어야 한다는 것입니다. 그러니까 후손의 액운을 막으려는 증조부의 심오한 계획에 의해서 아이 낳기와 뼈 되돌려 받기가 된다면, 등장인물들은 이미 그렇게 정해진 운명에 종속해 있는 무기력한 존재지요. 그래서 등장인물이 먼저 능동적으로 결정하고 운명은 그 결정에 뒤 따른 결과물이어야 합니다. 하지만 제가 볼 때는, 장면의 순서를 바꿔도 마찬가지였습니다. 이렇게 하든, 저렇게 하든, 이 작품의 전제에서 벗어나지 못합니다. 〈뼈와 살〉의 공연은 연출가 김철리 씨 의도대로 하고, 출판은 제가 쓴 대로, 장면의 순서를 바꾸지 않고, 희곡집에 넣어서 출판했습니다.

이상란 : 그랬군요.

이강백 : 한 작품을 쓰고 나면, 마치 바둑을 둔 다음 복기(復碁)하듯이, 무엇이 문제인지 검토합니다. 〈뼈와 살〉이 남긴 문제는, 이미 완성된 세계에 등장인물들이 살고 있다는 것이지요. 그래서 다음 작품 〈느낌, 극락같은〉을 다르게 쓰려고 했습니다. 즉,

〈느낌, 극락같은〉의 세계는 이미 완성된 것이 아니라 등장인물에 의해서 완성되는 세계입니다. 어쩌면 세계는 실체가 없는지도 모릅니다. 동양적 세계, 혹은 서양적 세계란 인간의 감성, 어떤 느낌이 만든 것이지요. 지옥도 그렇지만, 극락도 느낌입니다. 그러니까 괴로운 느낌이 지옥이고, 즐거운 느낌이 극락이지요. 함이정은 보이는 것과 보이지 않는 것의 대립에서 지옥을 느낍니다. 그것은 균형이 깨진 상태, 완성되지 않은 세계입니다. 이 미완의 세계가 완성되려면, 보이는 것과 보이지 않는 것을 균형 맞춰야 합니다. 함이정이 주체적 인물인 것은, 바로 그 균형 맞추기에 가장 능동적이기 때문입니다.

이상란 : 〈느낌, 극락같은〉 제목의 작명이 흥미로워요. 느낌 다음에 쉼표를 하고, 그 다음 많은 것이 올 수가 있잖아요.

이강백 : 네, '극락같은 느낌'하면 극락에서 느낌이 파생되어 나온 듯합니다. 그러나 '느낌, 극락같은'하면 달라져요. 느낌에서 극락같음이 파생되어 나오거든요. 그러니까 느낌에 쉼표를 붙인 것은, 느낌에서 극락도 나오고, 지옥도 나오고, 모든 것들이 나온다는 원천적 의미가 있습니다. 일부러 제목을 멋있게 보이려고 쉼표를 한 건 아닙니다. 〈뼈와 살〉 제목이 기괴하다고 해서, 이번엔 제목 짓기에 고심했지요.

이상란 : 쉼표를 하니까 멋있게 보이기도 하죠.

이강백 : 그러나 제목만 멋있으면 안 되지요. 내용도 멋있어야 하는데 그건 어려웠던 모양입니다. 〈느낌, 극락같은〉에서 저는 보

이는 것과 보이지 않는 것의 대립으로서 동연과 서연을 등장시켰습니다. 동연은 불상(佛像)의 형태를 잘 만들어야 불성(佛性)을 나타낼 수 있다고 주장하고, 서연은 불상의 형태가 아닌 돌멩이에도 불성이 들어있다고 주장합니다. 그런 불균형을 균형 맞춘 인물이 함이정입니다. 하지만 평론가들은 이 작품의 내용이 너무 이분법적이라고 했습니다. 더구나 작가가 동연은 악하게 그린 반면에 서연은 선하게 그렸으며, 마침내는 서연의 손을 들어줬다고 했어요. 그러니까 함이정은 동연 쪽에 있다가 서연 쪽으로 옮겨 간 것이지, 불균형한 것을 균형 맞췄다고 하기엔 설득력이 부족하다는 것입니다. 하지만 저는 동연을 악하게, 서연을 선하게, 편파적으로 그릴 의도가 전혀 없었어요. 그렇다고 평론가들이 아주 잘못 본 것은 아닐 테고… 〈느낌, 극락같은〉 희곡에는 공연을 위한 작가 노트가 있습니다. 이 작가 노트 때문에 평론가들은 이분법적이라는 판단을 더욱 굳혔겠지요. 작가 노트의 일부를 인용하면 이렇습니다.

　　동연과 서연이 수평적 관계라면, 함묘진과 함이정과 조숭인은 수직적인 관계이다. 수평과 수직의 중심점에 함이정이 있고, 좌우에 동연과 서연이 있으며, 위에는 함묘진, 밑에는 조숭인이 있다. / 수평의 양쪽 동연과 서연은, 각자 형태와 내용을 주장하는 인물이란 점에서 양분화 되어 있다. 그리고 이런 양분화는 너무 선명하고 단순하게 보일 우려가 없지 않다. 함묘진과 함이정과 조숭인의 수직적 배열은 양분화를 통합하는 역할을 맡고 있다. 조숭인은 태어나기 전부터 등장하고, 함묘진은 죽은 다음에도 등장한다. 이것 역시 수평적인 인물에 있어서도 상호 균형이 중요하기 때문이다.

작가 노트의 일부를 인용했을 뿐이지만, 등장인물들이 매우 도식적(圖式的)으로 생각될 것입니다. 작품을 공연하거나 읽는데 도움을 주려고 했던 것이 오히려 이해보다는 오해를 자초한 것 같습니다.

이상란 : 평론가는 작가 노트를 참조는 하겠지만, 그것을 문자 그대로 받아들여 작품을 해석하지는 않죠. 저는 이 작품이 우리가 인식에 도달하는 두 가지 방법을 보여준다고 생각 했어요. 동연은 형상을 통해서 부처에게 이르려고 하고, 서연은 어떻게든 부처의 마음과 만나려 하지요. 그런데, 결국 목표는 하나죠. 그렇기 때문에 함이정이 동연의 방식을 받아들였다가, 그 다음 그걸로 다 도달할 수 없어서 서연의 방식으로 바꾸면서, 그 두 가지가 함이정 안에서 통합되는 거지요. 함이정은 사랑을 통해 자신 안에서 통합을 이루고, 조숭인은 음악을 통해 통합에 이르려고 지난한 과정을 거치고 있지만 언젠가 거기에 도달할 거라고 관객은 믿게 되지요.

'느낌, 극락같은'에 도달한 함이정이 이 작품의 프롤로그와 에필로그에서 아주 아름답게 묘사되잖아요. 이윤택 연출의 무대에서 이 부분에 쳐진 샤막이 마치 함이정이 고통스런 사랑으로 깨달음에 이르는 여정을 포근하게 감싸는 치마폭처럼 느껴졌어요. 그것을 보면서 저를 포함한 관객들은 '아, 저러면 느낌, 극락같음이 될까? 나는 아직 아니지만. 내 안에서 계속 싸우고 있지만. 그래 내가 지금 저러고 있지. 그런데, 언젠가는 함이정처럼 될 수도 있겠다.' 이런 생각을 하면서 볼 수 있는 거죠. 양극단을 도식적으로 나뉘어 놓은 것이지만, 우리는 동연이면서 서연이고, 서연이면서 또 동연이기도 하다는 것을 실감하지요. 그런데, 그럼에도 불구하고, 저는 이 연극을 보면서 서연에게 마음이 다가갔어요.

이강백 : 네, 그러니까, 선생님도 의도한 건 아니지만 서연의 손을 들어줬군요.

이상란 : 아, 그렇더라도 우리가 동연과 무관한 게 아니에요. 눈에 보이는 확실한 형태를 추구하고, 그것으로 출세하고 싶고, 그런 욕망이 누구라고 없겠어요? 그러다보면 어떤 때는 폭력적이기도 하고, 서로 죽일 것처럼 으르렁대는 그 폭력성이 우리 안에도 있죠.

이강백 : 어떤 형태가 있으면, 그 형태가 다른 형태와 대립합니다. 그래서 저는 '형태는 폭력적이다'라고 봐요.

이상란 : 배제하고, 고정되고, 딱딱한 것으로….

이강백 : 그렇습니다. 형태가 치밀하고 명확할수록 다른 형태를 수용하기란 불가능해요. 무한한 사랑과 자비가 핵심인 종교마저도 다른 종교에 대해 배타적입니다. 기독교와 이슬람교는 뿌리가 같음에도 분쟁이 멈추지 않습니다. 그나마 다른 종교에 대해 포용력이 있는 건 불교지요. 불교에서는 모든 것에 불성(佛性)이 있다고 합니다.

이상란 : 불교 공부를 하셨나요?

이강백 : 아닙니다. 그저 어깨 너머로 보거나 귀동냥한 정도지요.

이상란 : 그런데, 작품이 불교에 방점이 찍혀있어요.

이강백 : 제 생각에는, 불성은 형태가 없는 것 같아요, 형태 없이 비움으로, 모든 형태 있음을 받아들인 것입니다. 그러니까, 제가 불교 공부를 열심히 해서, 그런 깨달음을 얻은 게 아니라, 한국인으로 태어나면 자연스럽게 불교문화에 익숙해져요. 산 속 절에 가면 마음이 편안하고. 불경을 들어도 친숙합니다. '개한테도 불성이 있느냐?' 이런 불교적 이야기는 재미있기도 하고 많은 생각을 하게 됩니다. 이건 유명한 이야기인데, 추운 겨울 지나 봄이 되자 그 동안 얼어서 쌓였던 해우소의 분뇨를 치워야 했습니다. 노승이 녹기 시작한 분뇨를 퍼내기 좋도록 기다란 막대기로 휘젓고 있었어요. 그곳을 지나가던 젊은 수도승이 물었습니다. "부처가 뭡니까?" 노승은 기다란 막대기를 쳐들고 이렇게 대답합니다. "이 똥 막대기가 부처다!" 그 순간, 오랫동안 부처를 찾아 헤매던 수도승은 확 깨닫습니다. 그러니까, 그 깨달음은 부처란 따로 있는 것이 아니다, 이 똥 막대기가 부처이니 모든 것이 부처다, 멀리 다니면서 부처를 찾지 말고 바로 눈앞에 있는 부처를 보아라, 이런 깨달음이겠지요. 물론, 다른 사람도 동일하게, 이런 깨달음을 얻을지는 의문입니다. 그 노승이 똥 막대기를 허공에 쳐들고 이게 부처님이다 하면, 저 같은 우둔한 사람은 노승이 치매에 걸렸거나 미쳤다고 할 것입니다.

불성은 형태가 없다, 공부 많이 하신 스님이 제 말을 들으시면 무지몽매한 자의 궤변이다 하시겠지요. 불교에 귀의하여 깊이 공부하지도 않고, 뭔가 불성을 아는 척 하는 것은 한계가 있습니다. 그리고 형태가 있는 것에 폭력성을 느끼는 것은, 종교와 관련 없는 저의 개인적인 콤플렉스입니다. 저는 제 몸이 비정상이라는 콤플렉스가 있는데, 이 콤플렉스를 극복하려고 오랫동안 노력을 했음에도 불구하고 무의식 속에 자리 잡은 그것을 이겨내지 못하고 있습니다. 그러니까 우람한 형태, 완벽한 형태, 정상적인 형태, 멋있는 형태에 굉장히 민감하게 불편함을 느껴요. 형태가 주먹으로 저를 후려치지 않았는데, 꼭 한 대 얻어맞은 것 같은 폭력성… 불상도 예외는 아닙니다. 사실, 불상은 부처상, 보살상, 나한상 등 여러 형태가 정해져 있고. 거기에서 조금이라도 벗어나면 인정이 안 돼요. 그런데, 신라 불상과 백제 불상을 비교해보면, 신라 불상들은 크고, 정교하며, 금과 청동과 철 같은 영구적인 재질로 되어 있습니다. 불교가 신라의 국가 이데올로기가 되면서, 불상 제작에 국력을 아낌없이 투입했던 것입니다. 대표적인 사례가 석굴암이지요. 바위산에 굴을 뚫고 들어가 정교하게 조각한 여러 불상과 보살상을 모신 웅대한 곳입니다. 하지만 백제는 패망한 나라지요. 그래서인지 백제의 불상들은 작고, 소박하며, 나무와 돌입니다. 물론, 전부 그렇다는 것은 아닙니다. 정말 정교하게 금동으로 만든 백제 불상이 부여 박물관에 있어요. 그러나 지금 남아 있는 대부분의 백제 불상들은 소박하고, 나무와 돌로 만들었으며, 거대하지 않습니다. 그러니까, 동연과 서연은, 제가 이해하는 신라 불상과 백제 불상에 대한 투영일 수 있어요.

이상란 : 아, 그래요? 그 생각을 못했네요.

이강백 : 불상 전문가들은 제가 잘못 알고 있다고 하실지 모릅니다. 그러니까, 신라 불상에도 소박함이 있는데, 경주 남산의 바위 같은 곳에 새겨놓은 것을 보면 백제 불상이나 다를 바 없습니다.

이상란 : 국가에서 지원해서 만든 불상도 있지만, 그렇지 않은 불상들도 있겠죠.

이강백 : 네. 그런데, 제가 보기에 백제 불상에는 미륵불(彌勒佛)이 많아요. 미륵불이란 미래에 세상을 구하려 오실 부처, 그러니까, 메시아입니다. 마치, 이스라엘 백성들이 구세주 메시아 오기를 기다리듯이, 패망한 백제 사람들은 미륵불을 기다렸어요. 그래서 백제의 미륵불은 미래를 나타내려고 그런지 형태가 완벽하지 않습니다. 뭔가 일부러 덜 만든 듯 하고, 꽉 채우지 않고 비워 둔 여백이 느껴집니다. 전라도 출신인 저는 백제의 후예이기에, 형태가 완전하지 않은 것을 보면 마음이 편안해집니다.

이상란 : 마음이 편안해진다는 건 긴장이 풀린다는 뜻인가요?

이강백 : 그렇습니다. 제가 유럽에 갔을 때, 하늘로 치솟은 고딕 성당을 들어가면 마음이 바짝 긴장 됐어요. 수직으로 높이 솟은 천정, 완벽하게 구성한 공간, 시선을 사로잡는 스테인드글라스, 벽면에 그려진 웅대한 성화… 제가 그것을 이원양 선생님께 말했더니, 바로크나 로코코 양식의 성당에 가 봤느냐고 하시더군요. 고딕 성당과는 다르게 밝고 화려해서, 저절로 닫힌 마음이 열리고, 기쁨이 용솟음치는 것을 느낄 것이라면서요. 그럼에도 불구하고 저는… 고딕 성당과 바로크 성당을 구분 못한 탓인지, 제가 독일, 프랑스, 폴란드, 체코에서 봤던 성당들은, 숭고함은 느꼈지만 편안함을 느끼지 못했습니다.

이상란 : 서연이 부처의 마음을 찾아 들판을 홀로 떠돌다 깨

달음에 이르는 순간이 저에게는 오래 남아있는 장면이에요. 대사를 음미해보지요.

　　난 들판을 헤매 다녔다. 마음이 텅 빈 듯 허전하고… 무엇으로 채워야 할지 알 수는 없고. 그랬는데… 어느 해 겨울이었다. 흰 눈이 내리더라. 어쩌나 많이 내리는지… 하늘도 하얗고 땅도 하얗더니만… 천지가 흰 공백으로 텅 비더라. 나는… 나는… 그 텅 빈 공백이 무섭고 두려워서… 네 이름을 불렀다…. 부르고… 또 부르고… 목이 터져라 너를 불러서 그 공백을 가득 채웠는데… 이듬해 봄… 눈 녹는 봄이 되니깐… 돋아나는 풀잎이며 피어나는 꽃송이가… 모두 네 모습이더라.

서연이 텅 빔 그 자체를 받아들이는 순간, 마음속에서 전회가 이루어져요. 세상 만물에서 여래와 같은 함이정의 모습을 발견하게 됩니다. 공(空) 너머의 참 여래를 꿰뚫어보게 된 서연은 부처 화현(化現)의 순간을 표시하기 위해 돌부처를 만들며 다른 차원의 구도의 길로 나아가는 것이지요. 구도자로서의 서연의 여정이 깊은 울림을 줍니다.

　　이강백 : 아마 그 부분에 연관성 있는 것이 〈칠산리〉입니다. 흰 눈 내리고, 모든 것을 다 지우는 이미지가 같습니다. 한 번 지워진 다음 나타나는 세계, 모든 것을 부정(否定)해야 도달하는 긍정(肯定)의 세계입니다. 임사체험(臨死體驗)을 한 사람은 세상을 보는 눈이 달라진다고 합니다. 세상이 아름답게 보이는 것인데, 그 아름다움은 세상이 달라져서 생긴 것이 아니라 보는 눈이 달라져 생긴 것입니다. 그렇듯이, 만약 저도 모든 형태를 부정할 수 있다면, 형태를 보는 눈이 달라져서, 어떤 형태에 대해서나 긍정적이어서 폭력

성을 느끼지 않겠지요.

이상란 : 서연은 부처 화현의 표식으로 들판의 돌덩이로 부처를 만들다 결국은 그 표식으로부터도 해방되어 열반에 이르지요. 서연의 구도의 완성을 선생님은 물부처로 형상화하셨어요. 흐르는 개울물로 불상을 만들다니, 어떻게 그런 상상을 하셨을까요?

이강백 : 쓰가와 이즈미(津川泉) 씨는 〈느낌, 극락같은〉을 일본어로 번역한 분인데, 어느 날 그분이 저에게 이메일을 보내왔어요. 일본에 물부처가 지명(地名)인 곳이 있어서, 자기가 일부러 그곳에 가려고 한다. 혹시 물로 부처를 만드는 곳인지, 돌아온 다음에 또 이메일을 보내겠다는 것입니다. 그래서, 어? 신기하네? 아니, 이거 내가 물로 부처 만드는 것을 상상한 건데, 일본에는 이미, 그렇게 물로 부처 만드는 곳이 있다니 놀라웠습니다. 며칠 후 쓰가와 씨의 이메일이 왔어요. 그곳이 수불동(水佛洞)이라는 심산계곡인데, 급경사진 계곡으로 빠르게 흐르는 물이 바위에 부딪쳐 물보라를 일으키고 있다, 그 물보라가 햇빛을 반사하여 부처의 광배(光背)처럼 보여서 수불동이라는 이름을 붙인 것 같다고 했습니다.

이상란 : 수불동이란 이름이 붙은 곳이니까, 사람들이 부처를 연상한 건 아닐까요?

이강백 : 일본은 불교문화가 두터워요. 한일 연극교류협회와 일한 연극교류센터에서는 해마다 낭독 공연을 합니다. 짝수 해에는 서울에서 일본 극작가들의 희곡을 한국어로 번역해 낭독 공연하고, 홀수 해에는 도쿄에서 한국 극작가들의 희곡을 일본어로 번

역해 낭독 공연하는데, 2005년에 〈느낌, 극락같은〉을 했습니다. 관객들의 태도가 불교적인 내용이어서 그런지 매우 진지하였고 반응도 좋았어요. 우리나라 불교는 조선시대 탄압을 받아 절이 깊은 산으로 들어갔지만, 일본 불교는 마을과 도시에 절이 자리 잡고 있어서 일상생활과 밀접합니다. 그런데 일본 불교가 우리나라 불교보다 허무주의 색채가 짙은 것은, 일본이 지진도 많고, 해일도 많아서 그런 것 같습니다. 삶을 악착같이 붙잡고 늘어진다. 이런 것보다 어떤 순간 깨끗이 놓아버리는, 그런 것이 있어요. 우리는 무슨 일이 있어도 끝까지, 삼족이 멸하더라도 끝까지 살아남아서, 우리 집안의 원수인 네가 죽는 모습을 꼭 보겠다는 악착같은 끈질김이 있습니다. (웃음) 그런데 일본의 사무라이는 싸움에서 지면 칼로 자신의 배를 갈라 죽어요. 어느 쪽이 더 독한지는 모르겠습니다만, 각기 다른 자연 환경 때문인 것은 분명합니다.

이상란 : 그럼요. 자연 환경이 종교와 인간에게 큰 영향을 주지요.

이강백 : 어쨌든 일본 관객들에게, 〈느낌, 극락같은〉은 정서적으로 잘 맞았습니다. 낭독 공연이 끝나고 작가와 관객의 대화 시간이 있었는데, 어떤 관객이 저에게 작품이 매우 불교적이라며 불교 신자냐고 물었어요. 제가 기독교인이라고 대답했더니, 의외라는 표정이었습니다. 일본은 기독교 교회 수효도 적고, 신자들도 얼마 안 되거든요. 왜 불교 신자가 아니냐, 그 관객이 다시 묻더군요. 그래서 저는, 어머니가 기독교인이라는 이유도 있지만, 불교는 엄격한 계율이 있어서 저를 밀어낸다고 했어요. 스님에겐 엄격하게 지킬 계율이 많겠지만, 그냥 일반 신자는… 그래도 뭔가 계율이란 것이

저를 밀어냅니다.

　　이상란 : 다시 희곡전집 6권의 작품들을 살펴보죠. 아직 단막 희곡 두 편이 남아 있어요. 〈들판에서〉는 중학교 국정 교과서에 실린 작품인데, 어떤 계기가 있었는지요?

　　이강백 : 오랫동안 중학교 국어 교과서에 실려 있던 희곡이, 유치진 선생님의 〈원술랑〉이었습니다.

　　이상란 : 저는 중학교 때 〈원술랑〉 입체낭독을 하던 때가 생각납니다.

　　이강백 : 그런데, 군사정권 시대가 끝나고 민주화 되면서 세상이 변했어요. 〈원술랑〉은 내용을 요약하면 이렇지요. 신라의 품일 장군 아들인 원술랑은 아직 어른이 안 된 청소년으로서 화랑(花郞)입니다. 신라와 백제의 싸움에서 원술랑은 용감하게 백제군을 향해 돌격합니다. 백제의 장군이 그를 사로잡아 투구를 벗겨 보니, 아직 어린 소년이어서 가엾게 여겨 죽이지 않고 말을 태워 신라군으로 되돌려 보냅니다. 품일 장군은 살아 돌아온 아들을 꾸짖습니다. 원술랑은 다시 말을 타고 백제군을 향해 돌진, 과감하게 싸우다가 전사합니다. 이 광경을 지켜 본 신라군은 죽기를 각오하고 싸워 대승을 거둡니다. 그러니까 〈원술랑〉의 주제는, 나라를 위한 개인의 희생은 고귀한 것이다, 개인의 희생을 칭송하고 권장하는 것인데, 그런 주제를 가진 작품들이 어울렸던 시대, 전체주의 국가에나 어울렸지요. 이젠 민주화 시대여서, 개인의 가치와 인권을 존중하게 됐습니다. 그래서 전체주의적 주제인 작품을 다른 주제의 작품으

로 바꿀 필요성이 생긴 것입니다. 김영삼 문민정부가 들어서자 국정 교과서 개편을 담당하는 교육부가 대체 작품을 찾고자 노력했지만, 쉬운 일이 아니었어요. 극작가들을 개별적으로 만나 대체 작품을 추천 받기도 하였고, 극작가들을 초청해서 세미나 같은 모임을 가져 논의하기도 했습니다. 그러나 기존 작품들은 내용과 분량이 맞지 않았습니다. 중학교 교과서에 실릴 작품은 원고지 70매 내외 분량인데, 장막희곡은 200매에서 300매니까 해당되지 않았고, 단막희곡도 대략 100매여서 줄이지 않으면 안 되지요. 내용은 도덕적으로나 윤리적으로 흠이 없어야 하는데, 그런 작품을 찾기란 우물에서 숭늉 찾기처럼 어려웠습니다. 결국 바꾸고 싶어도 찾을 수가 없어서 〈원술랑〉을 교과서에 그냥 뒀지요.

그런데 1996년에, 국정 교과서 개편을 교육부가 직접 하지 않고 한국교육개발원에 맡겼습니다. 어느 날 용인 송담대학의 김동권 교수에게서 전화가 왔어요. 김동권 교수는 근대희곡을 전공한 젊은 학자인데 개인적 친분이 있었습니다. 한국교육개발원에서 누가 만나자고 연락이 오거든 꼭 만나기를 바란다는 전화였지요. 며칠 후 사당동의 어떤 커피숍에서 한국교육개발원의 교과서 편찬 담당자를 만났습니다. 그분은 저에게 〈원술랑〉을 대체할 희곡을 써 줄 것을 제안했어요. 기존 희곡들에서 대체 작품 찾기는 포기하고 신작을 위촉한다는 것입니다. 그러나 신작을 교과서에 수록할지는 편찬 위원회 평가, 국어 교사들의 평가, 문교부 승인 등 몇 단계를 거쳐야 알 수 있다고 했습니다.

이상란 : 작품의 주제를 정해 주던가요?

이강백 : 아니요. 분량만 70매 내외로 정해 주고, 주제와 내용

은 저에게 맡겼습니다. 저는 주제가 중요하다고 생각했어요. 목숨 바쳐 국가에 봉사해라, 과거의 전체주의적 주제를 바꾸려고 하는 것이니까, 현재를 직시하면서 미래를 향한 주제가 맞겠다고 생각했습니다. 더구나 중학교 국어 교과서는 우리나라 중학생들이 모두 배우는 것이니까 모두가 공감할 수 있어야겠지요. 결국 제가 생각한 주제는 남북통일입니다. 우리나라 분단은 과거 세대가 해결 못 하였고, 현재 세대도 해결 못 하고 있지만, 미래 세대는 반드시 해결하리라는 희망을 제 희곡에 담고 싶었습니다.

이상란 : 〈들판에서〉는 우리 분단 상황을 간결한 은유로 표현하고 있지요.

이강백 : 다정한 형제가 있습니다. 그런데 그 형제가 측량기사의 농간으로 들판을 나눠 갖고 양쪽 사이에 벽을 세웁니다. 이렇게 분리된 형제는 서로 오해하는 일이 많아져 싸우기만 합니다. 그러다가 형제는 이런 상황이 잘못된 것임을 깨닫지요. 그래서 들판에 핀 민들레꽃을 꺾어 화해의 표시로 벽 넘어 보냅니다. 이렇게 쓴 희곡 〈들판에서〉를 한국교육개발원 담당자에게 전달했더니, 몇 주 지나서 만나자고 했습니다. 편찬위원회 검토 결과, 주제도 좋고, 내용과 분량도 좋은데, 작품이 드라이(dry)하다, 건조하다는 평가였다는군요.

이상란 : 건조하다, 정확하게 무슨 의미일까요?

이강백 : 글쎄요, 담당자도 정확한 뜻은 설명 안 해요. 다만 작품을 건조하지 않게 고쳐달라고 했습니다. 아마 감성이 부족하

다는 것이 아닐까, 저는 그렇게 생각하고는 작품의 마지막 장면을 좀 더 감성적으로 고쳤습니다. 가로막힌 벽 이쪽의 형이 탄식해요. "아아, 이 들판의 풍경은 내 마음 속의 풍경이야. 옹졸한 내 마음이 벽을 만들었고… 나 혼자 벽 앞에 있어…" 그때 벽 저쪽의 아우도 탄식합니다. "난 이 들판을 나눠 가지면 행복할 줄 알았어. 형님과 공동 소유가 아닌, 반절이나마 내 땅을 갖기를 바랬지. 하지만 지금 나는 총을 들고 비를 맞으며 벽을 지키고 있다니…" 이렇게 탄식하던 형제는 서로 얼굴을 보고 싶어 합니다.

이상란 : 그래서 민들레꽃을 엮어서 벽 너머로 보내죠. 벽은 무너지기 위해 있는 것이지요. 작은 희망의 민들레 꽃씨들을 자꾸만 날려 보내다 보면….

이강백 : 들판에는 민들레가 가장 많습니다. 민들레의 노란 꽃이 가득한 광경은 장관이지요. 그리고 꽃씨가 바람을 타고 멀리 날아가는 모습도 인상적입니다.

이상란 : 새 작품 위촉에서 최종 승인까지 오래 걸렸나요?

이강백 : 작품 쓰는데 3개월, 단계 별 평가 과정이 6개월쯤 걸렸던 것 같습니다. 그리고 제작 기간이 있어서 〈들판에서〉를 수록한 중학교 3학년 국어 교과서는 제가 작품을 제출한지 1년이 지난 후 나왔어요. 그때가 1997년 초입니다. 그런데 신문을 보니까 어떤 보수적인 반공 단체가 〈들판에서〉는 용공적인 작품이라는 고발장을 검찰청에 냈어요. 이런 작품을 우리나라 청소년들이 배워서는 안 된다, 즉각 중학교 국어 교과서에서 삭제하라… 그 기사를

읽는 순간, 차디 찬 얼음 덩어리가 제 몸에 찰싹 달라붙는 기분이었습니다. 저는 교육개발원 담당자에게 전화하려다가 그만 뒀어요. 저처럼 신문 기사를 봤을 테고, 얼음 덩어리가 달라붙은 기분도 같을 텐데, 굳이 알릴 필요는 없다고 생각했지요.

이상란 : 꼭 그런 사람 있어요. 〈파수꾼〉도 문제 삼는 사람 있었거든요.

이강백 : 사실 이 문제는 단순하지 않습니다. 〈칠산리〉를 대담할 때 말씀 드린 것 같은데, 6.25 전쟁의 후유증인 증오가 지금도 심각하게 남아 있어요. 그럼에도 꼭 화해해야 한다고 생각합니다. 미래 세대가 과거에 붙잡히지 않으려면, 증오를 더 이상 계속할 수는 없기 때문입니다.

이상란 : 그렇죠. 이러다가 점점 미래 세대가 통일에 대해 무관심하게 될 것 같아, 저는 그게 걱정이에요.

이강백 : 그런데, 검찰에서는 아무 연락이 오지 않았습니다. 고발장을 내도 조사할 가치가 없다고 판단했는지, 아니면 교육개발원에서 자세한 설명을 했기 때문인지, 〈들판에서〉 고발 사건은 흐지부지 됐습니다.

이상란 : 잘 됐네요.

이강백 : 하지만 골치 아픈 다른 사건이 발생했지요. 국어 교사, 학부모, 학원 선생 등, 문의 전화가 끊이지 않고 저에게 왔습니

다. 〈들판에서〉의 형과 아우는 벽을 세운 다음엔 혼자서 말을 한다, 그 말이 독백인가, 방백인가, 대사 형태를 묻는 시험이 나오는데 정답이 분명하지 않다는 것입니다. 참고서들도 제각각이어서 독백이 정답이라는 참고서가 있고, 방백이 정답이란 참고서가 있다, 도대체 정답이 뭐냐, 작가가 분명히 대답해라. 정말 저는 난처했습니다. 그래서 연극학 사전에 있는 그대로 설명했지요. 독백은 등장인물의 내면을 드러내는 혼잣말이다, 햄릿의 독백이 그 예다, 방백도 등장인물의 혼잣말이지만 관객들에게 어떤 정보를 알려 줄 때 마치혼자 말하듯이 하는 것이다… 그러나 그건 원론적인 것이어서 납득이 안 됐어요. 〈들판에서〉는 거의 전부가 혼잣말인데, 그것이 독백인지 방백인지, 명확한 정답을 저도 알 수 없습니다.

이상란 : 형과 아우를 벽이 가로막고 있으니 각자 독백을 할 수 밖에 없지요.

이강백 : 네. 그 가로막힌 벽 때문에, 정상적인 대화가 안 되니까 형도 혼잣말을 하고 동생도 혼잣말을 합니다. 그러나 시험이 요구하는 정답은, 독백과 방백 중에 하나뿐이지요. 그 무엇을 써도 맞다고 하면 맞고, 틀리다고 하면 틀린 것입니다. 이런 난처한 상황은 남북으로 분단된 우리 모두에게 해당됩니다. 남쪽에서도 혼잣말을 하고, 북쪽에서도 혼잣말을 하고… 이런 현상은 정상이 아닙니다.

이상란 : 요즘도 그런 질문 전화가 자주 오나요?

이강백 : 요즘은 뜸해요. 몇 년 전에 정부가 국정 교과서인 국어 교과서를 검인정 국어 교과서로 바꿨거든요. 국정 교과서는 오

직 한 종류뿐인데, 검인정 교과서는 여러 출판사들이 다양하게 만들어서 학교가 선택합니다. 〈들판에서〉를 실은 검인정 교과서도 있지만, 〈결혼〉을 실은 검인정 교과서가 많습니다. 〈결혼〉은 독백이냐 방백이냐는 문제가 없어서 참 다행입니다. (웃음) 그런데 〈결혼〉의 주제는 인생이란 빈손으로 왔다가 빈손으로 간다, 모든 것은 잠시 빌린 것이니, 소중하게 아끼고 사랑해야 한다는 것입니다. 중학생들이 그것을 배우기에는 너무 이르지 않을까요?

이상란 : 요즘 청소년들은 다 알겠죠. (웃음) 벌써 유치원 때 모든 걸 안다고 하잖아요.

이강백 : 제가 쓸데없는 걱정을 했나 봅니다.

이상란 : 희곡전집 6권의 마지막 작품은 단막희곡 〈수전노, 변함없는〉이죠. 선생님이 쓰신 머리글을 보면, 몰리에르의 〈수전노〉 공연에 깊은 감동을 받았다고 하셨어요.

이강백 : 1998년 2월인가, 배우 권성덕 선생이 주연한 〈수전노〉를 봤는데, 굉장히 좋았습니다. 권 선생의 무르익은 연기도 정말 훌륭했지만, 수전노 캐릭터가 좋았어요. 저는 그런 인물로 작품을 쓰고 싶었고, 우선 단막희곡을 구상했습니다. 단막희곡 3편을 연결하면 장막희곡이나 다름없어서, 옴니버스 형식의 단막희곡을 구상한 것이지요. 그러니까 1998년 〈수전노, 변함없는〉과 2003년 〈사과가 사람을 먹는다〉는 옴니버스 형식을 염두에 두고 쓴 1편과 2편입니다. 최종적인 3편은 아직 쓰지 않았는데, 폴란드에서 수집한 동유럽 민화 중에 인색한 부자에 대한 흥미로운 이야기가 있어

서, 그것을 소재 삼아 쓰려고 합니다. 등장인물은 3편 모두 수전노 가족이고, 상황만 각각 다릅니다.

이상란 : 오늘 대담을 시작할 때 이미 말씀 드렸지만, 희곡전집 6권에 수록한 작품들을 공연했던 1995년부터 1998년은, 선생님에게는 극작가로서 절정기가 아니었나 하는 생각이 듭니다. 〈영월행일기〉, 〈뼈와 살〉, 〈느낌, 극락같은〉이 서울연극제에서 희곡상을 수상했고, '이강백 연극제'도 있었고, 국정 교과서에 〈들판에서〉가 수록 됐죠. 전업 극작가였던 선생님이 한국예술종합학교 연극원 극작과의 객원교수가 되신 것도 이 시기지요. 극작가로서의 성공이 선생님의 인생에 어떤 영향을 주었나요?

이강백 : 저는 실력보다는 정말 운이 좋았습니다. 운 좋은 사람은 두렵거나 부러울 것이 없어요. 권력자에게 고개 숙이지 않고, 부자에게도 손 벌리지 않습니다. 이 세상의 운동장은 강자에게 유리하도록 기울어져 있고, 싸움의 규칙은 불공정하며, 심판도 강자의 편이지요. 극작가는 약자의 편입니다. 극작가가 기울어진 운동장을 고칠 능력이 있어서 약자를 편드는 것은 아닙니다. 싸움의 규칙을 공정하게 바꿀 능력도 없고, 부정한 심판을 징벌할 능력도 없습니다. 오직 극작가의 능력은 약자의 고통과 슬픔을 외면하지 않는 작품을 쓴다는 것입니다. 이제는 제 작품이 많이 공연되었고, 희곡상을 여러 번 받았고, 제 작품에 대한 평론과 논문도 상당히 있고, 대학 학력이 없는 제가 대학에서 강의를 하는 영광을 누리게 되었지만, 이렇게 절정기에 도달했다고 할지라도 제 생각은 처음 극작가를 시작하던 때의 생각과 다르지 않습니다. 저는 언제나 강자의 편이 아니라 약자의 편이 되고자 합니다.

이상란 : 긴 시간 좋은 말씀 고맙습니다.

이강백 : 아니, 방금 제가 한 말은 쑥스럽군요.

이상란 : 오늘 대담이 지금까지 했던 대담들의 정점인 것 같아요.

이강백 : 감사합니다.

아홉 번째 대담

희곡전집 7권 (1999~2003) 작품

물고기 남자
마르고 닳도록
오, 맙소사!
진땀 흘리기
사과가 사람을 먹는다
배우 우배

국립극단, 〈마르고 닳도록〉 공연

아홉 번째 대담

이상란 : 오늘 대담 날짜는 2018년 6월 5일, 아홉 번째 대담을 하는 날입니다. 희곡전집 7권을 중심으로 작품과 삶에 대한 말씀을 들으려고 해요. 희곡전집 7권의 작품들은 1999년부터 2003년 사이에 공연 되었어요. 이 시기를 주목하는 이유는 우리나라가 경제적으로 가장 어려운 때이기 때문이죠. 1997년 11월, 외환위기를 당해 국제통화기금(IMF)의 금융 구조를 받으면서, 4년 동안 모든 분야가 극심한 재정 긴축을 했는데, 재정이 취약한 예술 분야, 특히 연극은 타격이 심했어요.

이강백 : 그렇습니다. 희곡전집 7권의 작품들을 썼던 때는 공연보다 앞이니까 정확히 IMF 시기와 겹칩니다. 또 이 시기에 김영

삼 대통령의 임기가 끝나 김대중 대통령이 취임했습니다. 그때까지 우리나라는 경제에 굉장히 낙관적이었지요, 그러니까, 경제발전이 계속되고 있다는 분위기여서, 외환 잔고가 바닥나 국가가 빚을 갚지 못할 지경이 되리라고는 아무도 상상할 수 없었습니다.

이상란 : 서울올림픽 이후로 낙관적 분위기가 상승세를 타고 있었던 거죠. 그런데 갑자기 국가 부도 사태가 일어나서, 그 충격이 굉장히 컸어요.

이강백 : 경제가 어려워지자 마음도 강퍅해졌다고 할까요, 타인에 대한 포용력이 현저히 줄어들었습니다. 아주 극단적인 표현을 한다면, '내가 살기 위해서 너는 죽어도 괜찮다'였어요. 희곡전집 7권의 〈물고기 남자〉는 그런 이기주의적 현상을 반영한 작품입니다. 〈마르고 닳도록〉은 애국가를 작곡한 안익태 선생한테 저작권을 위임 받았다는 마요르카 마피아들이 한국 정부가 바뀔 때마다 거액의 애국가 사용료를 요구하는 희극인데, 김대중 정부가 마피아들의 요구를 들어주는 조건으로 국제통화기금(IMF)의 돈을 빌리는 장면이 있습니다. 물론 사실이 아니니까 오해하지는 마십시오. 흥미로운 것은 1999년입니다. 일 년이 지나면 2000년, 새로운 밀레니엄 시대가 옵니다. 아직 IMF가 끝나지 않아서 고통스러워 그랬을까요, 새로운 밀레니엄 시대에 대한 기대가 무척 컸습니다. 하지만 기대가 크면 실망도 크지요. 〈오, 맙소사!〉는 1999년과 2000년에 벌어진 희망과 좌절을 보여줍니다. 〈진땀 흘리기〉는 조선의 20대 왕 경종(景宗)을 소재로 쓴 희곡인데, 노론과 소론의 당쟁이 극심한 상황에서 이렇게도 저렇게도 결정을 못하고 진땀만 흘렸습니다.

이상란 : 경종은 숙종과 장희빈의 아들로 태어나서 어린 시절 어머니가 사약 먹고 죽는 모습을 보았죠. 그래서 마음도 약하고 몸도 약해요. 〈경종실록(景宗實錄)〉에 우유부단한 임금이라고 기록되어 있어요.

이강백 : 물론 경종의 성격 탓도 있겠지만, 극심한 당쟁도 우유부단의 원인이었지요. 옳으면 살고, 그르면 죽는데, 그것이 어느 날 뒤바뀌어 옳음이 그름 되고, 그름이 옳음이 되었다가, 또 어느 날 다시 뒤바꾸어집니다. 이런 대규모 사화(士禍)가 경종 때 여러 번 일어나서 양쪽 피해자가 속출했습니다. 그것이 〈진땀 흘리기〉의 시대적 배경입니다. 지금 우리 시대도 많은 경종들이 살고 있습니다. 이렇게도 결정 못하고, 저렇게도 결정 못해서, 진땀을 흘리는 사람들이 많아요. 그러나 그런 사람들을 우유부단하다고 질타해서는 안 됩니다. 옳고 그름이 자꾸만 뒤바뀌면 우유부단할 수밖에 없습니다. 2003년에 발표한 〈사과가 사람을 먹는다〉는 단막희곡입니다. 지난 번 대담에서 말씀 드렸듯이, 수전노를 소재로 쓴 옴니버스 형식의 두 번째 작품이지요. 〈배우 우배〉는 배우가 겪는 상실감과 극복을 담았습니다. 그러니까, 제 주변의 친구들은 거의 배우들입니다. 그런데, 배우들은 공연이 끝나면, 굉장한 상실감에 빠집니다. 자기 자신이 몰입했던 등장인물이 어디론가 실종된 것 같은 느낌, 심리적으로는 가족이 사망한 것보다도 실종했을 때 더 큰 상실감을 느낀다고 합니다. 이것이 희곡전집 7권의 작품들에 대한, 아주 소략한 개관입니다.

이상란 : 네. IMF 시기에도 선생님의 작품 활동은 위축되지 않았죠. 더구나 한국예술종합학교 연극원 객원 교수에서 서울예술

대학 극작과 전임 교수로 가신 시기가 바로 이때였지요?

이강백 : 이강숙 총장님 때 연극원 객원교수였는데, 1년마다 계약하는 것이라고 들었을 뿐, 2년 이상 연장이 안 된다는 말은 듣지 못했습니다. 연극원, 전통예술원, 무용원 등 한국예술종합학교는 비록 학력이 없어도 오랜 경험을 가진 분들을 객원 교수로 초빙해서 수업을 맡겼어요. 이강숙 총장님 다음 이건용 총장님은 객원 교수도 제도적인 장치가 필요하다고 여겼고, 다양한 분들이 수업을 하는 것이 학생들에게 도움이 된다고 판단해서, 객원교수는 2년 이상 연장 불가라는 학칙을 만들었습니다. 저는 이미 2년이 지나 3년이 된 상태였지요. 그래서 해직 대상자였는데, 마침 그때 서울예술대학 안민수 학장님이 만나자고 하셨습니다. 극작과 윤대성 교수가 정년퇴임을 앞두고 저를 후임으로 추천했다면서, 서울예술대학 전임교수로 오라고 하더군요. 하지만 저는 선뜻 대답 못했어요. 전임교수는 최소한 학력이 학사 학위가 있어야 합니다. 안민수 학장님과 두 차례 만났으나 제 대답이 없자 표정이 굳어지며 서울예술대학이 싫은 것이냐고 하셔서, 저는 솔직하게 학력 없음을 실토했습니다. 그랬더니 놀라셨어요. 연극계에서 안민수 학장님은 연출가로 명성을 떨친 분이시고, 저는 많은 작품을 쓴 극작가로 알려져 있어서, 서로 친숙했음에도 저의 학력 없음을 처음 아신 것입니다. 그런데 방법이 있다고 하셨어요. 교수 자격 심사 회의를 해서 그 결과를 문교부에 제출하여 승인 받으면 임용할 수 있다고 했습니다. 2002년 가을, 유민영 선생님과 차범석 선생님, 오태석 극작과 학과장으로 구성한 교수 자격 심사 회의를 열었고, 논의 내용과 합의 결과를 제출, 문교부의 승인을 받았습니다. 그래서 2003년 3월, 저는 서울예술대학 전임교수가 됩니다.

이상란 : 그동안 선생님께서 치열하게 작업하신 결실이 사회적 인정으로 이어진 것이죠.

이강백 : IMF 시기에 정말 다행이었습니다. 그때 제가 실직했다면, 유학 중인 제 딸이 학업을 중단하고 돌아와야 했거든요. 객원교수 때는 행정 일을 맡지 않아 몰랐는데, 전임교수는 행정 일을 맡아서 처리할 사무가 많았습니다. 그중엔 휴학생 면담도 있어서, 휴학하는 학생들의 어려운 형편도 알게 됐어요. 마음이 괴롭더군요. 제 딸을 생각하며 휴학생들에게 미안했습니다.

이상란 : 희곡전집 7권 머리글에는 선생님이 두려움을 느꼈다고 하셨어요. 인용하면 이렇죠. "일곱 번째 희곡집을 내놓으면서 온몸이 부르르 떨리는 두려움을 느꼈다. 온갖 노력을 다해도 채울 수 없는 그 어떤 공백에 대한 두려움인지, 아니면 할 말을 이미 다 했으므로 더 이상 말할 것이 없는 두려움인지, 여태까지 경험하지 못했던 무시무시한 공포를 느낀 것이다." 이때의 두려움에 대해 좀 더 자세히 말씀해주시겠어요?

이강백 : 그러니까, 뭐라고 할까요, 일곱(7)이라는 숫자는 '럭키세븐'처럼 행운을 상징합니다. 하지만 그것은 가득 찼다, 더 이상 채울 것이 없다는 뜻이기도 해요. 그러니까 7권 다음 8권, 9권, 10권… 더 많은 희곡집을 내도 가외인 것이지요. 박조열 선생님은 제가 존경하는 극작가인데, 평생 쓰신 희곡이 모두 7편이 안 됩니다.

그런데 저는 다작(多作)입니다. 이렇게 다작을 하는 경우, 여기도 긁적긁적, 저기도 긁적긁적하면서, 한 곳을 깊게 판 것이 아니라는 생각이 듭니다. 이제 희곡전집 7권, 작품 수효가 마흔 편이 넘어가면서, 평생 하나의 주제로 깊이 들어가지 않고, 이것저것 손 댄 것만 같았어요. 그런데, 두려움은 그것만이 아니지요. 이미 다 썼는데 앞으로 또 무엇을 쓸 수 있을까, 그런 의문도 정말 무서운 공포였습니다.

이상란 : 사람의 생각이란 고정되어 있지 않아서, 평생 한 주제를 붙잡는 건 굉장히 어려운 것 같아요. 예술가도 그렇지만 연구자도 마찬가지죠. 끝까지 뭔가를 찾아가는 그 과정은, 때에 따라서 다양하게 제기되는 많은 문제들을 가지치기하면서 가야 하거든요.

선생님은 첫 대담을 시작할 때 이야기꾼이 되고 싶다 하셨어요. 그리고 가장 훌륭한 이야기꾼으로 셰에라자드를 꼽으셨죠. 셰에라자드는 천 하루 동안 계속한 많은 이야기로 자기 목숨도 살리고 다른 사람도 살렸는데, 그 많은 이야기를 할 수 있었던 원천이 뭘까요? 경험한 이야기, 상상한 이야기, 들은 이야기… 저는 이런 생각을 했어요. 경험한 이야기만으로는 그렇게 오랫동안 지속할 수 없다고요. 제가 희곡전집 7권의 〈물고기 남자〉를 읽으면서, 선생님이 가보지 않은 장소, 경험하지 않은 시간이 계속 확장되고 있다고 생각했어요.

이강백 : 이야기꾼은 슬픈 이야기, 기쁜 이야기, 우스운 이야기, 무서운 이야기를 가리지 않습니다. 그런데 이야기를 하다가 보면 어떤 버릇이랄까 스타일 같은 것이 생깁니다. 지금 7권째 작품들 역시 누가 보더라도, '아, 이건 이강백이 쓴 작품이네' 할 것입니다. 제 작품의 스타일을 제 입으로 설명하기가 좀 그렇지만, 제 작품의 공간과 시간은, 제가 만든 공간과 시간입니다. 〈쥬라기의 사람들〉에서도 그런 말씀을 드린 것 같은데, 사북사태를 계기로 쓴

작품이지만, 저는 탄광지대인 사북을 간 적이 없습니다. 또 실제로 사북을 갔다고 해도 그곳이 제 작품의 공간이 될 수는 없지요. 그러니까, 제 머릿속에 만든 탄광지대가 아니면, 저는 작품을 쓰지 못합니다. 〈영월행 일기〉도 그렇습니다. 저는 영월을 한 번도 가보지 않았어요. 그러나 제 머리 속의 영월에는 여러 번 갔습니다. 선생님은 〈물고기 남자〉를 읽고, 제가 가보지 않은 장소, 경험하지 않은 시간이 확장되고 있다고 하셨습니다. 저는 관객들이 가지 않은 공간을 이야기하고, 관객들이 경험하지 않은 시간을 이야기합니다.

이상란 : 이야기하는 스타일은 이야기꾼마다 독특한 개성이 있죠. 저는 그 스타일이 이야기를 만드는 방법과 밀접한 관련이 있다고 봐요. 〈물고기 남자〉라는 희곡, 누가 봐도 그 스타일이 선생님 작품이라는 걸 알 수 있는데요, 바로 그건 선생님의 희곡 쓰는 방법이죠. 그래서 저는 〈물고기 남자〉를 예로 들어서, 선생님의 극작 방법을 구체적으로 듣고 싶어요. 먼저 이 작품을 쓰신 계기부터 말씀해 주세요.

이강백 : 1998년 봄입니다. 극단 '배우 세상'의 대표 김갑수 선생이 대학로에서 함께 커피를 마시자고 했습니다.

이상란 : 극단 '연극 세상' 아닌가요?

이강백 : 아참, '연극 세상'이군요. 나중에 바꾼 극단 이름이 '배우 세상'이지요. 그런데, 커피 마시면서 나눴던 대화가 모두 IMF로 야박하게 변한 세상에 관한 것이었습니다. 내가 살기 위해서는 너는 죽어도 된다는 세상… 서너 시간 이런 말 저런 말을 하다가,

김갑수 선생이 말만 할 것이 아니라 연극으로 공연하자고 했어요. 그러니까 IMF가 〈물고기 남자〉를 쓴 계기라고 할 수 있습니다.

이상란 : 소재는요? 계기가 생기면 그에 맞는 소재를 만들죠. 〈물고기 남자〉의 극적 공간은 바닷가 양식장인데, 이건 어떻게 생각해 내셨어요?

이강백 : 바닷가 양어장을 생각한 것은, 저의 둘째 형님이 남해안에 대규모 양어장을 갖고 있었기 때문입니다.

이상란 : 아, 그런 현실적인 배경이 있었군요.

이강백 : 네, 하지만 저는 그곳에 가본 적은 없습니다. 그런데 둘째 형님은 그 양어장을 속아서 사셨어요. 그러니까, 양어장의 물고기는 저절로 자란다는 말에 속은 것입니다. 양어장 전 주인이 형님에게 말하기를, 치어(稚魚)를 사서 양어장에 넣을 때와 그 다음에 다 자란 물고기를 건져서 팔 때, 두 차례만 내려오면 된다, 나머지는 물고기의 먹이를 주는 일꾼이 알아서 할 것이다 그랬거든요. 둘째 형님은 생활 근거지가 서울에 있어서, 남해안 양어장에 머물 형편이 아니었습니다. 그런데 우리 둘째 형님은 뭔가 기르는 것을 굉장히 좋아합니다. 아파트 거실에 설치한 커다란 어항에는 희귀한 물고기들이 가득하고, 베란다에는 새장이 즐비한데 새장마다 온갖 새들이 지저귑니다, 앵무새도 여러 마리 길러서 사람을 보면 "안녕하세요!" 인사합니다. 어떤 앵무새는 "종환아, 라면 먹어라!" 외칩니다. 종환이는 형님의 아들 이름이지요. 이렇게 뭔가를 기르는 것을 좋아하는 둘째 형님이 대규모 양어장을 그냥 지나칠 수는 없습

니다, 그 안에 든 수만 마리, 아니 수십만 마리의 물고기를 생각하면 가슴이 벅찰 테니까요.

이상란 : 하지만 양어장 물고기는 저절로 크는 건 아니죠,

이강백 : 네, (웃음) 먹이만 준다고 되지 않습니다.

이상란 : 하하 하하하. 우리 오빠도 양어장을 했어요

이강백 : 밤낮 양어장에 붙어서 살아야 하고, 매 시간 세심하게 물고기를 살펴야 되는, 굉장히 집중력이 필요한 일이지요. 그런데다가 바닷물 상태가….

이상란 : 늘 깨끗한 것도 아니에요.

이강백 : 그렇습니다. 남해안 양어장은 적조가 발생하여 물고기들이 떼죽음을 당합니다. 바닷물의 온도가 상승해 플랑크톤이 몇 배나 늘어나면, 그것이 바다 위에 거대한 붉은색 융단을 펼쳐 놓은 것 같습니다. 그 적조가 부패하여 바닷물의 산소가 고갈되면 물고기들이 죽는 것이지요. 이런 현상이 거의 해마다 반복되는데, 둘째 형님이 아주 헐값으로 양어장을 팔려고 해도 사려는 사람이 없습니다. 형님한테 이런 이야기를 들은 것이 〈물고기 남자〉를 쓰는데 도움 됐지요.

그러나 적조가 발생한 남해안 양식장은 직접 그곳을 본 관객들도 있을 테고, 텔레비전 뉴스와 신문 기사로 그곳 사정을 아는 관객들도 있을 것입니다. 어쨌든 누구나 다 아는 상식적인 장소지요.

그런데 저는 그곳을 관객들이 가보지 않은 '특별한 장소'로 만들었어요. 어떻게 만들었느냐, 그곳에 관광객을 가득 실은 유람선이 왔다가 침몰한 것입니다. 유가족들이 몰려와 시신을 찾으려 하는데, 잠수부들이 바다 속에서 시신을 찾아주는 조건으로 거액의 수고비를 요구합니다. 죽은 시체가 있어야 보상금이라든가 생명보험 등 보험금도 쉽게 받지만, 시체가 없으면 보상금과 보험금 받기가 어렵습니다. 산 사람을 구하면 한 푼도 못 받고, 죽은 사람을 건져야 거액을 받는 바다, 그러니까 산 사람은 가치가 없고 죽은 사람이 가치 있는 곳, 이렇게 가치 전도된 공간이 〈물고기 남자〉의 양어장이지요. 그리고 이렇게 관객들이 가보지 않은 장소에는, 경험하지 않은 시간이 흐릅니다. 극적 공간과 시간이 정해졌으니 다음은 사건입니다. 즉 기승전결의 스토리인데요. 그 내용은 제가 방금 전에 말한 것을 참조 바랍니다. 등장인물은 어떻게 해야 하느냐, 당연히 사건의 내용과 적합한 인물이어야 하겠지요. 이제 남은 건 대사인데, 〈물고기 남자〉의 한 장면 대사를 예로 들겠습니다.

> **김진만** : 그래도 지금까지 나는, 살아있는 사람이 죽은 사람보다는 더 가치 있다고 믿어 왔어! 그런데 염병할, 그게 아냐! 죽어야 가치 있더라구. (남자에게) 그러니까 당신, 이걸 똑바로 알아둬! 당신이 죽지 않고 살아있다는 것, 아무 가치도 없는 거야! 당신이 살아 있기 때문에 여러 사람들을 실망시킬 뿐이라구! 생각해봐! 첫째로 실망한 사람은 나야! 당신이 죽었으면 삼천만원 받잖아! (이영복을 가리키며) 두 번째 실망한 사람은 저 친구야! 굶겨서는 보낼 수 없다, 아침밥이라도 먹여서 보내자, 저 친구 당신한테 친절한 척 하고 있지만, 사실 마음속은 그게 아니지! 삼천만 원 받으면 반절은 자기 몫인데, 그게 헛꿈이라니

얼마나 허탈하겠어? 저 친구와 나는 동업자야. 염병할, 둘이서 양식장을 동업하다가 아주 완전히 망했지! 우린 돈이 필요해. 아주, 아주, 절실히, 우린 지금 돈이 필요하다구! 아참, 그리고 실망할 사람 또 있지! 세 번째 가장 실망할 사람은 당신 마누라야. 염병할, 직접 들었잖아? 어제 저녁 담요 뒤에서 당신 귀로 마누라 하시는 말씀 다 들었지? 보상금도 받고 보험금도 받아서, 자기 팔자를 고치겠다 그 말씀이셨는데, 오늘 아침 당신이 살아서 나타나봐? 반가워 펄쩍 뛰기는커녕, 실망이 워낙 커서 염병할, 뒤로 홀라당 자빠지고 말 걸!

이영복 : 자네, 너무 심하군! 이왕 보낼 사람인데, 그런 농담을 할 것 없잖아!

남 자 : 농담이 아니라 진담인데요.

김진만 : 그래 진담이다, 왜?

남 자 : 내가 죽으면 진정 슬퍼할 사람은 얼마나 될까요….

극작 방법을 마치 번갯불에 콩 구워 먹듯이 설명했군요.(웃음) 하지만 저의 극작 방법이 극작가를 지향하는 분들에게 조금이나마 도움 된다면 좋겠습니다.

이상란 : 〈물고기 남자〉의 초연[22]은 어떻던가요?

이강백 : 연출과 연기, 모두 좋았습니다. 김갑수 씨, 조재현 씨, 유명한 배우들 덕분에, 연극 관객들이 별로 없던 때였는데, 〈물고기 남자〉는 매회 공연마다 관객들이 가득 찼어요.

---

22) 1999년 2월 5일~5월 2일, 성좌 소극장.

이상란 : 조재현 씨는 어떤 역이었어요?

이강백 : 남자 역입니다.

이상란 : 남자, 바닷물로 수조를 가득 채워 죽는 사람이요?

이강백 : 네, 죽음을 택한 사람이지요. 남자 역은 노승진 씨도 더블 캐스팅입니다. 양어장 동업자 김진만 역에는 이대연 씨, 이영복 역은 박지일 씨, 그리고 사기꾼 브로커 역은 김갑수 씨와 고인배 씨가 번갈아 맡았고, 여자 역은 최혜원 씨였습니다. 이렇게 뛰어난 배우들이 연출가 이상우 씨를 만나서 더욱 빛이 났어요. 이상우 씨는 그 당시에 희극 연출에 가장 탁월한 솜씨를 보여주고 있었습니다.

이상란 : 풍자의 대가죠.

이강백 : 네. 그래서 김갑수 씨는 〈물고기 남자〉도 풍자적으로 코믹하게 연출해 달라고 부탁했습니다. 그런데 이상우 씨는 '이걸로 장난치면 안 된다'면서 그냥 담백하게 갔어요. 저는 이상우 씨의 연출 방향이 옳았다고 봅니다. 그러니까, 이 작품은 뭔가 담백함이 있어야 했습니다. 남자가 죽어야만 인생을 새롭게 살 수 있는 기회를 갖게 된 아내, 여자가 남편이 시체로 발견됐으면 좋겠다, 이렇게 말을 할 때, 그 여자는 어떤 모습이어야 할까요? 웃는 모습은 미치광이 여자로 보일 테고, 우는 모습도 제 정신이 아닌 여자로 보일 것입니다. 그래서 여자 역의 배우는 감정을 억제한 모습으로 말했지만 공연 때마다 분위기가 달랐습니다. 그날 모인 관객들이

다르기 때문인지, 어느 때는 여자의 말을 듣고 숙연한 분위기인데, 어느 때는 어처구니없다는 반응이었어요. 심지어 어떤 신문사 연극 담당 기자의 공연 평은, 남편이 죽기를 바란다는 말을 듣고 관객들이 실소(失笑)했다고 썼습니다.

이상란 : 아이러니인데 그걸 몰랐군요.

이강백 : 글쎄요. 만약 굉장히 슬퍼하는 모습을 보여 줬다면….

이상란 : 멜로드라마처럼 되겠죠.

이강백 : 분명히 그렇게 될 것입니다.

이상란 : 남편이 익사했으니 여자는 당연히 슬퍼할 거라고 생각하는데, 이게 반전이 있는 거예요, 죽음에 대해 담담하게 이야기하는 게 우스우면서도 어찌 보면 그게 진실이니 허가 찔리는 느낌이지요.

이강백 : 〈물고기 남자〉의 등장인물 김진만과 이영복은 공동 투자해서 양어장을 샀습니다. 그들에게 양어장을 사도록 중개했던 브로커가 나타나서, 산값의 십분지 일을 줄 테니 자기에게 팔고 떠나는 것이 낫다고 권유합니다. 김진만은 화가 나면서도 그렇게 파는 것이 갖고 있는 것보다 손해를 덜 본다고 판단하지요. 하지만 이영복은 양어장을 팔아서는 안 된다고 생각합니다. 왜냐하면, 양어장을 브로커에게 팔면, 브로커는 또 다른 사람에게 많은 돈을 벌

수 있다고 속여서 다시 팔 텐데, 그것이 얼마나 큰 고통인지 경험한 사람으로서 아직 모르는 사람에게 떠넘길 수 없다는 것입니다. 그러니까, 다른 사람에게 피해를 주지 않기 위해서 자신이 고통을 감당하는 태도, 어찌 보면 그것은 인간이 지켜야 할 가장 기본적인 태도이지요. 하지만 인간과 인간이 직접 만나 거래하는 일은 매우 드뭅니다. 그 사이에는 소위 중재자 브로커들이 있습니다. 변호사가 있어야 법정에서 재판을 받을 수 있고, 성직자가 있어야 하나님을 만날 수 있으며, 부동산 중개사가 있어야 건물과 토지를 사거나 팝니다. 우리가 사는 세상은 복잡하고 규모가 커서, 중재자 없이 무엇을 한다는 건 비효율적이고, 또 가능하지도 않습니다.

이상란 : 인간과 인간이 얼굴을 보지 않는, 아니 볼 필요가 없는 세상이죠.

이강백 : 네. 얼굴을 보지 않아야 모든 것이 가능합니다. 그러나 얼굴을 보면, 인간이 인간에게 해서는 안 될 짓은 못 해요. 그러니까 얼굴을 보면, 감정을 느낍니다. 이 세상이 무감정한 것은 '나와 너'는 얼굴을 볼 수 없기 때문입니다. 그 중간에 브로커가 있지요. '나와 너'는 서로에게 해서는 안 될 일도 브로커에게 맡겨 처리합니다. 바로 이것을 이영복은 문제라고 깨닫습니다. 그래서 브로커의 끈질긴 권유를 거부하지요. 브로커는 이영복에게 욕설을 퍼붓고는 이렇게 말합니다. "당신 말이야, 이 세상의 모르는 사람들과 무슨 관계가 있는 듯이 착각하지 마! 아무 상관없어! 중간에는 언제나 내가 있지, 아무도 없다구!" 우리가 IMF를 겪고 얻은 교훈이 있다면, 이영복의 깨달음과 같은 것입니다.

이상란 : 이영복과는 다른 유형의 김진만을 보죠. IMF 때에는 김진만 유형의 사람들이 많았어요. 김진만은 등장하자마자 목이 탄다 그러잖아요. 속이 바짝바짝 타들어간다. 목이 탄다. 그러면서, 계속, 주전자에서 물을 벌컥벌컥 마시고는 물이 없다 타박하고, 이런 환경 자체가 그 시대를 사는 사람들의 고통을 집약해서 보여주고 있죠. 그래서 김진만의 행동에는 현실감이 있어요. 살아 있는 남자를 가치 없다고 거칠게 말하는 데도 그것이 생생한 현실이거든요. 그런데 살아 있는 남자가 수조(水槽)에 들어가 죽는 것은 현실감이 없죠. 사실은 아니고, 그냥 희곡 안에서, 극적 환상 안에서도 개연성이 느껴지지 않아요. 하지만 한 편으로 생각하면, 그 시대에 빚을 지거나 부도나거나, 그래서 집을 나와서 노숙자가 되는 경우가 많았잖아요. 갚지 못할 빚을 지고 가족을 쳐다볼 수 없는 아버지가 선택한 도피이지만, 아버지가 집에 있으면 가족 전체가 채권자의 위협을 받기에 나가는 경우도 있죠. 이렇게, 빚을 갚지 못한 사람들이 직장과 집에서 쫓겨난 건 사회적인 죽음인데, 그런 사회적인 죽음을 맞았던 사람들을 떠올리니까, 그제야 저는 이 남자가 이해가 됐어요. 아니면 정말 이해가 안 되는 거예요. 아내가 보상금 받으라고 죽는 사람이 어디 있겠어요, 전혀 개연성이 없는 것 같은데, 시대적 배경을 두고 보니까 그게 하나의 은유로서 가능하다고 느꼈어요.

이강백 : 흥미로운 말씀입니다. 어떤 작품이든 공연하는 때에 따라 영향을 받지요. 즉 시대적 배경이 공연에 개입합니다. IMF 시대의 관객들은 현실성이 없는 이 남자가 바닷물을 양동이에 담아 들고 와서, 자신이 죽을 수조를 가득 채우는 모습에 숙연했습니다. 심각하게 굳은 표정인 관객, 훌쩍훌쩍 우는 관객도 있고… 그러니

까… 이 남자가 아무 말 없이 가출을 해서 목숨을 끊은 자신의 가족, 또는 친척, 혹은 알고 지낸 사람이라고 생각했을 것입니다.

이상란 : 그래서 숙연했을 거예요.

이강백 : 만약 이 남자가 아내에게 보상금과 보험금을 받도록 하기 위해 죽는 것이 아니라 IMF로 부도난 사업의 빚을 갚기 위해 죽는 것이라면 어떨까요? 고리업자의 사채를 빌려 쓰고 못 갚는 형편이 되자 쫓겨 다니는데 가족을 위해 유일한 방법이 자신의 죽음으로 생기는 보상금과 보험금이다, 그것이 현실적이고 개연성이 있겠지요. 하지만 저는 그렇게 하지 않았습니다. 그렇게 하면 상투적이 될 것 같기 때문입니다. 그러니까 그건 제 스타일이 아니지요. 비록 남자의 죽음이 막연하고 추상적이다 할지라도, 이영복의 인식 변화에 결정적인 계기가 됩니다. 저의 극작 방법에서 남자의 역할은 그것이지요. 이영복을 깨닫게 한 것, 얼굴을 보지 않는다고 타인에게 악한 짓을 해서는 안 된다는 인식 변화는, 남자의 죽음에서 비롯된 것입니다. 그런데 그 죽음이 빚을 갚기 위한 구체적인 목적이었다면, 이영복의 인식 변화는 남자의 죽음이 아닌 다른 무엇으로 계기를 만들어야 합니다.

이상란 : 제 생각엔 여전히 '내마'가 여기에 있는 거죠. 내마가 굉장히 이성적이고 역사 속에서 창조해낸 인물이라면, 〈물고기 남자〉의 이영복은 IMF에서 형상화 해낸 인물이라고 저는 생각하는데, 그 내마 같은 이영복이 남자가 죽을 때, "내가 당신을 몰라서 미안해요, 당신을 죽게 만듭니다."라고 가슴 아파하는데, 저는 처음에는 그 말을 이해하지 못했어요. 당신을 몰라서 죽게 한다니, 죽

지 못하게 말려야지 그렇게 생각을 했는데, 더 큰 게 뒤에 있는 거죠. 결국은 우리가 누군가를 죽게 만드는 것은 다른 사람의 고통을 내가 느끼지 못하기 때문입니다. 이 작품에서 가장 핵심이 되는 말이 이거죠. "이 세상의 그 어떤 모르는 사람이 괴로우면, 나도 괴로워야 당연하고, 그 모르는 사람이 기쁘면 나도 기뻐야 당연하죠." 이영복이 브로커에게 하는 이 말은 한 남자를 죽게 하면서 깨달은 자기 인식이지요. 내가 직접 만나는 사람은 브로커 밖에 없잖아요. 그러나 만날 수는 없다하더라도 이 세상엔 많고 많은 사람들이 있습니다. 그런 사람들이 괴로우면 나도 괴롭다. 그래서 양어장을 내가 갖고 있겠다. 이런 말이 굉장히 설득력 있게 들리더라고요. 가족이 아프거나 자식이 아파 봐요. 마음이 안 아플 수가 없죠. 그런데, 다른 사람은 모르기 때문에 괴로움을 못 느껴요. 이에 대해서 깨달아가는 이영복의 과정이, 그 인식의 전 과정이 도덕적 주체로서의 내마의 모습과 굉장히 닮아 있는데, 이영복은 지금 현실에서 우리가 만날 수 있고, 우리가 취할 수 있는 가능성이 있다는 게 좀 차이점인 것 같아요.

이강백 : 그러니까, 〈물고기 남자〉에서 다뤘던 이 주제를 다시 한 번 다루는 작품을 쓰고 싶었어요. 아직도 손을 못 댔지만, '나와 너'의 관계가 중간에 있는 브로커에 의해서 형성되는, 얼굴 모르는 사람들의 사회구조에 대해서, IMF가 끝난 뒤에도 깊은 관심이 있습니다.

이상란 : 그러시군요… 2000년에 공연한 〈마르고 닳도록〉[23]은 선생님 작품 중에서 가장 희극적이에요. 정말 재기발랄하면서도 동

23) 2000년 6월 24일~7월 2일, 국립극장 해오름극장.

시에 우리가 겪은 엄청난 사건들이 다 축약돼 있어요.

이강백 : 2000년은 국립극단이 50주년을 맞이한 해입니다. 그래서 국립극단은 50주년을 기념하고자 이미 공연했던 작품들 중에 다시 공연하고 싶은 작품을 선정했는데, 오태석 선생의 〈태〉였어요. 그리고 신작 공연할 작품으로는 저의 〈마르고 닳도록〉을 선정했습니다. 그런데 선정 과정에서 몇몇 극작가에게 시놉시스를 받았어요. 저는 그때 〈황색여관〉이라는 시놉시스를 냈지요. 세대 간의 극심한 갈등을 극화하겠다는 시놉시스인데, 아주 기가 막히게 잘 써서 뽑혔습니다.

이상란 : 아, 그래요? 그 시놉시스가 궁금하군요.

이강백 : 시놉시스만 봐서는 세계명작이 나올 것 같았지요. (웃음) 그런데, 〈황색여관〉을 쓰다보니까, 이래도 되는 것인지… 왜냐하면 여관에 투숙한 모든 등장인물이 끔찍하게 다 죽거든요. 그래서 국립극단 50주년을 축하하는 기념작품답지 않다는 의구심이 들었습니다. 그러던 차에, 애국가 작곡자 안익태(安益泰)선생이 생각났어요. 마침 제가 문예학술저작권협회 이사여서 그랬는지, 안익태 선생 사망 이후 애국가 저작권은 어떻게 됐는지 궁금하더군요. 세계 각국의 국가(國歌)들은 작곡가가 미상인데, 유일하게 한국의 국가만이 작곡가가 분명합니다.

이상란 : 안익태 선생님 사망이 몇 년인가요?

이강백 : 1965년 스페인에서 사망했습니다. 1977년 고인의

유해를 한국으로 옮겨와 국립묘지의 유공자 묘지에 안장 했지요.

이상란 : 애국가 표절 시비가 있지 않았나요?

이강백 : 애국가의 한 부분이 불가리아 민요와 비슷하다는 논란이 있었습니다. 어쨌든, 〈황색여관〉을 쓰면서, 그러니까, 삼분의 일쯤 쓰다가, 등장인물들이 죽는 희곡은 안 되겠다고 중단했어요. 그리고 애국가의 저작권을 받으러 스페인의 마피아들이 오면 어떻게 되나⋯ 재미있는 작품이 되지 않을까 생각했습니다. 사실, 어떤 점에서는 안익태 선생 유족이 한국에 올 때마다 좀 각별하게 한국 정부에서 대우한 점도 있어요. 하지만 유족 아닌 엉뚱한 인물들이어야 재미있겠지요. 그래서 생각해낸 인물들이 마요르카 마피아입니다. 안익태 선생은 임종하기 전까지 스페인의 마요르카 심포니 오케스트라의 상임 지휘자였는데, 마요르카 마피아들이 애국가 저작권을 위임받았다는 위조문서를 만들어서 거액의 저작권료를 달라고 한국에 옵니다.

이상란 : 아이디어가 정말 흥미롭고 신기해요.

이강백 : 그런데 그들은 한 번만 오는 것이 아닙니다. 대통령이 바뀔 때마다 옵니다. 박정희, 전두환, 노태우, 김영삼, 김대중, 다섯 대통령이 등장하고, 각 시대의 굵직한 사건들이 삽입됩니다. 그리고 어린 시절 스페인으로 입양 갔던 김태기(안또니오)의 가족사(家族史)도 포함됐어요. 저는 밤낮없이 열심히, 다급하게 써서 겨우 마감 날을 맞춰 제출했는데, 국립극단은 이 작품을 받고 난리가 났지요.

이상란 : 그렇죠, (웃음) 시놉시스와는 전혀 다른 작품이잖아요.

이강백 : 국립극단 50주년 기념 위원회는 연극계의 비중 있는 분들로 구성되어 있었습니다. 그분들이 〈마르고 닳도록〉을 보고는 "아니, 시놉시스하고 전혀 다르다, 이걸 어떻게 해야 되느냐" 논란이 분분했어요. 그런데, 그때에 공교롭게도 국립극단 예술 감독 자리가 공석이었습니다. 연출가 김석만 선생이 신임 예술 감독으로 위촉 받았는데, 국립극단의 예산권과 임면권을 완전히 달라는 조건이 이뤄지지 않자 곧 사퇴한 것입니다. 그래서 임시로 50주년 기념 작품을 맡길 연출가를 정했어요. 바로 그 연출가가 〈물고기 남자〉를 연출했던 이상우 씨였습니다.

이상란 : 작품 이전에 연출을 미리 정했군요.

이강백 : 네, 미리 정하지 않으면 연출가의 다른 스케줄이 생겨 놓치거든요. 그래서 이상우 씨를 정했는데, 이상우 씨는 〈마르고 닳도록〉을 읽고는 이 작품은 반드시 해야 한다고 강력히 주장했습니다. 김석만 씨가 사퇴하고 이상우 씨마저 그만 두면 대책이 없다는 판단이었는지, 논란이 가라앉으면서, 〈마르고 닳도록〉의 공연은 국립극단 단원들의 의견을 듣기로 했습니다. 그런데 고맙게도 공연하자는 의견이 다수였지요. 이렇게 우여곡절이 있었지만 결과적으로는 〈마르고 닳도록〉을 이상우 씨가 연출한 것이 정말 잘 됐습니다. 풍자의 대가답게 온갖 기발한 솜씨를 발휘했어요. 그러니까, 희곡에 없는 인물도 등장 시켰습니다. 청소부는 연출가 이상우 씨가 만든 인물입니다.

이상란 : 아, 맞아요. 청소부가 빗자루로 무대를 쓸고 다니죠.

이강백 : 네. 말 한 마디 없는 청소부가 연극 시작 전부터 등장합니다.

이상란 : 무대를 쓸다가 가끔 관객을 탁 쳐다봐요. 그때 관객은 그 시선에 앗 하고 자신을 인식하게 되지요.

이강백 : 그렇습니다. 관객과 마주치는 시선이 묘해요. 단순한 무대 청소가 아니라 역사가 남긴 쓰레기를 치운다고 할까요. 여러 생각을 하게 됩니다. 〈마르고 닳도록〉은 장면 전환이 빠른 연극입니다. '연극이 어떻게 영화보다 장면 변화가 빠르지?' 할 정도지요. 청소부는 빠른 장면 전환에도 기여합니다. 무대의 흔적을 거침없이 쓸어내고 그 공백 위에 다음 장면을 펼치는 느낌을 주거든요. 이상우 씨가 이 작품과 가장 잘 맞는 연출가라는 것은 대통령을 표현하는 데에서도 확인됩니다. 희곡에는 박정희 대통령으로부터 김대중 대통령까지, 대통령 다섯 분이 등장하는데, 이상우 씨는 배우 다섯 명이 아니라 오직 한 명에게 다섯 대통령의 역할을 모두 맡겼어요.

이상란 : 권력구조의 정점이라는 대통령들의 공통점을 일인다역으로 연출한 게 흥미로웠어요.

이강백 : 배우 이영호 씨가 각각 대통령의 말투와 몸짓을 콕 집어내 절묘하게 흉내 냈습니다. 만약 다섯 명의 배우가 나눠 했다면, 한 배우의 일인다역만큼 재미있지는 않겠지요. 제가 감탄한 이

상우 씨 아이디어는 또 있습니다. 이번엔 이인일역입니다. 이 작품은 수십 년의 시간이 경과하는데, 안또니오(김태기)를 젊은 시절의 안또니오와 중년 이후의 안또니오, 둘로 나눠서 두 명의 배우가 한 인물을 하도록 했어요. 깊은 밤 마요르카 해변에 앉아 시름에 잠겨 있는 안또니오를 등불로 비춰보는 장면에서, 나이 든 배우의 얼굴이 드러납니다. 나중에 그가 한국에서 아들을 만나는 장면에는, 젊은 안또니오를 연기한 배우가 아들 역을 하지요. 관객들도 깜짝 놀란 아주 절묘한 연출 솜씨였어요. 또 성수대교가 붕괴되는 장면에는, 무대 위 천장에서 가벼운 종이 한 장이 펄럭펄럭 떨어져 내립니다. 그렇게 성수대교가 붕괴되는 것을 표현한 것인데, 그런 아이디어도 아주 기발해서 좋더군요. 지금까지 국립극단의 연극은 소위 국책 연극이라고 할까요, 50년간 무거운 분위기의 작품들이 많았습니다. 그런 분위기를 〈마르고 닳도록〉이 한 번에 다 날려버렸어요. 한 시대가 끝나고 새 시대로 넘어가는 느낌이 확연히 든 재미있는 연극이었습니다.

이상란 : 선생님 작품 세계에도 획을 그었어요. (웃음) 지금까지 작품들은 거의 대부분 진지하잖아요, 선생님이 이렇게 블랙코미디를 쓰실 수 있다는 것을 아는 사람은 드물죠.

이강백 : 사실 알고 보면 저는 유머러스한 사람입니다. (웃음) 썰렁하지만 웃기는 농담도 잘하고… 애국가를 희극의 소재로 삼았다, 예전엔 감히 상상도 할 수 없는 일이지요. 1994년 이윤택 씨의 〈청바지를 입은 파우스트〉를 보면서 이젠 권위주의적 시대가 끝났음을 실감한 적이 있습니다. 가장 권위 있는 상징인 파우스트를 유머러스하게 패러디한 그 작품은, 권위주의 시대가 무너질 때, 패러

디 현상이 나타나는 것을 보여줍니다.

이상란 : 탈권위주의 시대가 온 것이죠. 사회적인 분위기도 달라졌고, 선생님 개인적으로도 여유가 생겼겠지요.

이강백 : 네, 그렇습니다. 만약 권위주의적인 군사정권 때 〈마르고 닳도록〉을 공연했다면, 관객들이 몹시 눈치를 봤을 것입니다. 애국가를 무엄하게도 희극으로 만들다니, 이것 보고 웃다가 모두 잡혀 가는 것 아냐, 그런 두려움을 느낄 테니까요. 이제는 두려움 없이 웃을 수 있다는 것, 그만큼 우리 사회와 개인 모두 여유 있게 된 것이지요.

이상란 : 〈마르고 닳도록〉에는 많은 인물들이 등장해요. 그 중에서 저는 안또니오의 아들 김수인을 흥미롭게 봤어요. 선생님이 인공지능에 대한 순수한 사랑을 가진 신세대 인물을 창조해냈거든요. 컴퓨터 전문가 김수인은 교통사고로 다리를 잃고 나서도, "제 인생은 끝난 게 아닙니다. 저는 얼마든지 행복할 수 있어요."라고 오히려 아버지를 위로해요. 2000년에 초연한 작품인데, AI 시대를 미리 예견하셨네요.

이강백 : 글쎄요, 지금 보니까, 그런 것 같군요.

이상란 : 김수인은 미래를 아는 인물이에요. 저는, 초연할 당시에는 유심히 보지 않았는데, 작품을 다시 꼼꼼히 읽으면서, 김수인에게 관심을 갖게 됐어요. 아직은 어른이 아닌데도 어른보다 지혜롭고, 컴퓨터 시뮬레이션으로 미래를 내다보는 능력을 가졌지요.

어떻게 이런 인공지능을 활용할 수 있는 인물을 2000년에 생각해 내셨어요?

이강백 : 아니, 제가 예견력이 있어서 미리 그런 인물을 생각해냈다면, 정말 저는 놀라운 사람이겠지만⋯ 김수인은 컴퓨터 시뮬레이션으로 우리나라 황영조 선수가 1992년 바르셀로나 올림픽에서 마라톤 1등을 한다는 것을 알았습니다. 그러나 그건 전혀 신기할 일이 아니지요. (웃음) 그러니까 이미 황영조 선수가 1등한지 8년 후에 〈마르고 닳도록〉을 쓴 것입니다. (웃음) 하지만 컴퓨터 시뮬레이션을 통해서 모든 것을 예측하는 김수인이 시대를 앞선 인물임에는 틀림없습니다. 2000년에는 아직 인공지능은 본격적으로 활용되지 않았고, 빅데이터가 무엇인지 몰랐지요. 요즘은 빅데이터의 중요성을 알기 시작했어요. 대량의 정보로 사회현상을 분석하고, 고객의 취향을 알아내며, 결과를 미리 예측하는 시대가 되고 있는 것입니다.

이상란 : 바로 그것을 예시(豫示)한 인물이 김수인이에요. 그는 경마장에서 1등 할 말을 컴퓨터 시뮬레이션으로 미리 알고서도, 떼돈을 벌 수 있는 마권은 사지 않죠. 인공지능을 순수하게 사랑할 뿐, 그것으로 욕망을 채우지는 않겠다는 입장이 확고해요.

이강백 : 인공지능에 대한 순수한 사랑⋯ 멋있군요.

이상란 : 선생님 작품에는 〈내마〉 때부터 이런 인물이 계속 있어요. 염소 한 마리는 꼭 한 마리 값에만 사겠다는 내마의 입장은, 순수한 도덕성을 추구하기 때문에 생기는 거지요.

이강백 : 하지만 저는 김수인의 컴퓨터 시뮬레이션이 틀렸으면 좋겠습니다. 2924년 지구와 화성이 부딪쳐서 대폭발을 한다고 했거든요. (웃음) 동해물이 마르고 백두산이 닳도록 인류는 생존해야 합니다.

이상란 : 아직 한참 남았어요. (웃음) 그리고 그때쯤에는, 지구와 화성이 부딪치지 않게 하는 방법도 인공지능이 연구해서 알려주겠지요. 이젠 안심하고 〈오, 맙소사!〉[24]에 대한 이야기를 할까요? 이 작품 초연할 때 저도 봤어요. 낭독자가 일기를 읽으면서 극을 진행하는 형식이 독특하고, 호수가 극중 장소여서 흥미로웠죠. 〈물고기 남자〉의 양어장 물고기가 죽는 것과, 〈오, 맙소사!〉의 호수 물이 사라져 물고기 죽는 것이 비슷해요. 또 호수는 나중에 〈즐거운 복희〉에서 재현됩니다. 낭독자는 높은 의자에 앉아서 일기장을 읽는데, 그것은 나중 작품인 〈날아다니는 돌〉에서도 볼 수 있었어요.

선생님께서 두 번째 대담에서 젊은 시절 한강변 갈대밭의 웅덩이에 있던 물고기 이야기를 해주셨는데, 그런 물고기 모티브가 여러 작품에서 나타나요. 〈오, 맙소사!〉는 호수에 가득 차 있던 물이 갑자기 사라져버린 상황에서 벌어지는 일인데, 밀레니엄에 대한 은유로서 죽은 물고기를 쓰신 건가요?

이강백 : 네. 잘 아시겠지만 물고기는 기독교의 상징입니다. 초기 기독교에서는 십자가보다 물고기가 상징으로서 더 널리 사용됐어요. 신약 성경을 보면, 예수는 제자들에게 너희가 살아있을 때 하늘나라가 임할 것이라고 합니다. 물론 그날이 정확하게 언제인지는 하나님만이 아신다는 전제를 붙였으나, 곧 온다는 느낌은 분

24) 2000년 9월 1일~9월 13일, 문예회관 소극장.

명히 느낄 수 있습니다. 그래서 그날을 기다리던 기독교인들은 서기 1000년에 드디어 그날이 온다고 생각하였고, 999년이 되자 소위 밀레니엄 신드롬이 발생했지요. 세상의 종말, 공황에 빠진 사람들도 많았고, 모든 재산을 털어서 흥청망청 써버리는 사람들도 많았으며, 직업을 포기한 사람들도 많았습니다. 그러나 정작 1000년이 되자, 일상은 그대로 지속되고, 예수는 재림하지 않았어요. 하지만 사람들은 그날이 반드시 올 것이며, 서기 2000년으로 미루어졌을 뿐이라고 생각했습니다.

그런데, 마침내 2000년이 된 것입니다. 1999년과 2000년은 겨우 1년 차이인데도 굉장히 다른 느낌이 듭니다. 999년에 발생한 밀레니엄 신드롬만큼 굉장하지는 않지만, 1999년에도 어김없이 그런 증상은 나타났습니다. 기독교의 급진적 종파인데, 남아메리카 오지로 가서 수천 명이 집단 자살하는 충격적인 일이 벌어졌어요. 어쨌든 2000년을 앞두고, 새로운 밀레니엄에 대한 기대가 증폭했는데, 우려도 컸습니다. 컴퓨터로는 2000년이 0000으로 처리된다. 그래서 2000년이 되면 전 세계의 모든 컴퓨터가 기능을 상실하여 대혼란이 일어난다, 그런 유언비어가 사람들을 불안하게 했습니다. 우리에게 다가온 새로운 밀레니엄 시대, 유토피아인가 디스토피아인가, 논란이 들끓는 속에서 〈오, 맙소사!〉를 썼어요. 이 작품의 형식이 일기를 읽으며 진행하는 것은, 1999년과 2000년의 시간적 경과를 표현하고 싶었기 때문입니다.

이상란 : 날짜 변화를 나타내려면 이런 형식이 필요하지요.

이강백 : 일기를 읽는 극 형식은, 아마 제가 극작가로서 처음 쓴 것 같습니다. 그러니까, 밀레니엄을 표현하기에 굉장히 효과적

이었어요. 나중에 〈날아다니는 돌〉에서 다시 그 형식을 사용한 것은, 낭독자가 등장인물 이기두의 일기를 읽으면서 연극이 진행되는데, 일기 낭독자와 일기를 쓴 이기두가 1:1로 만나는 장면이 있습니다. 희곡에서는 그 장면이 그저 그런데 연극으로 보면, 아주 독특한 느낌이 듭니다. '내가 나를 만난다' 그런 느낌이 들거든요.

이상란 : 언젠가 그 형식을 또 사용하시겠군요?

이강백 : 서로 일기를 바꿔 읽는 2인극을 구상하고 있습니다만… 같은 사건을 겪은 사람들이 왜 다르게 기억하는지… 하지만 구체화하려면 좀 더 생각해야 합니다. 〈오, 맙소사!〉는 전체적으로는 좋았는데 몇몇 장면이 거슬립니다.

이상란 : 어느 장면인가요?

이강백 : 예를 들면 주인공 상준이 퇴폐이발소에서 경험했던 성적 욕망을 떠올리며 낭독자와 대화하는 장면입니다. 그런데 이 장면이 몹시 제 마음에 거슬렸어요. 그러니까, 강원용 목사님과 이 공연을 함께 보고 있었거든요. 강원용 목사님은 제 작품의 공연을 빠짐없이 보시는 분이셨습니다. 작품의 품격만이 아니라 제 인격의 낮은 수준을 드러낸 것 같아 목사님 뵙기가 민망했지요.

이상란 : 하지만 목사님도 인간이 순수하지 만은 않다는 것을 아실 거예요.

이강백 : 민망한 장면은 그것만이 아닙니다. 의붓딸 나미가 상

희를 아줌마라고 여길 뿐 어머니로는 생각 않지요. 그런데 상희 역시 나미를 냉대합니다. 이런 모녀 관계를 그로테스크하게 보이기 위해서, 마지막 장면에 상희가 나미의 다리를 쇠사슬로 묶어서 끌고 나갑니다. 이렇게 악취미적인 기이함, 일부러 과장한 듯 보이는 장면이 거슬렸어요. 그런데 과장된 기이함이 없으면, 이 작품이 과연, 어떤 맛이라고 그럴까? 밋밋한 맛이면 이 작품이 제대로 살아날 수 있는지는 의문입니다.

이 작품의 처음 내용은 배가 하늘로 올라가지 않습니다. 그런데 연출가 채윤일 씨가 배우들과 연습하다가 중단하고 저에게 내용을 고쳐 달라 하더군요. 종말의 날, 하늘로 올라가야 할 배가 올라가지 않으니까 연극이 되지 않는다는 것입니다. 이 작품을 쓴 제 의도는, 새 천년이라는 기대가 굉장히 크지만, 기적은 없고, 그냥 일상적인 삶이 계속될 뿐이다, 그것이 이 작품의 주제였고, 그래서 배가 올라가지 않은 것입니다. 하지만 공연하려고 연습해 보니까, 배가 하늘로 올라가지 않는 것은 너무 당연해서, 연극이 맹물처럼 싱거웠지요.

이상란 : 그럼요. 아무 재미가 없죠.

이강백 : 아무 재미가 없고, 아니, 배가 붕 떠서 올라 갈 듯 하더니 올라가지 않는 건 맥 빠질 짓이지요. 관객들의 실망이 불 보듯 뻔히 보였습니다. 결국 작품을 고쳐 썼는데, 배가 하늘로 올라가는 것이었어요. 그렇게 배가 올라간 후, 이 세상은 달라진 것이 없다, 대부분의 사람들은 그냥 일상적인 삶을 지속한다, 결론은 처음과 같습니다. 하지만 배가 어떻게 하늘로 올라가느냐, 이것이 난제 중에 난제였어요. 호수에서 놀이용으로 쓰던 작은 보트에, 등장

인물이 여섯 명이나 타고, 또 하늘에서 부활할 죽은 사람들의 뼈도 여섯 구나 실어야 합니다. 그런 배가 공중에 떠서 날아가야 하는 것은, 해결하기 어려운 문제였습니다.

이상란 : 야외도 아니고 소극장인데, 어떻게 해결했어요? 그 장면이 잘 기억이 안 나네요.

이강백 : 공연 장소가 문예회관 소극장, 지금 아르코 소극장입니다. 연출가 채윤일 씨가 소극장 객석이 가변 형태라는 것을 알았어요. 객석을 일정하게 붙일 수도 있고, 원하는 간격으로 분리할 수도 있습니다. 그래서 가운데 출입문 양쪽으로 객석을 나눠 놓고 그 사이로 배가 빠져나갈 통로를 만들었지요. 그러니까 배가 하늘로 올라가는 장면에서, 무대의 배를 양쪽 객석 사이로 통과시켜 출입문을 열고 극장 로비까지 빼낸다, 그것이 채윤일 씨 아이디어였어요. 그러면 어떻게 빼내느냐? 무대에서 문 밖 로비까지 레일을 설치하고, 배 밑에는 롤러를 달아서 밀었습니다.

이상란 : 그건 평면 이동이지 밑에서 위로 올라가는 건 아니잖아요?

이강백 : 네, 그래서 배가 하늘로 올라간다는 느낌을 받도록 안개를 자욱하게 뿜어내고, 배에 탄 사람들은 물론 배를 못 탄 사람들도 모두 고개 들어 하늘을 바라보도록 했어요. 그런 시선 처리가 효과 있었습니다. '와, 하늘로 올라간다!'는 탄성과 외침도 도움이 됐고요. 가장 큰 도움이 된 것은 관객들의 상상력이었습니다. 관객들은 안개 속을 평면으로 밀려 나가는 배를 보면서도 머릿속에

선 하늘로 솟아 날아가는 배를 봤지요. 연극이 안 될까 걱정했었는데 연극이 됐습니다.

이상란 : 정말 다행이군요! (웃음)

이강백 : 그렇게 하늘로 올라가는 배에는 열 두 자리뿐입니다. 그 이상은 탈 자리가 없어요. 그런데 많은 사람들이 배를 타려고 몰려듭니다. 상희는 의붓딸 나미 자리를 거액의 돈을 받고 다른 사람에게 팔았고, 또 자기 자리마저 보석을 주는 여자에게 넘겼습니다. 상준은 배가 올라갈 리 없다고 판단해서 자기 자리를 퇴폐 이발소의 여자 면도사에게 양보했어요. 그러니까 기적의 현장에서 하늘로 올라가는 배를 타지 못하고 구경만 했던 사람들은 일상적인 삶을 견딜 수가 없게 됐습니다.

이상란 : '내가 배를 탈 수 있었는데…' 그걸 생각하면 얼마나 안타깝겠어요.

이강백 : 네. 그들은 배가 올라가다가 떨어졌기를 바랍니다. 그래서 떨어졌다는 증거를 찾기 위해 온갖 곳을 다닙니다. 고속도로에서 발견한 정체불명의 사체(死體), 로드 킬 당한 고라니인지 멧돼지인지 모를 것을 배에 탔던 사람으로 오인하고, 길거리의 버려진 신발을 하늘로 올라가던 사람이 떨어질 때 발에서 벗겨진 것이라고 믿는 등, 많은 일이 벌어지지만 확실한 증거는 없습니다. 어쨌든, 기적은 극히 소수의 사람들만 해당됐고, 대다수 사람들은 제외된 것입니다. 아무 변화가 없는 일상을 살아야 하는 사람들에게 그것은 지독한 고통입니다. 하늘로 배가 떠난 곳, 물이 없는 호수에는

폐업한 놀이동산의 놀이기구들을 옮겨와 새 놀이동산으로 개장됩니다. 그리고 상준은 아버지가 그랬듯이 주사위를 던져서 언제 다시 종말의 날이 올지 계산합니다. 누가 저에게 〈마르고 닳도록〉과 〈오, 맙소사!〉 중에서 어떤 작품이 재미있는지 묻는다면, 저는 〈오, 맙소사!〉가 더 재미있다고 대답하겠습니다. 그런데, 〈마르고 닳도록〉은 초연 후에도 여러 번 공연했는데, 〈오, 맙소사!〉는 재공연이 전혀 없군요. 제 생각엔 3000년이 되어야 다시 밀레니엄 신드롬이 생겨나 공연할 것 같습니다.

이상란 : 저는 〈오, 맙소사!〉 초연도 봤지만, 다시 새롭게 읽으면서, 사람들이 왜 고통스러울 때, 종말론에 빠지는지 알 것 같았어요. 종말이 되면, 삶의 모든 무거운 문제들이 허무할 만큼 가벼워지는 거죠. 그렇잖아요? 가족의 문제라든지, 취직 문제라든지, 이웃 사람들과 갈등 문제라든지, 이런 다양한 일상의 문제들이 무슨 문제가 되겠어요? 그렇기 때문에 오히려 종말이 삶의 근본적인 문제를 제기하는 것 아닐까 생각했어요.

〈오, 맙소사!〉가 제기한 근본 문제는 '종말의 배를 못 탄 사람들은 일상적인 삶을 어떻게 살아야 할 것인가?'이죠. 하지만 제가 생각한 또 하나 근본적인 문제는 '종말의 배를 탈 자격이 있는 사람은 누구인가?'입니다. 상준의 부모는 변호사의 농간으로 재판에서 져서 세상일에 환멸을 느낀 사람이죠. 상준의 형 상면은 첫 사랑 소녀의 죽음이 자신의 실수 때문이라는 죄의식에 사로잡혀 있어요. 그리고 거액의 위조 수표를 주고 의붓딸 나미의 자리를 차지한 부유한 남자, 가짜 보석으로 상희 자리를 바꾼 사악한 여자, 퇴폐 이발소의 여자 면도사, 이렇게 여섯 명이 배에 탄 사람들이죠. 그들은 인격적으로나 도덕적으로 뛰어난 사람들이 아니에요. 소위 도덕이라는 것도 인간이 만든 규범에 의해 만들어진 것이기 때문에, 인간의 시각에서 벗어나 더 큰 시야로 바라본다면 의미가 달라지는 걸까요?

이강백 : 지금 말씀을 듣고 보니 '배를 탈 자격이 있는 사람은 누구인가?'를 좀 더 깊게 성찰하고 썼어야 했다고 생각 됩니다. 그것이 매우 근본적인 문제임을 알았더라면, 배를 탄 여섯 사람들의 삶에 대해서 좀 더 다양하고 상세한 모습을 부여했을 것입니다. 거액의 위조 수표와 가짜 보석에 속아 자리를 내준 것은 상희의 강한 물욕을 표현한 것인데 중복된 느낌이군요. 그 장면을 쓸 때 제 생각은, 위조 수표를 준 남자와 가짜 보석을 준 여자는, 배가 정말 하늘로 올라가리라고 확신하지 않았다는 것입니다. 혹시 올라갈 수도 있지만 올라가지 않을 수도 있기에, 진짜 수표와 보석을 주지 않았습니다. 여자 면도사의 경우는 갑자기 태도가 돌변한 것이지요. 사람들이 욕하는 퇴폐 이발소를 떠나고 싶었지만, 그저 생각만 그렇게 할 뿐이었는데, 하늘로 올라간다는 배를 보는 순간 돌발적으로 행동한 것입니다. 어쨌든 그들은 배를 탈 자격이 없는 사람들이지요. 그러나 역설적인 것이, 종말의 배를 탈 수 있는 사람들은 탈 자격이 없는 사람들입니다.

이상란 : 〈오, 맙소사!〉를 연출한 채윤일 씨는 다음 작품 〈진땀 흘리기〉도 연출하셨어요. 〈불 지른 남자〉, 〈영월행 일기〉를 합치면 선생님의 작품을 네 번 연출하셨는데, 서로 호흡이 잘 맞아 그런 것이지요?

이강백 : 물론입니다. 그렇게 네 번이나 작품을 같이 한 연출

가는 임영웅 선생님과 채윤일 씨, 두 분입니다.

이상란 : 저는 〈진땀 흘리기〉 초연을 보지 못하고, 나중에 출간한 희곡전집에서 읽었어요.

이강백 : 못 보신 건 초연 기간이 짧았던 탓도 있습니다. '극단 세실'이 2002년 11월 7일부터 10일까지, 겨우 나흘간 국립극장 달오름 극장에서 공연했거든요. 다음 해 2003년 4월 25일부터 30일까지, 문예진흥원 예술극장 대극장(현재 아르코 대극장)에서 재공연을 했습니다만, 그것 역시 엿새밖엔 안 됐지요.

이상란 : 제목이 참 특이해요. 진땀을 흘린다… 이 작품의 주인공이 경종(景宗)인데요. 어떻게 경종에 대한 관심을 갖게 되셨어요?

이강백 : 한국예술종합학교 연극원 바로 옆에 의릉(懿陵)이 있습니다. 의릉은 경종이 묻힌 곳입니다. 혼자 산책을 가거나 학생들과 함께 가기도 하면서, 자연스럽게 경종에 대한 관심이 생겼지요. 의릉 입구 안내판에는, 조선 제20대 왕 경종의 약력이 적혀 있는데, 장희빈의 아들로 태어났다는 것, 재위 기간 동안 노론과 소론의 당쟁으로 사화(士禍)가 있었다는 것, 그런 것이 흥미로웠습니다.

이상란 : 경종은 임금의 재위 기간이 짧았죠.

이강백 : 그렇습니다. 1720년에서 1724년까지였어요. 그 짧은 기간에 신임사화(辛壬士禍)가 일어나 많은 사람들이 죽었습니다. 그러니까, 폐비가 되어 사약을 받고 죽은 장희빈의 아들이 왕좌에

오르자, 국왕의 친모를 왕비로 명예회복 시켜야 옳다는 의견과, 선왕 숙종이 죄인으로 판정하여 죽였으니 그대로 둬야 옳다는 의견이 대립하더니, 후사(後嗣) 없는 경종 다음의 임금을 누구로 해야 하느냐로 극한적인 권력 투쟁을 벌었어요. 경종은 침묵했습니다. 사사건건 의견이 다른 상소문들이 경종 앞에 산더미처럼 쌓였는데, 어느 것 하나 결정 않고 미뤄둘 뿐입니다. 답답한 신하들이 경종에게 우유부단하시면 안 된다며 재촉하고 또 재촉했지만 묵묵부답이었습니다.

경종에 대한 작품을 쓰려고 자료들을 모아 검토하면서, 영국 극작가 로버트 볼트의 희곡 〈사계절의 사나이〉가 생각났어요. 경종의 침묵이 〈사계절의 사나이〉 주인공인 토머스 모어(Thomas More)의 침묵과 겹쳐 보였기 때문입니다. 토머스 모어는 헨리 8세 시대 사람입니다. 헨리 8세는 왕위를 잇는 아들을 얻기 위해서 왕비를 여섯 번이나 바꿉니다. 이혼은 로마 교황청의 허락을 받아야 했는데, 결혼을 하나님이 맺어준 성스러운 것으로 인간이 풀어서는 안된다는 가톨릭 교의 때문에 교황의 허락을 쉽게 받을 수가 없습니다. 그래서 헨리 8세는 로마 가톨릭에서 분리해서 영국 국교인 성공회를 만들고 국왕이 성공회의 수장이 되는 칙령을 발표합니다. 이 칙령에 모든 귀족과 성직자와 법관들은 서명해야 했는데, 유독 모든 사람들이 가장 존경하는 토머스 모어는 서명하지 않고 침묵하지요. 헨리 8세를 지지하는 권력자들은 그의 침묵이 눈엣가시 같았습니다. 토머스 모어는 인간에게는 침묵할 권리가 있다고 주장합니다. 헨리 8세와 권력자들은 위증으로 반역죄를 덮어씌워 토머스 모어를 처형하는데, 이것은 침묵을 깨는 것이 얼마나 큰 폭력인가를 보여줍니다.

그런데, 지금 우리 시대는 어떤가요? 경종의 시대도 아니고, 헨리 8세의 시대도 아니지만, 침묵이 보장되는 시대도 아닙니다. 이것이 옳고, 저것은 그르다, 확실한 대답을 요구하는 시대지요. 옳음이 왜 중요한지는 그것을 먼저 갖는 쪽이 권력을 소유할 수 있기 때문입니다. 어느 일본 역사학자가 한국인은 옳다는 명분에 목숨을 걸고 싸운다면서, 어제 옳았던 것이 오늘은 옳지 않고, 오늘 옳은 것이 내일은 옳지 않을 수 있으니, 죽기살기로 싸워서는 안 된다고 했습니다. 그 충고가 오해를 불러일으킬 소지가 없는 건 아니지만, 다른 의견에 대한 포용력이 부족하다는 지적엔 동감합니다.

이상란 : 영원불변의 진리에 대한 탐구는 소크라테스 시대 때부터 늘 있었죠. 인간이 가진 기본적인 의지 중 진리에 대한 의지도 강한 것 같아요. 그래서 그 강한 의지가 때론 단순한 흑백논리나 타협 없는 양자택일을 강요하게 되죠. 하지만 소크라테스 시대는 진리를 이성으로 찾고자 했어요. 그래서 대화를 통해서, 다양한 입장의 사람들이 모여 토론하는 과정을 통해서, 진리를 밝힌 것이죠. 토론과 대화를 통해 타협에 이르려면 자신의 입장을 때론 내려놓고 상대방의 이야기를 들어야 하지요. 이런 포용력이 있어야 극단적인 대립을 넘어 평화로운 타협이 가능해요. 그런 면에서, 옳고 그르냐를 따지는 것 자체가 문제가 아니라, 타협하는 훈련이 안 돼 있는 게 문제가 아닌가 생각해요. 일본 역사학자의 한국인에 대한 시선을 저는 복합적이라고 봐요. '너희 나라는, 너희들끼리 당파싸움이나 하고 있었으니까 망했지.' 그런 식의 제국주의적 시각이 은연중에 들어 있는 것 같아요. 또 하나는 일본인들은 적극적인 자기 표현을 안 하지요. 개인적으로나 사회적으로 자신의 속마음을 드러내지 않아서 표면적으로는 싸울 일이 적으니 우리의 첨예한 대립들을 이해하기 힘들겠지요.

이강백 : 맞는 말씀입니다.

이상란 : 저는 이 작품의 우유부단한 경종을 보면서, 토론을 통해 타협에 이르는 행동하는 인간이 그리웠어요.

이강백 : 그러니까, 제가 역사적 실존 인물을 소재로 희곡을 쓴 것은 처음입니다. 작품에는 어느 정도 창작이 허용되니까, 반드시 역사적 인물로서 경종이어야 한다는 엄격한 제한을 받는 것은 아니지만, 그래도 허구의 인물보다는 상당히 제한을 받게 됩니다. 경종이 진땀을 흘리는 것은 저의 상상이지요. 경종이 워낙 심약한 역사적 인물로 알려져 있어서, 진땀을 흘린다고 상상한 것입니다. 하지만 그 정도 상상은 극작가가 아니어도 할 수 있습니다. 극작가는 역사적 인물을 새롭게 해석해야 합니다. 그런데 저는 능력이 부족해 경종을 역사의 테두리 밖으로 끌어내지 못 했습니다.

이상란 : 경종의 침묵과 토마스 모어의 침묵이 겹쳐 보였다고 하셨잖아요?

이강백 : 경종을 작품으로 쓰면서, 진땀 흘리는 경종의 나약한 모습이 지금 시대를 살고 있는 사람들 모습이라고 생각했지요. 하지만 왕은 보통 사람들과 같지 않다는 것을 제가 간과했습니다. 경종은 왕입니다. 그는 결정해야 할 위치에 있습니다. 그의 침묵은 그 누가 봐도 우유부단하다고 할 수밖에 없지요. 그러나 토머스 모어의 침묵은, 그 누가 봐도 부당한 칙령에 대한 거부이며 저항입니다. 토머스 모어의 완강한 침묵을 깨기 위해서, 헨리 8세와 추종자들은 그를 회유하고 겁박하지만, 그의 침묵이 변함없자 반역죄로 고

발하여 법정에 세우고, 거짓 증언으로 참수형에 처합니다. 죽음에 이른 토머스 모어는, 자신의 신념을 말하는데, 그것은 권력을 가진 국왕이 정신적인 교회의 수장이 될 수 없다는 것이지요. 침묵과 행동과 신념이 일치하는 인간, 토머스 모어는 우리에게 큰 감동을 줍니다.

이상란 : 경종의 침묵에는 연민을, 토머스 모어의 침묵에는 존경을 느끼시는군요.

이강백 : 오늘 대담을 시작할 때 극작 방법에 대한 언급이 있었지요. 지금은 소재 선택에 주의하라고 하겠습니다. 소재가 좋아야 작품도 좋아요. 경종의 나약함이 관객들에게 감동을 주기에는… 글쎄요… 〈진땀 흘리기〉를 잘 쓰지 못하고 소재 탓이다, 그런 구차스런 변명으로 들리겠군요. (웃음) 극작가 로버트 볼트 씨의 탁월한 재능이 부럽습니다.

이상란 : 소재 영향도 있겠지만, 무엇보다 〈진땀 흘리기〉는 관객이 잡고 갈 인물이 없다는 게 어려움이었던 것 같아요.

이강백 : 장민호 선생님의 예언이 또 다시 적중했습니다. 〈물거품〉 공연할 때 "연극은 제목대로 되는 거야" 하셨거든요. 아니나 다를까, 〈진땀 흘리기〉는 정말 극작가와 연출가와 배우 모두를 진땀 흘리게 했습니다. 공연 날이 짧아서 객석을 가득 채워도 적자인데, 소위 구경꾼보다 풍각쟁이가 더 많았지요. 그런데 〈진땀 흘리기〉가 2002년 한국연극협회 베스트 7에 선정 되어 상금을 받게 됐습니다. 상금을 받은 작품은 재공연을 해야 합니다. 재공연은 아르

코 대극장에서 했는데, 그렇게 관객이 없는 건 처음 봤어요. 종파티 날입니다. 몹시 침울한 분위기였지요. 초연과 재공연에서 중요한 역을 했던 한 배우가 저에게 다가오더니, 아주 노골적으로 "나는 처음부터 이 작품이 싫었어요!"라고 말하더군요.

이상란 : 음… 왜 싫었다는 거죠?

이강백 : 종파티 때 마신 술에 취해서, 아니 취한 척 하고, 마음속 쌓인 불만을 표출한 것이지요. 〈진땀 흘리기〉가 두 번이나 엄청난 적자가 되니까, 배우 출연료도 못 주었어요. 비록 공연한 날들은 짧지만, 연습한 날들이 짧은 건 아니어서, 두 번 공연에 최소한 5개월을 보냈는데 무일푼이라니, 배우들의 심정이 어떻겠어요? 작품을 쓴 저에게 불만을 터트린 배우는 그래도 괜찮습니다. 묵묵히 앉아서, 단 한 마디 말도 없이, 제가 있는 곳은 쳐다보지 않고, 오직 술만 마시던 배우들의 모습이 지금도 제 기억에 생생합니다.

이상란 : 굉장히 마음 아프셨겠어요.

이강백 : 네. 〈진땀 흘리기〉를 쓴 제가 진땀을 흘렸습니다. 그런데 최근 어떤 책에서 채윤일 씨가 인터뷰한 것을 읽고 깜짝 놀랐어요. 50년이 넘게 연출가로 활동한 채윤일 씨에게 대표작이 무엇이냐고 물으니까 〈불가불가〉, 〈진땀 흘리기〉, 〈난장이가 쏘아올린 작은 공〉, 〈러브 차일드〉를 꼽았습니다. 〈진땀 흘리기〉가 들어 있다니… 그러니까 〈불지른 남자〉도 아니고 〈영월행 일기〉도 아니며 〈오, 맙소사!〉도 아닌 〈진땀 흘리기〉라니… 채윤일 씨가 연출할 때 너무 진땀을 흘린 작품이어서 잊지 못할 기억이 되었나 봅니다.

이상란 : 시간이 지날수록 의미가 점점 깊어지는 경우도 있고, 어떤 아쉬움에 잊지 못하게 하는 경우도 있거든요. 이젠 〈사과가 사람을 먹는다〉에 대한 말씀을 듣고 싶어요.

이강백 : 이 작품은 계간 「동서문학」 2003년 여름호에 게재한 단막 희곡입니다. 지난 번 대담에서 〈수전노, 변함없는〉을 다룰 때, 옴니버스 3부작을 말씀드렸는데, 〈사과가 사람을 먹는다〉가 그 3부작 중의 하나라고 했었지요. 그리고 단막 희곡 한 편을 더 써서 수전노가 주인공인 3부작을 완성하고 싶다고 했습니다.

아직 마지막 한 편을 쓰지 않아서 공연은 안 된 상태이고, 그래서 평가를 제대로 받지 못했지만, 좋은 작품은 아닌 것 같습니다. 만약 좋은 작품이었다면, 어서 3부작을 완성해라 재촉하는 극단이 있을 텐데요… 전혀 그런 극단이 없군요. (웃음) 어쨌든, 〈사과가 사람을 먹는다〉 내용에 대해서는, 오늘 대담 시작할 때 잠깐 언급했습니다만, 수전노의 과수원에 형사가 범인들을 잡으려고 옵니다. 지금은 가을, 잘 익은 사과를 수확하는 시기입니다. 그런데 사과를 수확하는 시기는, 방화범, 강간범, 살인범, 온갖 흉악범을 한꺼번에 잡는 시기이기도 합니다. 과수원의 주인 수전노는 형사에게 바구니 가득 담은 사과들을 주면서, 한 개 먹고, 두 개 먹고, 세 개 먹고… 계속 먹기를 권합니다. 사과 다섯 개를 먹은 형사가 이렇게 말하지요.

형 사 : 범인은 다 똑같아요! 마치 이 사과처럼요! 한 개, 두 개, 세 개, 네 개, 다섯 개를 먹었는데, 다 똑같은 맛입니다. 범인도 그렇죠. 잡기 전엔 다를 것 같지만, 잡고 나면 다 똑같습니다!

아버지 : 옳은 말이야, 형사양반. 지난 해 왔던 형사는 사과 아홉 개를

먹고, 범인이 다 똑같다는 말을 했어. 하지만 이제 겨우 다섯 개를 먹고 그런 말을 하다니, 너무 조급한 것 아냐?

그러니까, 결론부터 말씀드리면, 범인은 과수원에서 일하다가 부상당한 노동자들입니다. 높은 가지의 사과를 따려고 올라갔다가 떨어져 다리를 다친 노동자, 무거운 사과 상자를 옮기다가 팔목을 다친 노동자, 한참 수확기 과수원에서는 그런 노동자들이 생겨납니다. 수전노는 그들을 치료할 생각도 없고, 낫는 동안 숙식을 제공할 생각도 없습니다. 수전노는 그들에게 범인이 되어 형사를 따라가라고 합니다. 그래야 혹독한 겨울 굶지 않고 살 수 있다면서요. 인간의 가치가 노동력이 있느냐, 없느냐, 그것으로 결정되는 건 숨길 수 없는 사실입니다. 그리고 그것이 인간을 흉악한 범죄자로 만든다는 것도 사실이지요. 사람이 사과를 먹는 것이 아니라 사과가 사람을 먹는 엉뚱한 일이 벌어지고 있습니다.

이상란 : 저는 인색한 아버지가 〈봄날〉, 〈수전노, 변함없는〉, 〈사과가 사람을 먹는다〉로 이어진다고 생각해요. 지독히 인색한 아버지에 대해서 계속 천착하는 선생님의 기본적인 동기는 뭘까요?

이강백 : 글쎄요, 우리 아버지는 타인에게 베풀기를 즐겨 했던 분은 아니지만, 그래도 인색하다는 소린 안 듣고 사셨어요. 그런데도 인색한 아버지, 수전노 아버지가 제 작품에서 자주 등장하는 것은, 제 무의식에 뿌리 내린 가부장적 문화의 영향인 것 같습니다.
우리나라 설화에도 인색한 아버지 이야기가 많습니다. 그중 한 이야기를 소개하지요. 굉장한 부잣집 아버지가 가족들에게 이르기

를 집 밖에 나갔다가 돌아올 때는 반드시 무엇이든 가져오라, 그러니까 지푸라기, 심지어 개똥이라도 주워서 갖고 오도록 했습니다. 그런데 어느 날 보니까, 새 한 마리가 집 마당에 앉았다가 지푸라기를 물고 집 밖으로 날아가는 거예요. 그걸 본 순간, 아버지는 "야, 우리 집이 망하겠구나!" 탄식합니다.

예수는 부자들에게 매우 듣기 거북한 말씀을 하셨어요. "낙타가 바늘귀를 통과하는 것보다 너희들이 천국에 들어가기가 더 어렵다." 왜 그런 말씀을 하셨을까요? 제가 처음 자가용 자동차를 샀던 때 이야기입니다. 그 동안 계단 많은 지하철과 복잡한 버스를 타고 다니며 고통을 겪었던 저는 자가용에 혼자 타지 않고, 남은 빈자리를 나눠 장애인과 노약자와 함께 타려고 했습니다. 그런데 거리에서 그런 사람을 보면서도 제 차에 태워 줄 수가 없었어요.

이상란 : 왜 못 태워주셨을까요?

이강백 : 그러니까, 어디 가시냐고 묻기 어려웠습니다, 방향이 안 맞을 수 있고, 설혹 맞는다 해도 그 사람이 저를 의심해서 차에 타지 않을 수도 있고, 탄다고 해도 교통사고가 나면 보상해야 하고… 이런 생각 저런 생각으로 멈칫거리는 저에게 뒤차는 빨리 가라고 경음기를 빵빵 울리고… 낙타가 바늘귀를 통과하는 것보다 자가용 자동차의 빈자리를 나눠 태우기가 더 어렵습니다. 그러니까 예수님 말씀의 핵심은 부자의 근본적인 문제를 지적한 것입니다. 부자는 베풀 마음이 있다 할지라도 베풀 수가 없는 것이 문제지요. 잘 이해가 안 되면 자가용 비행기를 예로 들겠습니다. 자가용 비행기를 타고 날아가는 부자는 땅에 쓰러진 굶주린 자를 볼 수 없으며, 설혹 기적처럼 본다고 해도 멈출 수 없습니다. 차라리 땅바닥

을 터덜터덜 걸어가는 가난한 자가 굶주린 자에게 물 한 모금을 먹일 수가 있어요.

결국 아버지는 천국에 못 간다는 이야기가 되었습니다. (웃음) 자식이었던 제가 이젠 아버지인데…

이상란 : 그러면 희곡전집 7권의 마지막 작품, 연극 자체에 대한 메타적인 시선을 가지고 있는 〈배우 우배〉[25]에 대한 말씀을 듣도록 하죠.

이강백 : 연극을 시작할 때부터 저는 배우가 부러웠습니다. 작품마다 다른 인물로 변신하는 배우, 보통 사람은 인생을 한 번 사는데, 배우는 여러 인물이 되어 인생을 여러 번 살거든요.

이상란 : 저도 배우를 부러워해요.

이강백 : 그러니까, 배우를 꼭 한 번이라도 하고 싶었어요. 아직 기회가 없었고, 또 신체적 조건이 배우를 하기에는 맞지 않기에 앞으로도 그런 기회는 없겠지요. 참 유감스럽습니다. 어쨌든, 인간의 수명은 100년, 보통 사람은 70년이나 80년을 삽니다. 그런데 배우는 여러 인물을 맡습니다. 왕이 됐다가, 대신이 되고, 심지어 거지가 됐다가, 부자가 되기도 합니다. 만약 어떤 배우가 배역 맡았던 인물이 7명이라면, 7 곱하기 100년은 700년, 그는 700년을 산 것이나 다름없습니다. (웃음) 하지만 인물을 맡는다고 해서 쉽게 그인물이 되는 것은 아닙니다. 정말 배역 맡은 인물에 몰입하기가 어려워요. 그리고 몰입하면 몰입할수록 빠져 나오기도 어렵습니다.

25) 2003년 10월 2일~11월 9일, 연출 최용훈, 강강술래극장.

이상란 : 그럼요. 대학 연극동아리에서의 저의 경험도 그랬어요. 연극이 끝나고 배역에서 벗어나는데 힘들었고, 긴 시간이 걸렸어요. 프로들은 좀 다를까요?

이강백 : 글쎄요, 아마추어 배우나 프로페셔널 배우나 마찬가지겠지요. 고(故) 이진수 씨는 평생을 연극배우로 사신 분입니다. 그런데 박정희 대통령과 얼굴, 키, 체형, 경상도 억양 등이 흡사했습니다. 제3공화국 시대를 다룬 텔레비전 연속극에 출연하여 오랫동안 박 대통령 역을 맡았었지요. 하지만 연속극이 끝난 후에도 몰입했던 그 역에서 빠져 나오지 못했습니다. 이진수 씨는 자기를 때때로 박정희 대통령이라고 여긴다면서, 평상시에도 그렇게 행동했어요.

그러나 이렇게 몰입했던 인물에서 빠져나오기가 힘들지만, 빠져나와도 상실감이 큰 것이 문제입니다. 사랑하는 사람과 이별한 것 같은 상실감, 가족이 실종된 것 같은 상실감… 이런 상실감을 뭐라고 표현해야 할까요… 주검 없는 죽음입니다. 차라리 시신이 남아 있으면 장례를 치루면서 슬픔을 해소할 수 있는데, 시신이 없는 실종 상태는 슬픔을 해소하기에 마땅한 방법이 없습니다. 제가 쓴 〈배우 우배〉는 그 실종의 슬픔을 견디지 못한 배우가 배우를 포기한 이야기입니다.

이상란 : 오늘 대담의 첫 작품 〈물고기 남자〉는 극단 '연극 세상'이 공연했어요. 그런데 마지막 작품 〈배우 우배〉는 극단 '배우 세상'의 공연이에요. 극단 이름만 바뀐 것 뿐, 김갑수 대표와 단원들은 그대로 같죠?

이강백 : 네, 그렇습니다. 제가 김갑수 씨에게 극단 이름을 바꾼 이유를 물었더니, 세상을 위한 연극이 범위가 너무 넓어서, 배우를 위한 연극으로 범위를 좁혔다고 하더군요. 그리고 극단 배우 세상의 첫 공연은 배우에 관한 작품을 하고 싶다고 했습니다. 저는 마침 〈배우 우배〉를 쓰고 있었어요. 가끔 이런 일이 벌어집니다. 순식간에 퍼즐이 맞춰지는 것이지요. 공연할 날짜와 극장도 바로 정했는데, 김갑수 씨는 희곡 계약한 날 극장 대관 계약을 마쳤습니다. 그런데 며칠 지나서 극단 배우세상의 기획자가 이의를 제기했어요. 제목 〈배우 우배〉는 관객들의 관심을 끌 수 없다면서, 〈배우 김재민〉이라든가 〈배우 이승구〉같은 구체적 사람 이름이 붙은 제목으로 변경하자는 것입니다. 그 기획자는 극단 연극 세상의 〈물고기 남자〉를 기획했던 분이어서 굉장히 능력 있음을 제가 잘 압니다. 하지만 저는 제목 〈배우 우배〉를 고집했어요. 배우가 거울을 보면 좌우 대칭이 바뀌어 우배로 된다, 이 얼마나 멋진 제목인가, 관객들이 매우 흥미롭다 할 것이다, 오히려 저는 기획자를 설득하려고 했습니다.

이상란 : 설득이 되었어요?

이강백 : 솔직히 말하면 설득이 아니라 고집을 부린 것이지요. (웃음) 지금 생각하면 〈배우 김재민〉 혹은 〈배우 이승구〉가 더 구체적이어서 좋은 것 같은데….

이상란 : 제목 '배우 우배'라는 대칭에서 배우가 자신을 바라보는 시선이 느껴져요.

이강백 : 배우는 시선에 민감합니다. 그 시선은 여러 가지인데, 배우가 자신을 바라보는 시선도 있고, 관객이 배우를 바라보는 시선도 있지요. 그리고 또 하나의 시선, 배우가 맡았던 인물이 배우를 바라보는 시선도 있습니다.

방금 말씀 드렸듯이, 공연이 끝나면 등장인물은 흔적 없이 실종됩니다. 그런데 묘하게도 배우는 어딘가 보이지 않는 곳에서 실종된 등장인물이 자기를 바라보고 있다고 느낍니다. 마치 월남전에 참전한 아들이 밀림 속 전투에서 실종됐지만, 어머니는 어딘가에서 자기를 바라보고 있는 아들의 시선을 느끼듯이요. 아들의 시선이 강하게 느껴질수록 아들이 죽지 않고 살아있다는 어머니의 믿음도 강해집니다. 물론 어머니의 믿음이 강해서 아들의 시선을 강하게 느끼기도 하겠지요. 어쨌든 배우가 몰입했던 인물의 시선은, 막이 내린 다음 그 인물이 완전히 사라진 것이 아니라 어딘가 보이지 않는 곳에 존재하고 있음을 의미합니다.

이상란 : 또 하나의 시선, 누군가 나를 지켜보고 있다고 느끼는 그 시선은, 배우 스스로 그 배역을 바라보는 시선이기도 해요. 그것이 어쩌면 굉장히 흥미로운 연극적인 메커니즘 같아요. 사실은 내가 배역 맡은 인물로 화하는 게 아니라, 내 안에 있는 다양한 요소들을 발굴해 내는 것이기도 하겠지요. 배우는 직접 자신 안에 있는 것들을 확인하고, 꽃 피우고, 연극을 할수록 자기 자신이 풍요로워지는 경험을 할 수 있거든요.

이강백 : 바로 그것이 연극입니다. 굉장히 큰 상실에 대한 풍요로운 보상을 하지요. 만약 풍요로운 보상은 없고 큰 상실뿐이라면 그 누가 연극을 할까요? 그런데 〈배우 우배〉의 주인공 박우배는

공연이 끝날 때마다 맡았던 인물이 사라지는 허탈감과 슬픔을 견디지 못해서 배우를 그만 둡니다. 그렇게 연극을 포기한 날, 술집에서 폭음한 술 때문에 옆 사람들과 다퉈 경찰서의 구치소에 갇힙니다. 그는 구치소에서 사기꾼 제갈조를 만납니다. 제갈조는 한눈에 박우배의 뛰어난 배우 재능을 알아봅니다. 그러니까 사기꾼 제갈조는 탁월한 연출가 기질을 가졌어요. 그는 매우 희한한 일을 제안합니다. 한일합방 매국노로서 엄청난 부귀영화를 누린 친일 가문이 있는데, 그 가문의 상속자 송준오가 실종 상태여서, 송준오라고 믿어지면 엄청난 재산을 상속받게 된다는 것입니다.

무대 위에서 뛰어난 배우였던 박우배는, 천재적 연출가 제갈조의 도움을 받아서, 친일 가문의 상속자 역을 아주 능숙하게 해냅니다. 결국 박우배는 실종됐던 아들 송준오라고 인정받지요. 그런데 아버지 송진하 남작은 박우배가 진짜 아들이 아님을 몰랐을까요? 송준오의 어머니는 병든 몸으로 고통스럽게 살고 있습니다. 실종된 아들이 돌아오기를 기다리느라 편히 죽지도 못 하는 것이지요. 지금까지 송준오를 자처하는 자들이 나타났으나 모두 가짜였습니다. 아버지 송진하가 박우배를 아들 송준오라고 인정한 것은 아내의 고통을 더 이상 연장하고 싶지 않기 때문입니다. 장례식이 끝난 후 송진하는 박우배에게 말합니다. "난 솔직히, 자네가 누구인지 모르네. 그러나 나는 자네를 내 아들로 받아들였고, 친척들은 물론 이 세상 모든 사람들에게 내 아들이라고 공표했네. 더구나 자네 스스로 말했듯이, 자넨 완벽하게 준오가 될 능력이 있어. 하지만 부디 잊지는 말게. 준오가 되어서도, 언제나 준오가 바라보고 있다는 것을…"

박우배는 그 말을 듣고 홀연히 깨닫습니다. 준오 역을 하고 있는 자기를 어딘가에서 준오가 바라보고 있다는 것을요. 햄릿 역을 하고 있으면 어딘가 보이지 않는 곳에서 햄릿이 자기를 바라보고, 타르튀프 역을 하면 자기를 타르튀프가 바라봅니다. 공연이 끝난 뒤에도 마찬가지입니다. 그 시선은 변함없지요. 배우 박우배는 송진하의 저택을 떠나 극장으로 돌아옵니다. 공연이 끝날 때마다 몰입했던 인물이 사라지는 상실감을 견디지 못해 배우이기를 포기한 그가 상실감을 완전히 극복하고 다시 배우가 된 것입니다.

이상란 : 그런데, 배우들은 어떻게 느꼈나요, 이 작품을 공연하면서?

이강백 : 이 작품이 희극이어서 그런지 재미있다고 했습니다. 배우가 등장인물을 맡아서 연기하는 것이 아니라 등장인물이 배우 역을 맡아 연기하는 것 같다고 농담을 하더군요. 제갈조 역의 배우도 그렇고, 우배 역을 했던 배우도 그렇고, 송진하 남작 역의 배우도 그렇고, 모든 배우들이 맡은 역을 즐기면서 공연했는데, 배우에 관한 연극이어서 그렇게 즐겼던 것 같습니다. 그래서 저는 극단 배우세상이 배우에 관한 연극을 많이 하면 좋겠다고 생각했지요.

이상란 : 제 생각도 그래요, 배우가 등장인물인 다양한 작품들이 나올 수 있거든요.

이강백 : 하지만 과문인지는 몰라도 극단 배우세상이 그런 공연을 계속한다는 소식은 듣지 못 했습니다. 김갑수 씨는 연극에 대한 사랑이 대단히 깊은 분입니다. 텔레비전 출연과 영화 출연에서 생긴 수입을 모두 연극에 바쳤어요. 대학로에 소극장도 개설했는데, 매달 적지 않은 임대료와 운영비가 들었을 것입니다. 결국 몇

년 버티지 못하고 소극장은 정리했어요. 그리고 극단 배우세상도 활동을 정리한 것 같고… 김갑수 씨 마음이 몹시 아팠겠지요. 문득 〈배우 우배〉의 공연 때 있었던 일이 생각나는군요. 한승헌 변호사가 〈배우 우배〉를 보셨습니다. 유명한 인권 변호사이기도 하고, 노무현 정부에서 감사원장을 했던 분인데. 그분이 〈배우 우배〉를 보시고 아주 감동했다면서 김갑수 씨와 저를 음식점으로 데려가 푸짐한 저녁식사를 대접해 주셨습니다. 왜 갑자기 그 생각이 날까요? 오랜 시간 대담을 하였기에 시장해서 그런가 봅니다.

이상란 : 네, 대담 끝내고 식사하죠. 선생님, 장시간에 걸쳐서 좋은 말씀 감사합니다.

열 번째 대담

희곡전집 8권 (2004~2014) 상반기 작품

맨드라미꽃
황색여관
죽기살기

국립극단, 〈황색여관〉 공연

열번 째 대담

이상란 : 이강백 선생님, 안녕하세요. 오늘은 6월 19일, 열 번 째 대담을 하는 날입니다. 희곡전집 8권의 작품들에 대해 말씀 나누려고 하는데요. 〈맨드라미꽃〉이 2005년, 〈황색여관〉은 2007년, 〈죽기살기〉가 2008년 공연 됐죠. 그리고 한동안 침묵하셨어요. 그 기간이 대략 5년, 거의 해마다 작품을 내놓으시던 선생님이 5년간 이나 침묵하신 건 특별한 이유가 있을 것 같아요. 침묵 이후 2014 년에, 〈챙!〉, 〈즐거운 복희〉, 〈날아다니는 돌〉 세 작품이 한꺼번에 공연됐어요. 이렇게 희곡전집 8권의 작품들은 침묵 기간을 사이에 두고, 이전 작품과 이후 작품으로 나눠집니다. 선생님은 무엇 때문에 침묵하셨는지, 먼저 그 말씀부터 해주시겠어요?

이강백 : 네. 그러니까 〈물고기 남자〉를 썼던 때부터 그것을 느꼈는데, 제가 받는 사회적 영향이 강력했습니다. 살아있는 사람이 죽은 사람보다 가치가 없다는 것은 IMF를 겪은 저의 사회적 경험이지요. 〈황색여관〉도 그렇습니다. 한국사회의 빈부격차는 해마다 더욱 벌어지고, 세대 간 갈등은 나날이 커져서, 엄청난 태풍이 다가오는 것처럼 불안합니다. 이렇게 강력한 사회적 영향에 밀려나 저 자신의 모습은 보이지 않았습니다. 〈맨드라미꽃〉과 〈죽기살기〉는 제 모습을 되찾기 위한 작품이었는데, 뭔가 이상했던 모양입니다. 공연을 보신 분들이 저에게 왜 이런 작품을 썼느냐는 질문을 하더군요. 그래서 저는 근본적으로 왜 작품을 쓰는가, 생각해 보려고 작품 쓰기를 멈춘 것입니다.

이상란 : 지금 말씀은 굉장히 중요한 것 같아요. 선생님께서 혼자 고립되어 있었던 문학청년이 더 이상 아니고, 극작가로서 한국 연극계의 중심에 들어오고, 뿐만 아니라, 학교라든가 다양한 사회적인 관계 속에서, 여러 사람들과 같이 지내시면서 강한 영향을 받게 되셨죠. 그래서 선생님은 자신의 모습이 밀려났다고 하셨는데, 예전 작품들과 최근 작품들을 비교해 보면 분명히 다른 점이 나타나요. 예전 작품들이 아주 투명하고 명징하지만, 뭔가 너무 진리나 도덕, 이런 빛에만 너무 집중하여 단순했다면, 희곡전집 7집과 8집에 오면서 빛과 어둠의 경계가 모호해져요. 세상만이 아니라 자기 자신 안에도 어둠이 있다는 것을 인정하기 시작하는데, 굉장히 의미심장한 일이죠. 그리고 제 생각에는, 선생님께서 작품 쓰는 것을 중단한 이유는 더 이상 쓸 것이 없어서가 아닌 것 같아요. 2014년, 선생님이 서울예술대학에서 정년퇴임하신 다음 해, 세 개의 작품을 연달아 공연했어요. 그건 침묵하신 동안에도 작품을 쓰

셨다는 증거 아닌가요?

이강백 : 마치 겉과 속이 다른 짓을 한 것 같군요. (웃음) 솔직히, 처음엔 아무 것도 쓰지 않고 저 자신을 생각하려 했습니다. 그런데 그건 불가능했어요. 무엇인가 써야 저 자신을 생각할 수 있었습니다.

이상란 : 〈챙!〉, 〈즐거운 복희〉, 〈날아다니는 돌〉, 세 개의 작품이 연달아 공연되면서, 그 작품들은 큰 관심을 받았죠. 〈챙!〉은 힘이 많이 들어가 있지도 않고, 여백이 많아서 관객들이 넉넉함과 편안함을 느끼게 되는 작품이었어요. 〈날아다니는 돌〉은 지금까지 선생님의 구도자 같은 삶에 대한 인식이 종합되어 있는 작품인 것 같습니다. 〈즐거운 복희〉는 힘 들여 구조적으로 탄탄하게 만든 작품인데요, 여러 가지 면에서 그간 선생님이 해온 작법을 종합해 놓은 듯해요. 이강백 희곡세계에서 정점을 찾으라고 한다면, 저는 1권, 6권, 8권을 꼽을 수 있어요. 그런데 8권 작품들을 하나씩 개별적으로 다루기 전에, 작품 쓰신 그때를 포괄적으로 말씀해 주세요.

이강백 : 희곡전집 8권은 장년기 작품들입니다. 그러니까, 50대를 넘겨 60대가 됐으니, 인생의 장년기에 진입한 것이지요. 사람들은 말하기를, 장년기는 원숙하게 무르익은 때라고 했습니다. 그런데 천만의 말씀입니다. 인생의 장년기도 서툴기는 마찬가지고, 열정은 식었으나 마음은 안정되지 않고, 지혜라는 것도 녹슬어 쓸모가 없고….

이상란 : 저도 은근히 장년기가 되기를 기대하는데… 실망이

크겠군요.

이강백 : 너무 기대하지 마십시오. (웃음) 인생의 각 시기는 살아보지 않은 최초의 시간들입니다. 작품을 쓰는 것도 그렇지요. 장년기에는 그동안 많은 경험이 쌓여 있어서 그전에 쓴 작품과는 다르게 정말 원숙한 작품을 쓸 것 같은데… 특별히 달라진 것이 없습니다.

이상란 : 희곡전집 8권의 작품들을 쓰신 기간과 서울예술대학 극작과 교수로 계신 기간[26]이 거의 일치해요. 극작가의 길을 치열하게 가시는 선생님을 보면서 학생들이 행복해 했을 것 같아요.

이강백 : 오히려 젊은 학생들과 함께 지낸 제가 더 행복했습니다. 하지만 행복 속의 불행이랄까요, 큰 고민이 있었어요. 정말 예술교육이 가능한 것인가, 그러니까 교육으로 새로운 예술가를 양성할 수 있는가. 그 문제에 대해서 저는 정확한 해답을 갖고 있지 못했습니다. 예술은 매우 광활한 세계입니다. 그리고 새로운 예술가는 그 세계의 영역을 더 넓히는 사람이지요. 저는 이미 발견된 영역에 대해서는 학생들에게 설명할 수 있습니다. 그러나 새로운 영역은 어떤 곳인지, 또 어떻게 해야 발견하는지, 구체적인 설명을 못합니다. 기껏해야 저의 창작 경험을 말할 뿐인데, 그것은 이미 발견된 영역이므로 새로운 예술가들이 갈 곳은 아닙니다. 입학 때는 극작가를 지망하는 학생들이 고맙고, 졸업 때는 극작가를 포기 않는 학생들에게 미안했습니다.

---

26) 2003년 3월부터 2013년 2월까지 10년간 재직.

이상란 : 오늘은 선생님 마음이 우울한 날인가 봐요. 긍정적인 말씀보다 부정적인 말씀을 하시고… 이 시기의 첫 작품 〈맨드라미 꽃〉[27]은 좀 특이하죠. 남녀 사랑에 대해서 선생님은 작품을 잘 쓰지 않는데, 이 작품에는 사랑하는 여자 때문에 죽는 남자가 있고, 그 죽는 남자를 지켜보며 짝사랑하는 여자도 있어요.

이강백 : 〈맨드라미꽃〉은 왜 썼느냐는 질문을 많이 받았습니다. 그 공연을 본 분들이 제 작품 같지 않다고 했지요. 연극 평론가 김윤철(金潤哲) 씨가 한일연극심포지엄이 열린 곳[28]에서, 그분은 사회자였고, 저는 여러 발제자 중 한 명이었는데, 모든 발제가 끝나 한참 토론을 진행하고 있을 때, 갑자기 사회자가 저를 보면서 질문을 하더군요. "이강백 씨, 〈맨드라미꽃〉은 왜 썼어요?" 그날 심포지엄 주제는 '한일 양국의 극작 양상과 극작가의 미래'였습니다. 발제자 여덟 명 중에서 반절은 일본 연극인이었고, 관객석에는 30여 명의 일본인 청중들이 있었어요. 저는 심포지엄 주제가 아닌 질문에 당황했습니다. 그래서 엉뚱한 대답을 했지요.

이상란 : 어떤 대답을 하셨는데요?

이강백 : 〈맨드라미꽃〉을 왜 썼는지는 한국화훼협회에 문의하라고 했습니다.

이상란 : 동문서답이었군요. (웃음)

---

27) 2005년 10월 19일~11월 6일, 극단 골목길, 연출 박근형, 아르코 예술극장 소극장.
28) 2005년 11월 20일, 국립극장 별오름극장.

이강백 : 네. 심포지엄이 끝나고, 청중석에 있던 쓰가와 이즈미(津川泉) 씨가 저에게 다가오더니, 〈맨드라미꽃〉을 왜 썼는지 또 물었어요. 저는 다시 한국화훼협회에 문의하라고 할 수도 없고… 우물쭈물하다가 자리를 피했지요.

이상란 : 제 생각에는, 뭔가 사적(私的)인 분위기 때문에 그런 질문을 한 것 같아요. 지금까지 선생님의 희곡들과는 다르게, 〈맨드라미꽃〉만은 사적 분위기가 있죠.

이강백 : 아마 그런 것 같습니다. 소설이라면 사소설(私小說) 같다고 할까요, 언젠가 대담에서, 저에게 자신의 상처를 보여주는 여성들이 있었다고 말했습니다. 그러니까 제가 젊었던 때였지요. 가까이 다가와서 보여주는 그 상처는 사랑의 상처였습니다. 사랑하는 남자에게 거부당한 슬픔, 고통, 아물지 않는 상처에서는 선명한 피가 흘렀어요. 그런데 문제는, 사랑으로 상처 받아 피를 흘리는 여자에게 제가 매혹된다는 것입니다.

이상란 : 〈보석과 여인〉에 대해 대담할 때, 선생님이 그 말씀을 하셨어요.

이강백 : 네. 〈보석과 여인〉은 가슴 깊은 상처를 보여준 여성에게 헌정했던 작품입니다. 그 여성이 놀라며 받지 않았지만… 어쨌든 젊은 시절 그런 일이 몇 번 있었고 제 마음 깊은 곳에 그것들은 봉인(封印) 됐습니다. 그런데… 봉인됐던 것이 나도 모르게 풀려서 〈맨드라미꽃〉을 쓴 모양입니다.

이상란 : 셰익스피어 〈한여름 밤의 꿈〉이 그렇죠. 연인들이 계속 연쇄적으로 어긋나면서 상대가 다르게 뱅뱅 돌아가요. 어긋나는 사랑의 비극이죠. 그런데 선생님은, 희곡전집 8권의 머리글에서 〈맨드라미꽃〉에 대해 이렇게 쓰셨어요. "등장인물 정민은 내 안에 있는 여성성(女性性)이 이상적으로 생각하는 남성(男性)이다. 정민이 사랑하는 여성 미란은 무대에 등장 않는 인물이다. 그런데 비가시적 미란을 대신하여 정민을 지켜보는 가시적 여성 주혜가 있다. 내 안에 있는 여성은 일란성 쌍둥이다. 시선이 닿지 않는 곳에 있는 여성을 지고지순(至高至純)하게 사랑하는 남성에게 매혹된 가시적 여성, 그 두 여성은 다르면서도 같다." 바로 이렇게, 미란과 주혜를 쌍둥이라고 하셨고, 그 여성들은 내 안에 있다고 하셨어요. 정민은 선생님의 자아와 유사한 인물인가요?

이강백 : 이 작품을 쓸 때는, 제가 여자라면 어떤 남자를 사랑할까, 그런 생각을 했었어요.

이상란 : 지고지순한 사랑을 하다가 상처 입은 정민에게 매혹된 주혜… 주혜 역시 정민을 사랑하면서 마음의 상처를 입죠. 그런데 아세요? 선생님이 이 작품 쓰실 때 연세가 쉰일곱이었어요.

이강백 : 아, 그래요?

이상란 : 네. 쉰일곱에, 이런 생각을 하실 수 있다는 게 놀라워요.

이강백 : 지금은 분명히, 젊은 시절이 지났습니다. 이젠 누

군가를 지고지순하게 사랑할 수는 없지만, 그래도 누군가를 지고지순하게 사랑하는 사람을 보면 사랑하고 싶습니다. 그러니까 저는… 정민이 아닌 주혜입니다. 정민은 미란을 사랑하지만, 주혜는 미란을 사랑하는 정민을 사랑합니다.

이상란 : 이게 좀 혼란스러워요. 선생님은 남성이면서도 정민이 아니다, 여성인 주혜를 자신과 같다고 말씀하시고, 누군가를 사랑할 수는 없지만, 누군가를 사랑하는 사람은 사랑하고 싶다 하시거든요.

이강백 : 글쎄요… 간단한 것을 복잡하게 말했나봅니다.

이상란 : 칼 융은 우리 모두는 무의식 속에 다른 성을 가지고 있다고 하지요. 젊은 남자는 자신의 여성성을 의식화하지 않죠. 그러나 나이 들면서 남자는 자연스럽게 여성성을 의식하고 발현해요. 선생님은 어쩌면 보답 받지 못할 사랑에 매혹된, 맨드라미꽃의 붉은 색깔처럼 붉은 피를 흘리는 주혜를 아직도 사랑하고 계신지도 모르지요.

이강백 : 네. 그렇게 정리가 된다면 다행입니다.

이상란 : 흥미로운 건 주혜가 본 맨드라미꽃이죠. 주혜는 하숙집 마당에서 맨드라미꽃을 보았고, 뒤뜰에서도 맨드라미꽃을 보았어요. 그런데 하숙집 사람들은 그것을 본 기억이 없어요. 정민의 죽음도 그를 사랑한 주혜만이 기억할 뿐이죠.

이강백 : 〈맨드라미꽃〉을 쓴 다음 이 작품을 서울예술대학 극작과 동료 교수인 장성희 씨에게 주면서 허심탄회한 의견을 부탁했지요. 동료 교수에게 그런 부탁은 처음입니다. 극작가이며 연극 평론가인 장성희 씨는 솔직하고 겸허한 성품이어서, 소위 예의적 칭찬은 할 줄 모릅니다. 〈맨드라미꽃〉을 읽더니 "합(合)이 안 맞는다"고 하더군요. 그러니까 합이란 전체적인 하모니랄까, 조화, 균형입니다. 그런데 정민과 주혜는 비극적 사랑의 인물이고, 전당포 경호원 장팔과 우체국 여자는 희극적 사랑의 인물이지요. 합을 맞추기가 어려운 거기에 치매 걸린 할아버지, 매일 침대에 누워 있는 병든 아버지, 중국인 남자에게 돈을 잃어주기 위해 노름을 즐기는 할머니 등, 제각각 튀는 인물들을 등장시켜 진지함과 경박함이 조율되지 않고 뒤엉켰다는 것입니다.

이상란 : 연출가 박근형 씨는 이 작품을 뭐라고 하던가요?

이강백 : 박근형 씨는 자기주장이 없는 사람 같아요. 늘 조용합니다. 심지어 음식도 조금밖엔 안 먹어요. 얼핏 보면 기운도 빠져 있고… 하지만 외유내강이지요. 우리 연극계에서 가장 왕성하게 활동하는 극단이면서 또 가장 단원들이 많은 극단은 연출가 박근형 씨가 이끄는 극단 골목길입니다. 단원들이 60여 명이니까 박근형 씨의 리더쉽이 얼마나 막강한지 짐작할 수 있습니다. 〈맨드라미꽃〉에 대해서는 아무 말 안 했어요. 뭔가 말보다는 행동으로 보여주겠다, 그런 것 같더군요. (웃음) 공연 첫날, 저는 대단히 만족했습니다. 삶의 비루함을 연극으로 만들기, 그것이 박근형 씨의 독특한 매력인데, 〈맨드라미꽃〉에서 그것을 여실히 보여줬습니다. 그래서 장성희 씨가 염려했던 합이 안 맞는 작품이, 낡고 초라한 하숙집의

삶이라는 공통점으로 묶여 묘한 하모니를 이뤘습니다.

이상란 : 무대 양식도 독특 했어요. 창문을 줄에 매달아 놓은 곳이 방, 하숙집의 방과 방 사이에는 선을 그어 놓았을 뿐, 벽이 없어요.

이강백 : 공간 바닥을 선으로 그어서 각각 장소를 표현하는 형식은, 영화 〈도그빌〉에서 빌려온 것입니다. 라스 폰 트리에 감독의 〈도그빌〉을 보신 분들은 아시겠지만, 연극 연습할 때 사용하는 방식으로 영화를 만들었습니다. 그러니까 연극 〈맨드라미꽃〉은 영화 〈도그빌〉의 형식을 빌렸는데, 영화 〈도그빌〉은 원래 연극의 형식을 빌린 것이므로, 어찌 보면 둘 다 연극의 형식을 빌린 것이지요. (웃음) 라스 폰 트리에 감독이 들으면 화낼지도 모릅니다만 사실은 그렇습니다.

이상란 : 이젠 〈황색여관〉에 대해 이야기할까요. 저는 이 작품을 또 하나의 문제작이라고 생각해요. 바깥세상은 온통 뿌연 황사로 가득 차 나갈 수 없고, 여관 안에서는 매일 밤 투숙객들이 싸우다가 죽어요. 〈황색여관〉의 이런 참혹한 비극은 선생님의 사회인식과 밀접한 관련이 있을 텐데… 구체적인 설명을 해 주세요.

이강백 : 한국사회의 양극화 현상은 1970년대부터 나타납니다. 빈부의 격차, 세대 간의 갈등, 그것이 점점 심해져서, 2000년에는 위험 수위를 넘어섰다는 위기의식이 사회 전체에 팽배했습니다. 온갖 여론 조사에서 가장 시급한 문제로 빈부의 격차와 세대 간의 갈등이 꼽혔고, 해결할 수 있다는 낙관론보다 해결 불가능하다는 비

관론이 압도적으로 큽니다. 그런데 빈부의 격차와 세대 간의 갈등은 옛날에도 있었지요. 고려 시대, 조선 시대에도, 그 격차와 갈등은 있었지만, 그것을 통제하는 장치, 예를 들자면 엄격한 신분 제도 같은 것이 격차와 갈등을 강압적으로 억눌렀습니다. 하지만 한국사회는 산업화 됐을 뿐 아니라 민주화가 됐어요. 격차와 갈등을 해소할 방법은 마땅히 있지 않는데, 그것을 통제할 장치도 없으니까 사회 전체가 불안하고 초조합니다. 저는 그것을 연극으로 보여 주고 싶었습니다. 그래서 국립극단 50주년 기념 공연으로 〈황색여관〉 시놉시스를 냈고, 심사위원들도 그것이 절실한 문제임을 공감하여 채택했어요. 그런데 〈황색여관〉이 〈마르고 닳도록〉으로 바뀐 이유는 지난 번 대담 때 상세히 말씀드렸습니다. 결국 〈황색여관〉은 나중에 공연하게 됩니다. 연출은 오태석 선생, 극단은 국립극단, 2007년 3월 22일부터 4월 8일까지, 국립극장 달오름극장에서 공연했습니다. 이상란 선생님은 이 공연을 어떻게 보셨는지요?

이상란 : 저는 공연을 보면서, 우리 삶의 환경 자체가 사막화되어가고 있다는데 공감했어요. 공간을 가득 메우는 황사와 먼지와 모래바람이라는 물질성과 치열한 갈등으로 죽어가는 인간들… 그런데 공연을 보면서도 느꼈지만, 이번에 이 작품을 다시 읽으니까, 등장인물들이 양극화된 두 그룹만 있고, 그 중간을 매개하는 인물들이 없다는 게 새삼스레 눈에 들어왔어요. 그 중간에 처제 혼자 있는 셈인데, 주방장이 처제를 약간 돕다가 그만 돼요.

이강백 : 이 작품의 결함은 매우 상투적인 흑백논리처럼 너무 단순하다는 것입니다. 부자와 가난한 자, 노년층과 청년층, 완전히 양쪽으로 나눠져 있어요. 만약 중간층이 있다면 그들의 역할이 완

충 작용을 할 테고, 양쪽 모두 싸우다가 죽는 일은 없겠지요.

이상란 : 희곡에서의 공간 구조가 작가의 세계관과 유사하다고 저는 생각해요. 그런데 이 작품의 공간인 여관 구조는 위 아래로 철저히 분리되어 있고, 등장인물들도 양극화의 극단을 보여주고 있어요.

이강백 : 네, 그렇습니다.

이상란 : 건강한 사회는 양파처럼 가운데가 불룩하게 중간층이 많죠. 우리 사회는 중간층이 적어서….

이강백 : 〈황색여관〉도 그렇습니다. 중간층이 겨우 한 명 있는데 대학생입니다.

이상란 : 그는 자살해버리죠.

이강백 : 대학생은 여관 밖으로 나가보지만, 황사 자욱한 어둠 속에 길을 못 찾고 다시 돌아옵니다. 그는 죽을 생각이 없었는데, 도대체 넌 누구 편이냐, 양쪽에서 질문을 받고 당혹해합니다. 대학생은 자기를 부유층의 일원이라고 여긴 적이 없었고, 배관공이나 배선공처럼 또 자기를 가난한 계층이라고 여긴 적도 없습니다. 선택의 기로에서, 그는 어느 편도 아니었기에, 싸우기를 포기하고 목숨을 끊은 것입니다. 어쨌든, 대학생의 자살은 물론 숙박객들의 타살도 너무 이분법적으로 단순합니다. 지혜로운 극작가가 이 소재로 작품을 썼다면, 참혹한 죽음을 방지하는 뭔가 깊은 고민과 다양

한 행동을 제시할 수 있을 텐데요…

이상란 : 중산층이었다가 탈락하기도 하고, 또 올라가기도 하고. 그 중간에 있는 사람들이 역할도 좀 비중 있고, 이러한 복합적 구도로 2000년대 우리사회를 은유하면서 문제를 드러냈다면, 관객들이 상당히 현실감을 느꼈을 거예요. 그런데 너무 극단화되어 있어서, 수많은 죽음을 처제 혼자 막는다는 건 처음부터 비현실적이라는 생각이 들어요.

이강백 : 지금 말씀에 동의합니다. 단 한 사람도 살릴 수 없는 결과가 뻔히 보이니까 처음부터 재미가 없어요.

이상란 : 끔찍한 죽음이 반복될 뿐 절망스럽지요.

이강백 : 그렇습니다.

이상란 : 하지만 이 작품에서 천민자본주의에 대한 비판은 공감해요. 그런데 궁금한 건, 대학생의 책을 처제가 펼쳐서 읽는 부분인데요. "우리의 일상적인 희망은… 언제나 자기동일성에 이르는 것이다. 이것은… 자기소외가 극복된 것을 의미한다. 자기동일성이란… 인식론적으로나 존재론적으로… 자기소외가 극복되고… 자기 자신과 통합된 것을 말한다…" 처제가 이 책의 내용을 두 번이나 읽기 때문에 의미를 강조하듯 보여요. 그런데 선생님은 이걸 어디서 인용하셨어요?

이강백 : 죄송합니다. 어떤 책에서 인용한 것이다, 확실히 주

를 달아야 했는데… 〈황색여관〉을 쓰다가 제 방의 책꽂이에서 우연히 뽑은 책입니다. 내용 중에서 일부만 떼어 읽으면 무슨 말인지. 그러니까, 무슨 뜻인지 잘 모를 그런 난해한 책을 인용할 필요가 있었어요.

이상란 : 뭔가 어려운 상황을 나타내기 위해서 그랬나요?

이강백 : 네.

이상란 : 자기 자신과 통합되는 것. 이게 저의 목표이기 때문에, 이 인용한 말이 상당히 의미심장하게 들렸어요.

이강백 : 지금 제목은 기억나지 않지만, 아직도 제 책꽂이에 그 책이 있을 것입니다.

이상란 : 이영미 씨가 『이강백 희곡의 세계』에서 언급한 것처럼 선생님의 초기 작품부터 '외로운 저항자' 유형의 인물들이 등장하는데, 그게 대부분 남성이었잖아요? 그런데, 〈황색여관〉에서는 여관 주인의 처제라는 여성 인물이 상황에 외롭게 저항하는 인물로 나옵니다. 여성의 이런 인물유형은 선생님 작품에서 그리 흔한 일은 아니기 때문에 특별하게 느껴져요.

이강백 : 글쎄요… 일부러 여성 인물을 택한 건 아닙니다. 등장인물들 중에서 참혹한 상황을 막으려는 인물을 찾다 보니까, 주인과 아내, 주방장은 아니고, 또 투숙객들도 아니어서, 처제만 혼자 남더군요.

이상란 : 가장 연약한 인물이죠, 처제는. 그런 여성이 매일 밤 죽는 사람들을 단 한 명이라도 살리려고 애쓰거든요. 역설적으로, 가장 연약한 인물이 가장 강인해요.

이강백 : 오히려 힘 있는 인물들은 서로 싸우다가 죽습니다. 그게 더 역설적이지요. 한국극작가협회에는 저작권위원회가 있는데, 전국 대학에서 가장 많이 공연 신청하는 작품이 〈황색여관〉이라고 합니다. 기성세대에 대한 젊은 세대의 감정이랄까요, 의견을 표현하는 작품들이 많지 않아서, 〈황색여관〉이 자주 공연되는 반사이득을 얻는 것 같습니다.

이상란 : 기성세대에 대한 반감, 저항이 강조되는 작품이지요.

이강백 : 그런데, 대학극에서는 〈황색여관〉을 희화화한다고 할까요, 빈부 간의 격차, 세대 간의 갈등을 굉장히 과장해서 보여줍니다. 그러니까, 〈위비대왕〉 공연을 보는 것 같아요. 〈위비대왕〉은 노골적인 권력과 탐욕을 우스꽝스럽게 풍자한 작품입니다.

이상란 : 유희처럼 하는군요?

이강백 : 네. 여러 번 칼에 찔린 인물이 버젓이 돌아다니고. 심지어 죽은 인물도 벌떡 일어나요. 그리고 뭔가 생각난 듯이 "아, 내가 죽었지. 하지만 늙어서 내 정신이 깜박했군."이라고 중얼거리고는 다시 눕습니다. 어쨌든 부자와 가난한 자, 기성세대와 젊은 세대의 갈등을 희화화한다는 것은, 그 갈등을 무시하거나 가볍게 여겨서 그런 것이 아닐 것입니다. 만약 젊은 세대가 그 갈등을 풍자할

수 없다면, 그것이야말로 심각한 상황이지요. 아직은 웃을 여력이 있다는 것은 정말 다행입니다.

이상란 : 국립극단의 초연도 희화화했어요.

이강백 : 네. 국립극단의 〈황색여관〉은, 우람한 몸매에 목소리도 굵은 여배우에게 처제 역을 맡겼습니다. 그리고 주방장은 처제보다 왜소하고 허약해요. 한 밤중 여관으로 몸 팔러 오는 가난한 여자들도 퇴폐적인 유흥업소의 댄서처럼 여관 기둥에 매달려 봉춤을 춥니다. 모든 장면들이 〈황색여관〉을 그로테스크하게 희화화하겠다는 것이 확연히 느껴집니다. 그런데, 한국을 대표하는 프로페셔널 극단인 국립극단이 지켜야할 선을 넘었다고 할까요. 과장의 도(度)가 심하다는 반응이었습니다. 관객들은 냉담한 표정으로 무대를 외면한 채 어서 끝나기를 기다렸어요. 아마추어 대학극의 경우, 아까 말씀드렸지만, 죽은 사람이 다시 살아나도 관객들은 그 과장된 것을 용납하고 즐겼는데… 프로에 대해서는 엄격하고, 아마추어에 대해선 너그러운 것이 사람의 마음입니다.

〈황색여관〉 재공연은 2016년 4월 15일부터 24일까지, 대학로 예술극장 대극장에서 있었습니다. 그러니까 초연한지 9년이 지났군요. 극단 '수'의 대표 구태환 씨가 〈황색여관〉을 재공연하고 싶다기에 저는 적극 말렸어요. 아마추어 극단이나 할 작품이지 프로페셔널 극단은 하면 안 된다고요. 연출가 구태환 씨는 저의 만류에도 불구하고 막을 올렸습니다. 재공연한 〈황색여관〉의 처제는 그냥 예쁘장한 보통 여자와 다름없었어요. 주방장 역시 보통 남자의 체격이어서 처제보다 작지 않았고, 가난 때문에 몸 파는 여자들도 우르르 몰려와서 봉 춤을 추지 않았습니다. 대학극처럼 칼에 찔린 사람이 살아서 돌아다니거나 죽은 사람이 벌떡 일어나는 일도 없었지요. 그렇다고 〈황색여관〉을 점잖게 만든 건 아닙니다. 우스꽝스럽게 과장하고 희화화했지만, 민망하지 않도록 절제하는 선이 분명히 있었습니다. 초연 때는 관객들이 단 한 번도 웃지 않았는데, 재공연 때는 무대를 바라보며 계속 웃는 관객들이 많았어요. 저는 구태환 씨의 연출이 현명했다고 생각합니다. 지나친 것은 모자란 것과 같다는 말이 맞아요. 물론 이 말은 희곡 〈황색여관〉에도 해당됩니다. 하룻밤 사이에 투숙객들이 서로 싸우다가 모두 죽는데, 그런 희곡을 누가 지나친 과장이 아니라고 할 수 있을까요.

그래서 저는, 또 언젠가 〈황색여관〉을 재공연할 프로페셔널 극단이 있다면, 제가 생각한 것을 몇 가지 제안 드립니다. 여관 위층은 부자들의 방, 아래층은 빈자들의 방, 꼭 복층구조로 만들지 않아도 됩니다. 무대 왼쪽 안에는 부자들의 방이 있고, 오른쪽 안에는 빈자들의 방이 있다. 그렇게 암시적으로 정해도 좋을 것 같습니다. 무대 후면에 '황색여관'이란 간판 달린 허름한 3층 건물 모습을 그린 화판(畵板)이나 걸개그림이 걸려 있고, 투숙객들은 그 그림이 걸린 곳에서 들어옵니다. 주인과 아내는 무대 밑바닥 맨홀에서 올라왔다가 내려갑니다. 무대 공간을 텅 빈 듯이 넓게, 여백이 있게 사용하십시오. 그 넓은 무대에 거센 황사바람이 불어오고, 싯누런 모래가 쌓이는 이미지가 필요합니다. 그리고 가능하다면, 처제가 단 한 명의 투숙객도 살리지 못 하고 흐느끼는 장면에서, 웃긴다는 느낌은 들지 않도록 하기 바랍니다.

이상란 : 초연할 때 연출하신 오태석 선생님에게 그런 말씀 하셨어요? 작품을 쓴 극작가로서의 의견을 전할 수 있을 텐데요….

이강백 : 사실은… 오 선생님은 이 작품의 연출을 바라지 않으셨어요. 연습 시작한 지 며칠 지났는데, 그러니까 닷새인가 지나서, 전화가 왔습니다. 오 선생님은 아주 난감한 목소리로 다른 연출가에게 맡기면 좋겠다고 하시더군요. 이 작품을 연습해 보니까 자신의 연출 스타일과는 맞지 않는다는 것입니다. 그런데 이미 그때는 늦었어요. 온갖 신문들이 〈황색여관〉의 공연을 보도하면서 '오태석과 이강백이 만나다' 대서특필했거든요. 이제 와서 오 선생님이 빠질 수가 없는 형편인데, 오죽 난감하면 그러실까 이해는 되면서도, 저는 단호하게 말했습니다. 만약 오 선생님이 연출 안 하시면 인연을 끊겠다… 마치 독배를 권하는 심정이었지요.

〈황색여관〉은 국립극단 단원들도 좋아하지 않았습니다. 국립극단 단원들 중에는 평소 친하게 지내는 배우들이 있어서, 〈황색여관〉을 탈고해 보낸 다음 읽은 소감이 어떤지 솔직하게 말해 달라 부탁했어요. 그랬더니 실망이라고 했습니다. 〈마르고 닳도록〉은 재미있어서 공연하기를 적극 지지했지만, 〈황색여관〉은 재미는 커녕 잔혹하다는 것입니다. 그러나 〈황색여관〉의 시놉시스가 채택된 전력이 있고, 공연 계획이 확정되어 있어서, 배우들은 싫어도 공연해야 했어요. 관객들의 반응은 아까 말씀드렸듯이, 지극히 냉담했습니다. 제발 관객들이 오지 않았으면 좋겠는데, '오태석과 이강백이 만나다'가 워낙 홍보가 잘 된 탓인지, 매 회마다 많은 관객들이 몰려오더군요. 그래서 저는 마음속으로 간절히 바랬습니다. 남산에 지진이 일어나 국립극장 입구가 막혀서 관객들이 단 한 명도 올 수 없기를요.

이상란 : 아니, 그 정도로 반응이 나쁜 건 아니었어요.

이강백 : 아무튼 〈황색여관〉은 공연 후에도 충격이 컸지요. 국립극단 평가위원이 세 분 위촉돼 있었는데, 안치운 선생이 평가위원이었습니다. 안치운 선생은 〈황색여관〉 공연 평가서에 '국민의 세금으로 운영되는 국립극단에서 이런 작품을 절대로 해서는 안 된다'고 썼어요. 짧은 평가서가 아닙니다. A4용지로 몇 장이 되는 장문의 평가서였는데, 구구절절이 공연해서는 안 될 연극이라고 질타했습니다. 제 마음이 쓰리고 아팠지요. 중국고사에 있는 와신상담처럼, 쓸개를 매달아놓고 혀로 매일 핥으면서 이 실수를 다시는 반복하지 않겠다고 다짐하듯이, 저는 그 평가서를 복사해서 늘 가방에 넣어서 갖고 다녔습니다. 그런데, 대학극에서 〈황색여관〉이 자주 공연 되면서, 그 평가서가 저도 모르게 없어졌어요. 그게 있으면 좋을 텐데… 가끔 아쉽게 생각합니다.

이상란 : 그 다음에 공연된 〈죽기살기〉[29]는 어땠나요?

이강백 : 극단 실험극장이 공연했는데, 사실, 결정적으로 작품을 쓰지 않겠다고 결심하게 만든 것이 〈죽기살기〉였습니다. 〈죽기살기〉 공연 첫날 극장 분장실을 갔더니 배우들이 저에게 우르르 몰려들어 묻더군요 '이 작품을 왜 썼어요?' (웃음) 〈맨드라미꽃〉에서 듣던 질문을 〈황색여관〉에서도 들었는데, 또 듣게 된 것입니다. (웃음) 세상에는 이상한 일이 많습니다. 그 중에서 가장 이상한 일은, 자신이 저지른 죄의 대가를 치를 방법이 없다는 것입니다. 〈죽기살기〉의 주인공 육손은 도살장 일꾼입니다. 그는 많은 가축을 죽였습니다. 그의 손가락은 여섯 개였는데, 그는 육손이라고 자기를 놀리는 사람에게 도살용 칼을 휘둘렀어요. 그 사람은 슬쩍 피하고, 육손을 놀리지 않

29) 2009년 5월 16일-27일, 연출 송선호, 아르코시티극장 대극장.

은 다른 사람이 그 칼에 맞아 죽습니다. 그래서 육손은 살인죄로 재판을 받고 감옥에 갇혔는데, 감옥 생활을 아무리 오래 할지라도, 죄 갚음이 된다는 생각이 안 들었지요. 그러니까, 감옥살이가 아니라 함무라비법전처럼 눈에는 눈으로, 이에는 이로. 그렇게 김두의 유족들이 직접 자기를 죽여야 맞다고 생각했습니다.

이상란 : 죽음에는 죽음, 똑같은 방식으로.

이강백 : 그것도 사형 아닌 무기징역이더니, 국경일마다 감형이 돼서… 국가는 그를 감옥에서 나가라고 밀어냈지요. 그래서 육손은 김두의 유족이 직접 자신을 처벌하도록 도살장이 있는 곳으로 되돌아옵니다.

이상란 : 음, 피해자는 그런 생각을 하죠. 예컨대 박찬욱 감독의 '복수 3부작'처럼 누군가 자신에게 어떤 상해를 입혔을 때, 그걸 똑같이 갚아주기 위해서 공적인 중재 없이 사적인 복수로 그대로 돌려주고 싶은 마음. 직접 복수를 통해서 완전히 카타르시스를 하려는 욕망, 국가에 의해서 복수를 공적으로 해결했을 때, 해결되지 않은 마음속의 그 앙금 때문에 사적인 복수를 하려는 욕망이 인간들에게 있죠. 그런데 그게 계속 악순환이 될까봐, 법이라는 제도를 통해서 국가가 개입해서 그 악순환의 고리를 차단하는 거죠. 〈죽기 살기〉에서는 엉뚱하게 피해자가 아닌 가해자 스스로 자신을 응징하고 싶어 하지요. 육손은 법의 처벌을 받고도 이건 충분치 않으니 유족들이 자기를 죽여 달라는 것인데. 가해자와 피해자가 완전히 거꾸로 전도된 구조죠. (웃음) 가해자의 자기처벌, 이게 바로 극작가 이강백 선생님의 도덕의식인가요?

이강백 : 지금 지적하신 우리에게 인상 깊었던 영화들은 피해자가 직접 복수합니다. 그것이 정석인데… 그러나 왜, 가해자의 복수 작품은 없을까요?

이상란 : 카타르시스가 안 되는 거죠.

이강백 : 자, 어쨌든 육손이 왔어요. 가해자가 돌아왔는데, 처음 만난 유족은 피해자의 아들 형제입니다. 육손이 아버지를 죽인 자신을 죽여 달라고 하자 그들 형제는 펄쩍 뜁니다.

이상란 : 은인이죠, 원수가 아닌 은인. 자기들을 그렇게 괴롭히던 의붓아버지를 육손이 죽여 주었으니….

이강백 : 죽은 사람은 자기들하고는 피도 한 방울 안 섞였다고 합니다. 매일 밤 잘 때마다 제발 의붓아버지가 죽기를 기도했는데, 육손이 소원을 이뤄준 것이지요. 그들 형제는 육손이 돌아오자 오히려 기뻐합니다.

이상란 : 환영 잔치를 열잖아요, 동네 사람들을 모두 초청해서.

이강백 : 전혀 예상 못한 일이지요. 육손은 김두의 미망인을 만납니다. 미망인은 남편 김두가 죽고 나서 지독한 생활고에 시달려 어린 딸을 사창가 창녀로 팔기까지 했어요. 그래서 육손을 만나자마자 거액의 보상금을 요구합니다. 하지만 육손은 목숨으로 갚겠다, 그것이 김두의 죽음에 대한 올바른 보상이라고 주장하지요. 김두의 미망인은 그런 육손이 미쳤다면서 온갖 욕을 퍼붓습니다.

이상란 : 가난 때문에 딸을 팔수밖에 없었다는 이 엄마도 황당해요. 어린 딸이 버는 돈을 자기가 꼬박꼬박 착취하죠.

이강백 : 남편 죽음의 보상금을 받을 줄 알았는데, 오히려 죽여 달라고 하니, 이게 그러니까, 너무 어처구니없는 상황입니다. 육손의 유일한 희망은 창녀가 된 김두의 딸인데, 그녀는 아버지 죽음에 대해 복수할 생각이 전혀 없습니다.

이상란 : 오히려 육손을 사랑해주겠다고 하죠.

이강백 : 그 사랑이 애매모호합니다. 인간에 대한 보편적 사랑인지, 성 매매에 의한 육체적 사랑인지, 도대체 알 수 없는 사랑… 그러니까, 자, 이것이 무슨 작품일까요? 연출가와 배우들은 이것이 무엇일까 어리둥절했어요. 굉장한 의미가 있는 것 같기도 하고, 없는 것 같기도 하고… 연출가 송선호 씨는 이 작품은 우화(寓話)다, 〈이상한 나라의 앨리스〉처럼 생각하자 했습니다. 어쨌든 그렇게 생각하고 연습해서 막을 올렸는데, 적지 않은 관객들이 왔어요.

이상란 : 선생님 작품이 무대에 오른다하면 꼭 가서 보는 고정 관객이 있지요.

이강백 : 그런데, 다들 이 작품을 보고 난감한 반응이었습니다. 딱 한 사람, "정말 좋은 작품 보고 갑니다." 제 손을 잡고 그렇게 말한 사람이 있었어요, 왜 좋은지 묻고 싶었는데, 그 물음이 목구멍에 막혀 나오지 않았습니다. 〈죽기살기〉의 출연 배우 중에는 박웅 선생의 아드님 박준 씨가 있었는데, 박웅 선생과 부인이 극장에 오셨습니

다. 부인 장미자 선생도 오랜 경력을 가진 배우입니다. 가족이 모두 배우이니, 대화의 주제가 연극이겠지요. 공연이 끝나자 곧 저는 극장 밖으로 나갔습니다. 박웅 선생과 마주치면, 분명히 이게 무슨 작품이냐 하실 텐데⋯ 미리 도망친 것입니다. 극장 뒤쪽 주차장의 제 차에 들어가 앉아서, 이렇게 달아날 지경으로 〈죽기살기〉를 잘못 썼는가, 한숨 쉬며 생각했습니다. 나 혼자만 아는 세계에 깊이 빠져있구나⋯ 그런데, 그곳은 굉장히 매혹적인 세계입니다.

이상란 : 어느 점이 매혹적일까요?

이강백 : 나 혼자만의 세계는, 좁고 어둡지 않습니다. 아, 육손도 그런 대사를 했는데. 세상이, 세계가 투명해 보이고⋯.

이상란 : 그 부분은 제 마음에도 확 들어왔어요, 온 세계가 유리처럼 투명해지면서, 그 동안 자기가 잘못 죽인 동물들이 다 보인다고요. 어떤 깨달음의 정점이라 할까요. 세계가 투명하게 보이는 순간이 오는 거죠.

이강백 : 그렇습니다. 김두를 실수해서 죽였다, 고의가 아닌 단순한 사고였다, 그렇게 시작됐던 죽음의 문제가 점점 깊이 들어가서, 인간이 생존을 위해 빼앗은 생명들에 대한 보상은 어떻게 해야 하느냐? 그런 문제까지 연결된 것입니다.

이상란 : 그 장면이 육손을 가장 잘 드러낸 것 같아요. 어디 있더라, 제가 접어뒀는데⋯ 아, 여기 있네요.

육 손 : 어느 날인가, 그날도 나는 생각에 잠겨 있었는데… 지하 독방의 단단한 벽이 유리처럼 투명해졌네. 하늘도 보이고 땅도 보였지. 하늘에는 내가 죽인 온갖 가축들이 가득 차있었고, 땅의 한복판에는 내가 죽인 사람이 있었네.

이층여자 : 꿈을 꾼 걸까요?

이층남자 : 글쎄, 환상을 보았나…?

육 손 : 그러자 나는, 내가 사람을 잘못 죽였듯이 온갖 가축들을 잘못 죽였음을 깨달았네. 소가 나를 욕하지 않았고, 돼지가 나를 비웃지 않았으며, 오리와 닭이 나를 손가락 여섯 개라고 놀리지 않았는데, 나는 아무 잘못 없는 그들을 죽인 걸세.

오 두 : 감옥이란 헉, 그런 곳이지. 오래 갇혀 있으면 헉헉… 현실감이 없어져. 그래서 생각하는 게 비현실적인 꿈같고, 헉, 환상 같지.

육 손 : 나는 내가 잘못 죽인 그들에게 진심으로 속죄하고 싶었네, 그래서 기꺼이 내 목숨을 바쳤지. 그러자 그들이 다시 살아났네! 모두 다시 살아나 기쁨에 넘쳐 춤을 추고 노래를 불렀네!

그러면서, 육손이 일어나서 춤을 춰요. 이때, 육손의 마음이 관객들 가슴에 와서 닿을 수 있다면 작품이 성공하는 게 아닐까요.

이강백 : 이때, 하늘에는 일곱 색깔 무지개가 뜹니다.

이상란 : 골목길에는 사람들이 손뼉을 치며 함께 춤을 추지요. 이 장면이 이 작품의 정점인데요, 정말 아름답거든요. 바로 이게 매혹적이죠, 선생님한테?

이강백 : 하하, 하하하. (웃음) 무지개는 곧 사라집니다. 더구나

춤추는 사람들은 무지개를 보지 못합니다. 그들은 육손과 함께 도살장에서 일했던 동료들인데, 원인불명의 질환으로 실명했습니다. 도살장 골목길을 드나드는 부녀회장과 부녀회원들, 시청 직원, 이층집 남자와 여자, 죽은 김두의 의붓자식들인 형과 아우, 그 누구도 육손의 속죄에는 관심 없습니다. 그래서 매혹적인 세계는 모두에게 다 공유되지 않는, 굉장히 폐쇄적인 세계입니다.

이상란 : 자기 자신의 생각 회로에 빠질 때 그렇게 될 수 있죠.

이강백 : 제 생각엔 인간은 하루에도 수십 번 죄를 짓고 삽니다. 이렇게 죄 짓기는 쉬운데, 그것을 갚기란 정말 어려워요. 더구나 직접 갚기는 거의 불가능합니다. 이런 생각하면서 시간 낭비할 극작가는 없으니까, 제가 그나마 〈죽기살기〉 같은 작품을 쓴 것이지요.

이상란 : 아뇨, 제가 그런 징후는 초기 작품부터 읽었어요. 선생님에게는 절대적인 도덕원칙에 대한 치열함이 있어요. 초기 작품 〈다섯〉부터 시작해서, 〈내마〉에서 정점을 이루고 그것이 계속 반복이 되잖아요. 〈죽기살기〉에 오면, 가해자로서 죽음에 대해 책임지려는 그것 자체는 너무 아름다운데, 자기 자신을 부정하는 그런 방향이어서… 그 도덕성의 끝은 어디일까요?

이강백 : 육손의 자기처벌이 자신을 부정하는 것은 아닙니다. 오히려 최상의 긍정일 수 있어요. 하지만 그런 행동이 사람들의 조소거리가 됨으로서, 최상의 긍정은 빛을 잃었습니다. 육손은 촛대로 자신의 눈을 찔러 실명합니다. 도살장 동료들처럼 어둠속의 세

계를 받아들인 것이지요. 이렇게 자신의 눈을 찌르는 형벌은, 누구나 곧 연상할 인물이 있어요.

이상란 : 오이디푸스 말씀인가요?

이강백 : 네, 맞습니다.

이상란 : 그런데 저는 육손이 눈을 찌를 필요가 없다고 생각해요. 지금껏 진실이라 믿고 보아온 것이 모두 허상이었음을 깨달은 순간 눈을 찌르는 오이디푸스와는 달리, 육손은 감옥에서의 깊은 사색 속에서 이미 유리처럼 투명한 세계를 봤어요. 그래서 그 세계를 본 눈을 찌르는 것은 육손에게는 불필요한 사족 같아요.

이강백 : 물론 그가 이미 봤던 투명한 세계는 눈을 실명해도 소멸되지 않겠지요. 그러나 다른 사람들은 보지 못하는 세계라는 점에서, 육손의 눈 찌른 행위는 그들과 같은 인간이 되겠다는 것을 의미합니다.

이상란 : 육손은 이전의 인물들과 다른 점이 있어요. 예컨대, 내마 같은 인물은 도덕성의 순수한 표본이죠. 내마는 인간을 어떤 목적을 위한 수단으로도 쓰지 않지요. 정의를 위해 실성을 죽이려고 했지만 그것마저 지연해 실패하거든요. 육손은 사람을 죽였죠. 비록 실수 때문이었지만. 그런데, 육손은 그 살인죄를 통해서 지금까지 도살장에서 저지른 자기의 모든 죄를 인식하고, 투명한 세계를 보게 돼요. 그런 인식에 도달하는 인물은, 어떻게 보면 자기 안에 있는 그림자도 통합해낼 수 있는 인물이에요. 그러니까, 내마보

다 성장한 모습이라고 할까요. 내마는 자기 안의 그림자를 안 보죠. 그렇기 때문에 너와 나를 구분하면서, 실성을 포용 못하잖아요. 자기 안의 그림자를 보지 않는 내마의 모습은 절대적인 도덕의 순수한 결정체로 머물지만, 육손은 자기 안에 있는 그림자를 다 끄집어내서 직면하는 사람이에요. 그러니까, 자기가 죽인 모든 동물들까지 바라보면서 자신 안에 있는 살해에 대한 욕구, 이 모든 것들을 끌어안으려고 하는. 그래서 자기 처벌로서 죽기를 바라는데, 그것도 받아들여지지 않으니까, 오히려 여기에 있는 모든 사람들, 동료들이 있는 일상의 차원으로 자기를 내려놓으려고 하죠, 그것이 저는 상당히 성숙한 모습이라고 봐요.

그런데, 이 인물에 대해서 사람들이 공감하기 어렵다는 거죠. 육손이라는 인물이 현자에 가깝기 때문에, 관객들이 동일시할 수 없거든요. 결점이나 부족한 점이 있는 인물이어야 그 하마르티아를 통해서, 관객들이 들어갈 수가 있는데, 육손이는 그 스스로 완성돼 있는 인물이에요.

이강백 : 이 작품의 제목이 〈죽기살기〉입니다. 사생결단의 각오를 하고 무엇인가 할 때, 죽기살기로 한다고 하지요. 어쨌든 죽기살기로 작품을 쓰는 것은 이것이 마지막이다….

이상란 : 아, 그래서 선생님은 침묵하셨군요. 그게 몇 년도인지 기억이 안 나는데, 제가 선생님을 극장에서 만난 적이 있어요. 이윤택 씨가 쓰고 연출한 조선시대 과학자 장영실이 나오는 작품인데….

이강백 : 〈궁리〉 말씀인가요?

이상란 : 예, 그때 〈궁리〉(2012년 4월 24일~5월 13일, 국립극단 백성희장민호극장)를 우연히 선생님과 나란히 앉아서 봤어요. 휴식시간에 선생님과 이런 저런 말씀을 나누었는데, 그때 꿈 이야기를 하셨어요. 작품을 발표했는데, 아무도 재미있다고 말하는 사람이 없는, 굉장히 곤혹스런 꿈을 꾸신다고요. 그때 저는 원숙한 극작가한테도 이런 두려움이 있구나 하고 생각했어요.

이강백 : 작품 쓰지 않는 동안 그런 꿈을 자주 꿨습니다. 작품을 쓰지 않으면, 공연하는 꿈도 꾸지 말아야 할 텐데…

이상란 : 저는 선생님이 작품을 계속 쓰시는 줄 알았죠.

이강백 : 그 누구에게도 작품 중단했다는 말을 못 했어요. (웃음) 피아니스트는 연주회가 없는 날에도 몇 시간씩 피아노를 칩니다. 매일 그렇게 하지 않으면 소위 음감(音感)이 떨어져서 결국은 연주회를 못해요. 극작가 역시 매일 쓰지 않으면 극감(劇感)이 떨어져요. 그래서 결국은 작품을 쓸 수 없습니다.

이상란 : 무슨 말씀인지 이해 돼요. 제가 아는 피아니스트는, 매일 아홉 시간씩 연습한다고 하더군요.

이강백 : 저는 극작과 학생들에게 작품은 엉덩이가 쓴다고 말합니다. 매일 책상에 앉는 습관을 강조한 것이지요. 무슨 놀라운 영감을 받거나 아이디어가 생겨야만 책상에 앉겠다는 건, 아무 것도 쓰지 못할 확률이 높습니다. 새벽, 아침, 낮, 저녁, 밤, 자기 자신에 맞는 시간을 정해 놓고 앉아 있으면, 무엇인가 생각나서 쓰게 됩니다.

이상란 : 그건 공부하는 사람도 마찬가지에요.

이강백 : 그렇습니다.

이상란 : 선생님은 어쩌다가 다시 책상에 앉으셨어요?

이강백 : 작품을 쓰지 않고 일 년쯤 지날 무렵입니다. 왜 작품을 써야 하는가, 생각할 시간을 갖기 위해서 중단한 것인데… 아무 것도 쓰지 않으니까 아무 생각도 안 하고 있더군요. 쓰지 않고는 생각할 수 없다는 것, 그것이 저를 설득해서 다시 책상에 앉도록 했습니다. 저는 머릿속이 텅 빈 채 앉아 있다가… 오랫동안 서랍에 넣어 두었던 미완성 작품을 꺼냈습니다.

이상란 : 어떤 작품인가요?

이강백 : 〈즐거운 복희〉입니다.

이상란 : 희곡전집 8권에는 〈챙!〉이 〈즐거운 복희〉보다 먼저 수록되어 있어요.

이강백 : 〈즐거운 복희〉를 쓴 다음 〈챙!〉을 썼는데, 공연은 〈챙!〉이 먼저여서 수록 순서가 바뀌었습니다.

이상란 : 희곡전집 8권 머리글을 보니까 〈즐거운 복희〉를 일곱 번 고쳐 썼다고 하셨어요.

이강백 : 네. 매일 책상에 앉는 습관이 되려면, 작품을 고치고 또 고치는 것이 가장 좋은 방법이지요. 제목도 여러 번 고쳤는데, 처음 제목은 〈하나를 둘러싼 여섯〉입니다. 중심인물인 복희는 등장하지 않고, 여섯 명의 주변 인물들이 복희를 만들어가는 과정을 보여줍니다. 비가시적 인물이 주인공인 연극을 시도한 것인데… 고치고 고쳐도 잘 되지 않았습니다.

이상란 : 〈물속의 불 타는 집〉이라는 제목도 붙였었죠?

이강백 : 아, 그 제목을 아시는군요!

이상란 : 남산 아트센터 2014년 시즌 프로그램 북에 선생님을 인터뷰한 김주연 씨가 그렇게 썼어요. 이성열 연출가와 협의해서 최종 제목을 〈즐거운 복희〉로 바꿨다고요. 저는 〈물속의 불 타는 집〉이 이 작품의 핵심 이미지와 연결되어 흥미로웠는데, 제목을 바꾼 구체적인 이유가 무엇인지 궁금해요. 하지만 다음 대담에서 듣기로 하죠. 지금은 저녁 7시 30분, 오늘 대담을 마칠 시간이에요.

이강백 : 셰에라자드는 아침 해가 뜰 때 이야기를 마치고, 우리는 저녁달이 뜰 때 대담을 마칩니다. (웃음) 다음 대담을 기대하십시오. 〈즐거운 복희〉의 궁금한 이야기는 계속 됩니다.

이상란 : 네. 감사합니다.

열한 번째 대담

희곡전집 8권 <small>(2004~2014)</small> 하반기 작품

챙!
즐거운 복희
날아다니는 돌

극단 백수광부, 〈즐거운 복희〉 포스터

열한 번째 대담

이상란: 오늘은 이강백 선생님과의 대담 마지막 날입니다. 날짜는 2018년 7월 10일, 지금 시각은 오후 3시, 장소는 서강대학교 정하상관에 있는 제 연구실이지요, 대담을 시작한 날이 2017년 3월 28일이었으니까 굉장히 긴 여정이었어요. 시작부터 대담들을 채록한 박상준 씨가 마지막까지 참석해서 수고합니다. 선생님은 작품을 공연한 다음 출판하죠. 그렇게 출판된 희곡전집이 모두 8권인데, 물론 선생님은 계속 작품을 쓰고 계시니까 희곡전집이 더 나오겠지요. 그러나 희곡전집 8권의 〈챙!〉, 〈즐거운 복희〉, 〈날아다니는 돌〉에 이르면, 이강백 작품 세계가 모아지는 느낌이 들어

요. 지난 번 대담 때, 선생님은 이런 말씀을 하셨어요. 여러 사람들이 '왜 이 작품을 썼는가?' 묻더라고요. 저 역시 대담할 때마다 같은 질문을 했어요. '근본적으로 선생님이 희곡을 통해서 무슨 말씀을 하시고 싶었는가?' 그리고 그 질문은 선생님의 희곡을 읽는 독자들, 공연을 보는 관객들 모두가 하겠죠. 그 질문에 대한 대답으로서, 대담들이 조금이나마 보탬이 되었으면 좋겠어요.

이강백 : 저도 그렇게 생각합니다.

이상란 : 선생님 작품 〈뼈와 살〉이라든지, 〈영월행 일기〉, 〈느낌, 극락같은〉, 이런 작품들에서는 보이지 않는 세계에 대한 깊은 천착을 읽어낼 수 있어요. 그리고 〈챙!〉에서도 함석진의 부인과 아이들, 그리고 오케스트라 단장인 박한종 모두 '함석진은 없지만 있다'고 하죠. 우리들에게 보이지 않고 들리지 않지만 여실히 존재하는 세계에 대해서 선생님은 오랫동안 천착해 오셨는데 그 근본적인 이유가 무엇일까요?

이강백 : 제 희곡은 읽을 때는 잘 느껴지지 않지만, 공연하면 분명히 느껴지는 비가시적 인물이 있습니다. 첫 작품 〈다섯〉의 경우 비가시적 인물은 선장이지요. 관객들은 배 밑의 등장인물들을 바라보면서 또 하나의 시선, 선장이 그들을 감시하고 있다는 것을 느낍니다. 그래서 선장은 등장하지 않는 비가시적 인물인데도 무대 위의 가시적 등장인물보다 존재감이 큽니다. 희곡 〈셋〉에는 장님 아버지들과 아들의 죽음 놀이를 "협잡이다! 사기다!" 야유하는 구경꾼들이 비가시적 인물이지요. 그런데 그 연극을 보는 객석의 관객들도 구경꾼입니다. 그래서 관객들은 연극이 진행하면서 죽음 놀이의 비가시

적 구경꾼들과 자기들이 같음을 의식하게 됩니다. 〈알〉의 알은 그 속에 든 것이 공룡인지 임금인지 불확실하다는 점에서 비가시적입니다. 〈파수꾼〉에는 비가시적 이리 떼가 있습니다. 망루에 올라간 소년 파수꾼은 그 이리 떼가 실제로 존재하지 않는다는 것을 '눈으로' 봤습니다. 그런데 마을의 질서는 그 비가시적 이리 떼로 만든 것입니다. 〈결혼〉에서는 온갖 물건들을 빌려 줬다가 되돌려 받는 주인이 비가시적이지요. 〈다섯〉의 보이지 않는 선장처럼 온갖 물건의 주인도 관객들에게 보이지 않지만 강한 존재감이 있습니다. 이렇게 초기 작품부터 나타나는 비가시적 현상은 중기 작품은 물론 후기 작품에서도 나타납니다.

저는 처음엔 그런 비가시적 현상을 의식 못했습니다. 저도 모르게 나타나는 것이어서 의식할 수 없었지요. 하지만 반복해서 나타나니까 주목하게 되더군요. 인생에는 뭔가 시종일관 변하지 않으면서 삶을 지탱해 오는 것이 있습니다. 그것은 제가 세상에서 '제외된 자'라는 인식입니다. 다시 말하면, 저는 세상에서 무시당한 존재, 그러니까 보이지 않는 존재지요. 그러므로 '제외된 자'가 할 수 있는 일은 보이지 않는 세계를 끊임없이 드러내는 것입니다. 그리고 그것은 보이는 세계의 사람들을 향한 항의이기도 합니다. "보이지 않는다고 없는 것은 아니다. 보이지 않는 것도 가치가 있고 아름다움이 있다." 이영미 선생님은 제 작품들이, 어떤 규칙이 있는 것처럼, 보이는 세계와 보이지 않는 세계를 왔다 갔다 반복하는 패턴이 있다고 지적했습니다. 제 작품의 비가시적 인물만이 아니라 비가시적 세계를 본 것입니다.

이상란 : 지난 번 대담에서 선생님은 〈즐거운 복희〉[30]를 여러

---

30) 2014년 8월 26일~9월 21일, '남산예술센터'와 극단 '백수광부' 공동제작.

번 고쳤다고 하셨어요. 비가시적 인물을 형상화하기 위해 일곱 번이나 고쳐 썼는데 잘 안 됐다면서 아쉬워하셨죠.

이강백 : 그렇습니다. 복희를 등장시키지 않고, 작품의 중심인물이 되도록 시도했었지요. 그러니까, 가시적인 주변 사람들로 비가시적 복희를 표현하면, 복희가 이런 인물로도 해석되고, 저런 인물로도 해석되고, 각자 보는 관점에 따라서 해석의 폭이 커집니다. 하지만 몇 번이나 고쳐도 만족스럽게 되지 않았어요. 희곡의 구조는 건축물의 구조와 흡사합니다. 기둥을 고치면 지붕이 무너지고, 바닥을 약간 넓히거나 줄이면 사방 벽을 뜯어내야 합니다. 그러니까 희곡을 고쳐 쓰는 것은, 부분적인 수정을 하려다가 전체적으로 다시 쓰게 됩니다.

〈즐거운 복희〉는 고치고 고쳐도 만족스럽지 않아서, 결국엔 절충 방안으로, 복희가 혼자 등장하는 막간극을 따로 써서 막(幕) 사이마다 삽입했습니다. 그래서 5개의 막으로 구성된 이 작품에 4개의 막간극이 들어간 것입니다.

이상란 : 저는 그 막간극이 흥미로웠어요. 막간극에 나타나는 복희의 현존과 막 안의 복희를 둘러싼 다양한 시선, 그 사이의 갈등과 균열을 통해 관객의 머릿속에서 복희라는 인물이 입체화되는 효과가 있었거든요.

이강백 : 하지만 막간극이 좋지 않다는 의견도 있었습니다. 막간극이 없어도 연극이 진행될 수 있다, 이미 한 말을 또 하는 것 같다, 관객들이 이해 못할까 염려한 극작가가 쓸데없는 것을 지루하게 덧붙였다… 심지어 어떤 관객은, 작품을 안 쓰더니 완전히 감이

떨어졌다고 하더군요. 가슴이 뜨끔했습니다. 그런데, 복희가 혼자 등장하는 막간극이 효과적이었다는 관객들도 있었어요. 복희가 나올 때마다 극이 한 단계 씩 상승했다는 것입니다.

이상란 : 〈즐거운 복희〉는 드라마센터에서 공연하기를 바라셨죠?

이강백 : 네. 드라마센터는 저의 첫 작품 〈다섯〉을 공연했던 극장입니다. 작품 쓰기를 중단했다가 다시 시작하는 의미에서, 〈즐거운 복희〉의 공연을 드라마센터에서 하고 싶었지요. 그런 상징적 의미도 있었지만, 반드시 드라마센터를 바랐던 실제적인 이유가 있었습니다. 〈즐거운 복희〉의 극적 공간인 호수를 표현하려면, 그러니까 관객들에게 깊은 호수를 속을 바라보는 느낌을 갖게 하려면, 드라마센터의 돌출 무대가 가장 적합합니다. 드라마센터는 관객석 아래쪽에 무대가 돌출되어 있어서, 관객들은 경사진 관객석에 앉아 그 무대를 내려다봅니다. 그런데 프로시니엄 무대는, 관객이 연못이라든가 호수를 보는 느낌을 주기가 어렵습니다.

이상란 : 이 작품은 호수가 실질적인 주인공이죠. 그 호수는 복희 내면세계의 은유이기도하구요. 선생님은 의도적으로 막간극에 등장하는 복희와 호수의 이미지를 오버랩시켜요. 복희 내면 풍경의 변화를 일렁이는 호수의 푸른 물결, 보름달에 비친 호수 등으로요. 특히 인상에 남는 건 4막에서 재섭이 죽은 후 복희의 눈물과 절망의 몸부림이 호수가 뒤집혀내는 폭풍우로 은유되어 무대를 압도하는 부분이지요.

마지막 막간극의 공간은 복희의 펜션이지만 그 안을 호수의 어둠과 차가움이라는 물질성으로 채움으로써 '호수와 집'이 하나로 겹쳐져 극의 중심 메타포를 형상화하고 있지요. 그걸 위해 김창국 씨는 무대를 효과적으로 디자인했어요. 깊은 호수 속 같은 절망의 심연 그곳에 전수지가 분한 복희는 물에 흠뻑 젖어 떨면서 집에 불을 지르기 위해 촛불 여러 개를 들고 들어오지요. 이 장면에서 물과 불, 어둠과 빛, 절망과 희망이 '물속의 불타는 집'이라는 대극합일(對極合一)의 이미지로 압축되지요.

이강백 : 마지막 결말에 대해 이성열 씨는 많이 고민했습니다. 결말을 관객들에게 맡기면, 복희가 불 지른 펜션에서 죽었다고 생각할 관객들이 있을 텐데, 그것은 비극이 되리라는 예측에서 벗어나지 않는 뻔한 결말이다, 괴로운 복희가 즐거운 복희로 반전(反轉)되는 결말이 필요하다, 복희의 떠나는 모습을 확실히 보여줘야 한다는 것입니다. 저는 이성열 씨 의견에 동의했어요. 하지만 희곡집에 수록한 〈즐거운 복희〉는 결말이 분명하지 않습니다. 펜션 화재에서 죽었는지, 아니면 떠났는지, 상상에 맡겼지요.

이상란 : 2016년 공연을 볼 때, 세월호 사건과 겹쳐 보여 몹시 괴로웠어요. 물속에 잠겨 있는 재섭을 건져 달라고, 시신이나마 뭍에 묻을 수 있게 해 준다면 자신의 모든 것을 주겠다고, 애절하게 절규하는 복희를 보며 관객들은 가슴이 아팠어요. 세월호 침몰로 집단적 우울증에 빠져 있던 관객들에게 그 절규는 절실히 다가왔기 때문이죠. 만약 무대에서 복희 마저 죽는다면 관객들은 더 슬프고 괴로웠겠지요. 그런데, 마지막 결말에서 복희가 가벼운 등산복 차림으로 즐겁게 떠납니다. 이성열 연출이 선택한 결말이 당시에는 관객에게 위안이 되었어요.

이강백 : 그렇게 겹쳐 보신 분들이 많았습니다. 세월호 침몰로 전 국민이 애통하는 때여서… 복희가 물속에 있는 재섭의 시신을 건져 달라 애원하는 것이 예사롭게 보이지 않았지요.

이상란 : 나팔수 재섭은 무대에 등장하지 않죠. 그러나 그의 나팔소리가 무대를 채우기도 하고, 관객의 귀를 자극하면서 존재 감을 드러내요. 다른 사람들이 그를 언급한다든가, 복희가 그를 사 랑하면서 변화해 가는 과정이라든가, 간접적인 효과에 따라 재섭 이라는 존재가 뚜렷하게 인식돼요. 선생님께선 이 작품에서 시도 하신 비가시적인 인물은 복희라고 하셨는데, 실제로는 재섭이 비 가시적 인물이 되었네요.

이강백 : 처음 이 작품에는 나팔수 재섭은 가시적 인물입니다. 무대에 직접 등장하는 인물이었는데, 복희를 가시화 하면서 재섭 은 비가시화 했지요. 그러니까, 복희가 비가시적인물이었다가 가시 적 인물이 되면서, 재섭이 비가시적인 인물로 뒤바뀐 것입니다. (웃 음) 일곱 번 고치면 이렇게 다 바뀌져요. 물론 그냥 바꾼 것은 아닙니 다. 나팔 소리는 귀에 들리지만 눈에는 보이지 않습니다. 즉, 소리의 비가시성이 재섭의 비가시화를 유도했습니다. 재섭은 온갖 나팔들, 트럼펫도 불고, 클라리넷도 불고, 입으로 불어서 소리 나는 악기라면 모두 연주할 수 있는 인물입니다. 그런데 온갖 나팔들이 한꺼번에 소 리를 낸다면, 아마 그 소리는 엄청난 불협화음이겠지요. 재섭이 죽은 다음 호수 속에서 온갖 나팔 소리가 들립니다. 죽은 사람이 호수에서 나팔을 불고 있다는 것은 현실적으로는 불가능합니다. 그러나 재섭 의 죽음을 애통해 하는 복희에게는 그 소리가 뚜렷하게 들립니다. 그 소리는 화음이 아니라 굉장한 불협화음이지요. 왜냐하면 지금 복희

의 심정이 괴롭기 때문입니다. 이런 것들은 재섭이 죽기 전부터 비가시적 인물이어야 더 효과가 있습니다.

　　이상란 : 〈즐거운 복희〉의 등장인물 자서전 대필가 박이도는 "이야기가 사람을 만들고, 사람이 이야기를 만든다"고 하는데요, 그 말은 원래 선생님이 늘 하셨죠. 그리고 그 말은 이 작품의 주제와 밀접한 관련이 있기에 선생님께서 직접 자세하게 말씀해 주시겠어요?

　　이강백 : 네. 저는 이야기꾼이 되려고 극작과에 입학한 신입생 오리엔테이션 시간에 항상 이렇게 말했습니다. "태초에 이야기가 있었다. 이야기가 사람을 만들고 세상을 만들었다. 이야기가 없어지면 종말이 온 줄 알아라. 사람이 사라지고 세상도 사라진다." 그러니까, 짐작하시겠지만, 기독교 경전인 요한복음 1장 1절과 3절의 "태초에 말씀이 있었다. 모든 것이 그를 통하여 생겨났으며 그를 통하지 않고 생겨난 것은 하나도 없다"를 빗대어 말한 것입니다. 극작가인 저는 말씀을 이야기로 바꿨습니다. 유대교 경전인 구약의 창세기도 사람과 세상을 만든 이야기입니다. 그 이야기를 통해서 이스라엘 민족은 자신의 정체성을 만들었어요. 모든 민족에게는 그 민족의 정체성을 만드는 이야기가 반드시 있습니다. 그 이야기를 말살해버리면 그 민족의 정체성이 와해됩니다.
　　저는 〈즐거운 복희〉 공연 팸플릿에 이렇게 썼습니다. "인간이 모여 사는 곳에서 '나'라는 존재는 나 혼자 만든 것이 아니다. 부모를 비롯한 가족의 기대가 만든 존재이기도 하고, 학교라든가 회사 등 사회적 요구에 의해 만든 존재이기도 하며, 국가의 정책이 만든 존재이기도 하다. 그렇게 만들어진 내가 '나' 자신과 갈등이 크지 않다면 즐겁고 행복할 수 있다. 하지만 갈등이 너무 크면 '나'는 괴롭고 슬픈 불행한 삶을 살게 된다."

복희는 장군의 딸입니다. 무남독녀지요. 장군은 퇴역한 후 아름다운 호수 옆에 신축한 펜션을 구입해서 딸과 함께 여생을 보내려고 합니다. 그러나 장군은 곧 죽고 호수 옆 언덕에 묻힙니다. 아름다운 호수에는 여러 채의 펜션들이 있는데, 펜션 주인들은 복희가 매일 슬픈 얼굴로 장군의 무덤에 가기를 바랍니다. 그래야 슬픈 복희 이야기를 듣고 장군을 존경했던 많은 부하들이 참배하러 와서 펜션에 묵을 것입니다. 처음엔 복희도 아버지를 여읜 슬픔으로 무덤에 갔습니다. 그러나 언제나 슬픈 복희일 수는 없지요. 장군 부대의 나팔수였던 재섭을 사랑하면서, 재섭과 함께 서울로 가서 즐거운 복희가 되어 살고 싶었어요. 그러자 펜션 주인들은 복희를 떠나지 못하도록 방해하고, 나팔수 재섭은 호수에 빠져 죽습니다. 슬픈 복희 이야기는 계속 이렇게 만들어집니다.

이상란 : '슬픈 복희'는 융의 용어를 빌리자면 '페르조나'라고 볼 수 있지요. 복희를 바라보는 시선들은 복희를 주조하는 사회적 환경인데 더 중요한 것은 복희가 그것을 내면화한다는 사실이에요. 그런데 재섭이 복희를 그 페르조나로부터 해방시키는 역할을 해요. 재섭은 한 번도 무대 위에 등장하지 않기 때문에, 어떻게 보면 복희 내면에 있는 소리라고 저는 생각 했어요. 자기의 중심으로부터 울려나오는 소리… 절망의 심연에서 복희가 자기 펜션을 불태워 그 안에서 죽음을 선택하겠다는 결정을 하는 절체절명의 순간에도 강력한 내면의 소리를 듣게 돼요. "어서 이곳을 떠나라! 재섭의 나팔 소리는 이곳을 떠나서 행복하라는 것이다!" 바로 그 소리를 듣는 순간이 이 작품의 절정이죠.

이강백 : 아니, 선생님 말씀을 듣고 보니까, 〈즐거운 복희〉가 나쁜 작품은 아니군요! (웃음)

이상란 : 5년간 침묵한 다음이어서 선생님의 기대가 너무 컸던 것 같아요. 그런데 작품을 고쳐 쓰시면서 내용도 바꿨고 제목도 바꿨어요. 처음에는 〈하나를 둘러싼 여섯〉이었다가 〈물속의 불 타는 집〉으로 제목을 바꿨고, 나중엔 〈즐거운 복희〉가 된 것이죠. 저는 아직도 〈물속의 불 타는 집〉이 훨씬 좋다고 생각해요. 이 작품의 핵심 이미지와 맞거든요.

이강백 : 저에겐 아쉬움이 컸는데… 그 말씀을 들으니 더 아쉽군요!

이상란 : 〈즐거운 복희〉보다 〈챙!〉[31]이 약 4개월 먼저 공연 됐어요. 그리고 신문과 방송의 공연 리뷰도 호평이었고 관객 반응도 좋았죠. 〈챙!〉은 언제 쓰신 작품인가요? 이 작품도 침묵 기간에 쓰셨는지…?

이강백 : 〈즐거운 복희〉를 마치고 바로 썼습니다. 〈즐거운 복희〉에서 만족스럽지 않았던 비가시적 인물을 다시 형상화해 보려고요.

이상란 : 〈챙!〉은 그 형상화에 성공하신 것 같아요. 함석진은 무대에 등장하지도 않는데 굉장히 따뜻하고 생생하게 느껴졌어요.

---

31) 2014년 5월 8일~6월 8일, 공동연출 임영웅 · 심재찬, 소극장 산울림.

이강백 : 네. 저도 만족합니다.

이상란 : 함석진은 오케스트라의 심벌즈 연주자죠. 이런 인물을 어떻게 생각해내셨어요?

이강백 : 십여 년 전인가 제가 극작과에 있을 때입니다. 어떤 신문에서 오케스트라 타악기 연주자들에 관한 기사를 읽었는데, 마침 극작과 학생들의 희곡 창작 실습 과제를 찾던 중이었습니다. 저는 그 기사를 복사하여 학생들에게 나눠주며, "매우 좋은 소재다. 한 학기 동안 60매 안팎 단막극으로 써라" 그랬지요. 그런데, 이상하게도 그것을 작품으로 완성해서 낸 학생이 한 명도 없었어요. 수업 시간에 들었던 학생들의 가장 큰 애로사항은, 심벌즈는 자주 연주되는 악기가 아니어서 연주자를 주인공으로 삼기에 부적합하다는 것이었지요. 저는 오히려 그 점이 주인공이 되기에 적합하다고 주장했습니다. 정년퇴임한 후에 저는 그 과제를 제가 해야겠다고 결심했어요. 희곡 창작 실습을 했던 학생들에게 늦게라도 본보기를 보여주고 싶었지요.

이상란 : 아-"이렇게 쓰는 거야!"하고 싶었군요. (웃음)

이강백 : 네. 극작과 퇴임 교수가 졸업생들에게 "이렇게 쓰는 거야!" 큰 소리를 치려구요. (웃음) 그래서 두 달 만에 쓴 작품인데, 이렇게 쉽게 쓸 수 있었던 것은 그 과제를 마음속에 오래 묵혀 두고 생각했기 때문입니다.

이상란 : 〈즐거운 복희〉 쓰시면서 선생님이 너무 오래 공을

들여서인지, 작품에 잔뜩 힘이 들어가 있어요. 작가의 메시지가 너무 직접적인 면이 있었고… 그런데 〈챙!〉은 많은 부분을 비워놓아서 가볍게 느껴져요. 그러면서도, 마음으로 느낄 수 있는 부분들이 많았죠.

이강백 : 야구에선 어깨에 힘을 주지 않고 쳐야 홈런이 된다고 하더군요.

이상란 : 그렇죠. 힘 빼는 게 모든 운동의 핵심인 것처럼, 선생님이 힘주지 않으면서 펼쳐 놓은 이야기에 관객들이 자연스럽게 합류할 수 있었어요. 산울림 소극장 공연에 며칠 있으면 해외에 나가서 학술 발표를 해야 되는 어떤 이과대 교수님이랑 함께 갔었는데… 영어로 써야 할 발표문을 다 못 쓰신 상태였고, 또 연극 관람을 자주 하시는 분도 아니죠. 그런데 그분이 〈챙!〉을 마음 편안하게 보면서 환하게 웃고 있는 거예요. 그래서 저는 그 이유가 뭘까 생각해 봤어요. 일단 함석진이라는 인물, 무대에 한 번도 등장하지 않지만, 그 사람은 심성이 따뜻하고, 삶에 대해서 성실하고, 뭔가 통찰력이 있고, 그러면서도 또 우리랑 크게 다르지 않았어요. 잘난 사람이 아니라, 인생에서 끊임없이 기다려야 하는, 어느 절정의 순간을 기다려야 하는 우리 보통 사람들이랑 비슷하다는 거죠. 우리 삶이 그렇게 대단치가 안잖아요. 그럼에도 불구하고, 그 대단하지 않은 삶에 뭔가 의미가 있다. 그 한 번 '챙!'하는 소리가 오케스트라 연주 전체에 생명을 불러일으킬 수 있다, 그런 의미가 있다는 게 설교하지 않았는데 그냥 와서 탁 느껴졌어요. 보이지 않으면서도 따뜻하게 감싸주는 느낌, 그래서, 별 볼 일 없는 내 삶이지만, 내 삶에도 그런 '챙!'하는 순간들이 있었고, 앞으로도 어쩌면 있을지

모르겠다는 생각이 들게 해서 좋았죠.

　　이강백 : 〈챙!〉과 〈즐거운 복희〉는 두 작품 다 우연하게도 세월호를 연상하게 하는 공통요소가 있습니다. 〈챙!〉의 경우는 심벌즈 연주자 함석진이 행방불명된 실종자이고, 〈즐거운 복희〉는 나팔수 재섭이 호수의 깊은 물속에 빠져 시신조차 건지지 못 합니다. 물론 두 작품 다 세월호 침몰 이전에 쓴 작품입니다. 그런데 〈내마〉를 공연할 때, 등장인물들이 관(棺)을 운반하는 첫 장면이 육영수 여사의 장례식과 겹쳐 보여서 무대 현장 검열을 받는 심각한 문제가 되었어요. 시대적 중요한 사건과 작품의 공연 시기가 맞물리는 것을 피할 방법은 없습니다. 재섭이나 함석진은 실종자이고, 시신도 찾지 못하는 유가족의 아픔을 우리도 같이 겪고 있는데, 〈즐거운 복희〉는 굉장히 우울한 우리 마음을 더 무겁게 했다면, 〈챙!〉은 우리의 슬픈 마음을 따뜻하게 위로했지요. 그것은 두 작품의 지향점, 그러니까 목적이 달랐기 때문입니다.

　아까도 선생님이 몇 번이나 지적을 하셨고, 저 역시 같은 말을 했지만, 나팔수 재섭은 어떻게 보면 복희의 내면에 있는 또 하나의 복희지요. 그런데, 심벌즈 연주자 함석진은 아내 이자림은 물론 지휘자 박한종과 오케스트라 단원 모두의 내면에 있다고 할 수 있습니다. 그래서 관객들이 함석진을 자신의 내면과 결부시킬 수 있는 여지가 컸던 것 같고. '함석진은 없지만 있다'는 느낌이 '세월호 실종자는 없지만 있다'로 승화된 것 같습니다. 그리고 거기에 오케스트라 음악이 결정적인 도움을 줍니다. 음악이란 우리가 잘 알고 있듯이, 소리와 침묵으로 되어 있습니다. 오직 소리로만 된 것이 아니라 침묵도 음악이라는 것, 그러니까 보이지 않는 비가시적 인물의 존재성을 음악이 보증한 것입니다.

이상란 : 없지만 있다고 느끼는 그 무엇. 그런데, 실제로 없어도 있어요. 우리가 돌아가신 부모님과도 곁에 계시는 것처럼 대화하고 느낄 때가 있잖아요. 오케스트라 연주에서 심벌즈는 대부분 침묵하고 있죠. 그러다가 클라이막스, 절정의 순간 '챙!'하고 울려요. 이런 메시지가 관객들에게 감동적이었어요.

이강백 : 네. 관객들이 희망과 격려의 메시지로 받아주셔서, 극작가인 저는 감사합니다.

이상란 : 〈챙!〉 공연 중에서 흥미로웠던 장면이 있는데요, 이자림이 함석진을 만나지 못했던 4년간을 4분 동안 침묵으로 표현하잖아요. 사실 배우가 무대에서 아무것도 하지 않고, 4분 동안 침묵한다는 건 쉬운 일이 아니잖아요. 그런데, 그 4분의 침묵, 그게 그렇게 편안하더라고요. 그러면서도, 그 침묵 속에 굉장히 많은 이야기들이 들어 있을 것 같은, 그런 비워냄이 참 인상적이었어요.

이강백 : 이 작품에는 몇 가지 재미있는 장면들이 있습니다. 지금 말씀하신 4년을 4분으로 표현한다든지, 우리에게 친숙한 교향곡을 들려준다든지, 또 객석에서 관객 한 명을 무대 위로 올라오도록 해서 이자림의 어머니 역할을 맡긴다든지. 그런 재미있는 장면들이 관객들을 지루하지 않게 했습니다. 특히 관객의 어머니 역할이 없었다면, 객석에 있는 구경꾼으로만 머물게 될 텐데, 그 장면이 들어감으로써, 객석과 무대의 경계가 사라진 것입니다.

이상란 : 대단한 장면도 아닌데, 분위기가 확 달라졌죠.

이강백 : 그 의외의 장면 때문에. 과거를 회상하는 형식인 이 연극이 현재형으로 바뀐 효과가 있었고, 생생한 현장감이 연극에 활기를 띄게 했습니다.

이상란 : 매 번 공연마다 어머니가 되는 관객이 바뀌었나요?

이강백 : 처음 서너 번 공연에는, 관객이 잘 할 것인가 걱정이 돼서 배우를 관객처럼 위장시켰는데, 관객들이 알면서도 모르는 척 하더군요. 그래서 솔직하게 배우 아닌 관객으로 하니까 반응이 더 좋았습니다. 매번 공연마다 새로운 이자림의 어머니가 등장했는데, 가끔은 남자 관객도 그 역을 했어요. 마지막 공연에는 어린 소년이 부모와 함께 극장에 왔다가 이자림의 손에 이끌려 무대 위로 올라갔습니다. 관객들은 아연 긴장하더군요. 어린 소년이 이자림의 어머니 역을 어떻게 할지… 소년은 입을 굳게 다물고 말 한 마디 하지 않았습니다.

이상란 : 관객들이 막 웃고 그랬겠네요.

이강백 : 네. 그 장면이 이자림이 어머니를 호텔 커피숍으로 데려가 결혼 상대자 함석진을 소개하는 장면인데요, 어머니는 심벌즈를 무당이 치는 바라인 줄 착각하고 함석진을 싫어합니다. 그래서 입을 굳게 다물고 말 한 마디 않는 소년의 모습이 묘하게도 이자림의 어머니 같아 보였지요. (웃음) 매회 공연마다 그 장면에서 기적이 일어났는데, 어떤 관객이든지, 또 어떻게 하든지, 이자림의 어머니 역을 어울리게 잘 했습니다.

이상란 : 퍼포먼스에서는 관객들의 흥미를 돋우고, 현장감을 살리기 위해 우연성을 빈번하게 활용하죠. 때로 퍼포먼스는 아예 전체를 우연성에 내맡기기도 하잖아요.

이강백 : 연극에서 우발성 활용은 매우 위험한 극약처방입니다. 약이 되기도 하지만 독이 되는 경우가 대부분이지요.

이상란 : 〈챙!〉은 두 가지 버전이 있죠?

이강백 : 그렇습니다. 초연한 〈챙!〉은 2인극입니다. 함석진의 아내 이자림과 오케스트라 지휘자 박한종 두 사람이 등장하지요. 재공연은 다음 해 9월 1일부터 20일까지, 산울림 소극장에서 있었습니다. 연출은 임영웅 선생님, 이자림 역에는 손봉숙 씨, 초연 때와 다른 점은 〈챙!〉이 1인극이 된 것입니다. 이자림 혼자 등장해도 충분히 모든 이야기를 할 수 있다면서, 임영웅 선생님이 저에게 1인극 버전을 공연하자고 하셨어요. 같은 내용의 두 가지 버전, 저는 그런 경우가 드물기에 뭔가 매력을 느꼈습니다. 그래서 〈챙!〉을 1인극으로 개작했지요. 초연의 2인극 버전은 제 희곡전집 8권에 수록하였고, 재공연의 1인극 버전은 「한국 연극」(2015년 10월호)에 게재하였습니다.

이상란 : 선생님은 두 가지 버전 중에 어느 쪽이 더 낫다고 생각하세요?

이강백 : 두 자식 중에 누가 더 잘 생겼느냐는 질문 같군요. (웃음) 지금까지 〈챙!〉을 공연한 극단들은 어느 한쪽을 편애하지 않았습니다. 심지어 2인극을 해보니까 1인극도 하고 싶다는 극단도

있었어요.

이상란 : 정말 다행이군요. (웃음)

이강백 : 그렇다고 두 가지 버전의 작품을 더 이상 쓸 생각은 없습니다.

이상란 : 〈날아다니는 돌〉[32]을 즐겁게 보았어요. 무겁지 않으면서도 선생님 작품세계의 정수가 모두 모여 있는 듯한 그런 느낌이 들었죠. 선생님 희곡에서 극적 주체들이 구도자일 경우가 종종 있지요. 조당전, 문신, 서연 등등… 구도자들이 걸어갔던 길 종착점 같은 곳에 박석이라는 존재가 숲 속의 현자 같은 모습으로 등장하는 셈이지요. 서연이 쌓았던 돌이 여기에서는 허공을 날아다니며 피아노를 연주하고, 그 돌이 마치 현자의 돌, 연금술에서 말하는 라피스(Lapis) 같았어요. 현자의 돌 이미지가 이 작품에서 선명히 드러나는데, 극작가로서의 삶이 선생님에겐 구도자의 길이었던 것 아닌가요?

이강백 : 뭔가 자신의 세계 속에 깊게 들어가는 사람들은 다 구도자입니다. 그러니까, 어떤 깨달음이 해탈(解脫), 그를 자유롭게 하는 것이라고 한다면, 속박 받는 삶에서 해탈은 저만이 아니라 모든 사람들이 바라는 것이겠지요. 이 작품에서 돌은 날지 못한다는 상식으로부터 놓여나 새처럼 날아다닙니다. 특히 마지막 장면을 주목할 필요가 있는데, 돌 하나가 날아다니자 수많은 돌들, 이 세상의 모든 돌들이 날아다녀요. 이건 패러독스입니다. 저는 최인훈 선

---

32) 공연 2014년 11월 7일~16일, 극단 백수광부, 연출 이성열, 백성희장민호극장.

생의 〈봄이 오면 산에 들에〉를 굉장히 좋아합니다. 그 작품에는 엄청난 역설(逆說) 즉 패러독스가 있습니다. 한 겨울의 극한(極寒) 추위로 상징되는 삶, 문둥병에 걸려 집 나간 아내가 사랑하는 딸과 헤어질 수 없어서 밤마다 찾아와 문을 두드리는데, 남편은 "어서 가! 어서 가!"라고 외치며 가슴이 찢어집니다. 얼마나 문을 열어서 아내를 맞아들이고 싶겠어요. 그런가 하면, 딸과 결혼할 예정이었던 사위는 강제 징용 당해 멀고 먼 곳으로 성 쌓으러 가야하고, 포악한 사또는 딸에게 수청 들기를 재촉하는, 인생 최악의 상황에 몰려 있습니다. 어디를 봐도 꽉 막혀 희망이 전혀 없는 삶, 그런데 그들은 절망으로 탈출하여 자유를 얻습니다. 남편, 아내, 딸, 사위, 그들은 모두 문둥병 환자가 돼서, 그들을 속박하던 것들을 벗어던집니다. 그 추웠던 겨울이 끝나고 봄이 되었지요.

이상란 : 새싹이 돋아나고, 꽃이 피고, 깊은 산 속에서 살아있는 모든 것들과 함께 그들 가족은 행복하게 밭을 일구고 씨를 뿌려요.

이강백 : 그런데 이런 패러독스를 관객들이 어떻게 받아들일까요? 그러니까, 겨울이 봄으로 바뀌는 그 순간, 그 경계에, 건너뛰어야 하는 깊은 심연이 있습니다. 그 깊은 심연은 연극만이 아니라 모든 예술, 모든 종교, 모든 삶에도 있어요. 예를 들면 기독교에서는 십자가의 죽음이 있기에 부활이 있다고 합니다. 죽음과 부활 사이에 깊고 깊은 심연이 있는 것이지요. 누구나 쉽게 그 심연을 건너뛸 수 있다면 얼마나 좋을까요!

이상란 : 저도 예술의 전당 '최인훈 연극제'에서 극단 미추의 손진책 씨가 연출한 〈봄이 오면 산에 들에〉 공연을 아주 인상적으

로 봤어요. 마지막 장면에 무대를 두르고 있던 심연이 올라와 확 펼쳐진 봄이 된 장면이 공연 전체를 완전히 전복했죠.

이강백 : 네. 제 기억에도 남는 굉장히 좋은 공연이었습니다. 하지만 누구는 패러독스의 심연을 건너뛰지만, 누구는 심연에 빠지기도 합니다. 상식적으로, 모두 문둥병에 걸려 지독한 속박을 벗어났다는 것이 과연 봄이 됐다고 할 수 있느냐, 여전히 지독한 겨울이라고 생각할 여지가 많거든요. 〈날아다니는 돌〉에서 모든 돌들이 날아다닌다고 할 때, 그 패러독스의 심연을 건너뛴 관객 눈에는 우주 가득히 돌들이 날아다니는 광경이 보일 것입니다. 하지만 '이것은 거짓이다', '도저히 상식과 맞지 않는다', 심지어 '예술을 빙자한 사기다', 이렇게 생각할 관객도 있습니다.

이상란 : 행복한 예술적 환상이지요.

이강백 : "예술은 사기다"라고 직접 말한 예술가는 백남준 선생입니다. 하지만 그 말을 곰곰이 생각해 보면, 상식의 속박에서 자유롭게 하는 것이 예술이다, 그러니까 예술가는 누구를 납득시키려는 사람은 아닙니다. 다시 말해서, 돌이 날아다닌다고 누구를 납득시키려 한다면 그건 어리석은 자의 멍청한 짓이지요. 〈팔만대장경〉은 일언일구가 모두 진리입니다. 그런데 불가(佛家)에서는 〈팔만대장경〉을 한 자도 빠짐없이 다 외우면 부처가 된다고 하지 않습니다. 〈팔만대장경〉이 해탈의 심연 이쪽에 데려올 수는 있어도 그 심연을 건너뛰어 저쪽에 가도록 할 수는 없다는 것이지요. 심연을 건너뛰는 방법은 건너뛰려는 자만이 깨달아야 하는데, 해우소(解憂所)의 얼었던 분뇨를 휘젓는 똥막대기가 결정적인 도움이 되기도 합

니다.

그러니까, 〈날아다니는 돌〉이 제 희곡전집 8권의 마지막에 자리 잡은 것도 우연이 아닌 것 같습니다. 어찌 보면 지금까지의 제 작품들과는 전혀 다를 수 있어요. 제 작품들은 누구를 납득시키고자 무진장 애를 씁니다. 그런데 〈날아다니는 돌〉을 보면, 납득을 강요하는 듯한 느낌이 들지 않을 것입니다. 물론, 내용은 터무니없을지 모릅니다. 전생이 있고 내생이 있다. 그것을 확신할 수 있는 사람이 과연 몇이나 있을까요. 그럼에도 불구하고 이생에서 남자로 살았으니 내생에는 여자로 살겠다는 등장인물 숙부를 보면서, 고개 끄덕일 남자 관객은 많습니다. 그 숙부가 조카 이기두에게 '날아다니는 돌'이 있다고 말합니다. 국립 도서관장이었던 숙부는 그 돌을 갖고 있다가 팔았는데, 조카 이기두가 전 재산을 주고서라도 되사기를 바라지요. 지금 그 돌은 강원도 깊은 산속에 사는 박석 선생이 갖고 있다면서, 만날 때까지 열 번이고 스무 번이고 찾아가야 한다는 것입니다. 도대체 이것이 현실적으로 맞느냐 틀리느냐… 이 문제의 정답은 틀리다이지요. 그러나 틀린 것을 알면서도 맞다고 하는 것이 더 옳은 정답입니다. 틀리다에 멈추면, 좁은 현실 세계에 멈춥니다. 맞다고 하는 것이 보여 줄 비현실 세계는 현실 세계보다 몇 천 배, 몇 만 배 더 큰, 아니 무한하게 큽니다. 우리 눈에 보이는 세계가 있듯이, 우리 눈에 보이지 않는 세계가 있습니다. 득도(得道) 도통(道通)하신 분은 막힐 것이 없다고 하시는데, 바로 그 막힘없는 세계는 보이지 않는 무한한 세계겠지요.

이상란 : 그 있는 세계도, 사실은 없는 거라고 양자 물리학에서 이야기해요. 우리 눈에 이렇게 보이는 것, 온갖 것들이 형태를 갖고 있지만, 양자 물리학으로 보면 다 빈공간이라는 거죠. 우리가

있다고 해서, 있는 것도 아니고, 없는 것이 없는 것도 아니고. 그 두 세계가 완전히 이분화 되는 것 같지는 않아요. 이 작품에서 제가 특히 관심 있게 봤던 부분은 모든 돌들이 날 수 있다는 전제죠. 박석 선생이 이기두에게 보여준 날아다니는 돌도 특별한 돌이 아니라 평범한 돌이잖아요. 특별한 것에 현혹되지 말라. 평범한 것이 인식에 도달하면 그게 바로 날아가는 것이다, 자유로워지는 것이라고 가르쳐주는 박석 선생의 대사가 의미심장한 것 같아요.

그래서, 어떻게 보면 우리들은 다 돌과 같아요. 우주의 일부이고, 우주의 날아다니던 돌이 지구에 왔고, 그 돌이 지구의 생명체가 되었기에, 우리 몸과 마음속에 그 원석(原石)이 있는 거죠. 그 원석들이 빼어난 것만 중요한 것이 아니라 모든 원석들이 나름의 가치가 있는 것이기에, 모든 평범한 돌들이 다 날 수 있다는 전제가 저한테는 가슴에 와서 닿았어요. 나와 내 전인격의 중심인 그 원석과 하나가 되는 것이 각자에게 주어진 구도의 길이겠지요. 〈날아다니는 돌〉은 그 각자의 길을 응원해주는 것 같았어요.

여기에 나온 주인공 이기두가 특출한 사람이 아니라는 것도 흥미롭죠. 이 세상에서 아등바등 살아가려 하고, 경매에서 돈을 벌려하고, 평범한 연애를 하고… 그 옆에서 그림자처럼 그를 바라보며 일기를 낭독하는 이웃남자도 사실은 우리 주변에 있는 누군가와 닮았어요. 이런 평범한 인물의 설정이 관객의 눈높이에 맞춰진 거죠. 그렇기 때문에 박석 선생은 이기두에게 처음부터 단번에 진실을 가르쳐주는 것이 아니라, 숲 속의 현자처럼 하나 둘 씩 긴 과정을 거쳐 그가 체득하도록 가르쳐요. 그래서 이기두가 진실에 한걸음씩 다가갈 때마다 그 눈높이에 있는 관객도 점층적으로 진행되는 그 과정을 함께 하게 돼요.

이 과정은 선생님이 평생에 걸쳐서, 극작을 통해서 가려 했던 길과도 통한다고 생각했어요. 그 길 끝에 있는 박석 선생은 이강백 선생님이 추구하는 이상적 자아인가요?

이강백 : 하하, 아직은 박석의 위치에 못 갔어요. (웃음) 저에게 적합한 인물은 이웃남자가 맞습니다. 그러니까, 이기두를 지켜보는 자. 그리고 그 여자… 이름이?

이상란 : 김혜란요.

이강백 : 네. 이기두와 김혜란을 지켜보는 자, 제가 이웃남자입니다. 그런데 김혜란을 여성관객들은 어떻게 봤을까요?

이상란 : 세속적 욕망이 있죠. 원룸보다는 더 넓은 아파트를 바란다든가….

이강백 : 그것만이 아닙니다.

이상란 : 이 남자에서 저 남자로 가고. 결국 김혜란은 이기두가 아닌 이웃남자와 결혼해요.

이강백 : 바로 그것인데요, 김혜란의 사랑을 너무 경박하게 형상화했다고 여성 관객들은 생각할 수 있습니다. 저는 여성을 잘 알지 못하는 극작가로 낙인 찍혀 있어서, 무슨 변명을 해도 들어주지 않겠지만, 김혜란이 여성이기에 사랑을 가볍게 여긴다는 그런 뜻이 결코 아닙니다. 김혜란을 통해서 제가 관객들에게 보여주고자 했던 것은 이기두와 이웃남자가 동전의 양면 같다는 것이지요. 그러니까 한 인

물의 양면성이라고 할까요, 한 인물을 둘로 나눈 것입니다. 이웃남자가 이기두에게 청첩장을 주면서 이렇게 말 합니다.

이웃남자 : 남자가 볼 때 남자들은 다 똑같습니다. 그런데 흥미로운 건, 여자가 볼 때는 남자들이 다 다르게 보인다는 겁니다. 다시 한 번 말씀드리지만, 혜란 씨를 사랑한 우리 둘은 같습니다. 정말 아무 차이 없어요. (호주머니에서 청첩장을 꺼내준다.) 결혼 청첩장입니다. 바쁜 일이 있더라도 꼭 참석해 주시면 고맙겠습니다.

이 기 두 : (청첩장을 받으며) 아니, 이렇게 빨리 결혼을 해요?

이웃남자 : 나도 결혼은 빨리하고 싶지 않았어요. 내 인생에서 어떤 감동적인 순간, 나의 모든 것을 주고도 후회 않는 그 순간을 경험한 다음에 결혼할 생각이었죠. 이제 나는 그 순간을 포기해야 합니다. 결혼하면 아이들이 태어날 테고, 가족의 생계를 책임진 가장으로서 살아야 하니까요. 벌써 어깨가 무겁습니다.

이상란 : 심지어 이웃남자는 이기두에게 이런 말을 해요. 원룸이 즐비한 이 골목 안에 살고 있는 남자들은 모두 다 같은 존재라고요. 같은 사랑, 같은 예금 통장, 같은 맥주, 뭔가 다를 것이 없다는 거죠. 그런데, 다시 묻고 싶어요. 선생님과 박석 선생은 어느 정도 닮았나요?

이강백 : 서로 닮은 존재는 숙부와 박석 선생인데요, 제가 부러워하는 존재고, 앞으로 그렇게 되기를 바라는 모델입니다. 물론 그럴 가능성이 있는지는 미지수지만… 어쨌든 박석 선생과 비슷하게나마 되지 않으면 인생을 잘 살았다고 할 수는 없을 것 같습니다.

그냥 엉뚱한 다른 이야기를 하지요. 제가 18층 아파트의 13층에 사는데, 바로 위 14층에는 약사인 여성이 살고 있습니다. 남편과 아들과 딸, 단란한 가족을 이뤘는데, 남편은 직장에 아침 일찍 출근하고, 아들은 군대에 갔으며, 딸은 노래와 춤에 뛰어난 자질이 있어서 아이돌 가수를 길러내는 엔터테이먼트 회사의 연습생으로 합숙 훈련이 잦습니다. 그러니까, 자기 혼자뿐인 집에서 그분은 매일 한 두 시간씩 피아노를 칩니다. 그런데, 성격이 완벽주의자인지 한 곡을 완전히 마스터하고 다음 곡으로 넘어가려고 하기 때문에, 항상 틀리는 부분을 반복해서 치고 또 칩니다. 그래서 그 피아노 소리가 13층인 우리집하고 갈등의 원인이 됐어요. 피아노 밑에 방음 깔판을 깔고 치더라도 그 소리는 굉장히 크게 들립니다. 더구나 그 소리가 틀린 곡을 계속 틀리게 치는 소리여서, 피아노를 멈춰도 그 소리는 온종일 환청처럼 들려요.

저로서는 참 견디기 어려워서 몇 번이나 항의를 했습니다. 그런데, 그 분은 피아노를 칠 수밖에 없다고 해요. 그러니까, 약사로서 직업이 주는 스트레스가 심해 피아노로 해결하지 않으면 안 된다는 것입니다. 위층의 스트레스 해소가 아래층에는 스트레스를 쌓이게 했습니다. 〈날아다니는 돌〉에서 환청처럼 들리는 피아노 소리, 그건 위층에 사는 약사 덕분이에요.

이상란 : (웃음) 공연에서는 그 피아노 소리가 좋았어요.

이강백 : 또 하나 드릴 말씀은, 오현경 선생이 숙부 역을 너무 잘 하셨어요. 그러니까, 남자 배우가 여장을 하면 어딘지 그로테스크하게 보일 수 있는데, 오현경 선생은 우아하게 보였습니다. "이생에서는 남자로 살았으니까 내생에는 여자로 살 거야"하면서, 얼

굴에 화장을 하고 여성복을 입었는데도 참 잘 어울려서 감탄했습니다. 더구나 오현경 선생은 〈봄날〉에서 인색하고 강퍅한 아버지 역을 아주 잘 하셨거든요. 남자가 나이 들면 여성성이 발현된다고 합니다만, 아무나 다정다감하고 섬세하게 되는 것은 아니지요. 남자가 노년기에 이르러 약해지고 병이 들면, 오직 자기 자신을 위한 것만 생각하는 이기주의자로 변하는 경우도 많습니다. 그런 남자는 내생에서도 남자이기를 바랄 것입니다. 그러나 나이 들어 다른 사람의 아픔에 관심과 연민이 생긴 남자는 내생에서 다정다감한 여성으로 태어나기를 바라겠지요. 저도 내생에는 꼭 여성이 되고 싶습니다.

이상란 : 이 극의 마지막이 마치 축제 같아요. 숙부의 장례식과 김혜란의 결혼식이 겹쳐지고, 신부 김혜란의 부케가 죽어가는 숙부한테 날아가 죽음과 삶을 가로지르고, 갓난아기가 태어나는 울음소리가 나고. 그러면서, 이기두는 뭔가 깨달아서 툭하고 터지는 순간이 있어요. 저도 그렇고, 모두 다 그렇겠지만, 삶의 진부함으로부터 자유로워져서 뭔가 툭 터지는 깨달음의 순간을 바라죠. 밑바닥에 박혀있던 돌들이 날아다니고, 서정적인 피아노 연주 소리가 들리고, 밤하늘에는 빛나는 별들이 가득 떠 있는… 무대가 환하게 밝혀지고, 장엄한 우주가 한눈에 펼쳐 보이고… 축제 같은 깨달음의 순간이랄까, 그런 광대무변의 우주처럼 툭하고 터졌던… 상상만 해도 행복하지 않아요?

이강백 : 네, 그렇습니다.

이상란 : 제 생각에는, 그래서 희곡전집 8권의 마지막이 아주

중요한 것 같아요. 극적 주체들이 구도자의 길을 걸으면서 성장하고 있는 게 보이거든요. 그런데 8권이 엄청 두꺼워요. 읽는데 한 참 걸렸어요.

이강백 : 〈맨드라미꽃〉에서 〈날아다니는 돌〉까지, 8권의 모든 작품이 완벽할 수는 없지요. 극작가로서 자기 작품에 대해 변명하는 것은 민망한 일이지만, 냉정하게 말해서 진정성이 결여된 것 아닌가 스스로를 비판하게 됩니다. 진정성이란 실제로 겪은 구체적 경험에서 우러나온다고 할 수 있습니다. 이를테면 〈황색여관〉은 상당히 좋은 작품일 수 있었는데, 세대 간의 갈등을 실제로 겪는 사람, 빈부의 격차를 구체적으로 경험한 사람이 보기에는, 아쉽게도 진정성이 결여되어 극작가의 관념에 머물렀다고 할 것입니다.

이야기꾼은 두 가지 큰 고민이 있습니다. '무엇을 이야기 할 것인가?'와 '어떻게 이야기 할 것인가?'입니다. 첫 고민은 이야기의 내용이고, 다음 고민은 이야기의 형식이지요. 물론 내용 따로 형식 따로 떨어진 이야기는 없습니다. 그러니까 그 두 가지는 편의상 나눠놓은 것이지요. 내용이 형식을 만들고 형식이 내용을 만듭니다. 혹시 '폼생폼사'라는 말을 들어보셨습니까? 이 말은 소위 깡패들이나 조폭이 쓰는 은어(隱語)인데, '폼에 살고 폼에 죽는다'는 뜻입니다. 폼(Form)은 형태, 그러니까 멋지게 폼이 나야 사는 거고, 멋진 폼이 안 나면 죽는 거다, 어찌 보면 폼 잡는 폭력배의 세계를 과장해서 말한 것 같지만, 극작가에겐 이 말이 절실하게 들립니다. 그러니까, 작품이란 어떤 형태(Form)인 것이지요. 미술도 그렇고, 음악도 그렇고, 무용도 그렇습니다. 작품의 진정성을 말하다가 느닷없이 작품의 형태를 말하게 됐습니다만, 오직 체험한 사실만이 진정성이라고 생각할 분들에게 형태의 중요성을 설명하기 위해 말한 것입니다.

이상란 : 제가 선생님 희곡전집을 모두 정독해봤는데, 그중에는 공연을 본 것도 있고 못 본 것도 있죠. 그런데 선생님께서 형태를 만드는데 치중하셨기 때문에 인물들이 때로는 관념적인 경향이 있어요. 모든 인간들은 살과 피도 있고, 욕망과 이상이 내면에서 충돌하고 있는데, 그걸 선생님은 정말 질서정연하고 완벽하게 구조화하려고 하시지요. 결국 한 인물의 내면에서 일어나는 갈등들이 각각의 인물들로 분화되어 있는 느낌이에요. 그래서 가끔은 〈맨드라미꽃〉 정민 같은 인물에 생생함이 더해져서 그 후예들이 형상화되는 상상을 해 봐요.

이강백 : 그러려면 제가 〈날아다니는 돌〉의 숙부가 돼야 해요. (웃음) 다음 생에 제가 반드시 여성극작가로 태어나서, 지금 지적해주신 점들을 각별히 유념하여 좋은 작품을 쓰겠습니다.

이상란 : 지금 남성 극작가이실 때, 정민 같은 인물, 선생님이 특히 마음 쓰고 애정이 가는 남성인물부터 먼저 쓰시면 좋을 텐데요.

이강백 : 노력은 하겠지만… 잘 안 될 것 같군요.

이상란 : 더 곁들이자면, 선생님 작품답지 않다는 평가를 받는 세 개의 작품, 〈맨드라미꽃〉, 〈황색여관〉, 〈죽기살기〉가 그전의 작품들과는 많이 달라요. '이강백다움'에서 벗어나려고 하는 몸부림 있거든요. 선생님께서는 성공하지 못했다고 생각하시는데, 그럼에도 불구하고 생생함이 느껴져요.

이강백 : 그러니까, 벗어나려고 했는데, 결국에는 부처님 손바

닥에 있는 손오공이었지요.

이상란 : 선생님은 누가 지적하지 않아도 자신의 장단점을 잘 아시죠. 그리고 끊임없이 변화하고자 노력하는 분이에요.

이강백 : 어억… 선생님이 저를 신음소리가 나오도록 만드십니다.

이상란 : 설마 그럴 리가요. (웃음) 희곡전집 9권은 언제 나오죠?

이강백 : 아직 미정입니다. 희곡전집 8권을 낸 다음 〈여우인간〉, 〈심청〉을 공연하였고, 〈어둠 상자〉는 예술의 전당에서 공연을 확정한 상태지만, 한두 작품을 더 써서 공연해야 9권이 될 것입니다.

이상란 : 희곡전집 10권도 계획하고 계신가요?

이강백 : 제 소원이 희곡전집 10권까지 쓰는 것인데… 불가능한 욕심이지요.

이상란 : 오늘은 특별한 날이에요. 극작가 이강백 선생님의 희곡전집 여덟 권에 수록된 43편의 모든 작품들을 다뤘어요. 그리고 그 작품들의 시대적 배경과 선생님의 삶을 살펴보았죠. 정말 대장정이었어요. 지금까지 말씀해 주신 선생님께 감사드리면서, 선생님의 마지막 소감을 듣고 싶군요.

이강백 : 제 소감보다 먼저 이 대담을 진행하신 이상란 선생님에게 감사합니다. 또한 대담마다 빠짐없이 참석해 채록한 박상준 씨의 큰 수고도 고맙습니다. 제 마지막 소감은 희곡전집 8권의 머리글을 그대로 인용하지요. "이렇게 (작품들을) 모아놓고 보니 '보기에 참 좋았다!' 이 말은 세상만물을 창조한 신께서 자신의 창조물을 둘러보고 감탄하셨다는 성경 창세기에서 따온 것이다. 내 생각에는 모든 창조물이 결점 없이 완전하여 감탄하신 건 아닌 것 같다. 각각 불완전함에도 불구하고 모아놓고 보면 서로 결점이 보완되어 참 보기 좋은 조화현상이 빚어지기 때문이다. 꽃밭에서 많은 꽃들이 피어있는 것을 볼 때도 그렇다. 하얀 꽃은 붉지 않다는 결점이 있고, 붉은 꽃은 노랗지 않은 결점이 있으며, 노란 꽃은 희지 못한 결점이 있다. 어떤 분은 반박할 것이다. 불량품들을 모아놓으면 조화현상이 생기지 않는다고. 옳다. 나도 그 반박에 동의한다."

이상란 : 대담을 진행한 일 년 반 동안, 50년 가까이 치열하게 작업해 오신 선생님의 극작가로서의 삶, 이야기를 통해 삶의 진실에 다가가기 위한 그 고독한 여정을 상상하면서 함께할 수 있어 감사했습니다. 고통을 통해 세상에 내보낸 하나 하나의 작품들이 얼마나 소중할지.... 방금 하신 말씀에 그 작품들을 바라보는 선생님의 심정이 담겨 있네요.

이강백 : 네. 그렇습니다. 극작가 아닌 삶을 살았다면 저는 어떤 말을 할까요? 아무리 생각해봐도 다른 삶을 살았다면 이렇게 멋진 말을 할 것 같지는 않습니다.

맺음말
눈을 감으면 떠오르는 그 진실한 사람들

극작가 이강백 선생님과 대화를 하며 오랜 시간이 지났다. 2년에 걸친 열한 번의 대담이 끝나고 초고의 전체 수정과 이야기의 취사 선택 작업이 이루어졌다. 세 번의 전체 수정을 하는 동안 이강백 선생님은 희곡 작품을 절차탁마할 때처럼 치열하게 초고를 수정하고 재구성하였다. 그렇게 하여 이 대담집에는 생생한 선생님의 육성만이 아니라 거기에 더해진 선생님의 재구성 작업과 그에 호흡을 맞춘 나의 재구성 작업도 함께 곁들이게 되었다. 그렇게 어느덧 4년이 흘렀다. 원래는 대담의 프롤로그 뿐 아니라 에필로그에 해당하는 열두 번째 대담을 계획하고 있었다. 그러나 이강백 선생님은 현재 진행형의 극작가이다. 『이강백 희곡전집』 8권 이후에도 〈여우인간〉 〈심청〉 〈어둠상자〉 등의 작품이 공연되었을 뿐 아니라 새로운 공연이 계획되어 있다. 그래서 최종적인 에필로그 대담은 지금이 아닌 미래에, 우리가 아닌 다음 세대 누군가에 의해 이뤄지리라 기대하면서 열어 놓으려 한다.

긴 시간 선생님과 대화를 하고 대담집을 가다듬으면서 이강백 희곡은 나에게 아주 친밀한 대상이 되었다. 이제 눈을 감으면 진실을 찾아 그 스스로 진실이 되는 작품 속의 인간들이 떠오른다. 비린내 나는 몸으로 같은 무리에서도 배제당하면서도 자신의 태양을 들고 진실에 다가가려 하지만 결국 두려움에 옴짝달싹 못하는 남자, 사막에서 언덕 위 푸른 느티나무를 갈망하며 가슴에 총알을 받아내는 아들, 새벽에 홀로 깨어나 망루 위에 올라 진실을 직시하고도 행동할 수 없었던 소년 파수꾼, 순수한 도덕 원칙을 위해 스스로를 희생하는 내마, 겨울 산속에 버려진 아이들을 데려와 먹을 것을 모두 주고 자신은 굶주려 죽는 어머니, 죽기 살기로 통들을 뛰어넘는 얼간이, 부처의 마음을 찾아 들판에 돌부처를 쌓으며 깨달음에 이르는 서연, 연인의 온전한 삶을 위해 목숨을 내놓는 지고지순한 정민, 감옥에서 자신의 그림자와 투명하게 마주하는 육손이, 날아다니는 돌의 피아노 연주를 듣는 숲속의 현자 박석…

나는 그래서 대담을 하면서 여러 번 우문을 던졌다. 냉철한 연구자라면 던지지 말았어야할 '순진한' 질문, "이강백 선생님은 작품 속 어떤 인물과 동일시하는지요?" 당연히 작가는 작품 속 인물을 창조해내는 주체이지, 인물에 온전히 자신을 투영하는 사람은 아니다. 하지만 무의식적이든 의식적이든 극작가는 등장인물에게 자신의 모습과 이상을 반영한다. 이강백 선생님은 내 질문에 언제나 빗나가는 대답을 했다. 예를 들자면 〈내마〉에서 자신과 닮은 인물은 내마가 아니라 실성이라는 것이다. 그럼에도 이강백 선생님은 진실을 위해 자신의 전존재를 내던지는 인물들에게 애정을 깊이 기울이는 것만은 사실이다. 그들을 모두 모아 놓으면 구도자의 여정이 보인다.

독자들은 이강백 선생님이 '이야기'를 통해 삶의 진실에 다가가려 헌신한 도정(道程)을 이 대담집에서 읽어낼 수 있으리라. 이어지는 연구서 『이강백의 희곡과 자기실현』에서 나는 작품 속 진실한 존재들의 구도과정을 천착해내려 한다.

이상란

부록

이강백(李康白) 연보

- ■경력
- ■작품 연보
- ■수상
- ■수훈
- ■출판

연구서 · 논문 목록

- ■연구서
- ■학위논문
- ■학술논문

이강백(李康白) 연보

■경력
1947년 전라북도 전주시 풍남동 45번지에서 12월 1일 출생
1955년 전주 중앙초등학교 입학
1960년 서울 이주
1971년 동아일보 신춘문예 희곡부문 〈다섯〉 당선
1971년~1975년 극단 가교 단원
1978년~1990년 크리스천 아카데미 간사
1980년 시인 김혜순과 결혼
1981년 딸 이휘재(이피. 화가) 출생
1990년~1998년 동아연극상 심사위원
1997년~2002년 한국예술종합학교 연극원 극작과 객원 교수
1998년 '이강백 연극제' 예술의 전당
1998년~2001년 한국연극협회 이사
2000년~2015년 한국문예학술저작권협회 이사
2003년 서울예술대학 극작과 전임 교수
2007년~2008년 한국문화예술위원회 희곡창작활성화사업위원장
2013년 서울예술대학 정년퇴임
2009년~2014년 명동극장·정동극장 이사

■작품 연보
1971년 〈다섯〉 공연. 연출 이승규. 극단 가교. 9월 21일~22일. 드라마센터
1972년 〈셋〉 공연. 연출 태근식. 극단 가교. 6월 16일~23일. 코리아나 소
극장
〈알〉 공연. 연출 임준빈. 극회 세대. 10월 7일~9일. 코리아나 소극장
1973년 〈알〉 계간 「드라마」 4호 게재
1974년 〈내마〉 공연. 연출 이승규. 극단 가교. 8월 29일~9월 2일. 명동 예술
극장
〈결혼〉 한국극작워크숍, 『단막극선집』 제1집 수록
〈결혼〉 공연. 연출 최치림. 극단 자유극장. 11월 8일~12월 26일. 카
페 떼아뜨르
〈파수꾼〉 「현대문학」 8월호 게재

1975년 〈파수꾼〉 공연. 연출 박경창. 현대극회. 3월 14일~18일. 연극인회
    관 〈미술관에서의 혼돈과 정리〉 공연. 연출 방태수. 극단 에저또. 5월
    29일~6월 2일. 국립극장 소극장
    〈보석과 여인〉 한국극작워크숍, 『단막극선집』 제3집 수록
    〈올훼의 죽음〉 「월간문학」 11월호 게재
    〈미술관에서의 혼돈과 정리〉 「연극평론」 겨울호 게재
1976년 〈미술관에서의 혼돈과 정리〉 공연. 연출 방태수. 극단 에저또. 5월 29
    일~6월 2일. 국립극장 소극장
1977년 〈내가 날씨에 따라 변할 사람 같소?〉 「한국연극」 11월호 게재
1978년 〈내가 날씨에 따라 변할 사람 같소?〉 공연. 연출 김도훈. 극단 실험극
    장. 6월 7일~13일. 연극회관 쎄실극장
1979년 〈보석과 여인〉 공연. 연출 강영걸. 극단 창고극장. 2월 13일~22일. 삼
    일로창고극장
1978년 〈개뿔〉 공연. 연출 이승규. 극단 가교. 10월 4일~10일. 연극회관 쎄실
    극장
1981년 〈족보〉 공연. 연출 김정옥. 극단 자유극장. 9월 12일~17일. 문화예술
    회관 대극장
1982년 〈쥬라기의 사람들〉 공연. 연출 임영웅. 극단 산울림. 10월 7일~12일.
    문화예술회관 대극장. 「한국연극」 11월호 게재
1983년 〈호모 세파라투스〉 공연. 연출 윤호진. 극단 실험극장. 9월 30일~10
    월 5일. 문화예술회관 대극장
1984년 〈봄날〉 공연. 연출 권오일. 극단 성좌. 9월 28일~10월 3일. 문화예술
    회관 대극장. 「한국연극」 11월호 게재
1986년 〈올훼의 죽음〉 공연. 연출 최유진. 극단 시민. 2월 20일~28일. 시민
    소극장
    〈보석과 여인〉 공연. 연출 이기하. 극단 시민. 3월 3일~17일. 시민 소
    극장
1987년 〈유토피아를 먹고 잠들다〉 공연. 연출 임영웅. 극단 산울림. 9월 28일
    ~10월 2일. 문화예술회관 대극장
1989년 〈칠산리〉 공연. 연출 정진수. 극단 민중극장. 8월 26일~9월 7일. 문화
    예술회관 소극장. 「한국연극」 12월호 게재
1991년 〈물거품〉 공연. 연출 이병훈. 국립극단. 9월 6일~12일. 국립극장 대극
    장. 「한국연극」 9월호 게재
    〈동지섣달 꽃 본 듯이〉 공연. 연출 김아라. 한국연극협회. 12월 23일

~30일. 문화예술회관 대극장.「한국연극」12월호 게재

1992년 〈영자와 진택〉 공연. 연출 정진수. 극단 민중극장. 9월 14일~26일. 문화예술회관소극장

1993년 〈북어 대가리〉 공연. 연출 김광림. 극발전연구회. 2월 11일~5월 30일. 성좌 소극장

1993년 〈통 뛰어넘기〉 공연. 연출 권오일. 극단 성좌. 5월 26일~6월 8일. 문화예술회관대극장

〈불 지른 남자〉 공연. 연출 채윤일. 극단 성좌. 11월 3일~12월 25일. 성좌 소극장

〈자살에 관하여〉 공연. 연출 임영웅. 극단 산울림. 12월 1일~1994년 1월 9일. 산울림 소극장

1995년 〈영월행 일기〉 공연. 연출 채윤일. 극단 쎄실. 10월 3일~15일. 문화예술회관 소극장

1996년 〈뼈와 살〉 공연. 연출 김철리. 극단 현대극장. 10월 5일~14일. 문화예술회관 대극장

1998년 〈이강백 연극제〉 4월 16일~6월 14일. 예술의 전당

〈느낌, 극락같은〉 공연. 연출 이윤택. 연희단 거리패. 5월 22일~6월 14일. 예술의 전당 토월극장.「한국연극」5월호 게재

1999년 〈물고기 남자〉 공연. 연출 이상우. 극단 연극세상. 2월 5일~5월 2일. 성좌 소극장

2000년 〈마르고 닳도록〉 공연. 연출 이상우. 국립극단. 6월 24일~7월 2일. 국립극장 해오름극장.「한국연극」6월호 게재

〈오, 맙소사!〉 공연. 연출 채윤일. 극단 쎄실. 9월 1일~13일. 문화예술회관 소극장

2002년 〈진땀 흘리기〉 공연. 연출 채윤일. 극단 쎄실. 11월 7일~10일. 국립극장 달오름극장.「한국연극」12월호 게재

2003년 〈사과가 사람을 먹는다〉, 계간「동서문학」여름호 게재

〈배우 우배〉 공연. 연출 최용훈. 극단 배우세상. 10월 2일~11월 2일. 강강술래극장

2005년 〈맨드라미꽃〉 공연. 연출 박근형. 극단 골목길. 10월 19일~11월 6일. 아르코 예술극장 소극장.「한국연극」10월호 게재

2007년 〈황색여관〉 공연. 연출 오태석. 국립극단. 3월 22일~4월8일. 국립극장 달오름극장

2009년 〈죽기살기〉 공연. 연출 송선호. 극단 실험극장. 5월 16일~27일. 아르

코시티 대극장.「한국연극」5월호 게재
2014년 〈챙!〉 공연. 연출 임영웅·심재찬. 극단 산울림. 5월 8일~6월 8일. 산
    울림 소극장
    〈즐거운 복희〉 공연. 연출 이성열. 극단 백수광부. 8월 26일~9월 21
    일. 남산예술센터 드라마센터
    〈날아다니는 돌〉 공연. 연출 이성열. 극단 백수광부. 11월 7일~16일.
    백성희장민호 극장
2015년 〈여우인간〉 공연. 연출 김광보. 서울시극단. 3월 27일~4월 12일. 세
    종문화회관 M씨어터
    〈챙!〉 (1인극 개작본).「한국연극」10월호 게재
2016년 〈심청〉 공연. 연출 이수인. 떼아뜨르 봄날. 4월 7일~5월 22일. 나온
    씨어터
2018년 〈어둠상자〉 공연. 연출 이수인. 떼아뜨르 봄날. 11월 7일~12월 2일.
    예술의 전당 자유소극장
    〈사과가 사람을 먹는다〉 공연. 연출 서미영. 극발전소301. 12월 20일
    ~23일. 예술공간 오르다

■수상

1975년 제1회 영희연극상. 한국 국제극예술협회
1982년 제19회 동아연극상 특별상. 동아일보사
1983년 서울극평가그룹상 〈쥬라기의 사람들〉. 서울극평가그룹
    한국희곡문학상 『이강백 희곡전집 1권』. 한국희곡작가협회
1984년 서울극평가그룹상 〈봄날〉. 서울극평가그룹
1985년 베네수엘라 제3세계 희곡 경연대회 특별상 〈호모 세파라투스〉. 베네
    수엘라 국제극예술협회
1986년 대한민국 문학상 (『이강백 희곡전집 3권』). 한국문화예술진흥원
1989년 제13회 서울연극제 희곡상 〈칠산리〉. 서울연극협회
1992년 제28회 백상예술대상 희곡상 〈동지섣달 꽃 본 듯이〉. 한국일보사
1994년 한국연극예술상. 한국연극협회
1995년 제31회 백상예술대상 희곡상 〈불 지른 남자〉. 한국일보사
    제19회 서울연극제 희곡상 〈영월행 일기〉. 서울연극협회
1996년 제20회 서울연극제 희곡상 〈뼈와 살〉. 서울연극협회
    제4회 대산문학상 (희곡분야) 〈영월행 일기〉. 대산문화재단
1997년 제5회 우경문화예술상. 파라다이스 문화재단(구 우경문화재단)

1998년 제22회 서울연극제 희곡상 〈느낌, 극락같은〉. 서울연극협회
2001년 제37회 백상예술대상 희곡상 〈마르고 닳도록〉. 한국일보사
2006년 제38회 대한민국 문화예술상 (연극·무용 부문 대통령상). 문화체육
　　　관광부
2014년 제63회 서울특별시 문화상 (연극분야). 서울특별시
2020년 제3회 대한민국 극작가상. 한국극작가협회

■수훈
　　2009년 옥관문화훈장
　　2020년 보관문화훈장

■출판
　　1974년 『희곡선 '70』, 〈결혼〉〈보석과 여인〉 수록, 민학사
　　　　　『전환기의 희곡』, 〈셋〉 수록, 문명사
　　1978년 『한국명희곡선』, 〈결혼〉 수록, 현암사
　　1981년 『한국희곡문학대계』 5권, 〈결혼〉 수록, 한국연극사
　　1982년 『이강백 희곡전집 1권』, 평민사
　　1985년 『이강백 희곡전집 2권』, 평민사
　　1986년 『이강백 희곡전집 3권』, 평민사
　　1987년 『한국의 현대 희곡』, 〈쥬라기의 사람들〉 수록, 열음사
　　1992년 『이강백 희곡전집 4권』, 평민사
　　1993년 『북어 대가리』, 도서출판 공간
　　1995년 『이강백 희곡전집 5권』, 평민사
　　1997년 중학교 3학년 국어 국정 교과서 〈들판에서〉 수록, 문교부
　　　　　『문학시간에 희곡 읽기 1권』, 〈결혼〉 수록, 도서출판 나라말
　　　　　『문학시간에 희곡 읽기 2권』, 〈파수꾼〉 수록, 도서출판 나라말
　　1998년 『Dramaty Lee Kang Baek』, 폴란드어 번역 Ewa Rynarzewska,
　　　　　Pod Wiatr. Poland
　　1999년 『이강백 희곡전집 6권』, 평민사
　　　　　『Es ist weit von Seoul nach Yongwol』, 독일어 번역 Sylvia
　　　　　Bräsel · 김미혜, Peperkorn, Deutschland.
　　2000년 『한국 현대명작 희곡선집』, 〈봄날〉 수록, 연극과 인간
　　　　　『현대 명작 단막극선집』, 〈파수꾼〉 수록, 연극과 인간
　　2004년 『이강백 희곡전집 7권』, 평민사

『Chaos et ordre dans un musée: Bijou et femme』, 불어 번역
Patrick Pidoux · 한경미, L'Harmattan, France

『Trois / L'œuf et le guetteur』, 불어 번역 Patrick Pidoux · 한경미,
L'Harmattan, France

『한국 현대 대표 희극선』, 〈마르고 닳도록〉 수록, 연극과 인간

2005년 『Comme si on voyait des fleurs au coeur de l'hiver』, 불어 번역
Patrick Pidoux · 한경미, IMAGO, France

『李康白 戲曲集~ユートピアを飲んで眠る』, 일어 번역 秋山順子, 影書
房, 일본

2006년 『희곡 창작의 길잡이』, 윤조병 · 이강백 공저, 평민사

2007년 『황색여관』, 범우사

『Kang Baek Lee, Allegory of Survival』, 영어 번역 Alyssa Kim ·
이형진, Cambria Press, U.S.A

2012년 중학교 3학년 국어 검인정 교과서 〈결혼〉 수록, 지학사

2013년 『李康白 戲曲集~ホモセパラトス』, 일어 번역 秋山順子, 影書房, 일본

2015년 『이강백 희곡전집 8권』, 평민사

2017년 『한국현대희곡선』, 〈봄날〉 수록, 문학과 지성사

연구서 · 논문 목록

■연구서

이영미, 『이강백 연구』, 한국예술종합학교 한국예술연구소, 1995.
　　　　『이강백 희곡의 세계』, 시공사, 1998.
이영미 · 안치운 외, 이강백 연극제 기념논문집. 『〈다섯〉에서 〈느낌…〉으로』,
예술의 전당, 1998.
한국극예술학회 편, 『극작가 총서 9. 이강백』, 연극과 인간, 2010.

■학위논문

강미란, 「이강백 초기희곡의 멜로드라마적 특성 연구」, 부산교육대학교 석사
논문, 2008.
강성화, 「이강백 희곡 〈봄날〉과 〈칠산리〉에 나타난 생태주의적 상상력」, 서강
대학교 석사논문, 2013.
고은화, 「이강백 희곡 연구」, 이화여자대학교 석사논문, 1997.

곽지연, 「이강백 초기 단막극 연구」, 부산대학교 석사논문, 1998.

권미란, 「이강백 희곡 연구 : 주체와 공간의 상관성을 중심으로」, 서강대학교 박사논문, 2016.

김다정, 「이강백 희곡의 연극성 연구 : 〈봄날〉과 〈동지선달 꽃 본 듯이〉를 중심으로」, 단국대학교 석사논문, 2006.

김민정, 「설화소재 희곡의 부자갈등 구조 연구」, 이화여자대학교 석사논문, 1994.

김민주, 「이강백 희곡에 나타난 기억과 애도의 양상 연구 : 1980년대 작품을 중심으로」, 중앙대학교 석사논문, 2019.

김선애, 「이강백 희곡에 나타난 알레고리 연구」, 경희대학교 석사논문, 2000.

김성희, 「한국 해양극문학의 '바다'연구 : 함세덕 〈무의도 기행〉, 천승세 〈만선〉, 이강백 〈물고기 남자〉를 중심으로」, 원광대학교 석사논문, 2010.

김소명, 「교육연극을 활용한 희곡 수업 모형 : 이강백 〈결혼〉을 중심으로」, 중앙대학교 석사논문, 2020.

김수진, 「이강백 희곡의 의미구조 연구」, 수원대학교 석사논문, 2011.

김옥경, 「비아리스토텔레스적 희곡 교육 방안 연구 : 이강백의 〈동지선달 꽃 본 듯이〉를 중심으로」, 숙명여자대학교 석사논문, 2016.

김유미, 「한국 현대 희곡의 제의구조 연구 : 오태석, 최인훈, 이강백 희곡을 중심으로」, 고려대학교 박사논문, 1999.

김윤미, 「이강백 희곡의 시간구조 연구 : 〈결혼〉과 〈영월행 일기〉를 중심으로」, 연세대학교 석사논문, 2002.

김주희, 「중등학교 문학교과서에 실린 이강백 희곡 연구」, 원광대학교 석사논문, 2010.

김지영, 「이강백의 〈알〉 연구」, 부산대학교 석사논문, 1997.

김지영, 「교육연극을 활용한 희곡교육의 학습전략 연구」, 연세대학교 석사논문, 2005.

민병연, 「이강백의 〈들판에서〉연구: 교육용 텍스트로서의 적합성 판단을 중심으로」, 청주대 학교, 석사논문, 2001.

박나나, 「이강백 희곡의 인물 심리 연구」, 목포대학교 석사논문, 2010.

박혜령, 「한국 반사실주의 희곡 연구 : 오태석, 이현화, 이강백 작품을 중심으로」, 이화여자 대학교 박사논문, 1995.

박혜진, 「국어과 희곡 평가방안 연구 : 이강백의 〈파수꾼〉, 〈느낌, 극락같은〉을 바탕으로」, 서강대학교 석사논문, 2009.

성유경, 「이강백 희곡 연구 : 희곡에서의 음악적 요소를 중심으로」, 이화여자

대학교 석사논문, 2008.

손민아, 「이강백 〈결혼〉의 메타드라마적 특성 연구」, 숙명여자대학교 석사논문, 2019.

신선미, 「이강백 희곡 〈파수꾼〉과 〈북어대가리〉의 교육방안 연구」, 서강대학교 석사논문, 2014.

우미옥, 「이강백 희곡 문학 연구」, 동국대학교 석사논문, 2000.

유인경, 「희생양 모티프를 통해 본 1970년대 희곡 연구 : 최인훈, 오태석, 이강백의 작품을 중심으로」, 고려대학교 석사논문, 2000.

윤지선, 「이강백 희곡의 공간 연구」, 부산교육대학교 석사논문, 2008.

이동희, 「이강백 희곡의 시공간 연구」, 계명대학교 석사논문, 2009.

이미영, 「이강백 희곡의 서사극적 양상 연구」, 중앙대학교 석사논문, 2008.

이성태, 「한국 현대연극의 서사적 양상연구 : 이근삼, 오태석, 이강백 작품을 중심으로」, 전주대학교 박사 논문, 2002.

이영호, 「한국 기독교 희곡에 나타난 '신앙 이해' 양상에 대한 연구 : 주태익, 이강백, 이반의 작품을 중심으로」, 숭실대학교 박사논문, 2013.

이은진, 「이강백 희곡의 세계인식 변화과정 연구 : 1980년대 작품을 중심으로」, 중앙대학교 석사논문, 2009.

이인규, 「이강백 희곡의 풍자성 연구」, 조선대학교 석사논문, 2000.

이종락, 「이강백 희곡 연구 : 현실인식과 사회반영 양상을 중심으로」, 중앙대학교 석사논문, 2010.

임은주, 「이강백의 〈파수꾼〉 지도 방안 연구 : 알레고리 기법을 중심으로」, 경상대학교 석사 논문, 2010.

정경애, 「이강백 희곡의 등장인물 연구」, 한양대학교 석사논문, 2002.

정다운, 「이강백 희곡에 나타나는 알레고리 양식 연구」, 대전대학교 석사논문, 2016.

정 일, 「이강백의 희곡 연구 : 〈다섯〉, 〈셋〉, 〈알〉, 〈파수꾼〉에 대한 기호학적 분석」, 조선 대학교 석사논문, 1999.

조은정, 「이강백 희곡에 표현된 '죽음'에 관한 연구」, 한양대학교 박사논문, 2018.

조정희, 「1980년대 서사극의 현실반영성 연구 : 이강백, 이현화, 황석영 작품을 중심으로」, 부경대학교 석사논문, 2010.

주소형, 「이강백 희곡의 인물형상화 연구 : 〈내마〉와 〈느낌, 극락같은〉을 중심으로」, 상명대학교 석사논문, 2002.

최선영, 「이강백 희곡의 알레고리 연구」, 숙명여자대학교 석사논문, 2012.

최영선, 「이강백 희곡 연구 : 작품 〈뼈와 살〉의 인물성격을 중심으로」, 중앙대학교 석사논문, 1997.

최영진, 「이강백 희곡의 부자갈등 양상 연구 : 〈셋〉, 〈봄날〉, 〈느낌, 극락같은〉을 중심으로」, 고려대학교 석사논문, 2015.

한수연, 「공간 분석을 통한 희곡 교육 설계 : 이강백의 〈북어대가리〉와 〈황색여관〉을 중심으로」, 서강대학교 석사논문, 2013.

한채윤, 「이강백 후기 희곡의 '경계 넘기' 미학 : 〈영월행 일기〉, 〈뼈와 살〉, 〈날아다니는 돌〉을 중심으로」, 서강대학교 석사논문, 2017.

허경숙, 「이강백의 1990년대 희곡연구」, 충남대학교 석사논문, 2012.

■ **학술논문**

권순대, 「〈부자유친〉과 〈봄날〉의 갈등 연구」, 『고황논집』, 제26집, 2000.

김길수, 「이강백 희곡 미학 연구 : 〈뼈와 살〉의 알레고리 작법을 중심으로」, 『남도문화연구』 제20집, 2011.

김남석, 「1970년대 이강백 희곡연구 : 군중과 권력의 상관성을 중심으로」, 『어문논집』 제43집 1호, 2001.

김만수, 「어머니 탐색을 통한 아들의 성장담과 연극의 관계 -〈동지섣달 꽃 본 듯이〉를 중심으로」, 『한국극예술연구』 제34집, 2011.

_____, 「성장담에서의 "3의 법칙"- 이강백의 희곡 〈동지섣달 꽃 본 듯이〉」, 『비교한국학』 제23집 2호, 2015.

김미도, 「이강백의 '문학성'과 '연극성' 연구 : 이강백 연극제를 중심으로」, 『한국연극학』 제11집 1호, 1998.

김미선, 「이강백의 희곡 〈파수꾼〉에 나타난 순환 구조」, 『인문사회과학연구』 제9권 1호, 2008.

_____, 「수용 미학의 관점에서 본 희곡 〈파수꾼〉」, 『한국극예술연구』 제29집, 2009.

김성희, 「이강백의 희곡세계와 연극미학 : '환멸'과 '어머니 찾기 모티프' 작품군을 중심으로」, 『한국극예술연구』 제7집, 1997.

_____, 「이강백의 비유극과 연극적 상상력」, 『한국희곡작가연구』, 태학사, 1997.

_____, 「우의적 기법으로 드러내는 시대정신」, 『한국 현역 극작가론 1』, 예니, 1998.

김소정, 「이강백 희곡에 나타난 등장인물의 마리오네트화」, 『경남어문논집』 제12집, 2002.

김영희, 「이강백 초기 희곡의 우화적 구조」, 『우암기여 (牛岩斯黎)』 제2집, 1992.

김옥란, 「〈맨드라미꽃〉 : 이강백의 반복과 박근형의 통과제의」, 『공연과 이론』 제20호, 2006.

김지연, 「1970년대 이강백 희곡의 메타드라마적 특성 연구 - '드라마티스트 기법'을 중심으로」, 『국어문학』 제74집, 2020.

박명진 · 김민주, 「이강백 희곡에 나타난 '몸'의 재현 양상 - 〈칠산리〉, 〈영자와 진택〉을 중심으로」, 『국제어문』 제79집, 2018.

박상준, 「이강백 희곡 〈봄날〉의 종교적 실존의식」, 『한국문학이론과 비평』 제82집 23권 1호, 2019.

_____, 「이강백 〈북어대가리〉에 나타난 계몽주체의 세계인식과 소외 양상 연구」, 『한국문예비평연구』 제67집, 2020.

방영이, 「이강백 희곡의 커뮤니케이션론」, 『한어문교육』 제10집, 2002.

백현미, 「이강백 희곡 〈봄날〉의 의미론적 구조」, 『이화어문논집』 제16집, 1998.

_____, 「이강백 희곡의 반복구조와 반복의 철학」, 『한국극예술연구』 제9집, 1999.

신아영, 「이강백의 〈북어대가리〉와 〈통 뛰어넘기〉 연구」, 『시민인문학』 제12집, 2004.

_____, 「이강백 희곡에 나타난 현실과 우화의 상관관계 연구」, 『한국문예창작』 제5권 2호, 2006.

심상교 · 강미란, 「이강백 희곡의 멜로드라마적 특성 연구」, 『우리어문연구』 제30집, 2008.

안치운, 「연극성과 희곡의 허무주의 - 이강백론 〈뼈와 살〉, 〈느낌, 극락같은〉을 중심으로」, 『이강백연극제 기념논문집』, 예술의 전당, 1998.

_____, 「영월로 가는 옛길」, 『한국연극의 지형학』, 문학과 지성사, 1998.

우미옥, 「이강백 희곡에 나타난 미학적 구조의 특징 고찰」, 『우리문학연구』 제13집, 2000.

우수진, 「이강백의 〈심청〉 연극제작과정 연구 - 드라마터지 작업을 토대로」, 『한국극예술연구』 제52집, 2016.

윤일수, 「1990년대 후반 이강백 희곡 연구」, 『한국어문학』 제66집, 2008.

윤지선, 「이강백 희곡의 공간 연구」, 『어문학교육』 제36권, 2008.

이동철, 「이강백, 그토록 많은 가능성의 해명을 위하여」, 『이강백연극제 기념논문집』, 예술의 전당, 1998.

이상복·정동란, 「이강백 드라마의 서사적 특징 연구」, 『열린정신 인문학 연구』 제9집 2호, 2008.

이상란, 「연극적 상상력과 담론 통제 - 이강백의 〈파수꾼〉에 대한 기호학적 분석」, 『한국연극학』 제11집, 1998.

_____, 「〈즐거운 복희〉에 나타난 '페르조나'와 '자기실현' 과정」, 『드라마연구』 제51호, 2017.

_____, 「이강백 초기 희곡에 나타난 고독의 미학 - 〈셋〉과 〈다섯〉을 중심으로」, 『한국극예술연구』 제58집, 2017.

_____, 「이강백 〈내마〉에 나타난 고독의 파괴력과 '개인의 존엄성'」, 『드라마연구』 제56호, 2018.

_____, 「이강백 초기희곡의 '아니마'상 연구 - 〈다섯〉, 〈보석과 여인〉, 〈봄날〉을 중심으로」, 『서강인문논총』 제54집, 2019.

이상호, 「이강백의 희곡 〈영월행 일기〉에 대한 시학적 접근 - 존재와 역사의 모순적 성향을 중심으로」, 『한국언어문화』 제48집, 2012.

이영미, 「근대적 진지함에 대한 자조와 비애 - 이강백의 신작 〈북어 대가리〉와 〈통 뛰어넘기〉」, 『민족극과 예술운동』 제6집, 1993.

_____, 「이강백의 한국연극사적 위치와 작품세계」, 『이강백연극제 기념논문집』, 예술의 전당, 1998.

_____, 「이강백, 냉철한 이성으로 다루어진 사회와 인간」, 『문학 판』 제 9호, 2003.

이은하, 「이강백의 '작품성' 연구」, 『한국극예술연구』 제32집, 2010.

이종락, 「1970년대 알레고리극 희곡 연구 - 이강백의 초기 작품을 중심으로」, 『한국엔터테인먼트산업학회논문지』, 제13권 6호, 2019.

이충섭, 「희곡 〈칠산리〉의 무대형상화 작업」, 『어문학교육』 제13집, 1991.

이혜경, 「이강백의 현실인식과 소통방식의 관계 : 〈느낌, 극락같은〉을 중심으로」, 『예술논총』 제1호, 1999.

임지현, 「연극인의 역사쓰기, 역사가의 연극읽기」, 『이강백연극제 기념논문집』, 예술의 전당, 1998.

장근상, 「〈영월행 일기〉의 무대공간」, 『인문학연구』 제26집, 1997.

정우숙, 「이강백 희곡 〈물거품〉 고찰」, 『한국극예술연구』 제2집, 1995.

_____, 「이강백 희곡에 나타난 모성 이미지」, 『이화어문논집』 제14집, 1996.

_____, 「이강백 희곡 〈들판에서〉 재고 - 〈파수꾼〉 및 〈호모 세파라투스〉와의 비교를 통해」, 『현대문학의 연구』 제44집, 2011.

_____, 「1970년대 한국희곡의 기독교적 상상력에 대한 일고찰 : 최인훈 〈옛

날 옛적에 훠어이 훠이〉와 이강백 〈개뿔〉을 중심으로」, 『한국학연구』 제31집, 2013.

「종교적 맥락에서의 이강백 희곡 〈파수꾼〉 재고」, 『현대문학의 연구』 제51집, 2013.

정현경, 「개인과 국가의 길항과 주체의 위기 – 1970년대 희곡 〈파수꾼〉과 〈우리들끼리만의 한번〉을 중심으로」, 『현대문학이론연구』 제60집, 2015.

조은정, 「이강백 희곡 〈파수꾼〉 연구 : 군중을 통해 바라본 권력의 메커니즘」, 『한국극예술연구』 제52집, 2016.

조정희, 「1980년대 서사극의 현실반영성 연구 : 이강백, 이현화, 황석영을 중심으로」, 『인문사회과학연구』 제11권 1호, 2010.

최상민, 「이강백 희곡 〈파수꾼〉에 나타난 담론 특성 고찰」, 『한국연극연구』 제6권, 2003.

최 정, 「이강백 희곡 〈칠산리〉에 나타난 전쟁의 기억과 재현 양상」, 『한국언어문학』 제112권, 2020.

최승연, 「〈영월행 일기〉의 공간에 나타난 권력의식 연구」, 『한국연극학』 제15권 76호, 2000.

황영미, 「이강백의 희곡 〈파수꾼〉에 나타난 시뮬라크르 양상 연구 – 영화 〈빌리지〉와의 비교를 중심으로」, 『현대문학의 연구』 제45집, 2011.

극작가 이강백의 삶과 작품

이야기가 사람을 만들고
사람이 이야기를 만든다

초판 1쇄 인쇄일   2021년 4월 15일
초판 1쇄 발행일   2021년 4월 20일

대 담   이강백 · 이상란
채 록   박상준
만 든 이   이정옥
만 든 곳   평민사
         서울시 은평구 수색로 340 〈202호〉
         전화 : 02) 375-8571
         팩스 : 02) 375-8573
         http://blog.naver.com/pyung1976
         이메일 pyung1976@naver.com
등록번호   25100-2015-000102호
ISBN   978-89-7115-776-3   03800
정 가   25,000원